Herzklopfen inklusive

—

Kaffee von Jake

KARIN LINDBERG

Verlag:
BookRix GmbH & Co. KG
Sonnenstraße 23
80331 München
Deutschland

Lektorat: Katrin Engstfeld
Korrektorat: Martina König
Covergestaltung: Casandra Krammer

Alle Rechte vorbehalten.
Jede Verwertung oder Vervielfältigung dieses Buches – auch auszugsweise – sowie die Übersetzung dieses Werkes ist nur mit schriftlicher Genehmigung der Autorin gestattet.
Handlungen und Personen im Roman sind frei erfunden. Ähnlichkeiten mit lebenden oder verstorbenen Personen sind rein zufällig und nicht beabsichtigt.

Copyright © 2017 Karin Lindberg

ISBN: 978-3-7438-3747-8

www.bookrix.de

Take chances and go live life. Tell the ones you love, that you love them everyday. Don't take any moment for granted. Life is worth living.
Liam Neeson

Dieses Buch ist allen Pflegern und Krankenschwestern gewidmet. Ihr leistet Großartiges!

PROLOG

DER GRÖSSTE FEHLER, den man begehen konnte und am Ende vielleicht als einzigen bereute, war: die Jahre zu verschenken, ohne gelebt zu haben. Wenn man sich dessen endlich bewusst wurde, war es unter Umständen schon zu spät.

Madeleine hielt vor dem nächsten Bild inne und trat einen Schritt zurück, um das großformatige Werk ganzheitlich zu betrachten. Sie selbst hatte lange gebraucht, um zu begreifen, worum es wirklich ging. Und jetzt hatte sie es verdammt eilig, all das nachzuholen, was sie in vergangenen Jahrzehnten bewusst beiseitegeschoben oder schlichtweg verpasst hatte. Dennoch war sie kein Mensch, der kopflos handelte, und die Agentur Langham war ihr heilig. Schließlich war sie bis vor Kurzem ihr ganzer Lebensinhalt gewesen. Aber das sollte sich nun ändern.

Glücklicherweise hatte sie mit Viktoria eine fähige Mitarbeiterin in ihren Reihen, die ihr Lebenswerk weiterführen würde, wenn sie den Chefsessel in naher Zukunft räumen würde. Viktoria hatte in den letzten Jahren bewiesen, dass sie in der Lage war, Madeleines Posten zu übernehmen. Sie war jung, ambitioniert und äußerst fokussiert. Darin lag allerdings auch ihre größte Schwäche – Viktoria begriff nicht, dass es eine Sache war, in ihrer Arbeit aufzugehen, eine gänzlich andere jedoch, die Arbeit als Schutzschild zu benutzen. Die ehrgeizige junge Frau tat nämlich Letzteres und das bereitete Madeleine zunehmend Kopfzerbrechen.

Sie nippte an ihrem Champagner und vertiefte sich in das Kunstwerk vor ihr. Es hieß: *Seelenqual*. Wie passend. Ein einzelnes Wort im richtigen Moment konnte die Dinge treffend auf den Punkt bringen. Lag nicht darin sogar die Antwort auf ihre Frage? Madeleine war sich nicht sicher und hier war weder die richtige Zeit noch der richtige Ort, dem auf den Grund zu gehen.

Sie versuchte erneut, sich auf das Gemälde zu konzentrieren. Die Pinselstriche waren kräftig und die Farben schrill. Die junge Künstlerin hatte sicher eine große Zukunft vor sich, aber bis ihre Werke reif für den Durchbruch wären, würden noch Jahre vergehen. Manche Dinge brauchten einfach Zeit. Talent musste reifen, wie ein guter Wein. Aber Potenzial war da, das ließ sich nicht bestreiten.

»Was denken Sie über das Werk?«, unterbrach eine durchdringende männliche Stimme ihre Gedanken.

Madeleine blickte in ein markantes, durchaus attraktives Gesicht.

»Ich weiß nicht so recht. Ein wenig zu laut, würde ich sagen.« Sie lachte.

»Das sehe ich genauso.«

»Aber es ist auch nicht schlecht«, fügte sie hinzu.

»Nein, ganz und gar nicht.«

»Werden Sie es kaufen?« Madeleines Lächeln wurde breiter.

»Ich überlege noch.« Ihr Gesprächspartner zuckte mit den Schultern und vergrub eine Hand lässig in der Hosentasche.

»Schlagen Sie zu. In ein paar Jahren wird die Künstlerin berühmt sein«, ermutigte Madeleine den Neuankömmling.

»Sie sind eine gute Verkäuferin.« Er grinste spitzbübisch, was ihn jünger wirken ließ, als er wahrscheinlich war.

»Und das, obwohl ich nicht mal hier arbeite«, scherzte sie.

»Das weiß ich doch. Darf ich mich vorstellen? Jake. Jake Carter.«

Der junge Mann reichte ihr die Hand. Sein Händedruck war fest und selbstsicher.

Gott sei Dank. Es gab wirklich nichts Schlimmeres als einen wabbeligen, feuchten Handschlag. Diese erste nonverbale Kommunikation sagte häufig mehr über eine Person aus als ein ganzer Lebenslauf.

Sein Name kam ihr irgendwie bekannt vor.

»Freut mich. Madeleine Langham. Sind Sie …?«

»Ja, genau. Ein Sprössling aus dem Hause Carter«, bestätigte er ihre unvollendete Frage nickend.

Ihr gefiel seine Aufgewecktheit. Er war gut und gern fünfundzwanzig Jahre jünger als sie, schätzte Madeleine. Deutlich zu jung für sie also.

»Sehr schön. Freut mich, Mr Carter. Wie laufen die Geschäfte? Ach, nennen Sie mich bitte Madeleine. So viel Förmlichkeit haben wir doch gar nicht nötig.«

Natürlich kannte sie seine Familie. Sie war zwar nicht mit seinen Eltern befreundet, aber hin und wieder lief man sich bei gesellschaftlichen Anlässen über den Weg.

»Gern, Madeleine. Soviel ich weiß, läuft es sogar ganz ausgezeichnet. Ich habe meinen aktiven Posten aufgegeben. Mein Bruder Ryder macht das auch ohne mich sehr gut. Ich sehe mich gerade nach einem neuen Betätigungsfeld um.«

Madeleine hob eine Augenbraue. »Tatsächlich? Das ist ja interessant. Was schwebt Ihnen vor? Es imponiert mir, wenn jemand den Mut hat, neue Wege zu gehen. Ich hoffe, die Frage ist nicht zu indiskret?«

Wenn er überrascht war, ließ er sich nichts anmerken.

»Überhaupt nicht. Ich habe mich noch nicht festgelegt.«

»Ein Mann Ihres Kalibers wird sich ja quasi aussuchen können, wo er einsteigt.«

Oder wo er sich einkauft, ergänzte sie im Stillen. Geld war für einen Sohn aus dem Hause Carter sicherlich kein Thema. Wenn es ihn nach einer neuen Herausforderung gelüstete, konnte er ein bestehendes Unternehmen kaufen und sich selbst als CEO einsetzen.

Noch ehe sie den Gedanken zu Ende gedacht hatte, schoss ihr eine ganz andere Idee durch den Kopf ...

»Darf ich Ihnen noch ein Glas Champagner bringen?«, unterbrach er ihre Überlegungen.

»Natürlich, Jake. Sehr aufmerksam. Vielen Dank. Ich warte hier auf Sie.«

Der Gedanke reifte weiter in ihr, während sie auf Jake wartete.

KAPITEL 1

DER TRIUMPH war zum Greifen nah. Viktoria musste nur noch die Früchte ihrer Arbeit ernten. Und genau das würde sie heute tun.

Endlich, dachte sie, als sie ihren begehbaren Kleiderschrank betrat, um sich das passende Kostüm für ihren großen Tag auszusuchen. Barfuß schritt sie über den flauschigen Teppich und ging an den nach Farben sortierten Kleidungsstücken vorbei. Dabei fuhr sie mit den Fingerspitzen über die verschiedenen Stoffe.

Am Ende entschied sie sich für ein wenig spektakuläres Business-Kostüm in einem dezenten Grauton, dazu eine klassische weiße Bluse. Glänzende schwarze High Heels rundeten ihre Auswahl ab. Markennamen interessierten sie nicht besonders, trotzdem waren nur die besten und damit auch teuersten Designerstücke in ihrem Schrank zu finden. Qualität kostete nun mal.

Viktoria ging es auch bei ihrem Streben nach Erfolg nicht primär um Geld, sondern darum, ihr berufliches Ziel zu erreichen. Dass ihr Privatleben dabei zum größten Teil auf der Strecke blieb, interessierte sie nicht. Im Gegenteil: Je weniger Zeit zum Nachdenken übrig blieb, desto besser.

Auch wenn es ihr niemand anmerken würde, schlug ihr Herz höher, als sie eine Stunde später aus dem Aufzug stieg. Sie grüßte Lucy, die Empfangssekretärin der Agentur Langham, mit einem höflichen Kopfnicken. Viktoria war morgens meist eine der Ersten und abends eine der Letzten, die das Stockwerk verließen. Zu Hause wartete nichts und niemand auf sie – nur die Leere, die auch in ihrem Herzen wohnte. Aber heute war ein freudiger Tag und sie schüttelte die trüben Gedanken ab, bevor sie ihr das Glücksgefühl verderben konnten.

Schon in weniger als einer Stunde würde Madeleine Langham in der großen Managementrunde verkünden, dass sie, Viktoria, in Kürze die Agenturleitung übernehmen würde. Viktoria hatte lange und hart auf dieses Ziel hingearbeitet und sich diesen Posten redlich verdient. Sie hatte sich ihren Traum, Geschäftsführerin einer der größten und einflussreichsten Werbeagenturen des Landes zu werden, endlich erfüllt.

Die Absätze ihrer High Heels klapperten auf dem dunklen Parkett, als sie über den Flur zu ihrem Büro ging. Die Alltagsroutine half ihr, die Nervosität auf ein Minimum zu reduzieren. Wie üblich hängte sie als Erstes ihren cremefarbenen Trench an den Garderobenständer, klappte dann ihr Notebook auf und setzte sich an ihren Schreibtisch, um ihr Mailprogramm zu starten.

Der Londoner Skyline in ihrem Rücken schenkte sie an diesem Tag keine Beachtung. Dabei hatte sie eine Aussicht, für die andere morden würden. Aber Viktoria hatte sie oft genug genossen; mittlerweile rief das Panorama nur noch mäßige Begeisterung in ihr hervor, ihren Herzschlag trieb es schon lange nicht mehr in die Höhe.

Das Einzige, womit man sie in diesem Moment glücklich machen konnte, war Kaffee. Da Sarah, ihre Assistentin, sich heute freigenommen hatte, blieb ihr leider keine andere Wahl, als sich selbst darum zu kümmern.

Sie machte sich auf den Weg in die kleine Küche der Agentur, denn ohne den Muntermacher konnte sie nicht existieren. *Mein beinahe einziges Laster*, dachte sie, als sie die Kanne aus der Maschine zog und sich Kaffee eingoss. Koffein brauchte sie wie andere die Luft zum Atmen. Kein Wunder, üblicherweise schlief sie maximal fünf Stunden, um ihre gut gefüllten Tage noch effizienter zu gestalten.

Neben ihrem Job in der Agentur ging sie nur einem Hobby nach: Fitnesstraining. Dafür gönnte sie sich den Luxus einer Personal Trainerin. Als Ausgleich zu ihrer Tätigkeit am Schreibtisch brauchte sie etwas, bei dem sie sich hemmungslos auspowern und die angestaute Energie abbauen konnte. Nur wenn sie am Ende des Tages völlig erschöpft und ausgeglichen war, konnte sie einigermaßen sicher sein, dass die Albträume sie nicht heimsuchten.

Aus dem Augenwinkel nahm Viktoria wahr, wie jemand die Küche betrat. Sie drehte sich mit dem Kaffee in der Hand um und sah in ein markantes, sehr männliches Gesicht. Sie kannte ihn nicht, sie hatte ihn noch nie zuvor in der Agentur gesehen. Dass er sich verlaufen hatte, schloss sie aus. Er wirkte nicht wie jemand, der etwas suchte.

Der hochgewachsene Mann ließ seinen Blick unverhohlen über ihren Körper wandern, bis er schließlich bei ihren Augen angekommen war und sie anlächelte. Er wirkte ein bisschen steif. *Typisch britisch*, dachte sie, verzog aber keine Miene.

Sie nickte leicht und nahm die unverfrorene Musterung kommentarlos hin. Gleichzeitig nutzte sie die Zeit, um ihr Gegenüber einzuordnen.

Maßgeschneiderter Anzug, weißes Hemd, bei dem die oberen zwei Knöpfe nicht geschlossen waren. Er hatte zu seinem kurzen dunkelbraunen Haar einen leicht gebräunten Teint und war glatt rasiert. Auffällig waren seine breiten Schultern, die im Kontrast zu den schmalen Hüften standen. Er war gut gebaut, schlank, aber alles andere als hager. Wahrscheinlich trieb er wie sie selbst regelmäßig Sport, um sich fit zu halten.

Seine blaugrauen Augen ruhten nach wie vor auf ihr und feine Lachfältchen zeichneten sich um sie ab, während er nun grinste, ganz so, als wäre er immer für ein Späßchen zu haben.

»Oh, guten Morgen! Sind Sie so gut und bringen mir auch einen Kaffee? Mein Büro ist am Ende des Flurs«, unterbrach er schließlich das Schweigen mit seinem kräftigen Bariton.

Beinahe wäre Viktorias Kiefer nach unten geklappt. Gerade noch rechtzeitig fand sie ihre Fassung wieder und schluckte diesen Tiefschlag kommentarlos. Er hielt sie für eine der Sekretärinnen? Unglaublich.

Bevor sie etwas antworten konnte, war der arrogante Kerl wieder aus der Küche verschwunden. Als für sie einzig logische Reaktion knallte Viktoria die Schranktür zu. Er würde früh genug mitbekommen, wer sie war, und dann würde es ihm leidtun, sie zum Kaffeeholen degradiert zu haben. Garantiert.

Ein Lächeln huschte über ihr Gesicht. Heute würde gar nichts, absolut nichts, ihre Stimmung trüben. Den Kaffee konnte er sich allerdings selbst holen. So weit würde es noch kommen!

Aber wieso hatte Madeleine ihr nichts von einem neuen Kollegen erzählt? Gestern Abend waren sie noch gemeinsam essen gewesen, da hätte sie die Gelegenheit gehabt, Viktoria über ein neues Teammitglied zu informieren. Schließlich hatten sie den Großteil der Zeit über die Agentur gesprochen. Oder hatte sie nicht richtig zugehört?

Sie ließ den Abend noch einmal Revue passieren. Einige seltsame Bemerkungen hatte Madeleine tatsächlich fallen gelassen, von wegen, sie müsse sich ein Leben neben der Agentur aufbauen und dürfe nicht all ihre Energie ausschließlich in ihre Arbeit stecken. Aber Viktoria hatte es als unwichtigen Small Talk abgetan, schließlich machte ihre Chefin ihr selbst etwas ganz anderes vor. Madeleine lebte für die Agentur Langham, seit ihr Mann verstorben war.

Nein, das konnte sie also nicht gemeint haben. Und außerdem – mit einem neuen Kollegen hatte das nichts zu tun. Viktoria und Madeleine unterhielten ein ausgesprochen gutes, beinahe freundschaftliches Verhältnis. Normalerweise würde die Chefin ihre Nachfolgerin informieren, wenn sie jemand

Neuen für das Team einstellte. Es sei denn natürlich, derjenige füllte nur eine unwichtige Position aus. Aber so hatte der Brite nicht auf sie gewirkt, ganz und gar nicht. Die selbstsichere Ausstrahlung, die Kleidung, der Kaffeeauftrag ... Und sein Büro, das direkt neben ihrem lag, war nicht gerade ein Sekretärinnenzimmer. Das passte irgendwie nicht zusammen und zum ersten Mal an diesem Morgen keimten leise Zweifel in ihr auf.

Es musste sein erster Tag sein – er trug vielleicht einfach ein bisschen dick auf und würde ein anderes Büro bekommen, schlussfolgerte sie und zuckte gleichgültig mit den Schultern. Sicher hatte er eine Position auf der Executive-Ebene bekommen, war also nur ein mittelgroßes Licht in der Agentur.

Viktoria fuhr unbewusst mit dem Zeigefinger über den Tassenrand, während sie überlegte, wo ein neuer Kollege sinnvoll eingesetzt werden könnte. Im Kreativ-Team brauchten sie dringend Unterstützung, derzeit gab es zu häufig Stau bei der Umsetzung ihrer Ideen. Das war plausibel, das Thema hatten sie mehrmals in Madeleines Büro diskutiert. Sicherlich hatte sie einfach vergessen, ihr den Neuzugang anzukündigen, und für den Moment war es Viktoria auch egal, wofür er eingestellt worden war. Nach der großen Verkündigung blieb genug Zeit, herauszufinden, in welchem Bereich er für die Agentur Langham tätig sein würde.

Viktoria atmete tief durch, verließ mit gestrafftem Rücken die Küche und machte sich auf den Weg zum Besprechungszimmer. Sie war eine der Ersten, aber das war nicht ungewöhnlich. Viktoria hasste Unpünktlichkeit, da es in ihren Augen ein Zeichen von Unprofessionalität war, Menschen, mit denen man verabredet war, warten zu lassen. Egal ob beruflich oder privat. Außerdem verurteilte die Chefin Zuspätkommen bei ihren Mitarbeitern aufs Schärfste. Allein deswegen waren eigentlich so gut wie immer alle zur rechten Zeit versammelt, denn ihren Zorn wollte niemand zu spüren bekommen.

Madeleine Langham verlangte mehr als andere. Einen Job bei ihrer Agentur zu haben, bedeutete aber auch, dass man in der Premier League der Werbung angekommen war. Und dafür zahlte man gern den Preis in Form von häufigen Überstunden, manchmal nahezu übermenschlichem Engagement und bedingungsloser Loyalität. Madeleine fackelte nicht lange, wenn sie der Meinung war, jemand passte nicht ins Team. Dann saßen die Betroffenen schneller auf der Straße, als sie sich umsehen konnten. Ihren Mitarbeitern war bewusst, dass ihre Chefin nichts über ihre Autorität gehen ließ, und sie verhielten sich dementsprechend.

Um die Wartezeit zu verkürzen, wechselte Viktoria ein paar Worte mit Jeff, dem Kreativdirektor der Agentur, bevor sie sich auf ihrem Stammplatz niederließ und noch einige Mails auf dem Smartphone bearbeitete. Er hatte nichts von einem neuen Kollegen gesagt, also hatte er kein neues Mitglied in seinem Team zu verzeichnen. Sehr merkwürdig. Aber ihr großer Moment rückte immer näher und sie wollte sich jetzt nicht über etwas Gedanken machen, das sie nicht unmittelbar betraf.

Nach und nach trudelten immer mehr Kollegen des Management-Teams im Besprechungsraum ein. Madeleine kam wie üblich als Letzte in den Raum. Dieses Verhalten unterstrich ihren autoritären Führungsstil. Sie konnte es sich erlauben, zu kommen, wenn alle bereits versammelt waren. Sie nutzte ihren Auftritt, um klarzumachen, wer hier das Sagen hatte.

Man sah ihr nicht an, dass sie die sechzig überschritten hatte, was wahrscheinlich auch an den regelmäßigen Botoxbehandlungen lag. Zudem hatte sie kein Gramm Fett zu viel auf den Rippen und verkörperte Stil und Eleganz. Diese Ausstrahlung konnte man nicht erwerben. Entweder man hatte sie – oder nicht.

Heute trug Madeleine eine cremefarbene Schluppenbluse und einen fliederfarbenen Pencil Skirt, der sich ihren zarten Rundungen perfekt anpasste. Ihr kastanienbraunes Haar fiel in sanften Wellen über ihre schmalen Schultern.

Häufiger hielten Kunden Viktoria für Madeleines Tochter, denn sie hatten nicht nur ein ähnliches Gespür fürs Geschäft, sondern glichen sich auch äußerlich mit ihren langen Haaren und der schlanken Silhouette. Zusätzlich waren beide absolute Karrierejunkies, die ihren Job allem anderen voranstellten. Dass sie darüber hinaus eine Gemeinsamkeit hatten, wusste nur Viktoria. Beide wussten, wie schwer ein Verlust wog. Madeleine hatte die Agentur nach dem frühen Krebstod ihres Ehemannes vor fünfundzwanzig Jahren allein weitergeführt, und das sehr erfolgreich. Aber egal, wie viel Ähnlichkeit sie hatten, Viktoria war nicht Madeleines Abziehbild. Manchmal fühlte es sich dennoch so an, als wäre sie zumindest eine Ziehtochter, auch weil Madeleine ihr mit dem Job in der Agentur wieder einen Sinn im Leben gegeben hatte, als ihr alles leer und unwirklich erschienen war. Sie hatte diese Chance genutzt und jahrelang hart geackert, um die Position zu erreichen, die sie heute innehatte.

»Guten Morgen«, lächelte Madeleine erhaben, blieb vor dem ovalen Besprechungstisch stehen und legte ihre Hände flach auf die Tischplatte. Sie sah sich um, runzelte die Stirn und fuhr dann fort. »Wir sind beinahe komplett.«

Viktoria hob eine Augenbraue und überblickte die Runde. Sie vermisste niemanden. Da ging die Tür auf und der Neue kam – mit einer Tasse Kaffee in der Hand – eilig in den Besprechungsraum.

»Entschuldigen Sie bitte«, nickte er mit einem Augenzwinkern in die Runde, »ich kenne mich hier noch nicht ganz aus.«

In diesem Moment wuchsen Viktorias Zweifel meterhoch. Irgendwas stimmte nicht.

Sie nippte an ihrem mittlerweile nur noch lauwarmen Kaffee und lehnte sich mit überschlagenen Beinen zurück, um sich ihr Befremden nicht anmerken zu lassen.

»Ah, da sind Sie ja endlich, Jake«, fuhr Madeleine etwas ungeduldig fort.

Jake hieß der Schnösel also. Viktorias Kopfhaut kribbelte.

»Kommen Sie an meine Seite, Junge.« Madeleine legte ihm eine Hand auf den Arm und strahlte Jake an.

Diese Vertraulichkeit war nicht gut. Gar nicht gut. Eine dunkle Vorahnung beschlich Viktoria.

Während sie noch mit sich rang, richtete Madeleine sich wieder ans Management: »Da wir nun endlich vollzählig sind, möchte ich die Gelegenheit als Erstes nutzen, um Ihnen Jake Carter vorzustellen. Dieser ehrgeizige Mann hier an meiner Seite wird die Position des Senior Vice President ausfüllen und Hand in Hand mit mir und Viktoria arbeiten.«

Einige Kollegen tauschten verstohlene Blicke, die alte Ziege aus der Buchhaltung grinste Viktoria sogar ganz unverhohlen an. Damit hatte anscheinend niemand gerechnet, am wenigsten Viktoria selbst. Ihr Mund fühlte sich trocken an und ihr Magen war ein einziger Knoten.

Das konnte doch nicht Madeleines Ernst sein! Was war hier los?

Nur am Rande nahm sie die kurze Vorstellung ihres neuen Kollegen wahr. Er strahlte in die Runde und erzählte über seinen bisherigen Werdegang. Außer »Cambridge« und »London School of Economics« hörte sie kaum etwas von dem, was er sagte. Zu tief saß der Schock. Viktorias Traum, die Agenturleitung am heutigen Tag übertragen zu bekommen, war nicht nur zerplatzt, schlimmer noch: Madeleine hatte ihr einen gleichgestellten Typen an die Seite geholt, der ihre bisherige Position sogar noch schwächte.

Übelkeit wallte erneut in ihr auf, aber sie hielt die Fassade aufrecht. Sie war zu geübt darin, ihre Empfindungen zu verbergen, als dass man ihr angesehen hätte, was sie dachte.

Bis zum Ende der Management-Runde hatte sie vergeblich gehofft, dass Madeleine sie doch noch wie ursprünglich abgesprochen zu ihrer Nachfolgerin ernennen würde, aber nichts dergleichen war geschehen. Viktoria fragte sich, was passiert war, dass Madeleine sie derart vor allen degradiert hatte. Als nichts anderes konnte man diese Aktion bezeichnen. Warum hatte sie sie vor vollendete Tatsachen gestellt? War ihre Chefin nicht mehr zufrieden mit ihrer Arbeit? Das war unmöglich, aber die einzig logische Erklärung für diese Wendung. Aber nein, erst gestern hatte sie sie überschwänglich gelobt.

Egal wie sie es drehte und wendete, es war einfach nicht logisch zu erklären und Viktoria verstand die Welt nicht mehr. Sie hatte dringenden Gesprächsbedarf.

Nach dem Meeting – Viktoria hatte den Sitzungsraum als Erste verlassen – stapfte sie schnurstracks zu Madeleines Büro und trat ein. Sie lief unruhig auf und ab, bis ihre Chefin endlich eintraf.

»Viktoria«, tat Madeleine ganz erstaunt, obwohl sie damit gerechnet haben musste, dass Viktoria das Gespräch suchen würde, um eine Erklärung zu fordern. »Was kann ich für dich tun?«, fuhr sie mit nichtssagender Miene fort.

»Madeleine – was für eine Neuigkeit. Hättest du vielleicht die Freundlichkeit, mir zu erklären, aus welchem Grund du mich vor versammelter Mannschaft entgegen aller Abmachungen so mit dem neuen Kollegen ... überrascht hast?«

Madeleine schritt auf ihren Zehn-Zentimeter-Absätzen um den Designerschreibtisch herum und setzte sich mit einer eleganten Bewegung in ihren dunklen Chefsessel. Dabei ließ sie Viktoria keine Sekunde aus den Augen.

»Meine Liebe ...«, fing sie an, als es kurz klopfte und Jake, ohne eine Antwort abzuwarten, ins Büro trat.

Der Mann hatte vielleicht ein Timing!

Viktoria atmete tief durch und zählte innerlich bis fünf. Obwohl sie vor Wut kochte, ließ sie sich nichts anmerken. Sie kannte Jake gerade mal ein paar Minuten und er lag auf ihrer Popularitätsskala bereits weit unter ihrem Ex-Prof. Und das wollte was heißen.

»Jake«, kommentierte Madeleine sein unaufgefordertes Eintreten, »wie gut, dass ihr beide hier seid. Ich muss euch noch etwas mitteilen, das ich nicht in der Management-Runde zur Sprache bringen wollte ...«

Aha. Madeleine hat also doch Hintergedanken. Sie hat es tatsächlich schon länger geplant, schoss es Viktoria durch den Kopf.

Gleichzeitig musterte sie Jake. Er stand lässig und selbstsicher, mit einer Hand in der Hosentasche, neben ihr. Wäre er ihr in einer Bar begegnet und nicht in ihrem Revier, hätte sie ihn sogar als attraktiv bezeichnet. Aber in diesem Fall war er ihr Konkurrent und alles andere zählte nicht. Er war der Feind und den galt es, zu eliminieren.

»In den kommenden Wochen sehe ich mir an, wie ihr arbeitet, und anschließend entscheide ich, wer die Leitung der Agentur übernimmt. Wie ihr beide wisst, habe ich vor, mich zur Ruhe zu setzen, und brauche einen Nachfolger – oder eine Nachfolgerin.«

Viktoria verstand die Worte, aber nicht den Sinn dieser Aktion. Woher der plötzliche Sinneswandel?

Schön, sie musste also einen Konkurrenten ausschalten, um an ihr Ziel zu kommen. Es war absurd und irgendwie fühlte Viktoria sich von Madeleine hintergangen. Sicher, es war ihre Firma, aber nach all den Jahren hatte sie doch etwas mehr Offenheit verdient. Oder hatte sie beim gestrigen Dinner doch etwas nicht gehört – oder hören wollen? Es sah ganz danach aus, anders konnte sie sich die Überraschung des heutigen Tages nicht erklären.

Viktoria sah Jake direkt an, dabei gab sie sich dieses mal keine Mühe, zu verbergen, dass sie von der Situation alles andere als begeistert war. Natürlich konnte sie den Kerl locker in die Tasche stecken, redete sie sich innerlich Mut nach diesem derben Tiefschlag zu.

In genau diesem Moment wandte er sich ihr zu, Viktoria fühlte sich ertappt und ihr Gesicht brannte. Seine klaren Augen ruhten weiterhin auf ihr und es fühlte sich beinahe so an, als könnte er direkt in ihre Seele blicken. Selten hatte sie sich so durchschaubar und damit angreifbar gefühlt. Das brachte sie aus dem Gleichgewicht und sie sah weg, bevor er womöglich etwas in ihr lesen konnte, was ihn absolut nichts anging.

Jake hatte etwas an sich, das ihr ganz und gar nicht behagte. Er strahlte diese unbändige Kraft und Stärke aus, wie man es von Alphas gewohnt war. Bisher war sie, nach Madeleine, die unangefochtene Nummer zwei in der Agentur Langham gewesen und nun stand er plötzlich neben ihr. Er hatte hier nichts zu suchen, ihr gebührte der Geschäftsführungsposten und sonst niemandem.

Sie spürte, wie Hass in ihr aufwallte.

»Was soll das, Madeleine?«, fragte Viktoria. Ihre Stimme klang glücklicherweise kühl und beherrscht und verriet nichts von dem Aufruhr in ihrem Inneren.

Madeleine zögerte einen Moment, schaute zuerst Jake und dann Viktoria mit nichtssagender Miene an, bevor sie antwortete: »Meine Agentur. Meine Entscheidung.«

Unfucking fassbar, schoss es Viktoria durch den Kopf.

Sie bemerkte, dass Jakes Mundwinkel zuckten, während er die Arme vor seiner breiten Brust verschränkte.

»Er ist nicht mal aus der Branche!«, protestierte Viktoria kleinlaut.

Zum einen hatte sie noch nie was von ihm gehört, zum anderen hatte sie ihn während der Sitzung gegoogelt. Ein Sprössling aus gutem Hause, keine nennenswerten Skandale oder Erfolge. Ein Niemand.

Ein millionenschwerer Niemand, korrigierte sie sich im Stillen. Wahrscheinlich bot er Madeleine Geld für die Agentur, dabei hatte sie immer wieder beteuert, dass es ihr genau darum nicht gehe. Elende Lügnerin!

»Genug davon«, sagte Madeleine gelangweilt und wedelte ungeduldig mit ihren manikürten Fingern. »Er hat großes Potenzial, Viktoria. Ihr habt beide eine faire Chance. Ich will mir absolut sicher sein, in wessen Hände ich meine Firma gebe.«

Viktoria holte gerade Luft für eine Antwort, aber Jake war schneller.

»Wenn ich sowieso keine Ahnung habe, brauchst du dir ja keine Sorgen zu machen, Viktoria.«

Seine Stimme klang amüsiert. Er machte sich auch noch lustig über sie? Das war ja wohl die Höhe.

Viktoria presste ihre Kiefer aufeinander und straffte sich.

»Schluss jetzt!«, mischte Madeleine sich jetzt deutlich energischer ein. »Sobald ihr so weit seid, präsentiert ihr mir euer Konzept für unseren – hoffentlich – zukünftigen Kunden Wilken. Und ... lasst euch nicht zu lange Zeit. Der Bessere von euch bekommt den Zuschlag. Und jetzt raus aus meinem Büro. Alle beide!«

Es war immer noch schwer für Viktoria, zu glauben, was in den letzten Stunden passiert war. Aber eines war klar: Sie befand sich im Krieg! Und mit Madeleine hatte sie auch noch ein Hühnchen zu rupfen, wenn sie diesen Blödmann Jake Carter losgeworden war.

Mit zusammengepressten Zähnen rauschte Viktoria aus dem Büro ihrer Chefin und unterdrückte den Fluch, der ihr auf den Lippen lag. Laut hallten ihre Absätze über den Boden des Gangs, während sie innerlich noch einmal langsam bis zehn zählte, um sich zu beruhigen. Die Methode wirkte normalerweise zuverlässig, nur heute wollte es ihr nicht so recht gelingen.

Auch für den Rest des Tages schaffte sie es kaum, sich auf ihre Arbeit zu konzentrieren.

Madeleine hatte ihr mit ihrer heutigen Aktion schlichtweg den Boden unter den Füßen weggerissen. Ihre Zukunft war perfekt geplant gewesen. Sie hatte sich jahrelang buchstäblich den Arsch für die Agentur Langham aufgerissen. Tag und Nacht. Am Wochenende, im Urlaub. Zu jeder Zeit. Und dann kam so ein dahergelaufenes Söhnchen, der ihr die Position streitig machen wollte?

Niemals! Dafür würde sie sorgen. Der Kerl würde nicht der Erste sein, der sich an ihr die Zähne ausbiss. Dafür hatte Viktoria schon zu viel erlebt, zu viel gesehen und zu viel mitgemacht, als dass sie sich so kurz vor dem Ziel die Butter vom Brot nehmen lassen würde.

Mit diesem Gedanken fühlte sie sich besser. Zuversichtlich öffnete sie den Browser ihres Laptops und atmete erneut tief ein und aus, bevor sie mit ihrer Arbeit fortfuhr.

KAPITEL 2

JAKE LEHNTE SICH zufrieden an das kühle Leder seines Drehstuhls und genoss den Ausblick auf Londons City. Sein neues Büro hatte was. Definitiv.

Er kaute auf seinem Kugelschreiber, während er nachdachte. Natürlich hätte er es nicht nötig gehabt, in der Agentur Langham anzuheuern. Kohle hatte er weiß Gott genug. Das Imperium seiner Familie war weitverzweigt und er hätte ganz einfach seine Position im Carter-Konzern festigen können. Aber nach dem letzten Streit mit seinem Vater, der ihm zum wiederholten Male unter die Nase gerieben hatte, dass er seinen Sohn gern mal der freien Wildbahn überlassen würde, um ihn fit für das echte Wirtschaftsleben zu machen, hatte Jake nun das Bedürfnis, zu beweisen, dass er es draufhatte. Sein Leben war in dieser Hinsicht bis dato sehr bequem gewesen, man konnte fast sagen: langweilig. Und dann war er in einer Bierlaune auf die dumme Idee gekommen, mit seinem besten Freund Mike zu wetten. Wobei man fairerweise dazusagen musste, dass Mike ihn provoziert hatte und Jake so was grundsätzlich nie auf sich sitzen ließ. Mikes Sticheleien waren der Tropfen gewesen, der das Vater-Sohn-Fass zum Überlaufen gebracht hatte.

Dabei hatte der Abend ganz gechillt angefangen. Sie waren, wie so oft an einem Samstag, unterwegs gewesen. Aus heiterem Himmel hatte sein Kumpel, als sie bei der Garderobe ihres Stammclubs hatten warten müssen, damit angefangen, dass Jake als Kind aus reichem Hause es allein nie zu etwas bringen würde. Ohne Papas Geld würde er ein Niemand sein und es nie ganz nach oben auf der Karriereleiter schaffen. Zu diesem Zeitpunkt hatte sich Jake zwischen zwei Möglichkeiten entscheiden können: Mike die Fresse zu polieren und ihn die längste Zeit als Freund bezeichnet zu haben oder die Herausforderung anzunehmen und ein für alle Mal klarzustellen, dass er es ebenso in einem externen Arbeitsverhältnis schaffen würde.

Die Freundschaft war ihm wichtiger gewesen.

Tja, und die Werbebranche hatte ihn eigentlich schon immer gereizt. Außerdem ging es um einen Sportwagen, den der Sieger bekommen würde.

Jake mochte Autos. Vor allem die flachen und besonders schnellen, sei es ein Lamborghini, Ferrari oder Maserati.

Für den Gewinner bedeutete der Sieg, dass er einen nigelnagelneuen Maserati GranTurismo unter dem Hintern haben würde. Und das würde Jake sein.

Deswegen saß er nun in einer der einflussreichsten Agenturen Londons und strebte nach der Leitung. Für ihn hatte festgestanden, dass er nicht komplett bei null anfangen wollte, schließlich sollte ihn sein kleines Erfolgsprojekt nicht über mehrere Jahre von Gründung bis Börsengang beschäftigen. Er würde diese Firma übernehmen, expandieren und dann möglicherweise an den Meistbietenden verkaufen, wenn er fertig damit war.

Die Kleine von nebenan würde ihm dabei nicht im Weg stehen, dafür würde er sorgen. Er kannte karrieregeile Tussen wie diese zur Genüge, und sie nervten ihn. Gewaltig.

Elena, seine Ex, war eine vom selben Schlag wie Viktoria. Er war froh, dass er sie losgeworden war, noch bevor er Unsummen in eine Scheidung hatte investieren müssen. Denn diese Sorte Frau änderte sich nie. Wobei genau genommen *sie ihn* verlassen hatte, nachdem sie ihn betrogen hatte.

Egal. Elena war Geschichte und von jetzt an würde er die Finger von karrierebesessenen Frauen lassen. Einmal verbrannt, für immer gebannt.

Schnell schüttelte er die Gedanken an seine Ex ab. Er hatte keine Zeit zu verschwenden, sondern musste sich schnellstmöglich ein Bild über die Gesamtsituation des Pitches machen und dann den Auftrag an Land ziehen. Ihm blieb wenig Zeit, sich gründlich einzuarbeiten, denn die hübsche Viktoria war ein durchaus ernst zu nehmender Gegner und sie sollte keinen allzu großen Vorsprung bekommen.

Jenseits ihres Sexappeals hatte sie sicher auch was auf dem Kasten, sonst wäre sie nicht als Madeleines Vize in der Agentur tätig. Jake hatte seine Hausaufgaben gemacht und über seine Rivalin geforscht, auch wenn es diesbezüglich kaum Informationen im Netz gab. Aber ihr beruflicher Track-Record, seit sie für Langham tätig war, war beachtlich.

Entschlossen machte er sich an die Arbeit, um am Ende nicht doch noch den Kürzeren zu ziehen.

Jake war vertieft in seine Recherche, als sein Handy piepte. Er nahm es zur Hand und sah, dass er eine Snapchat-Nachricht bekommen hatte. Von Viktoria.

Sie war schnell. Sogar verdammt schnell. Es imponierte ihm ein bisschen, dass sie sich innerhalb kürzester Zeit seine Kontaktinformationen besorgt hatte und direkt loslegte. Er war gespannt, was sie ihm über diese App mitteilen wollte.

Eine Videobotschaft.

Sieh mal einer an, was will die Kleine von mir?

Ein Lächeln umspielte seine Lippen, als er sich ihre Nachricht ansah.

In dem kurzen Filmchen sah er Viktoria in ihrem Büro sitzen, das hübsche herzförmige Gesicht im Zentrum des Screens lächelnd.

»Verpiss dich aus meinem Revier, sonst wird es ungemütlich für dich!«

Jake lachte laut auf. Diese Schlange. Es gab keine Möglichkeit, die Nachricht zu speichern. Ein Screenshot brachte in dem Fall auch nichts, da sie freundlich ihre geraden weißen Zähne zeigte. Oder eher: fletschte. Deswegen also über Snapchat.

Aber was sie konnte, konnte er schon lange. Kurzerhand sandte er ihr eine Videobotschaft zurück.

»Der Bessere möge gewinnen.«

Jake legte sein Smartphone zur Seite. Vielleicht würde die Sache doch noch ganz amüsant werden. Wenigstens spielte sie mit offenen Karten. Dazu gehörte eine ordentliche Portion Rückgrat, und die hatte sie anscheinend – neben ganz netten Kurven. Die waren ihm natürlich auch nicht entgangen.

Es sollte ihn nicht interessieren, ob sie hübsch oder hässlich war. Er würde sich nicht ablenken lassen und ihr einfach keine weitere Beachtung schenken.

»Mr Carter?«, hörte er seine Sekretärin.

Er unterdrückte ein Grinsen, als er daran dachte, dass er am Morgen Viktoria irrtümlich für eine der Assistentinnen in der Agentur gehalten hatte. Kein gelungener Einstieg, aber er war auch nicht auf der Suche nach einer neuen besten Freundin, von dem her war es egal. Im Gegenteil, er konnte sich jetzt vorstellen, wie sehr er Viktoria mit seiner Bitte um eine Tasse Kaffee beleidigt hatte. Jetzt realisierte er auch, warum sie ihn in der Küche so merkwürdig angesehen hatte.

Göttlich. Einfach göttlich.

»Ja bitte?«, erwiderte er gut gelaunt.

»Ich habe einige Informationen für Sie zusammengestellt. Wenn Sie Zeit hätten, könnte ich sie mit Ihnen durchgehen?«

»Sicher, kommen Sie.« Er stand kurz auf und deutete auf den Stuhl vor seinem Schreibtisch.

Bereits nach zehn Minuten war ihm klar, dass die blonde Miss Dashwood nicht die hellste Kerze auf der Torte war. Wie hatte sie den Job nur bekommen? Ihr einziger Vorteil, neben ihrem Aussehen, war, dass sie die Vorgänge in der Agentur kannte und ihm erklären konnte, wie der Hase hier lief. Er würde ihr also eine Chance geben. So schlimm würde es schon nicht werden, schließlich sollte sie für ihn nicht die Relativitätstheorie neu erfinden. Ein paar Emails schreiben, telefonieren und Unterlagen zusammenstellen, das würde sie sicher hinbekommen.

»Gut, dann recherchieren Sie bitte noch weiter zu dem Thema und geben mir morgen früh Ihre Zusammenfassung, ja?«, beendete er das Gespräch und seufzte leise auf, als sie sein Büro wieder verlassen hatte. Hoffentlich beging er damit keinen Fehler. Er hatte jede Hilfe nötig, da er, wie Viktoria ihm direkt vor Madeleine aufs Brot geschmiert hatte, keine Ahnung von dieser Branche und außerdem nicht die Zeit hatte, sich um alles selbst zu kümmern.

Während er sich in den letzten Tagen auf seine neue Position vorbereitet hatte, war ihm mit jeder analysierten Kampagne klarer geworden, dass es bei der Agentur Langham nicht nur um spektakuläre Auftritte ging. Werbung zu machen, war keine atemberaubende Abfolge brillanter Transaktionen. Die Arbeit in einer Agentur wie dieser beinhaltete vor allem den behutsamen Aufbau und die akribische Pflege von Kundenbeziehungen, worauf ihn Madeleine beim Einstellungsgespräch mehrfach eindringlich hingewiesen hatte. Vertrauen war die Grundlage für die ganz großen Mandate und dafür brauchte es präzise Arbeit als Voraussetzung und Katalysator der Zusammenarbeit. Das wiederum war vertrautes Terrain – darum ging es auch in dem Business, aus dem er kam. Glücklicherweise hatte er gern mit Menschen zu tun, das war sogar eines der wenigen Komplimente, die sein Vater ihm gemacht hatte: dass kaum einer besser auf Managementebene mit Mitarbeitern und Geschäftspartnern umgehen könne als Jake. Seine Stärken würde er sich nun in der Agentur zunutze machen.

Zufrieden lächelnd zog er seinen Laptop ein Stück näher zu sich heran und öffnete den Internetbrowser. Als Erstes musste er eine Menge über Mineralwasser lernen. Damit wäre er sicher für den Rest des Tages beschäftigt.

Viktoria rieb sich die Nasenwurzel. Es war bereits kurz vor acht, aber sie hatte bei Weitem nicht das geschafft, was sie sich vorgenommen hatte. Sie seufzte resigniert, drehte sich mit ihrem Bürostuhl und legte die Füße auf das Fensterbrett. In ihren Händen spielte sie mit einem Rubik's Cube, dem berühmten Zauberwürfel der Achtziger. Das beruhigte üblicherweise ihre Nerven, heute jedoch blieb die erwünschte Wirkung aus. Leider.

»Scheiße«, stöhnte sie leise und schwang ihre schlanken Beine auf den Boden. »Es hat einfach keinen Sinn.«

Kurzerhand packte sie ihre Unterlagen und das Notebook zusammen, schaltete die kleine Stehlampe auf ihrem Schreibtisch aus und verließ ihr Büro.

Ihre Laune besserte sich nicht, als sie noch Licht in Jakes Büro brennen sah. Natürlich saß dieser kleine Arschkriecher an seinem Schreibtisch und arbeitete an ihrem Niedergang.

Heute würde sie nichts mehr unternehmen, um das zu verhindern. Sie musste als Erstes einen klaren Kopf bekommen, außerdem war sie mit ihrer Personal Trainerin Samantha zum Squash verabredet – und die Bewegung brauchte sie nach diesem Tag ganz besonders.

»Was ist heute nur los mit dir?«, fragte Samantha, nachdem sie auch den zweiten Satz beinahe zu null gewonnen hatte.

»Ich weiß auch nicht, ich gebe mir jetzt mehr Mühe«, gab Viktoria mürrisch zurück. »Lass uns weiterspielen.«

»Soll ich dir *noch mal* den Arsch versohlen, Schätzchen?«, witzelte Samantha.

»Wir werden gleich sehen, wer hier wem den Arsch versohlt. Ich muss mich dringend abreagieren!«

Samantha hob eine Augenbraue, nahm den kleinen Gummiball vom Boden und drückte ihn Viktoria in die Hand.

»Gut, dann konzentrier dich, sonst können wir uns das hier sparen.«

»Ja, Mama.« Viktoria begab sich in Position und tippte ungeduldig mit dem Fuß auf den Boden.

Samantha lächelte schief, nahm sich ihr Handtuch aus der Ecke und wischte sich damit den Schweiß aus ihrem hübschen Gesicht. »Du bezahlst mich dafür, dass ich dich antreibe, schon vergessen?«

»Wie könnte ich! Bei den Stundenpreisen!«, lachte Viktoria jetzt.

Dabei konnten sie sich vertrauensvoll anzicken, weil sie mehr als das Gehalt verband. Bei Samantha musste Viktoria sich nicht verstellen, weil es nicht ums Geschäft ging. Mit ihr konnte sie beim Joggen, Hiken, CrossFit, egal wann, über alles reden. Sie verbrachten mehr Zeit zusammen als mit ihrer Familie, was aber auch daran lag, dass Viktoria selten nach Hamburg reiste. Sie pflegte zu ihrem Bruder Elias ein durchaus inniges Verhältnis, aber weil sie beide beruflich sehr eingespannt waren, trafen sie sich nur selten. Und wenn Elias nicht gerade mit einem Deal beschäftigt war, tobte er mit einer hübschen Frau durch die Betten dieser Erde. Sehr zum Leidwesen ihrer Mutter, die sich für ihren Sohn wünschte, dass er endlich etwas ruhiger wurde und sich eine feste Partnerin suchte. Bei Viktoria hatte sie es aufgegeben. Ihr war klar, dass sie dafür noch nicht wieder bereit war. Es vielleicht niemals sein würde.

»Dann fang endlich an, oder soll ich Spinnweben ansetzen?«, holte Samantha sie zurück in die Realität.

»Bitte schön, es geht los!« Viktoria positionierte sich für ihren Aufschlag. Dieses Mal würde sie sich nicht wieder von Samantha in die Ecke treiben lassen.

Reiß dich endlich zusammen, Viktoria, ermahnte sie sich noch einmal selbst und warf den Ball in die Luft. Aber es hatte keinen Sinn. Sie war einfach nicht bei der Sache. Auch den dritten Satz gab sie beinahe punktfrei ab.

»Ich glaub, das war's für heute, Sam. Sorry!«, entschuldigte sie sich. Es war schon seit Ewigkeiten nicht mehr vorgekommen, dass sie derart unterlegen war.

»Hm. Was ist los mit dir?« Ihre Trainerin sah sie kritisch an.

»Ich habe einen neuen Kollegen bekommen«, erwiderte Viktoria genervt.

»Das interessiert dich doch sonst nicht die Bohne«, erwiderte Samantha belustigt. »Ich habe schon gedacht, es wäre was Schlimmes.«

»Tja, schlimm ist es schon. *Dieser* Kollege sägt nämlich an meinem Stuhl … mit einer Kettensäge!«, stieß Viktoria wütend hervor.

Samantha hielt in ihrer Bewegung inne. »Was? Erklär mal – ich dachte, du und Madeleine versteht euch so gut?«

Viktoria presste die Lippen aufeinander, bevor sie antwortete. »Ich verstehe es leider selbst nicht. Eigentlich dachte ich, dass mit meiner Geschäftsführungsposition alles klar wäre. Zwischen mir und Madeleine hat alles gepasst, das habe ich zumindest angenommen – bis heute. Mann! Ich habe so oft eingesteckt, weil ich nur so lernen konnte. Aber anscheinend hat sie es sich anders überlegt. Komm!«

Viktoria schüttelte den Kopf, nahm ihre Sachen und hielt die Glastür für ihre Begleiterin auf. Gemeinsam verließen sie den Squashraum und gingen in Richtung Umkleiden.

»Schräg – irgendwas muss doch vorgefallen sein. Ihr wart ja fast wie Topf und Deckel, du und deine Chefin«, meinte Samantha stirnrunzelnd.

»Nein, gar nichts ist vorgefallen. Das ist es ja. Ich kapier es einfach nicht. Erst wollte ich Madeleine zur Rede stellen. Das bringt aber nichts, wie ich jetzt eingesehen habe. Wenn sie einmal eine Meinung hat, weicht sie nicht davon ab. Zu insistieren, würde meine Position momentan nur noch mehr schwächen. Ich habe maximal einen Monat, um den Kunden an Land zu ziehen. Danach fallen die Würfel.«

Samantha nickte und legte sich das Handtuch über die Schultern, sodass einige ihrer bunten Tattoos nun verdeckt waren.

»Puh, das klingt dramatisch. Ich drücke dir die Daumen. Versteh einer die Welt!«, stöhnte Samantha und schüttelte den Kopf. Sie hielt Viktoria die Tür zu den Umkleiden auf und sie verabschiedeten sich mit einem flüchtigen Winken.

Erschöpft und schlecht gelaunt stocherte Viktoria in ihrem Caesar Salat. Sie war direkt nach Hause in die Harley Gardens im Stadtteil Chelsea gefahren und hatte sich Abendessen gemacht, obwohl sie keinen Appetit gehabt hatte. Zum Salat hatte sie sich einen grünen Smoothie gemixt, aber selbst dieser Vitamincocktail schmeckte heute schal.

Vor ihr flammte das Feuer im Gaskamin hoch und leise Klaviermusik tönte aus den verdeckt eingebauten Lautsprechern.

Genervt schob sie den Salat beiseite und zog das Laptop auf ihre Oberschenkel. Sie blickte auf den weißen Bildschirm, ihre leere PowerPoint-Präsentation. Ihr fehlte weiterhin eine zündende Idee für die Kampagne.

Leise fluchend gab sie einige Suchwörter in den Browser ein und scrollte durch die Ergebnisse. Nichts davon brachte sie weiter.

Skype poppte auf. Ihre Mutter versuchte, sie zu erreichen. Normalerweise ging sie nicht dran, wenn sie arbeiten wollte, aber da ihr sowieso nichts einfiel, konnte sie auch ein Schwätzchen mit ihrer Mutter halten.

»Hi, Mama«, beantwortete sie den Anruf. »Wie geht's?«

»Hallo, Viktoria, dasselbe wollte ich dich fragen.« Ihre Mutter lächelte sie durch die Kamera an. Sie saß im elterlichen Wohnzimmer und hatte das iPad ganz offensichtlich auf ihren Oberschenkeln aufgestützt, da die obere Hälfte von ihrem Kopf nicht zu sehen war. Aber Viktoria fand es schon erstaunlich, dass ihre so konservative Mutter überhaupt neue Medien wie Skype benutzte. Vor ein paar Jahren wäre das noch undenkbar gewesen. Aber hatten sich nicht alle ein bisschen verändert, nach dem, was geschehen war? Alles erinnerte sie daran. Obwohl die Angst vor dem Tag sie in diesem Jahr weniger lähmte als die Jahre zuvor.

»Ach, viel Arbeit. Du weißt, wie das ist«, antwortete sie ausweichend.

Ihre Mutter seufzte. »Ja, ich kann es mir vorstellen. Ich hatte gehofft, du würdest mal etwas kürzertreten.«

Viktoria verzog den Mund. Das war einfach unmöglich und lächerlich zugleich. Ihre Mutter wusste doch, dass es für sie außer ihrem Job nichts mehr gab, wofür sie leben wollte. Die Arbeit half ihr dabei, klarzukommen. Ihr Leben im Griff zu haben. Momentan hegte sie sogar eher Befürchtungen, dass sie anfing, zu vergessen. Zu dieser Jahreszeit war sie in den vergangenen Jahren nie so ausgeglichen gewesen. War weniger an Katie zu denken das erste Anzeichen dafür, dass die Erinnerungen verblassten? Und wenn sie schließlich ganz im Grau verschwanden …? Die bloße Vorstellung entsetzte Viktoria zutiefst.

»Viktoria, Schatz? Hörst du mich?«, fragte ihre Mutter in die Stille.

Viktoria zuckte zusammen. »Entschuldige. Aber nein, Mama, momentan kann ich ganz sicher nicht kürzertreten. Ich habe hier noch ein Projekt, das muss ich zum Laufen bringen, und dann wird es besser.«

Viktoria wusste nicht, wie oft sie ihrer Mutter diese Antwort schon gegeben hatte, wie oft sie dieses Gespräch schon geführt hatten. Natürlich hatte sie nicht vor, weniger zu arbeiten. Im Gegenteil. Wenn es nach ihr gegangen wäre, hätte man die Wochenenden abschaffen können. Verdrängen. Das hatte ihr in den letzten Jahren geholfen, um nicht durchzudrehen. Mittlerweile war es zum Automatismus geworden.

»Ja, natürlich – aber wenn du mich fragst, mein Kind, bist du arbeitssüchtig«, teilte ihre Mutter ihr mit und schüttelte sanft den Kopf. Gertrud Denkhaus begriff nach wie vor nicht, wieso ihre Tochter die Arbeit zwingend brauchte. Dass die

Arbeit Viktoria geholfen hatte, wieder Fuß im Leben zu fassen, verstand sie, aber nicht, dass sie nun zu ihrem Lebensinhalt geworden war und sie Sinn und Erfüllung darin fand.

»Ach Mama. Wie geht es Papa und meinem Lieblingsbruder?«, erwiderte sie mit einem kleinen Seufzer.

Elias hingegen verstand ganz genau, warum sie für ihre Arbeit lebte. Ihn hatte der Verlust seiner Nichte auch sehr mitgenommen. So sehr, dass er gelegentlich geäußert hatte, dass er selbst niemals Kinder haben wollte. Mit der Zeit würde er seine Meinung vielleicht ändern, wenn er die richtige Frau gefunden hatte. Das hoffte sie zumindest für ihn.

»Die haben das gleiche Problem wie du. Sie sind immer nur am Arbeiten! Elias kriege ich nicht mal ans Telefon und er kommt so selten bei uns vorbei. Aber nach allem, was man hört und in der Klatschpresse liest, hat er auch privat genug zu tun. Meistens sind sie hübsch. Aber das ist dir ja nicht neu, dass dein Bruder einen in meinen Augen unanständigen Frauenverschleiß hat.« Gertrud Denkhaus' Gesicht rötete sich.

Viktoria hatte Verständnis für die leichte Beschämung ihrer Mutter. Elias war ein Womanizer, wie er im Buche stand.

»Das hört bestimmt irgendwann auf!«, meinte Viktoria tröstend, aber in Gedanken war sie schon wieder ganz woanders. Außerdem hatte sie wirklich keine Lust, über Elias' Liebesleben zu diskutieren. Er war schließlich alt genug, um für sich selbst entscheiden zu können …

»Mein Schatz, ich wollte nur mal hören, wie es dir geht. Weißt du schon, wann du nach Hamburg kommst?«

Viktoria sah auf ihr Handgelenk und die kleine Tätowierung, die sonst unter der Armbanduhr versteckt war. Dann schluckte sie. »Nein«, gab sie leise zurück, »aber ich werde mich in den nächsten Tagen darum kümmern. Ich muss jetzt Schluss machen, noch arbeiten …«

Ihre Mutter runzelte die Stirn. Es war kein Hexenwerk, zwischen den Zeilen herauszuhören, dass Viktoria nicht in der Stimmung für einen Schwatz war.

»Ja, ist schon okay. Aber melde dich mal, wenn du Zeit hast, ja? Du fehlst uns hier.«

Viktoria musste schlucken. Ihre Eltern fehlten ihr auch. Gleichzeitig fürchtete sie sich aber davor, zurückzukommen und sich ihrer Trauer erneut stellen zu müssen.

»Danke, Mama. Mach ich. Grüß mir die beiden schön!«

»Klar. Bis bald, Schatz. Lass uns diese Woche noch mal telefonieren, ja?«

In Viktoria breitete sich dieses ambivalente Gefühl aus, das sie allzu gut kannte, als sie sich von ihrer Mutter verabschiedete.

»Ciao, Mama.«

Sie klickte auf den roten Hörer und warf sich kurz auf das Sofa, bevor sie nach einer kurzen Pause zu ihren Recherchen zurückkehrte. Die Arbeit erledigte sich nicht von allein und sie hatte jetzt nicht die Zeit, in Erinnerungen zu versinken.

Viktoria stieg früher als üblich aus dem Aufzug in der vierzehnten Etage. Lucy, die Empfangssekretärin, war noch nicht an ihrem Platz. Der Nachtportier wachte auf seinem Stuhl, da jedes Stockwerk aus Sicherheitsgründen rund um die Uhr besetzt war.

»Guten Morgen, George«, grüßte sie im Vorbeigehen.

In zwei Stunden würde hier emsiges Treiben herrschen, momentan lag der Gang noch im Dämmerlicht und einzig und allein das Klackern ihrer High Heels durchbrach die Stille in der Agentur. Sie genoss die Ruhe am Morgen. Zu dieser Tageszeit hatte sie oft die besten Ideen.

Ihr Büro lag am Ende des Ganges und schon aus einiger Entfernung sah sie, dass nebenan Licht brannte. Vermutlich hatte jemand vergessen, es auszuschalten. So viel zum Thema Energiesparen.

Oder – aber das war doch nicht möglich – hatte der Kerl hier übernachtet?

Sie unterdrückte einen Fluch und verlangsamte ihre Schritte. Tatsächlich, diese kleine Ratte saß schon am Schreibtisch und grinste sie kackfrech an, während er seinen Kopf hob.

»Guten Morgen, endlich ausgeschlafen?«, rief er ihr zu.

Es war gerade mal kurz nach sieben und er tat so, als hätte sie den halben Tag im Bett verbracht. Keine Frage, der Mann wusste, wie man jemanden provozierte. Aber sie ging nicht darauf ein. Auf sein Niveau würde sie sich keinesfalls herablassen.

»Guten Morgen, und selbst?«, gab sie lächelnd zurück und setzte ihren Weg fort.

Jake konnte sie mal kreuzweise. Einzig und allein das leichte Zittern ihrer Finger, als sie ihre Unterlagen auf dem Schreibtisch ausbreitete, verriet, dass sie ein Problem mit der neuen Situation hatte.

Als Erstes brauchte sie auf jeden Fall und ganz dringend einen starken Kaffee. Ohne Koffein in der Blutbahn konnte sie um die Uhrzeit einfach nicht denken.

Missmutig stapfte sie in die Küche und bereitete sich einen doppelten Espresso zu. Heute benötigte sie definitiv etwas Stärkeres als einfachen Kaffee, denn sie musste Jake sicher den ganzen Tag im Büro gegenüber ertragen.

Nach dem ersten Schluck fühlte sie sich gleich viel besser. Sie schloss die Augen für einen Moment und genoss den zartbitteren Geschmack in ihrem Mund.

»Träumst du?«, hörte sie eine weibliche Stimme.

»Guten Morgen, Sarah!«, erwiderte Viktoria freundlich und öffnete ihre Lider. »Du bist früh dran.«

Ihre Sekretärin machte eine wegwerfende Handbewegung. »Ich hatte so im Gefühl, dass du mich brauchen würdest. Wer ist der Hottie im Nachbarbüro?« Sarah warf ihre rotblonden Haare über die Schultern und sah sie mit ihren großen meergrünen Augen an.

Viktoria zog eine Grimasse. »Hottie?«

»Sieht er nicht toll aus?«, schwärmte Sarah verträumt.

»Ist mir nicht aufgefallen. Er ist jedenfalls ein Idiot, den wir loswerden müssen«, informierte Viktoria sie trocken.

Sarah verschränkte die Arme vor ihrem üppigen Dekolleté. Ihre treue Assistentin war sich ihrer Reize durchaus bewusst. Sie setzte sie von Zeit zu Zeit schamlos gegenüber der Männerwelt ein, wenn es ihrem Zweck dienlich war. Was die Herren der Schöpfung jedoch selten bemerkten, war, dass sie nicht nur aus einer schönen Hülle bestand. Sarah versteckte sich hinter einer sexy Fassade, was Viktoria längst durchschaut hatte. Ihr Herz saß am rechten Fleck und in den gemeinsamen Arbeitsjahren hatte sich zwischen ihnen beinahe ein freundschaftliches Verhältnis entwickelt. Allerdings überschritten sie selten die Grenze zum Privaten. Trotzdem, sie vertraute Sarah wie niemand anderem sonst in ihrem Umfeld. Mit Samantha konnte sie sich auspowern und Alltagsprobleme besprechen, mit Sarah wäre sie Pferde stehlen gegangen.

»Ich hoffe doch, nicht so bald. Also, ihn loswerden, meine ich. Schon lange her, dass wir mal einen so netten Anblick in Büronachbarschaft hatten«, lachte Sarah und wackelte anzüglich mit den Augenbrauen.

Viktoria trat einen Schritt auf ihre Assistentin zu. »Madeleine hat mich gestern in der Management-Runde vor allen brüskiert, indem sie verkündete, dass er neben mir ein gleichberechtigter Anwärter auf den Posten ist. Also, wenn *er* bleibt, hast du bald keinen Job mehr«, warnte Viktoria ihre Assistentin.

Sarah kniff die Augen zusammen, dann grinste sie. »Als ob ich diese Motivation brauchen würde. Du weißt, dass du auf mich zählen kannst. Komische Nummer, die Madeleine da abzieht.«

»In der Tat. Ich weiß noch nicht, wie, aber ich will meinen alten Status zurück. Wir müssen uns was einfallen lassen.« Viktoria stellte ihre Tasse geräuschvoll ab.

Sarah spielte nachdenklich mit einer Strähne ihrer rotblonden Haare und hielt dann mit einer schnellen Geste Viktoria am Arm fest. »Pass auf, Viktoria: Für ihn arbeitet unsere reizende Miss Dashwood. Die ist dumm wie Bohnenstroh. Keine Ahnung, wie die so lange hier überlebt hat.«

»Das kann ich dir sagen. Sie hat unserem Personalchef sicher mehrmals einen geblasen«, erwiderte Viktoria gelangweilt.

Sarah gab gespielt entrüstet zurück: »Ach herrje. Das ist natürlich ein stichhaltiges Argument. Na gut, ich meine nur, wir können sie sicher benutzen, um ihn zu manipulieren. Außerdem kann das Dummchen kein Geheimnis für sich behalten, wenn ich sie nur nett frage.«

Viktoria nickte. »Sehr gut. Sounds like a plan.«

»In spätestens vier Wochen ist der Kerl Geschichte.«

Viktoria und Sarah gaben sich High five und gingen dann gemeinsam den Flur entlang, zu ihren Schreibtischen.

Obwohl Sarah anscheinend zuversichtlich war, dass es kein Problem werden würde, Jake loszuwerden, war sich Viktoria vollständig im Klaren darüber, dass er sicher nicht kampflos das Feld räumen würde. Sie musste auf jeden Fall mehr über ihn herausfinden, um genau zu wissen, mit wem sie es zu tun hatte.

Fürs Erste gab sie sich jedoch damit zufrieden, was Google über ihn ausspuckte. Es war nicht so schwer, Informationen über die Person Jake Carter zu finden. Er lebte nicht weit von ihr entfernt, in der Nähe des Hyde Parks, das hatte sie schon gestern aus der Personalakte erfahren. Beste Wohngegend also, aber sie hatte auch nichts anderes erwartet. Dass er ein reicher Erbe war, wusste sie ja bereits. Aber was verdammt noch mal, wollte er hier in *ihrer* Agentur?

Auf einer anderen Website entdeckte sie Bilder von ihm mit einer hübschen Blondine. Aha, er führte also eine Beziehung mit Elena Hayman. Die Dame bewegte sich in der Londoner Upperclass wie in ihrem Wohnzimmer. Beruflich war sie im Investmentbanking zu Hause, und das ziemlich erfolgreich. Die beiden schienen schon mehrere Jahre zusammen zu sein.

Aber Moment mal, in einem Artikel der Regenbogenpresse war vor einem guten halben Jahr die Trennung breitgetreten worden. Na ja, murmelte sie vor sich hin, wahrscheinlich hatte die Gute herausgefunden, dass er ein chauvinistischer Arsch war, und ihn dann verlassen.

Viktorias Mundwinkel bogen sich nach oben, während sie sich über ihre Schlussfolgerung amüsierte.

Carters Eltern lebten in Südfrankreich, die Konzernleitung hatte der ältere Bruder Ryder inne. Jake war also der Kleine in der Familie, der sich seine Sporen woanders verdienen musste? Das erschien ihr die einzig logische Erklärung. Wobei er alles andere als *klein* war, mit Anfang dreißig und einer Körpergröße von mindestens eins fünfundachtzig.

Trotz oder gerade wegen seiner Attraktivität fand sie ihn noch bescheuerter, wie er mit der Blondine kleidungstechnisch perfekt aufeinander abgestimmt im Smoking auf dem roten Teppich abgelichtet war.

Viktoria schüttelte unwillig den Kopf. Außen hui, innen pfui, oder so ähnlich. Hinter Jakes strahlender Fassade steckte etwas ganz anderes. Dieser Kerl wollte ihr die Geschäftsführung streitig machen und das kam nicht infrage.

Viktoria schloss ein Internetfenster nach dem anderen und fuhr mit der Recherche über den Wilken-Konzern fort. Sie konnte ihre Zeit sinnvoller nutzen, als sich stundenlang mit Jake Carter aufzuhalten.

Sie prüfte die Vorgaben für die Kampagne noch einmal und suchte nach Informationen über die Wasserquelle in Island und die dazugehörige Fabrik. Sie hatte vor, Jakes stumpfer Sekretärin über Sarah ein gefälschtes Infopaket zukommen zu lassen. Sie würde es garantiert nicht merken, weil sie Sarah vertraute, und damit Jake mit ihrer Dummheit ganz schön in die Bredouille bringen. Madeleine hasste stümperhafte Arbeit und das konnte Viktoria den entscheidenden Vorteil in der Kampagne bringen. Damit dürfte er in der nächsten Management-Runde wie ein Depp aussehen. Genau das, was ein Kerl wie er verdient hatte. Viktoria klatschte gut gelaunt in die Hände.

Ihr Magen hing ihr längst bis zu den Knien, als sie schließlich auf dem Weg zu einem späten Lunch war. Die Aufzugtüren waren gerade dabei, sich zu schließen, als jemand seine Hand dazwischenschob, worauf sie sich wieder öffneten.

Jake Carter. Wer sonst!

Viktoria unterdrückte ein Augenrollen, gab sich stattdessen gelassen. »Wie läuft's?«, fragte sie lächelnd. »Schon eingearbeitet?«

Jake warf ihr einen seitlichen Blick zu. Auch heute trug er wieder einen perfekt sitzenden Anzug, darunter ein strahlend weißes Hemd, bei dem die obersten Knöpfe nicht geschlossen waren. Seine Haare waren perfekt unfrisiert und die linke Hand steckte lässig in der Hosentasche.

Er zuckte mit den Schultern. »Ja, es läuft ganz gut. Danke der Nachfrage.«

Im siebten Stock stiegen drei weitere Anzugträger in den Lift und peinliches Schweigen breitete sich zwischen ihnen aus. Viktoria war froh, dass sie im Erdgeschoss getrennter Wege gingen. Der Kerl war ein rotes Tuch für sie und sie wollte ihn nicht öfter sehen als unbedingt notwendig.

Sie setzte ihren Weg zu ihrem Lieblings-Coffeeshop fort und orderte einen Lachsbagel und einen Karamell-Macchiato. Sie schnappte sich die Tageszeitung und genoss ihren Lunch in aller Ruhe im Laden.

Der restliche Arbeitstag verflog nach dem Mittagessen schneller, als ihr lieb war. Nachdem sie das Informationspaket für Miss Dashwood fertig und an Sarah weitergemailt hatte, kümmerte sie sich endlich um ihre eigentliche Arbeit. Sie verbrachte mehrere Stunden mit der Recherche der Marktbedingungen, analysierte Wettbewerber, telefonierte unzählige Male mit Kontaktpersonen, von denen sie meinte, sie könnten ihr weiterhelfen. Daneben hatte sie damit begonnen, das Konzept auszuarbeiten. Es mussten verschiedene Layouts und Texte entworfen werden, da sie die ersten Entwürfe sobald wie möglich an die Kreativköpfe der Agentur mailen wollte, die das Ganze grafisch umsetzen sollten. Hier war sie völlig in ihrem Element.

Irgendwann verabschiedete sich Sarah in den Feierabend. Es wurde nach und nach leiser auf der Etage, bis Viktoria – wahrscheinlich als Einzige – noch am Arbeiten war. Also alles wie immer eigentlich.

Als sie das nächste Mal einen Blick auf ihre Armbanduhr warf, war es bereits nach elf. Sie hatte seit dem Mittag nichts mehr gegessen und ihr Magen meldete sich wie auf Bestellung mit einem lauten Knurren.

»Wahrscheinlich sollte ich für heute Schluss machen«, murmelte sie leise vor sich hin, während sie die Papiere vor sich sortierte und in eine dunkelblaue Mappe steckte, die sie mit nach Hause nehmen wollte. Sie knipste die Lampe in ihrem Büro aus und trat auf den spärlich beleuchteten Flur. In Jakes Büro brannte ebenfalls noch Licht.

Na wunderbar.

Sie verzog das Gesicht. Carter war noch hier? Ärger kochte in ihr auf wie überschäumende Milch. Hatte der Kerl kein Zuhause?

Sie warf einen Blick in sein Büro, aber er saß nicht an seinem Schreibtisch. Na also, er hatte nur vergessen, das Licht auszumachen. Zufrieden drehte sie sich um und prallte beinahe mit ihm zusammen.

Warum zur Hölle hatte sie ihn nicht kommen gehört?

Er sah sie mit seinen durchdringenden graublauen Augen an und seine Mundwinkel zuckten verräterisch. Sie stand so dicht vor ihm, dass sie auch die Mischung aus Testosteron und Aftershave riechen konnte, die ihn umgab. Seine Aura war elektrisierend und es erschütterte sie, dass sie völlig unerwartet eindeutig sexuell auf ihn reagierte.

»Ist was?«, fragte er mit einem Funkeln in den Augen, das ihr klarmachte, dass er an ihr interessiert war und ihm, ganz zu ihrem Leidwesen, ihre Reaktion auf ihn ganz und gar nicht entgangen war.

»Nein, nichts«, gab sie atemlos zurück. Sie ärgerte sich nur noch mehr über ihr Unvermögen, sich zu besser zu beherrschen. »Guten Abend, Jake«, brachte sie mit fester Stimme heraus, dann schlug sie einen Bogen um ihn und stöckelte im Eiltempo zum Aufzug.

Als sich die Türen hinter ihr geschlossen hatten, atmete sie erst einmal tief durch.

Viktoria Denkhaus, reiß dich zusammen!, ermahnte sie sich und schüttelte den Kopf über ihren schwachen Auftritt. So würde sie Jake Carter garantiert nicht kleinkriegen!

KAPITEL 3

JAKE HATTE in den letzten Tagen hart gearbeitet. Härter als jemals zuvor. Aber es machte ihm auch immens viel Spaß, sich mit dem Marketingkonzept für den Wilken-Konzern auseinanderzusetzen. Mineralwasser war eben nicht gleich Mineralwasser. Er hatte schon einige Headlines entworfen, Logos gezeichnet, Kommunikationsideen entwickelt, Produkttexte erstellt und diverse Slogans kreiert. Das Wichtigste allerdings war, dass er bereits ein potenzielles Portfolio zusammengestellt hatte. Die dazugehörigen Kalkulationen waren in Arbeit und der Wettbewerb analysiert. Er war so gut vorbereitet wie selten in seinem Leben. Die Management-Runde würde ein kleiner Triumphzug werden, dort sollte er seine Ideen und Findings heute vorstellen.

Überraschenderweise war seine hübsche Büronachbarin zuletzt äußerst zahm gewesen. Vielleicht hatte sie ja tatsächlich akzeptiert, dass er ihr überlegen war und sie keine Chance hatte. So ganz wollte er das jedoch nicht glauben, dafür war sie zu schlau. Er würde sich allerdings nicht von ihrem sexy Aussehen blenden lassen, den Fehler beging er nicht zweimal. Sie konnte was und hatte Erfahrung, das durfte er nicht außer Acht lassen.

Auf dem Weg zur Küche blieb er einen Moment an dem Schreibtisch von Viktorias hübscher Assistentin stehen. Vielleicht bekam er ja aus ihr was heraus.

»Miss Morgan, wie geht es Ihnen?«, fing er an und setzte sein freundlichstes Lächeln auf, das üblicherweise Frauenherzen zum Schmelzen brachte.

Sie schaute überrascht von ihrem Bildschirm auf und neigte den Kopf zur Seite, bevor sie antwortete. »Warum so förmlich? Nennen Sie mich doch bitte Sarah.«

Sie war also in Flirtlaune. Gut. Das war sehr gut.

»Natürlich, Sarah. Sehr gern. Ich bin Jake.« Er streckte ihr seine Hand über den kleinen Tresen hin und sie erwiderte seinen Händedruck erstaunlich fest und energisch.

»Was kann ich für Sie tun, Jake?«, fragte sie und ihre meergrünen Augen blickten ihn durchdringend an.

Er war sich sicher, die Kleine hatte es faustdick hinter den Ohren und wickelte Männer reihenweise um den Finger – wenn es ihr gefiel. Wie gut sie sich im Team ergänzten: die karrieregeile Schlange und ihre männermanipulierende Assistentin.

»Ich bin ja noch recht neu hier und habe mich gefragt, ob Sie mir vielleicht etwas mehr über Viktoria verraten könnten?«

Wenn es sie überraschte, dass er diese Frage stellte, ließ sie sich nichts davon anmerken.

»Kommt drauf an – was wollen Sie wissen?«

Das war ja fast zu einfach. Er bemühte sich, sich seine Freude nicht anmerken zu lassen.

»Ich bin eigentlich ein ganz netter Kerl, Sarah, aber schon das erste Zusammentreffen mit Viktoria und mir ist irgendwie schiefgelaufen. Sieht man mal davon ab, dass sie mich natürlich als Konkurrenten um den Chefsessel wahrnimmt. Vielleicht hätten Sie ein paar Tipps für den Umgang mit ihr? Mir liegt viel an einer entspannten Arbeitsatmosphäre.«

Wenn er den höflichen Idioten spielte, würde er sicherlich am ehesten erreichen, dass sie ihn als ungefährlich einstufte und er in Ruhe an seinem Konzept arbeiten konnte, ohne ständig mit Viktoria Kleinkriege führen zu müssen.

»Das ist aber nett von Ihnen, Jake. Es dürfte ja kein Geheimnis sein, dass Viktoria Kaffee über alles liebt. Wenn Sie ihr also eine Freude machen wollen, bringen Sie ihr ab und an einen Karamell-Macchiato von ihrem Lieblings-Coffeeshop hier um die Ecke mit. Ich verspreche Ihnen, sie wird Sie dafür lieben.«

Gott, dachte er, so weit sollte das Verhältnis dann doch nicht gehen.

»Woher kommt Viktorias Akzent?«, fragte er weiter.

»Das haben Sie noch nicht herausgefunden? Das enttäuscht mich jetzt ein bisschen.« Sarah hob amüsiert eine Augenbraue. »Viktoria hat in den USA studiert, ist aber eine Deutsche.«

»Ach, das wusste ich in der Tat nicht«, gab er zurück. Natürlich hatte er gelesen, dass sie in Stanford studiert hatte und ursprünglich aus Hamburg stammte. Er hatte gehofft, Sarah würde ihm etwas Neues, Zusätzliches, erzählen.

»Na ja, da habe ich Ihnen aber kein Staatsgeheimnis anvertraut«, lachte sie.

»Wunderbar, ich bedanke mich trotzdem. Das ist sehr nett von Ihnen. Und womit kann man Ihr Herz erreichen?«, erkundigte sich Jake schließlich noch und strahlte sie dabei an, als hätte er soeben den Hauptpreis gewonnen. Für das erste Gespräch wollte er nicht zu viel bohren, sonst würde sie vielleicht misstrauisch werden und ihm gar nichts mehr erzählen. Morgen war auch noch ein Tag für weitere Feldforschung bezüglich Viktoria Denkhaus.

Sarah beugte sich ein Stück weiter nach vorn, sodass er gezwungenermaßen einen tiefen Einblick in ihr Dekolleté bekam. Sie setzte ihre Reize gezielt ein, das war Jake durchaus bewusst, dennoch kostete es ihn einige Mühe, seinen Blick auf Höhe ihrer Augen zu halten. Er war schließlich auch nur ein Mann.

»Jake, mein Lieber, ich bin eine einfache Frau.« Sie lehnte sich wieder zurück und zog eine Nagelfeile aus der Schublade. »Und trotzdem ... mich kann man nicht kaufen.«

Sie wandte ihm den Blick wieder zu, ließ die Nagelfeile und Hände in ihren Schoß sinken. Das war eindeutig. Aber auch zu erwarten gewesen.

»Hatte ich auch nicht vor, Sarah. Das wissen Sie doch. Ich wünsche Ihnen noch einen angenehmen Tag«, sagte er mit einem Kopfnicken und schlenderte zurück in sein Büro, um sich für die Management-Runde vorzubereiten. Dass er sich eigentlich einen Kaffee hatte holen wollen, war vergessen.

Wenn er seinen Instinkten und den Informationen der Sekretärin Glauben schenken konnte, und er hatte selbst schon einen Vorgeschmack von Viktorias Arbeitsweise bekommen, dann war die Brünette besessen von ihrer Arbeit und würde alles für ihren Erfolg tun. Hochschlafen fiel für sie in diesem Fall aus.

Er lachte leise bei dem Gedanken. Es gefror ihm aber kurz darauf in seinem Gesicht, als ihm einfiel, dass es durchaus Frauen gab, die Sex als Mittel zum Zweck benutzten. Er kannte eine davon ziemlich gut. Seine Ex Elena hatte alles, buchstäblich alles, getan, um auf der Karriereleiter aufzusteigen. Dabei hatte sie es gar nicht nötig gehabt, denn sie war eine der Besten in der Branche. Aber das reichte ihr nicht. Elena war einfach unberechenbar und mittlerweile empfand er echte Abscheu, wenn er an sie dachte. Die Sorte Frau konnte noch so hart arbeiten, irgendwo blieben sie doch nur karrieregeile Weiber, die ihre Beine für jemanden breitmachten, der ihnen mehr anbot als ein anderer.

Er hatte keine Zeit, sich weiter mit Viktoria oder Elena zu befassen, die Sitzung fing gleich an und er musste noch einmal checken, ob alles nach Plan lief.

»Miss Dashwood, haben Sie alles vorbereitet?«, rief er und nach wenigen Sekunden streckte die Blondine ihr Gesicht durch die Tür.

»Ja, Mr Carter. Im Sitzungsraum ist alles bereit: Beamer und Notebook laufen, die Präsentation ist bereits auf dem Schirm.«

»Wunderbar, danke.«

Sie trat einen Schritt in sein Büro. »Kann ich sonst noch was für Sie tun?«

Es schwang eine tiefere Botschaft in ihrer Frage mit, die Jake erschaudern ließ. Er hatte absolut kein Interesse an einer Büroaffäre mit seiner Sekretärin. Hübsche Schale, innen hohl. Das war absolut nicht sein Fall. Er wünschte sich ein gesundes Mittelmaß. Eine intelligente, gern auch hübsche Frau, die an seinem Leben teilhaben wollte und nicht nur das Geld oder die Karriere als wichtigste Attribute im Leben sah.

Er schüttelte den Kopf. »Nein, vielen Dank. Für heute brauche ich Sie nicht mehr«, gab er etwas zu schroff zurück. Er spürte ihren Blick auf sich, aber beachtete sie nicht mehr. Jake sammelte einige Papiere zusammen und gab sich beschäftigt, bis sie schließlich aus seinem Büro verschwand.

Verdammt, er war schon wieder spät dran. Ein Blick auf seine Armbanduhr verriet ihm, dass es schon drei Minuten nach zehn war.

Alle Augen richteten sich auf ihn, als er als Letzter in den Besprechungsraum trat und die Tür hinter sich schloss. Dennoch war er hoffentlich lässig genug, dass man ihm nichts anmerkte.

Madeleine warf ihm einen kurzen vernichtenden Blick zu, der ihm klarmachte, dass dies besser das letzte Mal gewesen war, dass er sie warten ließ. Er nickte ihr zu und nahm Platz.

»Wenn wir dann alle vollständig sind, können wir ja endlich anfangen. Jake, ich würde Sie bitten, uns Ihre Ideen vorzustellen.« Madeleine strich ihren Rock glatt und setzte sich.

»Ich danke Ihnen, Madeleine. Guten Tag, alle zusammen. Dann wollen wir mal ...«

Er nahm sich einen Laserpointer aus einer silbernen Schale und startete die Präsentation. Er war in der Tat ein wenig nervös, obwohl er es gewohnt war, vor vielen Menschen zu sprechen. Dennoch, dies hier war Neuland für ihn.

Unbewusst strich er sich über das Kinn, als er die Slideshow startete. Schon während er die Ergebnisse seiner Analyse präsentierte, sah er an den Gesichtsausdrücken, dass irgendwas falsch lief. Ein weiterer Blick in Madeleines strenge Miene genügte, dass ihm der kalte Schweiß ausbrach.

Seine Chefin spielte, weit zurückgelehnt im Stuhl, mit einem Kugelschreiber und die Augen hatte sie missmutig zusammengekniffen. Im nächsten Moment registrierte er endlich, dass Viktoria als Einzige in der Runde grinste. Es dämmerte ihm, dass mit seinen Unterlagen etwas ganz und gar nicht stimmte. Ein flaues Gefühl breitete sich in seinem Magen aus und sein Puls beschleunigte sich.

Das alles war sehr merkwürdig. Was konnte falsch gelaufen sein? Er hatte sich genau an die Informationen gehalten, die zusammengestellt worden waren. Irgendwo musste er dennoch einen Denkfehler haben. Leider gab es jetzt kein Zurück mehr und er war zudem kein Typ, der winselnd den Schwanz einkniff. Im Gegenteil. Der Ärger über seine verpatzte Performance gab ihm die nötige Kraft, es durchzuziehen.

Er schloss seine Präsentation mit den Worten: »Möglicherweise muss hier und da noch etwas nachgebessert werden ... Ach, ich sehe gerade, dass das eine alte Version meiner PowerPoint-Datei war. Sehr ärgerlich! Das wird schnellstens behoben.«

In der Tat. Das hier war extrem ärgerlich. Mehr als nur das. Und wahrscheinlich war es nicht mal sein Fehler. Aber da er derjenige war, der vor der Leinwand stand, war es natürlich sein Problem.

Jakes Blick blieb an Viktoria hängen. Er hatte sie noch nie so entspannt gesehen wie jetzt. Das konnte nur eines bedeuten: Sie hatte ihre Finger im Spiel. Das Miststück musste irgendwas manipuliert haben. Aber wie, verdammt, war sie an seinen Rechner gekommen? Möglicherweise hatte sie selbst Hacker-

Qualitäten, so wie sein Kumpel Mike? Nein. Unwahrscheinlich. Die Fehler machten keinen Sinn, hatte er doch alle Berichte und Reports selbst aus dem Netz gezogen. Oder doch nicht?

Seine Gedanken überschlugen sich. Er spürte, wie sich Schweißflecken unter seinen Achseln bildeten. Glücklicherweise trug er sein Jackett und keinem würde auffallen, wie sehr ihn seine schiefgelaufene Präsentation mitnahm.

Scheiße. Nein. Er hatte nicht alle Reports selbst aus dem Netz gezogen.

Wut schnürte seinen Magen zusammen, als er eins und eins zusammenzählte. Entweder hatte Miss Dashwood einfach nur Mist gebaut, oder ... Das Grinsen in Viktorias herzförmigem Gesicht zeigte eindeutig, dass sie hinter der Sache steckte. Es war quasi ein Schuldeingeständnis, das sie nicht mal versuchte, zu verstecken. Er würde sie umbringen. Langsam und qualvoll. Schritt für Schritt. Ihm fiel nicht mal ein passendes Schimpfwort für dieses Weibsstück ein!

»Jake, in mein Büro!«, riss Madeleines Stimme ihn aus den Gedanken. Die Sitzung war offiziell beendet, was er gar nicht mitbekommen hatte, weil er die ganze Zeit überlegt hatte, wie sein Auftritt zu so einem Desaster hatte werden können. Unglaublich.

»Ja, sicher.« Er nickte ihr zu und erhob sich langsam aus dem Besprechungsstuhl, während sich die anderen Kollegen so schnell wie möglich aus dem Raum verkrümelten. Keiner von ihnen hatte augenscheinlich Lust, im Kreuzfeuer zu landen.

Jake drehte sich noch einmal in Viktorias Richtung und sie formte lautlos mit ihrem Mund: »Viel Glück.«

Diese Schlange!

Seine lautlose Antwort »Fick dich!« ließ ihn sich kurzfristig besser fühlen. Aber auf dem langen Weg zu Madeleines Büro wurde ihm richtig flau im Magen. Wie sollte er der Agenturinhaberin erklären, dass er manipuliert worden war?

Das war doch total absurd und er hatte weder Beweise, noch wusste er genau, was Viktoria angestellt hatte.

Jake schloss die Tür hinter sich und ging zu Madeleines Schreibtisch. Sie hatte sich bereits in ihrem Sessel zurückgelehnt. Zwischen ihren Fingern drehte sie schon wieder einen Kugelschreiber, anscheinend ein Anzeichen dafür, dass sie absolut not amused war. Gar nicht gut.

»Jake, was war das eben?«, fragte sie gefährlich ruhig. Dann knallte sie den Kugelschreiber auf den Tisch, stand auf und kam ein paar Schritte auf ihn zu, bis sie dicht vor ihm stehen blieb und ihn Auge in Auge fixierte. Sekunden verstrichen, bevor sie blinzelte, sich umdrehte und sich schließlich auf die Kante ihres Schreibtischs setzte. Jake hatte bis jetzt den Atem angehalten, was ihm vorher nicht aufgefallen war.

»Madeleine, ich …«, begann er, aber sie fiel ihm ins Wort. Ihre Stimme klang wieder ruhig und beherrscht, aber ihr Gesichtsausdruck machte deutlich, dass er sie besser nicht unterbrechen sollte, wenn er seinen Job behalten wollte.

»Ich bin maßlos enttäuscht. Das war absolut unprofessionell, stümperhaft und dumm. Das nennst du Recherche? Das ist ein Witz! Unser Erfolg basiert auf jahrelanger akribischer Pflege von Kundenbeziehungen und Professionalität. Das lass dir gesagt sein. Um einen Kunden binden zu können, müssen wir in seinen Kopf, seinen Geist eindringen. Wir müssen die DNA des Unternehmens, für das wir ein Konzept erstellen, verstehen und analysieren. Das heute …«, sie wedelte ungeduldig mit ihren Händen, »war gar nichts. Das will ich nicht noch einmal erleben!«

Die Stille, die sich nach ihren Worten im Raum ausbreitete, war bedrückend. Es war für ihn eine absolute Premiere, sich von jemandem so zusammenstauchen zu lassen. Oder vielmehr war das bislang das Vorrecht seines Vaters gewesen. Aber er ließ es über sich ergehen, weil er das große Ziel vor Augen hatte. Er wollte die Agenturleitung, dafür konnte sie ihm seinetwegen den Kopf abreißen. Solange er am Ende den Sieg in der Tasche hatte, war es auszuhalten.

»Natürlich nicht. Ich mache mich gleich daran, die Fehler zu beheben«, durchbrach er schließlich das Schweigen in einem versöhnlichen Tonfall.

»Ich bitte darum. Und diesmal gründlich. Haben wir uns verstanden?«, erwiderte sie mit einem knappen Nicken. Die Botschaft war allerdings unmissverständlich.

»Selbstverständlich.«

Jake hielt die Information, dass er höchstwahrscheinlich manipuliert worden war, zurück. Dass er so dumm gewesen war, sich falsche Unterlagen unterschieben zu lassen, würde ihn nur noch blöder dastehen lassen. Hinzu kam, dass er sich fragte, warum Madeleine ihm das Jobangebot gemacht hatte, als er vor einigen Wochen das Gespräch bei einer Vernissage mit ihr angefangen hatte. Schließlich war er branchenfremd, wenngleich nicht unerfahren. Womöglich hatte ihm das ihr Vertrauen eingebracht. Momentan allerdings sah er seine Felle im Höllentempo davonschwimmen. Er musste sich ziemlich ins Zeug legen, um diesen falschen ersten Eindruck wieder wettzumachen. Und genau das würde er tun.

Er verließ Madeleines Büro in dem Bewusstsein, dass ihr ungnädiger Blick ihm folgte, bis er die Tür hinter sich geschlossen hatte.

Der Tag war absolut beschissen gelaufen. Eigentlich verspürte er nicht wenig Lust, sofort in das Büro der kleinen Schlampe zu gehen und ihr gehörig die Meinung zu geigen.

Er spielte in Gedanken durch, was er ihr alles an den Kopf werfen würde, bis er auf die Idee kam, es ihr anders heimzuzahlen. Wie war das noch mal: Rache ist süß?

Genau.

Er würde sie mit ihren eigenen Waffen schlagen. Wozu hatte er schließlich einen der besten Hacker Englands als Kumpel? Und die Idee, Mike zu aktivieren, war ihm bereits bei dem Gespräch mit Sarah gekommen. Es sprach absolut nichts dagegen und er musste unbedingt herausfinden, wo Viktorias Schwachstelle lag. Die Frau lebte für ihren Job, sie ackerte sicher nicht nur für dieses Projekt von früh bis spät in der Agentur. Konnte man dem Flurfunk Glauben schenken, brauchte sie nur wenige Stunden Schlaf und verbrachte große Teile der Wochenenden in der Agentur. Warum zur Hölle hatte jemand das Bedürfnis, sich dermaßen für seinen Job aufzureiben, und zeigte keinerlei Interesse an den schönen Dingen des Lebens? Irgendwo hatte auch sie ihre Achillesferse, er musste sie nur finden.

Seine Laune besserte sich merklich, nachdem er den Entschluss gefasst hatte, nach dem biblischen Motto »Auge um Auge, Zahn um Zahn« vorzugehen. Runde eins war an Viktoria gegangen, die nächste würde er sich sichern.

Jake zog sein Smartphone aus dem Sakko und wählte Mikes Nummer.

»Na, Alter«, beantwortete dieser den Anruf sofort. »Schon genug vom Arbeitsleben?«

»Nein, ganz sicher nicht. Aber ich könnte deine Hilfe gebrauchen.«

»Soso. Woran hattest du gedacht?«

»Ich habe hier ein Problem mit einer ganz *netten* Kollegin. Sie ist vom Schlag Elena.«

»Oha, hat sie die Beine schon für dich breitgemacht?«

Jake verdrehte die Augen, obwohl ihm klar war, dass sein Kumpel ihn nicht sehen konnte. Mike hatte neben Computern nur das Eine im Kopf.

»Nein. Und das wird sie auch nicht, obwohl ihre Beine wirklich hübsch sind.« Jake lachte humorlos auf. »Sie ist eine Hexe, die ich nicht anrühren werde. Aber kannst du mir einen Gefallen tun?«

»Klar. Das heißt … Was willst du von mir?« Die Stimme seines Freundes klang mit einem Mal interessiert. Es kam nicht oft vor, dass Jake seinen Freund um einen Gefallen bat.

Jake legte Mike seinen kleinen Racheplan vor und sie sprachen einige Details dazu ab.

»Wird gemacht. Ich melde mich. Sollte kein Problem sein. Die Firewall eurer Agentur ist aber auch wirklich ein Witz, mal so nebenbei bemerkt! Eigentlich ist das fast unter meiner Würde.«

»Bist du etwa schon drin?«, fragte Jake überrascht.

»Ich bitte dich, Jake. Denkst du, ich bin ein Stümper? Ich bin seit dem Tag in eurem Netzwerk eingeloggt, an dem du angefangen hast. Ich musste doch einen Überblick haben.«

»Du bist ja echt 'ne Marke!«

»Jetzt dankst du es mir doch, oder?«

»Auf jeden Fall.« Jake war ziemlich erleichtert, das hätte er allerdings nie offen zugegeben.

»Sag, wenn du Zugriff auf ihre Webcam möchtest.«

Dieser Teufel.

Jake grinste bei dem Gedanken daran, Viktoria heimlich zu beobachten, verwarf den Gedanken aber sofort wieder. Das war nicht sein Stil.

»Nein. So heiß ist sie auch wieder nicht.«

»Du Lügner!«

»Hast du sie dir angesehen?«

Mike hielt offenbar nichts von der Privatsphäre anderer Leute, aber Jake hatte Skrupel, die ihn davon abhielten, das Angebot anzunehmen.

»Na klar! Sie ist absolut hot. Mein Gott. Zu Hause arbeitet sie bis spät in die Nacht am Rechner … und da ist sie manchmal echt spärlich bekleidet.«

Jake stellte sich vor, wie Viktoria zu Hause auf ihrem Sofa saß und arbeitete. Die Haare vielleicht zu einem Knoten aufgedreht, legere Kleidung und gerötete Wangen …

»Du bist so ein Schwein!«, stieß Jake hervor. Nerd hin oder her, das ging deutlich zu weit.

»Hey, ich hab nur ein oder zweimal reingeschaut, kein Grund, sich aufzuregen. Wenn ich Cybersex oder 'nen Porno suche, habe ich meine Adressen.«

Ihn störte der Gedanke, dass Mike Viktoria privat beobachtet hatte, was ihn noch mehr irritierte. Es konnte ihm doch völlig egal sein, ob Mike sich an Viktoria aufgeilte oder nicht.

»Okay, lass die Webcam aus und melde dich, wenn du fertig bist«, warnte er seinen Freund dennoch.

»Jawohl, Boss.«

»Du Idiot. Bis heute Abend. Aber warte mal, ich könnte Zugriff auf ihre Dokumente gebrauchen ... Wenn das möglich wäre?«

Er hörte seinen Freund nach Luft schnappen. »Spinnst du? Dann kann ich mir den Maserati ja gleich selbst kaufen. Nee, Alter. Das kommt nicht infrage. Gegen ein wenig Spaß habe ich nichts, aber mehr werde ich dir nicht helfen. Da wäre ich ja schön blöd!«

Jake seufzte. Damit hatte er gerechnet, aber einen Versuch war es wert gewesen.

»Von mir aus. Also dann bis nachher, Mike.«

Jake legte auf und gab dem Impuls nach, Viktoria einen Snap zu schicken. Er nahm ein Video auf.

»Eins zu null für dich. Aber das erste Tor reicht nicht für den Sieg. Zieh dich warm an, Bitch.«

Er sah sich seine Botschaft noch mal an und fand, dass er hinterhältig grinste. An ihrer Stelle hätte er jetzt Angst bekommen. Und das sollte sie besser auch.

Was für ein schöner Tag, dachte Viktoria, während sie mit Samantha an der Themse entlangjoggte. Und sie meinte nicht das Wetter, denn es nieselte leicht, wie so oft in London. Der Himmel war grau und wolkenverhangen. Der Frühling zeigte sich aktuell nicht gerade von seiner besten Seite, aber davon ließ Viktoria sich nicht die Laune verderben. Ihre Heimatstadt Hamburg war auch nicht gerade für ihr mediterranes Klima bekannt und es war für sie trotzdem einer der schönsten Plätze der Welt. Sie war einfach glücklich über den Verlauf ihres Bürotages, das ließ sich durch nichts trüben.

Jake stand da wie der Vollidiot, der er war. Endlich.

Nach einem weiteren Zwischensprint verlangsamten sie das Tempo und Viktoria plauderte, soweit es ihre Lungen erlaubten, mit Samantha.

»Jake, mein neuer Arschloch-Kollege, hat heute einen derben Tiefschlag einstecken müssen«, verkündete sie triumphierend.

»Ja, gut für dich!«, lachte Sam.

»Und das war nur der Anfang. Mit mir legt man sich besser nicht an.«

»Gott, Viktoria, du kannst manchmal echt krass sein. Man kann ja glatt Angst vor dir bekommen. Gut, dass ich nicht mit dir, sondern nur *für* dich arbeite.«

»Tja, das wird sich dieser Depp auch bald denken.«

»Was ist eigentlich so schlimm an ihm? Sonst führst du doch auch nicht solche Kleinkriege.«

»Alles an ihm ist schlimm. Und es ist kein Kleinkrieg, hier geht es um alles. Aber heute habe ich ihm klargemacht, dass er keine Chance gegen mich hat.«

»Was hast du getan? Ich fühle mich gerade wie in einem Mafiafilm. Du hast ihn doch nicht irgendwie verletzt?«

»Sam! Bleib mal auf dem Teppich. Du guckst echt zu viele Serien. Ich habe seine Sekretärin manipuliert, die hat ihm falsche Infos geliefert und er stand plötzlich in der Management-Runde wie ein Stümper da.«

»Uff, gemein, aber fast langweilig. Gab es nichts Kreativeres?«

»In dir steckt mehr kriminelles Potenzial, als man meinen möchte. Was hättest du denn gemacht?«

Ihre Trainerin überlegte. »Mit den Waffen einer Frau kann man die Kerle doch meistens am besten schlagen.«

»Das meinst du jetzt nicht ernst. Ich soll ihn flachlegen und so ausspionieren?«

Samantha zuckte mit den Schultern. »Zu viel Hollywood?«

»Nicht nur zu viel Hollywood, zu viel unter meiner Würde. Echt jetzt. Wirklich nicht. Doch nicht mit Jake!« Viktoria schüttelte sich.

»Ist ja schon gut. Ich hab keine Ahnung von so was. Ihm falsche Informationen unterzujubeln, ist moralisch aber auch nicht ganz einwandfrei, Süße.«

»Nur so kommt man manchmal ans Ziel. Es war auch gemein von Madeleine, ihn mir plötzlich vor die Nase zu setzen. Ich muss den Kerl loswerden, und zwar so schnell wie möglich.«

»Wär's da nicht angemessener, dich direkt an Madeleine zu rächen? Sie hat ihn dir doch, wie du sagst, bewusst vor die Nase gesetzt.«

»Nein. So läuft das nicht im Business. Das käme sofort retour. Sie ist immerhin meine Chefin.«

»Oookay. Davon verstehe ich definitiv nichts. Aber ich verstehe was von Training und jetzt kommt noch mal ein Zweihundert-Meter-Sprint. Bist du bereit?«

»Bereit, wenn du es bist.«

»Gut, also wer als Erster da ist, bekommt einen Detox-Smoothie spendiert.«

»Dann zähl schon mal die Münzen, Süße!«, verkündete Viktoria selbstbewusst und startete durch.

Nach dem Training fühlte sich Viktoria freier, aber so ganz wurde sie die innere Anspannung nicht los. Das hatte, wie sie wusste, verschiedene Gründe: Jake natürlich, aber auch der schleichend näher rückende Geburtstag ihrer verstorbenen Tochter. Im Moment konnte sie es halbwegs verdrängen, aber immer gelang es ihr leider nicht.

Im Kamin brannte das Gasfeuer und sie hatte ihren Laptop auf den Beinen liegen. In ihren Ohren steckten Kopfhörer, sie verfolgte aufmerksam eine Konferenz in den USA als Online-Teilnehmerin live mit. Es ging um Markenworkshops und Positionierungsprozesse und das Thema fesselte sie mehr, als der actionreichste Thriller es je hätte tun können. Nebenbei machte sie sich Notizen auf einem Block, um einige Stichpunkte festzuhalten, die ihr bei der Entwicklung der Kampagne für Wilken helfen konnten.

Sie wackelte mit den Zehenspitzen, während sie dem Redner lauschte, und nahm einen Schluck Wasser aus der Flasche, die neben ihr auf einem kleinen Beistelltisch stand. Es war bereits weit nach Mitternacht, als sie den Laptop zuklappte und ins Bett ging.

In dieser Nacht kehrten die Albträume zurück. Sie hatte also doch nichts vergessen. Die dunkelsten Stunden ihres Lebens spielten sich immer wieder in ihrem Kopf ab und sie musste hilflos zusehen, konnte nichts tun, bis am Ende alles vorbei und sie allein zurückblieb.

Es war nicht nur, dass sie das Drama um ihren Tod nicht einfach hinter sich lassen konnte. Sie wollte Katie nicht vergessen. Bald war ihr Geburtstag. Sie wäre dieses Jahr sieben Jahre alt geworden.

Schweißgebadet knipste Viktoria die Lampe auf ihrem Nachttisch an und sah auf die Uhr. Kurz nach sechs. Sie hatte gerade mal vier Stunden geschlafen, aber das musste für heute wohl ausreichen. Wenn sie jetzt wieder einschlief, würde alles wieder von vorn losgehen und das konnte sie nicht ertragen. Nicht noch einmal in dieser Nacht. Auch knapp sechs Jahre nach dem Tod ihrer Tochter schmerzte es sie noch so sehr, dass sie es kaum aushalten konnte.

Müde und kraftlos schwang sie ihre Beine aus dem Bett und sah auf die Fotocollage, die auf ihrem Nachttisch stand. Nein, sie konnte sich jetzt nicht dem Schmerz hingeben. Auch wenn sie in einer kleinen Ecke ihres Bewusstseins erleichtert war, dass er noch da war. Er bewies, dass sie ihr Kind nicht vergessen hatte.

In den letzten Wochen hatte sie sich manches Mal gefragt, ob die Erinnerungen langsam verblassen würden. Der Schmerz war nicht mehr so präsent gewesen wie in den Jahren zuvor. Jetzt wusste sie – es hatte sich nichts verändert, es tat noch genauso weh wie am ersten Tag. Es gab nichts, das die Leere und die Trauer in ihr auf Dauer lindern könnte.

Sie fühlte sich gleichzeitig auch ein wenig erleichtert, dass sie von ihr geträumt hatte, denn die Angst, Katie zu vergessen, war nicht kleiner als die, den Schmerz nicht mehr länger ertragen zu können.

Nach einer kurzen heißen Dusche zog sie sich einen Bademantel über und ging barfuß in die Küche. Der helle Marmor war beheizt, aber keine Wärme dieser Erde würde die Kälte in ihrem Inneren vertreiben. Sie war leer und einsam. Nur die Arbeit gab ihr überhaupt einen Sinn im Leben. Wieder, musste sie hinzufügen. Die Monate nach Katies Tod waren nur verschwommene dunkle Bilder in ihrer Erinnerung, dorthin wollte sie nicht zurück. Dorthin konnte sie nicht noch einmal zurück. Zu oft hatte sie sich gewünscht, mit ihr gestorben zu sein. Heute wusste sie, das Leben ging weiter, nicht unbedingt besser, aber sie füllte ihre Tage mit Arbeit, um weiterleben zu können.

Viktoria drückte einen Knopf an ihrer Kaffeemaschine, stellte eine Tasse darunter und wartete auf das vertraute Geräusch des Mahlwerks. Kurz darauf war sie bereits auf dem Weg ins Büro, um der Stille in ihrer Wohnung endlich zu entfliehen.

In den letzten Jahren hatte sie alle erdenklichen Ablenkungsversuche gestartet: Musik, Fernsehen, Affären; aber das Einzige, was ihr geholfen hatte, den Schmerz zu verdrängen, waren ihre Arbeit und der Sport gewesen. Nach Katies Tod und ihrer langen Trauerphase war sie irgendwann an einem Scheideweg angekommen – selbst zu sterben oder weiterzumachen. Aus welchem Grund auch immer, sie hatte sich am Ende für das Leben entschieden, auch wenn es ihr an Tagen wie diesem schwerfiel, einen Fuß vor den anderen zu setzen und einfach wieder zur Tagesordnung überzugehen. Sie hatte jedoch keine andere Wahl, denn wenn sie sich der Trauer im Alltag wieder hingab, würde sie es nicht überstehen und zugrunde gehen. So schwer es auch gewesen war, ihrem Leben wieder einen Inhalt einzuhauchen, nachdem ein Teil von ihr so plötzlich von ihr gegangen war. Ohne Vorwarnung, ohne Sinn.

Herbert Grönemeyer hatte es einmal schön besungen: »Das Leben ist nicht fair«. Der Song hatte ihr geholfen, zu begreifen, dass sie nicht allein auf der Welt war. Ihr Leid wurde ähnlich von vielen Hunderttausenden geteilt und jeder musste einen Weg für sich finden, damit zu leben – oder nicht. In diesem Jahr war es zum ersten Mal erträglicher gewesen – bis letzte Nacht. Der Schmerz und die Einsamkeit waren mit einem Schlag zurückgekehrt.

»Guten Morgen«, hörte sie Sarah sagen und Viktoria blickte von ihrem Bildschirm auf.

»Hey, guten Morgen«, erwiderte sie leise.

Sarah wusste sofort, was los war. Sie war eine der wenigen, der sie von Katie erzählt hatte. Außerdem buchte sie ihr jedes Jahr den Flug nach Hamburg. Das war die einzige Zeit des Jahres, in der sie nicht wie üblich vierundzwanzig Stunden erreichbar war, sondern komplett abtauchte, weil es anders nicht ging. Katies Geburtstag verbrachte Viktoria, seit deren plötzlichem Tod kurz nach ihrem ersten Geburtstag, im Kreise ihrer Familie. An diesem Jahrestag schaffte Viktoria es nie, so zu tun, als wäre alles in Ordnung. In dieser einen Woche erlaubte Viktoria es sich, die Trauer um ihr einziges Kind auszuleben. Katies Todestag hingegen verdrängte sie, so gut es ging.

»Schlechte Nacht gehabt?«, fragte Sarah und Viktoria sah das Mitleid in ihren Augen. Sie wollte kein Mitleid, sie ertrug es einfach nicht. Nicht heute.

»Ich brauche nur einen Kaffee«, gab sie ein wenig zu ruppig zurück.

Sarah nickte wissend und kehrte kurz darauf mit einer Tasse für sie zurück.

»Schließ die Tür bitte hinter dir, ich will in den nächsten Stunden nicht gestört werden.«

Sie musste sich am Riemen reißen und mit dem Projekt vorankommen. Sie konnte jetzt nicht zusammenbrechen und sich erlauben, etwas zu fühlen. Es war zu früh, sie hatte hier noch Dinge zu erledigen, bevor sie die Dunkelheit in ihr freilassen durfte. Aber es fiel ihr schwer, so verdammt schwer.

»Klar. Ruf, wenn du was brauchst.«

»Sicher, danke dir«, flüsterte sie und umfasste die Kaffeetasse mit ihren Händen.

Ihre Assistentin zog die Tür leise hinter sich ins Schloss und ließ sie allein zurück.

Wenige Minuten später öffnete sich diese erneut. Was war denn jetzt noch? Nur mit Mühe unterdrückte sie einen Fluch. Sie hatte ihr doch gesagt, dass sie jetzt nicht gestört werden wollte! Aber es war nicht Sarah, die ihren Kopf in ihr Büro streckte.

»Hast du schon mal was von anklopfen gehört, Jake?«, fragte sie plötzlich kraftlos. Sie hatte keine Energie, um mit ihm zu kämpfen. Nicht heute. Nicht jetzt. Er sollte einfach verschwinden und sie in Ruhe lassen.

Jakes bis dahin gute Laune schwand schlagartig. Schon mit diesen paar harschen Worten hatte Viktoria erreicht, dass seine mühsam aufgebaute Fassade bröckelte. Verdammt, er musste sich am Riemen reißen, *er* war hier der Coole!

»Guten Morgen, Viktoria. Ich hoffe, du hast deinen Triumph genossen? Aber lass dir gesagt sein, von diesen kleinen Spielereien lasse ich mich nicht aus der Ruhe bringen. Ich werde am Ende als Sieger hervorgehen.«

Sie sah ihn ausdruckslos an und ihre grünen Augen versprühten nichts als Gleichgültigkeit. Konnte eine so aparte Frau wie sie ernsthaft so kaltschnäuzig sein?

Das war ja kaum auszuhalten. Mit ihrer Haltung brachte sie ihn in Nullkommanichts auf die Palme.

Genervt fuhr er sich mit der Hand über das Gesicht. Warum wunderte er sich überhaupt noch über diese Person?! Er wusste doch, zu welchem Schlag Mensch sie gehörte. Seine Aufgabe war es, sich um neue Ideen zu kümmern und diese weiterzuentwickeln. Er sollte sich überhaupt nicht mit dem karrieregeilen Eisklotz abgeben.

»War es das dann?«, hörte er sie noch fragen. Sie sah ihn dabei nicht einmal an, sondern begann, geschäftig in den Unterlagen zu blättern, die vor ihr auf dem Tisch lagen.

»Definitiv!«, gab er kühl zurück, schloss den Knopf seines Jacketts und verließ ihr Büro mit schnellen Schritten. Die Tür knallte er laut hinter sich zu.

Er fing einen vielsagenden Blick von Sarah auf, die ihn vorher schon gewarnt hatte, dass es kein guter Zeitpunkt sei, Viktoria zu stören. Tja, das hatte er nun davon. Dabei hatte er gar nichts Bestimmtes von ihr gewollt, was noch idiotischer war.

Er zuckte mit den Schultern und verschwand in seinem Büro.

Jake presste die Lippen aufeinander und versuchte kurz darauf, sich auf die Aufgaben des Tages zu konzentrieren. Er musste sich weiteres Produkt- und Industrie-Know-how aneignen und dabei hatte er keine Zeit zu verlieren. Er erinnerte sich an das Gespräch mit Madeleine. Hatte sie nicht ständig wiederholt, dass es um die akribische Pflege von Kundenbeziehungen ging?

Natürlich! Wieso war er nicht schon vorher auf diese Idee gekommen? Er schlug sich mit der flachen Hand gegen die Stirn.

»Miss Dashwood, wenn Sie mal kurz in mein Büro kommen würden?«, rief er und seine Stimmung verbesserte sich nach der genialen Idee merklich.

»Ja, was kann ich für Sie tun, Sir?« Miss Dashwoods hübsches Gesicht erschien im Türrahmen.

»Machen Sie mir bitte einen Termin zum Abendessen mit Mr Wilken.«

»Natürlich, Sir. Wann?«, erwiderte sie.

»Gleich morgen, wenn es ihm passt. Und suchen Sie ein gutes Restaurant aus.«

Das würde sie ja wohl hoffentlich hinbekommen. Wobei. Sicher war sicher.

»Schicken Sie mir einen Link zur Website des Lokals, bevor Sie buchen, ja?«

»Natürlich, Sir.«

Noch einmal würde er sich nicht auf sie verlassen, vor allem nicht bei so einer elementaren Sache. Das Dinner mit dem Mineralwassermagnaten war zu wichtig, als dass er mit ihm in einer zweitklassigen Suppenküche speisen wollte.

Wenig später kam Miss Dashwood in sein Büro zurück. »Ich habe hier ein ganz exquisites Lokal ausfindig gemacht …«

»Wie haben Sie das angestellt?«, fragte Jake leicht misstrauisch.

»Na, um sicherzugehen habe ich Miss Morgan gefragt, sie bucht ständig Restaurants für ihre Chefin.«

Jake verdrehte die Augen. Mein Gott, die Blondine war wirklich noch dümmer, als er gedacht hatte. Er konnte nur hoffen, dass Sarah nicht eins und eins zusammenzählte und Viktoria informierte. Es wäre der absolute Super-GAU, wenn sie Wind von dem Dinner bekäme. Aber nein, niemand würde auf seine Idee kommen, dass er mit Wilken unter vier Augen sprechen wollte.

»Sie haben doch nicht erwähnt, mit wem ich essen gehen will?«, hakte er zur Sicherheit nach.

»Natürlich nicht, Mr Carter. Ich habe gesagt, es ist für Sie privat.«

Er atmete erleichtert aus. »Gut, dann bestellen Sie einen ruhigen Tisch für acht Uhr.«

»Für acht? Ich dachte, Sie wollten unter vier Augen …« Sie sah ihn mit ihren leeren blauen Augen irritiert an.

»Um acht Uhr, Herrgott noch mal!«, stöhnte er ungeduldig.

Sobald er der Chef im Ring war, würde er sie entlassen müssen. Mit jemand derart Unfähigem konnte er auf Dauer einfach nicht arbeiten.

KAPITEL 4

»HIER.« Jake reichte seinem Kumpel Mike ein Bier und ließ sich neben ihm auf sein dunkles Sofa fallen. Sie wollten sich gemeinsam das Premier-League-Spiel Arsenal gegen Liverpool ansehen. Seine Füße legte er, wie auch sein Sitznachbar, auf dem Wohnzimmertisch ab.

»Gut, dass Elena nicht mehr hier ein und aus geht, die hätte dir sonst Feuer unter dem Arsch gemacht, von wegen runter vom Tisch und so«, lachte Mike und trank einen Schluck Bier.

»Hör mir mit der auf. Diese Business-Schabracken machen nur Ärger.«

»Aber manchmal lohnt sich ein bisschen Ärger auch!« Mike grinste vielsagend.

Objektiv betrachtet würde man seinen Freund nicht als gut aussehend bezeichnen. Seine Nase war einen Tick zu lang, das Kinn energisch und sein Kleidungsstil bestenfalls als lässig zu bezeichnen. Aber anscheinend traf er mit seinem coolen und bestimmten Auftreten bei der Damenwelt einen Nerv, sodass sie ihm reihenweise zu Füßen lagen. Mike war ein Spezialist auf seinem Gebiet, vielleicht trug das auch dazu bei, ganz nach dem Sprichwort »Erfolg macht sexy«. Mike nutzte das gnadenlos aus.

»Ich hab keine Lust auf sinnlose Fickerei! Du gehst mir echt auf die Eier mit deiner Sexsucht«, stieß Jake hervor.

»Du spinnst ja. Wieso nicht ein bisschen Spaß haben? Ohne Verpflichtung, ohne Reue? Also ich nehm das gern mit.«

Mit Mike war es immer das Gleiche. Sooft sie um die Häuser zogen, Mike landete beinahe jedes Mal mit irgendeiner Frau im Bett. Jake hingegen konnte One-Night-Stands nicht allzu viel abgewinnen. Selbst Affären hatten ihre Tücken. Und von Beziehungen mit egoistischen Frauen hatte er definitiv die Nase voll. Da blieb er lieber Single.

»Das gibt's doch nur im Kino. Irgendwas wollen die immer«, gab er deshalb zu bedenken. »Außer, du schleichst dich mitten in der Nacht davon.«

»Sie wollen nichts, wenn du mit in *ihre* Wohnung gehst. Und ich hinterlasse ihnen immer eine Nachricht.« Mike strahlte wie der größte Unschuldsengel, der er definitiv nicht war.

Jake atmete hörbar aus. »Ich habe echt keinen Bedarf, außerdem habe ich meine Triebe unter Kontrolle.«

»Schlappschwanz«, hustete Mike in seine Hand. Dann zuckte er vielsagend mit den Augenbrauen. »Was ist denn jetzt eigentlich mit der heißen Viktoria?«

»Lass mich bloß mit *der* in Ruhe!«

»Aber sie ist rattenscharf.«

Leider hatte Mike recht. Absolut recht. Ihre Kurven waren einfach der Hammer. Dazu trug sie immer wieder diese mörderischen Heels, auf denen ihre Beine aussahen, als wären sie einen Kilometer lang. Aber nein. Er würde sich nicht noch einmal die Finger an einer Karrieretussi verbrennen. Und schon gar nicht an einer, mit der er beruflich konkurrierte.

»Rattenscharf und eiskalt. Keine gute Kombination«, antwortete Jake daher knapp, vielleicht auch, um sich selbst daran zu erinnern.

»Vielleicht ist sie nicht eiskalt im Bett«, gab Mike zurück.

Den Gedanken hatte er natürlich längst selbst gehabt, aber das würde er seinem Freund ganz sicher nicht auf die Nase binden.

»Ich bumse keine Kollegen«, antwortete er kurz angebunden.

»Ach. Seit wann?«, lachte Mike laut und in Jake reifte der Gedanke, seinen Freund doch irgendwann mal seine Faust spüren zu lassen. Stattdessen nahm er einen Schluck aus der Flasche und starrte missmutig auf den Flachbildfernseher. Diese Diskussion führte ohnehin zu nichts und das Spiel kam gerade in die spannende Phase. Arsenals Kapitän Mertesacker führte gerade einen Strafstoß aus, schoss aber meilenweit übers Tor.

Jacke schüttelte den Kopf und wandte sich wieder an Mike. »Du kannst einem echt auf den Senkel gehen, weißt du das eigentlich? Hast du meine Idee wenigstens umgesetzt?«

»Logo.« Mike unterdrückte einen Rülpser. »Sie bekommt eine E-Mail, wie gewünscht. Auch wenn ich das echt Oldschool finde.«

Sein Kumpel war aus ähnlich gutem Hause wie er selbst, aber er war das schwarze Schaf der Familie. Durch seine illegalen Hacker-Aktivitäten war er mehrfach mit dem Gesetz in Konflikt geraten. Auch wenn Mike offiziell in Hacker-Rente gegangen war, war sich Jake sicher, dass er das eine oder andere Mal auf seine Fähigkeiten zurückgriff, um bürokratische Hürden aus dem Weg zu räumen. Vielleicht auch einfach, weil er es konnte. Es gab ihm anscheinend einen besonderen Kick. Geld hatte Mike genug und es nicht nötig, Illegales zu treiben. Aber darum war es ihm wohl nie gegangen. Er verfolgte andere Ideale, die selbst Jake nur ansatzweise verstand. Er hatte sich nicht in Mikes Geschäfte eingemischt, so hatte nie Gefahr bestanden, dass er zu viel über die Aktivitäten seines Freundes wusste. Mitwisserschaft konnte in diesem Bereich verhängnisvoll sein.

»Ist mir egal. Sie darf ruhig wissen, wer der Absender ist. Auge um Auge«, klärte Jake ihn auf und nahm einen tiefen Zug von seinem Getränk.

Ihre Aufmerksamkeit wurde zurück aufs Spiel gelenkt, da der Schiri einen Elfmeter für Liverpool gegeben hatte, dessen Grundlage eindeutig eine Schwalbe gewesen war.

»Beschissener Motherfucker!«, schrie Mike und sprang auf die Füße. »Das ist so was von gar nichts! Rot gehört dem Sack!«

»Verdammt!«, fluchte Jake, war aber nur halb bei der Sache. Er malte sich im Geiste aus, wie Viktoria morgen wohl aus der Wäsche schauen würde, wenn sie sein *Geschenk* öffnete. Er konnte es kaum erwarten.

Am nächsten Morgen hielt Jake auf dem Weg ins Büro an einem Coffeeshop, um sich und Viktoria einen Kaffee zu kaufen. Seine Geste hatte natürlich einen Zweck, der alles andere als freundschaftlich war: Er wollte ihr Gesicht sehen, um herauszufinden, ob sie die frohe Botschaft schon erreicht hatte. Sicher saß sie längst am Schreibtisch und fluchte laut. Er konnte ein hämisches Grinsen nicht unterdrücken.

»Sieben achtzig«, riss der Barista ihn aus seinen Gedanken.

Er zahlte mit einem Zehn-Pfund-Schein, steckte den Rest in die Trinkgeldbox und verließ den Laden mit den Bechern auf einem Papptablett in Richtung Agentur Langham.

»Guten Morgen, Sarah«, grüßte er die Assistentin kurz darauf augenzwinkernd und hielt den Kaffee für Viktoria in die Höhe, bevor er in ihr Büro trat. »Guten Morgen, Viktoria«, begrüßte er die hübsche Brünette, die gerade ihren Trenchcoat an die Garderobe hing. »Hier, Karamell-Macchiato für dich.«

Sie sah ihn erstaunt an, schaute von dem Becher zu seinem Gesicht und dann wieder zum Lieblingsgetränk ihres Stammcafés.

»Guten, äh, Morgen, Jake«, hörte er sie sagen. Immer noch stand ihr die Verwirrung ins Gesicht geschrieben.

Er hielt ihr das heiße Getränk hin. »Möchtest du nicht?«

Sie kräuselte die Lippen und hob den Deckel von dem Kaffeebecher. »Was hast du reingemischt? Abführmittel oder gleich K.-o.-Tropfen?« Sie beäugte den Milchschaum misstrauisch und wandte ihren Blick wieder Jake zu.

Er lachte herzhaft. »Nein, aber danke für den Tipp. Mache ich beim nächsten Mal vielleicht. Willst du jetzt, oder ...?«

Anscheinend war die Versuchung ihres favorisierten Kaffees größer als die Abneigung gegen ihn, denn sie legte den Deckel wieder auf den Becher und drückte ihn fest. Das war definitiv ein Fortschritt, fand er. Und ihr Fehler.

Jake lachte sich ins Fäustchen. Also war der Tipp von Sarah tatsächlich hilfreich gewesen.

Viktoria hatte eine ernsthafte Schwäche für Kaffee, interessant. Ansonsten machte sie nicht den Eindruck auf ihn, dass sie viel für die weltlichen Dinge übrighatte, mit denen man sich das Leben schöner machen konnte.

Eines aber war sicher: Sie hatte die E-Mail mit hundertprozentiger Sicherheit noch nicht geöffnet. Aber gleich würde es so weit sein. Gott, er freute sich wie ein kleines Kind, dass sie sich bald vor Ärger in den Hintern beißen würde. Er würde einiges dafür geben, ihren Gesichtsausdruck zu sehen, während ihr aufging, was er ihr eingebrockt hatte. Aber das ging nicht ohne Webcam, die er leider nicht hatte. Oder vielmehr war er nicht auf Mikes Vorschlag, ihre Webcam am Computer anzuzapfen, eingegangen.

»Dann wünsche ich dir noch einen schönen Tag, Viktoria«, grüßte Jake, bevor er ihr Büro verließ. Er spürte ihren nach wie vor verwirrten Blick im Rücken. Wahrscheinlich fragte sie sich, was er im Schilde führte, aber sie hatte natürlich keine Ahnung.

Jake hatte seinen Kaffee noch nicht einmal ausgetrunken, als er Viktorias spitzen Schrei über den Flur hallen hörte. Er lehnte sich amüsiert zurück und reckte still eine Siegesfaust in die Luft.

»Sarah!«, hörte er Viktoria rufen. Ihre sonst so melodische Stimme klang schrill und alarmiert.

Und sie hatte allen Grund dazu. Wenn Mike alles richtig gemacht hatte, wovon Jake ausging, war sie für vierundzwanzig Stunden elektronisch lahmgelegt. Ihr PC würde nutzlos sein, auf ihrem Screen tanzten kleine Smileys mit einer Sprechblase: »Have a break!«

Er wollte, dass sie wusste, dass er derjenige gewesen war, der ihr das eingebrockt hatte. Deswegen hatte er Mike eine E-Mail von seinem Account mit dem Betreff »Lies mich« schicken lassen. Und mit dem Öffnen der elektronischen Post hatte sie das Programm gestartet, das ihre Dateien zwar nicht löschte, aber immerhin einfror. Und kein IT-Fachmann der Welt konnte ihr dabei helfen. Jedenfalls keiner, den die Agentur Langham auftreiben könnte.

Jake nahm für Viktoria eine Videobotschaft mit Snapchat auf. Er schlürfte einen Schluck von seinem Kaffee und sagte höflich: »Mach dir keine Sorgen, in vierundzwanzig Stunden ist der Spuk vorbei. Nimm dir einen Tag frei, morgen geht alles wieder. Eins zu eins, würde ich sagen.«

Einige Minuten später hörte er ihre energischen Schritte näher kommen. Sie hatte anscheinend ein paar Minuten benötigt, bevor sie ihre Wut an ihm auslassen wollte.

Mit wehenden Haaren und funkelnden Augen rauschte sie ins Zimmer, blieb eine Sekunde regungslos stehen, als müsste sie sich beruhigen, um sprechen zu können. Jetzt ging sie bedrohlich langsam auf ihn zu und legte beide Hände flach auf seinen Schreibtisch. Ihre Lippen waren leicht geöffnet. Das Grün ihrer Augen strahlte noch intensiver als üblich, während sie ihn mit ihrem Blick festnagelte.

»Jake, das wirst du bereuen, das verspreche ich dir!« Ihre Stimme zitterte vor Wut, aber sie hatte sich besser im Griff, als er erwartet hatte. Er an ihrer Stelle hätte getobt und alles Greifbare durch sein Büro geworfen.

Jake lachte rau und beobachtete, wie sich Viktorias Busen schnell hob und senkte. Ihre Wangen waren gerötet und ihr Mund noch immer leicht geöffnet. Wie ein Blitz durchzuckte ihn der Gedanke, dass sie beim Liebesspiel wahrscheinlich genauso leidenschaftlich reagierte wie in diesem Moment. Sein Schwanz pulsierte bei der Vorstellung, sie seinen Namen in Ekstase schreien zu hören.

Scheiße, was hatte er eigentlich für ein Problem? Schockiert von der Intensität des Moments blieb er sprachlos sitzen.

»Hast du nicht mal den Arsch in der Hose, mir zu antworten?«, keifte sie und riss ihn aus seinen verbotenen Gedanken. Es war aber auch zu absurd, dass er überhaupt auf die Idee kam, Sex mit ihr haben zu wollen. Das musste sofort aufhören.

Er lehnte sich etwas nach vorn, stützte sich selbst mit seinen Händen auf dem Tisch auf, bevor er seelenruhig antwortete: »Du hast dich mit dem Falschen angelegt, Schätzchen!«

Viktoria verschränkte die Arme vor ihrem Busen und kniff die Augen zusammen. Wenn Blicke töten könnten, wäre er in diesem Moment geköpft, geviertelt und ausgenommen auf einem Pfahl aufgespießt worden.

»Du hast ja keine Ahnung, Arschloch!« Mit dieser barschen Äußerung drehte sie sich um und verließ die Tür knallend sein Büro.

Jake folgte ihr mit seinem Blick. Er hatte noch immer nicht begriffen, wie sie mit diesen mörderischen Absätzen derart schnell sein konnte.

Zufrieden, aber auch ein bisschen verwirrt machte er sich an die Arbeit. Er hatte vor, den Zeitvorsprung zu nutzen. Dieser Tag konnte nicht mehr besser werden! Und dass er bei ihrem erotischen Anblick sündige Gedanken entwickelte, konnte nur daran liegen, dass er seit Ewigkeiten keinen Sex mehr gehabt hatte. Vielleicht sollte er doch Mikes Rat folgen und sich den einen oder anderen One-Night-Stand erlauben. Anscheinend hatte er es wirklich nötig.

Viktoria war wütend. Sie kochte geradezu vor Wut. Noch nie im ganzen Leben hatte sie so etwas erlebt. Was für eine Mühe sich dieses Arschloch machte, ihr ein Bein zu stellen. Es war absurd! Einfach absurd!

Gott sei Dank hatte sie eine Sicherung ihrer Daten auf einer externen Festplatte, da sie oft nur diese mit nach Hause nahm, wo sie einen zweiten Rechner besaß. Aber das musste der Blödmann Jake ja nicht wissen. Ärgerlich war diese Aktion aber allemal. Glücklicherweise hatte sie sichergestellt, dass Madeleine Wind davon bekommen würde, was Carter sich geleistet hatte. Sollte doch ihre Chefin beurteilen, ob solche Kindereien im Sinne der Geschäftsleitung waren. Viktoria hatte nicht die Geduld, sich noch länger mit diesem Idioten auseinanderzusetzen. Er musste schnellstmöglich aus der Agentur verschwinden, bevor sie ihre gute Kinderstube vergaß und zur Furie wurde. Einen Mann wie ihn konnte man nur mit den eigenen Waffen schlagen – ob sie das wollte, stand auf einem anderen Blatt. Sein Niveau lag weit unter ihrem, und bis jetzt hatte sie sich noch nicht durchringen können, sich so weit herabzulassen. Aber eines konnte sie jetzt tun.

Viktoria gab sich einen Ruck und erwiderte seinen Snap mit einer fröhlichen Botschaft: »Auf eine gute Zusammenarbeit, Arschloch!«

Sollte er doch denken, was er wollte. Früher oder später würde er einsehen müssen, dass er ihr nicht das Wasser reichen konnte. Weder beruflich noch auf einer anderen Ebene.

Gegen neunzehn Uhr verließ sie das Büro. Sie wollte sicher sein, dass sie als Erste beim Restaurant ankam. Gott sei Dank hatte Sarah sofort geschaltet, als das Dummchen Dashwood zu ihr gekommen war, um nach einem Restaurant zu fragen. Natürlich hatte Jake vorgehabt, sich ohne sie mit Wilken zu treffen, um ihn um den Finger zu wickeln. Sie hatte schon von Madeleine gehört, dass Jake gut darin war, Kundenkontakte zu pflegen. Sicher einer der Hauptgründe, warum die Agenturchefin ihn für geeignet hielt, obwohl er nicht aus der Branche stammte. Aber Viktoria konnte ebenso gut mit Kunden umgehen. Zudem war sie eine begnadete Planerin.

Und sie wurde für ihre Planung belohnt, als sie Mr Wilken als Erste die Hand schüttelte. Aus dem Augenwinkel sah sie

Jake auf sie zukommen. Sie drehte ihr Gesicht in seine Richtung und erntete einen ungläubigen Blick, der Irritation und Ärger ausdrückte. Im nächsten Moment hatte er eine nichtssagende Miene aufgesetzt und begrüßte sie beide fröhlich.

Eines musste man ihm lassen: Improvisationstalent hatte er. Das hatte er auch schon bei der Präsentation bewiesen, als ihm klar geworden war, dass es nicht wie geplant lief. Andere wären in Schweiß ausgebrochen und hätten nur noch gestammelt, aber Jake hatte seinen Mann gestanden und es gnadenlos durchgezogen. Dafür hatte er sogar einen Funken Respekt verdient. Aber das allein genügte nicht, um ans Ziel zu kommen. Das wussten sie beide.

»Guten Abend, Mr Wilken, Viktoria! Wir hätten uns doch ein Taxi teilen können!«, tadelte er sie übertrieben fröhlich.

»Aber Jake, ich weiß doch, wie oft du zu spät kommst, und ich wollte Mr Wilken auf keinen Fall warten lassen.«

Das hatte gesessen. Jake presste seine Lippen eine Sekunde zu lange aufeinander, bevor er die Hauptperson des heutigen Abends persönlich begrüßte. Mr Wilken war Ende fünfzig und führte, soweit man hörte, seinen Konzern mit eiserner Hand. Man konnte ihn, für sein Alter, als attraktiven Mann bezeichnen. Sein dunkles Haar war an den Schläfen leicht ergraut, er hatte einige Falten um die Augen und auf der Stirn, aber ansonsten sah er erstaunlich jung geblieben aus.

Es war klar, dass sie beide das Dinner nach Kräften nutzen würden, um sich wechselseitig in ein möglichst schlechtes Bild zu rücken. Viktoria empfand ihr eigenes Verhalten als absolut unprofessionell und kindisch, aber sie hatte sich die Gelegenheit einfach nicht entgehen lassen können, Wilken persönlich zu treffen. Sie begab sich damit auf einen gefährlichen Pfad, der sie sogar den Job kosten konnte, wenn Madeleine Wind davon bekam, was für eine Show sie hier abzogen. Sie würde sich also besser vorsehen müssen, was sie sagte und was nicht.

»Hallo, Mr Wilken. Wie schön, Sie endlich persönlich kennenzulernen«, begrüßte Jake den potenziellen Kunden mit einem betont mannhaften Handschlag.

Mr Wilken schien von Jake angetan zu sein, denn er strahlte ihn an und erwiderte: »Die Freude ist ganz meinerseits, Mr Carter. Ich kenne ja Ihren werten Herrn Vater, wie geht es ihm?«

»Hervorragend, er hat seinen Wohnsitz nach Südfrankreich verlegt, einfach ein Traum!«

Viktoria kniff die Augen ein wenig zusammen. Die Familien kannten sich? Das war gar nicht gut, damit hatte Jake leider einen kleinen Pluspunkt gesammelt.

»Ja, das kann ich mir vorstellen. Aber für mehr als einen Urlaub kann ich mir das noch nicht vorstellen. Ich habe noch viel vor«, hörte sie Mr Wilken sagen.

Das war ihr Einsatz.

»Kommen Sie, lassen Sie uns reingehen, der Frühlingsabend ist doch recht kühl«, sagte Viktoria und führte Mr Wilken in das Restaurant *Choplin* und Jake hatte das Nachsehen. Sie warf ihm über ihre Schulter einen vernichtenden Blick zu und erntete ein lautloses »Vergiss es« von ihm. Sie unterdrückte ein Lachen. Der Junge hatte wirklich keine Ahnung.

Sie verkündete der Dame am Empfang, dass ein Tisch für drei auf den Namen Denkhaus reserviert worden sei. Die blonde Mitarbeiterin schob sich ihre Brille, die verrutscht war, höher auf die Nase und suchte in der Reservierungsliste danach.

»Ah ja. Hier stehen Sie. Einen Moment, ich begleite Sie an den Tisch.«

Jake schien langsam zu dämmern, dass sie seine Vorlage genutzt hatte, um das Beste für sich aus der Situation rauszuholen. Sogar die Buchung hatte sie von Sarah noch einmal ändern lassen, sodass sie nun in einem Separee des Lokals ungestört essen konnten.

Leider hatte Viktoria keine Möglichkeit gefunden, Jake für den Abend komplett auszuschalten, auch wenn sie kurz darüber nachgedacht hatte, ihn tatsächlich mit Abführtropfen außer Gefecht zu setzen. Aber so skrupellos war sie dann doch nicht. Sie würde es auch schaffen, ihn mit Worten lahmzulegen, da war sie zuversichtlich.

Nachdem die Empfangsmitarbeiterin sie an den Tisch geführt hatte, ließ Viktoria zu, dass der Kellner den Stuhl zurechtrückte und die Serviette auf ihrem Schoß ausbreitete. Anschließend wiederholte der Kellner diese Prozedur bei den Herren, bevor er die Weinliste und Speisekarten verteilte und die Bestellung für den Aperitif aufnahm.

Jake griff schneller nach der Weinkarte als sie, also wählte er den Wein. Üblicherweise suchte der Gastgeber die Getränke aus und Viktoria hatte eine Sekunde zu lange gezögert.

Jake schien zu bemerken, dass ihr sein Verhalten missfiel. »Ach, Viktoria, wolltest du etwa? Das tut mir leid.«

Sie lächelte ihn mechanisch an. Ihr war der sarkastische Unterton in seiner Stimme natürlich nicht entgangen. »Bitte, Jake, tu dir keinen Zwang an. Ich bin mir sicher, du findest etwas Passendes. In der Zwischenzeit kann ich ein wenig mit Mr Wilken über seine Ideen plaudern, nicht wahr?« Sie wandte sich dem Endfünfziger zu, der seine Brille aus der Innentasche des Jacketts geholt hatte, um die Speisekarte besser entziffern zu können.

»Sagen Sie mal, Viktoria, wie geht es Madeleine? Ich habe sie schon eine Ewigkeit nicht gesehen.«

»Ihr geht es hervorragend. Wie Sie vielleicht wissen, hat sie vor, sich in naher Zukunft zur Ruhe zu setzen.«

»Ach wirklich? Wie will sie das aushalten?«, lachte er. »Sie ist ja mindestens so ein Workaholic wie ich!«

»Ja«, lächelte Viktoria höflich. »Sie meinte, sie wolle nun die Welt bereisen und sich gleichzeitig einen passenden Ehemann suchen.«

»Nein, das glaubt man doch nicht!« Mr Wilken zog seine Brille von der Nase und sah Viktoria erstaunt an.

»Doch. Sie meinte, sie habe lange genug gearbeitet und wolle nun noch etwas vom Leben haben. Sie wissen ja, wenn sie etwas macht, dann gründlich.«

»O ja. Deswegen bin ich mit meinem Anliegen auch zu Ihrer Agentur gekommen.«

»Und bei uns«, Viktoria legte ihre Hand auf seine, »sind Sie in den besten Händen. Das verspreche ich Ihnen.«

»Ist Ihnen ein achtundneunziger Chateau-Neuf-du-Pape recht, Mr Wilken?«, unterbrach Jake sie und zog damit die Aufmerksamkeit auf sich.

»Sicher«, nickte Mr Wilken ihm zu.

Der Kellner trat nun auch wieder an ihren Tisch. »Haben Sie gewählt?«

»Einen Moment, wir sind gleich so weit.« Viktoria nickte dem Mitarbeiter zu.

Nach kurzem Schweigen waren sie alle bereit, ihre Bestellung aufzugeben. Nachdem sie die Speisekarten losgeworden waren, kamen drei Servicemitarbeiter mit einem Aperitif und dem Gruß aus der Küche zurück.

»Cheers, auf einen schönen Abend.« Jake hob sein Champagnerglas an und prostete Viktoria und Mr Wilken zu.

»Sagen Sie, wie sind Sie eigentlich in die Werbebranche gekommen, Mr Carter?«, hörte Viktoria Mr Wilken fragen und innerlich dankte sie Gott für diese Wendung des Gesprächs. Außerdem war sie selbst äußerst interessiert daran, zu erfahren, warum in drei Gottes Namen er auf einmal ihren Job wollte.

Jake räusperte sich, nahm noch einen Schluck vom Dom Perignon und antwortete dann mit dunkler Stimme: »Der Einsatz von Werbung umfasst eine Vielzahl strategischer Entscheidungen, dabei muss man Prioritäten genau definieren. Ich bin ein sehr guter Stratege und kann meine Erfahrungen aus dem Carter-Konzern hier auf eine neue Weise zum Einsatz bringen, um zum Beispiel die konkrete Planung einer erfolgversprechenden Kampagne festzulegen. Das reizt mich außerordentlich. Ich habe mich schon länger mit dem Thema beschäftigt, als man denken könnte.«

Mr Wilken nickte und schien zu überlegen. Viktoria stockte der Atem. Er würde Jake doch wohl nicht glauben? Sie arbeitete seit Jahren bei Langham, ihr Wissen konnte man sich nicht über Nacht aneignen.

Wütend schob sie sich das Amuse-Gueule, das aus einer kleinen Lachsschnitte mit Beluga-Kaviar bestand, in den Mund. Sie war hin- und hergerissen, ob sie Jake nicht sofort und auf der Stelle ins Gesicht schmettern sollte, dass er ein Vollidiot war, der keine Ahnung hatte. Allein ihre Selbstkontrolle war stärker, vor allem auch, weil sie sich damit selbst in ein falsches Licht rücken würde. Eine kleine Spitze hie und da war erlaubt, völliges Blankziehen hingegen fehl am Platz. Trotzdem nahm sie sich vor, ihm das nächste Mal zumindest einen Tritt unter dem Tisch zu verpassen.

»Ja, das leuchtet mir ein, Carter«, murmelte Mr Wilken zustimmend.

Viktoria presste die Kiefer aufeinander und vergaß für einen Moment, zu kauen. Es kostete sie größte Überwindung, die bissigen Kommentare, die ihr auf der Zunge lagen, herunterzuschlucken.

»Budgets und Ziele gibt es ja in jeder Branche, die müssen überall eingehalten werden«, fuhr Wilken fort und lachte über seine eigene Aussage. Jake und Viktoria stimmten höflich mit ein.

Großer Gott, der hatte jetzt schon einen Narren an Jake gefressen. Das konnte doch wohl nicht wahr sein!

Viktoria spürte die Wirkung des Champagners sofort, da sie selten mehr als ein Glas trank und ihr Magen leer war. Sie würde sich beim Rotwein zurückhalten. Dass sie beschwipst Dummheiten machte, fehlte noch.

Der Sommelier ließ Jake den edlen Tropfen kosten. Jake schwenkte das Glas ausgiebig, steckte seine Nase hinein und trank schließlich einen kleinen Schluck. In seinem Gesicht spiegelte sich nichts als purer Genuss wider. Er war also einer von dieser Sorte, die gutes Essen und teure Weine wertschätzten. Sie selbst sah in der Nahrungsaufnahme eher ein Mittel zum Zweck, was aber auch daran lag, dass ihr selten Zeit blieb, sich mit ausführlichen Kochabenden zu befassen. Für sich allein zu kochen, hielt sie außerdem für Zeitverschwendung, wo es doch heute möglich war, sich quasi alles fix und fertig ins Haus liefern zu lassen. Sie war einfach kein Genussmensch.

Jake und Mr Wilken hingegen schien der Rotwein zu schmecken. Sie langten beide kräftig zu. Dabei unterhielten sie sich prächtig, während wenig später die Vorspeisen serviert und gegessen wurden.

So ungern sie es sich eingestehen wollte, Jake lag hier ganz klar vorn. Und das sicher nur, weil er ein Kerl und aus dem Hause Carter war. Aber so schnell würde sie nicht klein beigeben.

»Jake, hast du dir denn schon Gedanken über die Aktualisierung der vorhandenen Marke gemacht? Würdest du eher auf Bekanntheitsgraderhöhung oder Steigerung der spontanen Bewusstseinspräsenz gehen?«

Sie lächelte ihn zuckersüß an und sah einen Moment Panik in seinen Augen aufflackern. Das war viel besser als ein Tritt unter dem Tisch. Der Kerl hatte absolut keine Ahnung, worüber sie sprach. Er war nicht aus der Branche, Werbebegrifflichkeiten waren für ihn unverständliches Fachchinesisch. Dieses Wissen konnte man sich nicht mal so eben in einem Online-Tutorial aneignen.

»Viktoria«, begann er und nahm sich ein Stück Brot von seinem Teller. »Es geht doch zunächst um die Frage, ob wir einen Relaunch planen oder uns vorrangig um das grundsätzliche Image kümmern wollen. Ich denke, da sollten wir Mr Wilken in die Entscheidung mit einbeziehen!« Er sah Mr Wilken auffordernd an, der gerade sein Besteck zur Seite legte und nach seinem Rotweinglas griff.

Mist. Er hatte sich schon wieder aus der Affäre gezogen. Das gab es doch gar nicht! Er war wirklich gerissen. Und schlagfertig. Sie ballte die Hände in ihrem Schoß zu Fäusten.

»Hm, also ich weiß nicht, ich kenne mich mit diesem Thema im Speziellen nicht so gut aus. Deswegen habe ich doch Sie! Ich denke, zunächst sollten wir aber doch zwischen strategischen und operativen Werbezielen unterscheiden«, meinte Wilken nachdenklich.

»Da haben Sie vollkommen recht, Mr Wilken«, schleimte Jake und grinste Viktoria hämisch an. Diesem Arsch war ganz bewusst, dass er seinen Hintern gerade noch mal gerettet hatte.

»Lassen Sie uns über etwas anderes reden, von Ihrem Konzept höre ich ja in Kürze, wenn Sie so weit sind. Also, Viktoria, wer nimmt Madeleines Stuhl, wenn Sie, äh, sich nach einem Ehemann umsieht?«

»Ich«, sagten beide wie aus einem Munde.

Mr Wilken hob eine Augenbraue und schaute von einem zum anderen.

Viktoria verpasste Jake endlich den überfälligen Tritt unter dem Tisch. Jake räusperte sich und nahm einen Schluck Rotwein, sagte aber nichts, um die Situation zu entschärfen. Glücklicherweise wurde in diesem Moment die Hauptspeise serviert und sie konnten sich über das fein gebratene Chateaubriand auslassen, das einem wirklich auf der Zunge zerging.

Der restliche Abend verlief auch ganz und gar nicht, wie sie es geplant hatte. Sie beobachtete mit gemischten Gefühlen, wie Jake mit Mr Wilken scherzte, und sah sich weitergehend zur stummen Zuhörerin degradiert, während die beiden sich über Gott und die Welt unterhielten. Jake sah wirklich gut aus, wenn er lächelte. Und die feinen Fältchen um seine Augen zeigten, dass er häufiger lachte, als sie es bisher erlebt hatte.

Nein, sie würde jetzt keine Sympathie für den Feind entwickeln. Hastig wandte sie den Blick ab und hob ihr Wasserglas an die Lippen.

Je mehr die beiden in Fahrt kamen – aktuell sprachen sie über die Jacht, die Jakes Vater am Atlantik liegen hatte –, desto mehr vergaßen sie Viktoria. Sie fühlte sich unwohl in der Statistenrolle und entschuldigte sich für einen Moment. Als sie zurückkehrte, stand bereits der Nachtisch auf ihrem Platz.

Nach dem Dessert verabschiedete sich Mr Wilken. Jake und Viktoria erhoben sich zeitgleich, um ihm die Hand zu schütteln.

»Ladies first«, kommentierte Mr Wilken und gab Viktoria die Hand, um anschließend Jakes Hand zu nehmen und ihm auf die Schulter zu klopfen. »Grüßen Sie mir Ihren Vater, ja?«

Jake nickte zustimmend. »Sehr gern.«

»Dann höre ich von Ihnen, wenn Sie mit Ihrer Präsentation so weit sind.«

»Natürlich, Mr Wilken«, versicherte Viktoria ihm.

Jake und sie blieben am Tisch zurück. Sie ließ ihre Schultern einen kurzen Moment sinken, bevor sie sich knapp an Jake wandte. »Du kannst ja dann die Rechnung übernehmen. Wir sehen uns, gute Nacht.«

Jake hielt sie am Arm fest, gerade als sie gehen wollte. Ihre Haut prickelte an der Stelle, an der er sie berührte, was sie zutiefst irritierte.

»Noch einen Drink? Damit wir diesen Kleinkrieg endlich ad acta legen können, Viktoria?«

Sie sah in seine graublauen Augen und verlor sich einen Moment darin. Wieder war sie sich sicher, dass er in ihr lesen konnte. Dass er wusste, was tief in ihrem Inneren vorging. Mit Unbehagen wurde sie gewahr, dass sie sich zu ihm hingezogen fühlte, obwohl sie ihn gleichzeitig verabscheute. Es war einfach absurd.

»Nein, tut mir leid. Für mich stehen hier viele Jahre meiner Arbeit auf dem Spiel«, sagte sie bewusst kühl, vielleicht auch, um sich selbst daran zu erinnern, dass sie nicht mehr Zeit mit ihm verbringen sollte als nötig.

Jake ließ sie abrupt los. »Gut, wie du willst. Aber sag hinterher nicht, ich hätte dich nicht gewarnt.«

Gott, der Kerl konnte so ein Arschloch sein. War ihm die Selbstherrlichkeit als Kind mit Löffeln verabreicht worden?

Verflogen war der kurze Moment der Schwäche.

Sie lachte abfällig. »Hör doch auf. Wenn alles, was du kannst, ist dich auf deinen guten Namen zu berufen, dann wach auf. Wilken mag sich mit dir unterhalten haben, aber am Ende zählen Fakten für ihn. Und wir wissen beide, dass du von Werbung keinen blassen Schimmer hast. Ich kapier bis jetzt nicht, warum Madeleine dir den Job gegeben hat!«

Jakes Gesichtszüge wurden hart. »Du hast keine Ahnung, wer ich bin. Du weißt nichts von mir!« Seine Stimme war kalt und ließ sie unwillkürlich erschaudern. Offenbar hatte sie einen wunden Punkt bei ihm getroffen.

»Und ich will auch nichts von dir wissen. Das Beste wäre, du verschwindest so schnell wie möglich wieder dahin, wo du hergekommen bist.« Der Kerl konnte sie mal kreuzweise. Je eher er kapierte, dass er keine Chance gegen sie hatte, desto besser.

»Diesen Gefallen kann ich dir leider nicht tun, aber du könntest als Partnerin an meiner Seite arbeiten – nachdem ich die Agentur übernommen habe.«

Viktoria schnappte nach Luft. »Dies, mein lieber Jake, wird niemals geschehen. Ich bin lange genug die Nummer zwei gewesen. Guten Abend.«

Sie verließ das Lokal mit klopfendem Herzen. Dabei war ihr nicht ganz klar, zu wie vielen Teilen die Aufregung durch ihren Ärger über sein Verhalten und durch seine seltsame Ausstrahlung verursacht worden war. Dieser Typ war erst wenige Tage zuvor in ihren Kosmos eingedrungen und hatte bereits jetzt alles durcheinandergebracht, wofür sie lange und hart gearbeitet hatte.

KAPITEL 5

»ICH HABE die Nase gestrichen voll«, hörte Jake Madeleine sagen. »Ihr benehmt euch wie Kinder. Sehr dumme Kinder.«

Die Inhaberin der Agentur Langham lächelte nicht. Im Gegenteil, ihre Gesichtszüge waren angespannt und ein verächtlicher Zug lag um ihren blutrot geschminkten Mund.

Jake hob eine Augenbraue und sah Viktoria verstohlen von der Seite an. Sie hatten seit dem Abendessen vorgestern noch kein Wort miteinander gewechselt.

»Emotionale Intelligenz: Fehlanzeige. Und glaubt ja nicht, dass mir nicht bekannt ist, was ihr für alberne Spielchen miteinander treibt. Ich weiß von der Computernummer, vom Dinner und auch von den gefälschten Informationen«, fuhr Madeleine mit schneidender Stimme fort.

Jake sah schuldbewusst zu Boden.

»Ihr seid beide schlaue Köpfe«, ergänzte sie. »Aber leider benehmt ihr euch wie Arschlöcher. Richtig miese Arschlöcher.«

Viktoria sog hörbar die Luft ein und Jake presste die Kiefer aufeinander. Widerworte waren jetzt nicht angebracht, darin schienen sie sich zumindest einig zu sein. Madeleine ging vor ihnen auf und ab wie ein Feldwebel vor seinen

Schützen. Derjenige, der sich hier als Erster beschwerte, würde die Strafe abbekommen, dessen war er sich sicher.

»Deswegen habe ich mir was überlegt.« Madeleine blieb hinter ihrem Schreibtisch stehen, stützte die Hände auf der Platte ab und schaute von einem zum anderen. »Ihr nehmt an einem Programm teil: *How to be a better colleague*. Ab jetzt ist es vorbei mit der Konkurrenz. Ab heute arbeitet ihr im Team.«

Jake runzelte die Stirn. Wie sollte er mit diesem karrieregeilen Eisblock zusammenarbeiten, ohne dass sie sich gegenseitig die Köpfe einschlugen?

»Ich will ab jetzt regelmäßig ein Status-Update von euch haben. Basta. Den genauen Plan für das Better-Colleague-Programm schickt euch nachher meine Assistentin Melanie zu. Und jetzt verschwindet aus meinen Augen, bevor ich es mir anders überlege und euch beide rauswerfe. So was Unprofessionelles ist mir noch nie untergekommen! Noch nie!«

Madeleine richtete sich auf und wies mit wütender Geste zur Tür. Jake sah, als er sich zum Gehen wandte, dass Viktoria zögerte und Madeleine plötzlich ihre Haltung veränderte.

»Moment, da fällt mir noch was ein«, sagte sie mit einem Lächeln, das ihre Augen nicht erreichte. »Heute Abend geht ihr gemeinsam zu diesem Dinner in der Oxford Street. Eigentlich wollte ich hingehen, aber ich muss mich bei Mr Wilken dafür entschuldigen, dass ihr euch aufgeführt habt wie zwei Elefanten im Porzellanladen. Ihr könnt jetzt gehen.«

Jake hob eine Augenbraue. Viktoria zeigte keine Regung, sie nahm es stoisch hin. Was für ein Dinner meinte Madeleine? Wahrscheinlich würde er die Informationen ebenfalls von ihrer Assistentin per E-Mail erhalten. Ein weiteres Abendessen konnte er ohne Probleme in seinem Kalender unterbringen. Einzig und allein Viktorias Anwesenheit störte ihn bei der Sache. Aber genau darum ging es Madeleine wahrscheinlich.

So langsam dämmerte es ihm, dass Madeleine klar gewesen sein musste, dass Viktoria etwas gegen seine Person in der

Agentur haben würde. Sie hatte die Konkurrenz absichtlich gewollt, nur aus welchem Grund?

Madeleine wedelte unterdessen ungeduldig mit den Händen. Er sollte jetzt keine Dummheiten begehen und sie nach ihren Hintergedanken zu seiner Einstellung fragen, wenn sie mit Viktoria augenscheinlich eine fähige Person in ihren Reihen hatte.

»Na los, wird's bald? Raus hier. Ich habe zu tun!«, herrschte Madeleine sie ungehalten an.

Jake streckte seinen Arm aus, um Viktoria den Vortritt zu lassen. Sie verzog keine Miene und würdigte ihn auch keines Blickes. Viktoria verließ das Büro als Erste, wie üblich im Eiltempo auf ihren hohen Absätzen. Jake fragte sich, ob sein Triumph über sie es wert war, dass er sich diesem nervigen Programm aussetzte. Andererseits, wenn er jetzt das Handtuch warf, würde er den Spott seines Kumpels Mike und seines Vaters für den Rest seines Lebens über sich ergehen lassen müssen.

Nein. Aufgeben war momentan keine Option. Wie er die Lage einschätzte, hatte er nach wie vor gute Chancen, das Rennen zu machen. Er war ein Siegertyp und würde auch hier als Gewinner hervorgehen. Er musste sich nur noch ein bisschen mehr ins Zeug legen.

Obwohl sie beinahe auf gleicher Höhe gingen, stapften sie schweigend den Flur entlang zu ihren Büros, wo sich schließlich ihre Wege gabelten und jeder wortlos in seinem Reich verschwand.

Jake ging vor seinem Fenster auf und ab und überlegte, wie er die Zusammenarbeit mit Viktoria aushalten sollte. Die Frau war einfach nur anstrengend und starrköpfig. Und ihr Sexappeal machte die Sache nicht gerade besser.

Genervt fuhr er sich mit der Hand über das Gesicht. Warum interessierte er sich immer wieder für den gleichen Typ Frau, wo doch klar war, dass eine wie sie nicht das war, was er sich wünschte? Die Beziehung mit Elena war schließlich in die Brüche gegangen, weil sie ihn mit einem für ihre Karriere wichtigen Manager betrogen hatte. Zuvor hatte aber bereits das Fundament ihrer Zukunft kräftig gebröckelt, als sie ihm verkündet hatte, dass sie – der Karriere wegen – niemals Kinder und eine Familie haben wollte. Und genau das war es, wonach Jake sich schon seit einiger Zeit sehnte. Er selbst war in einer liebevollen Familie groß geworden und wollte gern eine Familie und Kinder – wenn vielleicht auch nicht sofort. Einen Sohn, mit dem er zu Premier-League-Spielen gehen konnte, ein kleines Mädchen, für das er der erste große Held sein konnte …

Jake wischte seine Gedanken beiseite. Nein, Familie stand momentan nicht ganz oben auf seiner Liste, aber irgendwann.

Zuerst würde er sich um sein Projekt kümmern; je mehr er sich mit dem Thema auseinandersetzte, umso mehr interessierte er sich dafür. Wilkens Idee, eine isländische Quelle zu kaufen und das Wasser in Europa zu vermarkten, war genial. Er ärgerte sich beinahe, dass es nicht seine eigene gewesen war. Island war momentan schwer angesagt, seit der letzten Fußball-Europameisterschaft in nahezu allen Bereichen im Kommen. Fidji-Wasser war gestern, isländisches Quellwasser die Zukunft.

Das Gute war, dass Jake Wilkens Gedanken nachvollziehen und dementsprechend leicht die Kampagne für den Auftraggeber zusammenbauen konnte. Er hatte quasi schon gewonnen, aber zunächst musste er noch dieses lächerliche Programm absolvieren, das Madeleine erwähnt hatte. *How to be a better colleague*. Er schnaubte verächtlich, warf sich in seinen Bürostuhl und zog sich an der Tischplatte zum Schreibtisch, um seinen E-Mail-Eingang zu überprüfen.

Viktoria knabberte an einem Proteinriegel, während sie über Madeleines merkwürdige Wandelung grübelte. Was war nur geschehen, dass ihr Verhältnis in so kurzer Zeit derart rapide bergab gegangen war und sie sich als Beinahe-Ziehtochter in der Position einer einfachen Mitarbeiterin wiederfand, die man nach Belieben herumscheuchen konnte? Sie hatte immer gedacht, sie wären ein gutes Team. Sie sahen sich nicht nur ähnlich – beide hatten lange dunkle Haare, waren schlank und kleideten sich sogar ähnlich – sie glichen sich auch in ihrem Wesen. Madeleine war nicht minder ehrgeizig als Viktoria und beide gingen bis an ihre Grenzen, manchmal auch darüber hinaus, um ihre Ziele zu erreichen. Dabei waren sie sich beide immer bewusst, dass eine Frau in der Branche mindestens doppelt so gut sein musste wie ein Mann. Und Viktoria hatte Madeleine noch nie enttäuscht. Das hatte sie jedenfalls gedacht, aber anscheinend hatte sie sich *ge*täuscht.

Warum sonst sollte Madeleine auf einmal einen Kerl wie Jake Carter einstellen, mit dem sie um ihre Gunst kämpfen musste? Sie hatte schon so oft über diese Frage nachgedacht – aber am Ende kam sie immer zum selben Ergebnis: Sie hatte keine Ahnung, was passiert war und was in Madeleine vorging. Die einzig logische Erklärung lag in ihrer verspäteten Midlife-Crisis, von wegen Weltreise und sie wolle sich einen Mann suchen. Und sie durfte das jetzt ausbaden. Wundervoll. Einfach wundervoll.

Viktoria schüttelte den Kopf und biss noch einmal von ihrem Snack ab. Ein vertrautes Ping signalisierte den Eingang einer E-Mail. Viktoria legte den Riegel beiseite und stellte fest, dass es die Mail von Madeleines Assistentin Melanie war. Im Betreff stand: *Fünf-Punkte-Plan – How to be a better colleague.*

Na super! Viktoria konnte sich nichts Nervigeres vorstellen, als mit einem dahergelaufenen Coach, der sich ständig wichtigmachen musste, irgendwelchen Kram zu besprechen.

Sie öffnete die Mail und begann widerwillig zu lesen. Viktoria lachte bitter auf, nachdem sie die ersten Sätze überflogen hatte. Das konnte doch nur ein übler Scherz sein. Madeleine konnte das unmöglich ernst meinen!

Liebe Viktoria, lieber Jake,

anbei erhaltet ihr den Fünf-Punkte-Plan, wie mit Madeleine heute Morgen besprochen.

Euch wird <u>kein</u> Coach zur Seite gestellt, wie ihr vielleicht vermutet habt. Es geht Madeleine darum, eure Emotionale Intelligenz zu stärken, daher werdet ihr folgenden Events aktiv beiwohnen:
1. *Putzen in einer öffentlichen Toilette*
2. *Burger braten bei einer Fast-Food-Kette*
3. *Bedienen in einer Suppenküche für Obdachlose*
4. *Aushelfen in einem Tierheim*
5. *Clown spielen in einem Kinderkrankenhaus*

Noch ein Hinweis: Solltet ihr an einem der Tage nicht wie gefordert erscheinen, behält sich Madeleine vor, den jeweils anderen zum Sieger zu küren. Damit wäre dann der Wettbewerb um die Kampagne ebenfalls verloren. Diese fünf Punkte werden für die Agentur Langham öffentlichkeitswirksam genutzt werden, das heißt, die Presse wird jeweils vor Ort sein. Eine wunderbare Publicity-Aktion. Madeleine hält es für einen guten Einstieg in die Wilken-Kampagne, wenn die Agentur positive Schlagzeilen macht und sich Mitarbeiter sozial engagieren. Das ist im Übrigen die neue Botschaft der Agentur: Wir setzen neben unserer exquisiten fachlichen Expertise auf Nachhaltigkeit, soziales Engagement und Emotionale Intelligenz.

Die Informationen bezüglich der heutigen Abendveranstaltung habe ich bereits an eure Sekretärinnen gemailt.

Mit besten Grüßen
Melanie Foster
Executive Assistant to Madeleine Langham

Viktoria hatte Mühe, ruhig zu atmen, und ihr Puls raste. Energisch klappte sie ihr Notebook zu und rauschte aus dem Büro.

Sarahs Augen wurden groß, als sie an ihr vorbeilief. Sie hatte natürlich Zugang zu ihren E-Mails und musste diesen bescheuerten Plan auch schon gelesen haben. Das konnte einfach nicht Madeleines Ernst sein! Ihr zu unterstellen, dass es ihr an Emotionaler Intelligenz mangele, war eine bodenlose

Frechheit. Was sie jetzt erst einmal brauchte, war ein Espresso. Einen doppelten. Am besten sie ging einfach kurz aus dem Büro, etwas frische Luft und ein wenig Abstand zu den neusten Entwicklungen würden nicht schaden.

Als sie zwanzig Minuten später mit einem Karamell-Macchiato statt Espresso in ihrem Büro saß und mit ihrem Rubik's Cube spielte, um ihre Gedanken zu sortieren, trat Sarah ein. Viktorias Assistentin trug ein Ensemble aus Bluse und Bleistiftrock, das farblich so abgestimmt war, dass es ihre rotblonde Mähne noch besser zur Geltung brachte. Geschmack hatte sie, das musste man ihr lassen. Seltsam eigentlich, dass sie noch Single war. Aber über ihr Privatleben sprach sie nicht viel, was Viktoria sehr gelegen kam, da sie ebenfalls kein Interesse hatte, über ihr nicht vorhandenes zu reden.

»Wie soll man sich bei diesem ganzen Schwachsinn auf seine Arbeit konzentrieren, Sarah?«, fragte Viktoria gereizt und legte den Würfel vor sich ab.

»Ich verstehe dich voll und ganz, ehrlich.«

Sarah legte ihr einige Unterlagen auf den Tisch, die sie durchgehen sollte. Dabei war auch ein Zettel mit der Adresse für das Abendessen.

»Wie unglaublich albern ist das denn? Ich soll ein öffentliches Klo putzen? Was soll das bitte schön bringen? Es ist eine reine Strafarbeit. Ich wusste gar nicht, wie viel Hexe wirklich in Madeleine steckt. Es ist unfassbar! Sie hat einfach einen Knall! So war sie doch früher nicht?«

»Frag mich nicht, Viktoria. Ich kann das auch alles nicht nachvollziehen. Die werden euch doch hoffentlich Gummihandschuhe geben?«, fragte Sarah und verzog angewidert ihren hübschen Mund.

Viktoria sah ihre Assistentin gequält an. So weit hatte sie noch gar nicht gedacht.

»Ich weiß wirklich nicht, womit ich das verdient habe. Seit Jahren schufte ich hier wie ein Pferd und dann kommt sie auf einmal damit, dass es mir an Emotionaler Intelligenz mangeln würde?«

Sarah neigte den Kopf ein wenig und verschränkte die Arme vor der Brust.

»Was?«, fragte Viktoria. »Du meinst doch nicht etwa, das ist richtig?«

Sarah atmete hörbar aus. »Also, Viktoria ... ich bin jetzt mal ganz ehrlich. Du kannst schon ziemlich, äh, bitchy sein, wenn du willst.«

Viktoria stöhnte theatralisch. »Du auch noch!«, stieß sie hervor. »Was soll das?«

»Wir kennen uns lange genug, dass ich mir diese offenen Worte hoffentlich erlauben darf. Manchmal bist du schon ziemlich krass drauf.«

Viktoria presste die Lippen aufeinander. »Na wunderbar, jetzt haben sich alle gegen mich verschworen.«.

In diesem Moment trat Jake in ihr Büro und Viktoria ließ die Hände sinken. Der hatte ihr gerade noch gefehlt.

»Übermorgen geht's also los, ja?«, eröffnete er das Gespräch und trat in die Mitte des Raumes.

»Sieht so aus«, erwiderte sie matt. Sie hatte keine Kraft, sich jetzt auch noch mit ihm anzulegen.

Sarah verschwand unaufgefordert und ließ Jake und Viktoria allein zurück. Schweigen breitete sich aus, während sie sich wortlos ansahen. Viktoria hatte den Würfel wieder in die Hand genommen. Kein Lächeln umspielte Jakes Mundwinkel, wie sonst so häufig. Stattdessen hielt er ihren Blick mit seinen graublauen Augen gefangen. Viktoria musste schlucken, ihr Magen zog sich nervös zusammen, als sich die Luft zwischen ihnen elektrisch auflud, während keiner auch nur einen Mucks von sich gab. Sie hatte keine Ahnung, wie lange sie sich in seinem Blick verlor, bis Jake sich schließlich räusperte. Er murmelte etwas Unverständliches, das nach »Bis heute Abend« klang, verstrubbelte sich seine dunkelbraunen Haare und verließ dann ihr Büro.

Was war das denn?, fragte sie sich. Erst jetzt bemerkte sie, dass ihre Lippen leicht geöffnet waren, damit sie besser atmen konnte. Ihre Hände waren feucht geworden, deswegen legte sie den Zauberwüfel beiseite und fächelte sich Luft zu, um ihr erhitztes Gemüt abzukühlen. Viktoria nahm einen Schluck von ihrem nur noch lauwarmen Karamell-Macchiato und drehte sich mit ihrem Stuhl zur Fensterfront um. Sie schüttelte leicht den Kopf. Dieser ganze Schwachsinn hatte sie komplett verwirrt. Sie musste sich endlich fangen und zur gewohnten Routine zurückkehren. Alles andere war unwichtig, nur die Arbeit zählte. Die Arbeit und Katies Geburtstag. Bis zu ihrer Abreise nach Hamburg musste sie Jake losgeworden sein. Sie ballte die Hand zur Faust und kehrte der Aussicht wieder den Rücken.

Viktoria nippte an ihrem Champagner und sah sich im Saal um. Jake war noch nicht da, vielleicht erschien er ja gar nicht zum Dinner. Andererseits – mit der Pünktlichkeit hatte er es meist nicht so.

»Viktoria, schön, Sie zu sehen«, wurde sie von einer Frau angesprochen. »Wie geht es Ihnen?«

»Camille? Sie hier? Das ist ja eine nette Überraschung.« Viktoria lächelte die etwa dreißigjährige Frau an, die bei ihr stehen geblieben war. Sie hatten sich vor zwei Jahren im Rahmen einer Kampagne für eine Kosmetiklinie kennengelernt, die die Agentur Langham begleitet hatte.

»Gut sehen Sie aus!«, meinte Camille und prostete ihr zu.

»Sie aber auch!«

»Das ist nun mal mein Job«, lachte Camille. »Woran arbeiten Sie gerade, wenn ich fragen darf?«

»Sie dürfen«, erwiderte Viktoria gut gelaunt. »Ich bin dabei, Mineralwasser an den Mann oder die Frau zu bringen.«

»Mineralwasser? Ach herrje. Das klingt … lahm.«

»Ganz und gar nicht! Aber wir sind auch noch am Anfang. Ich hätte nie gedacht, dass es dabei so große Unterschiede geben könnte. Aber ich will Sie auch nicht mit Details langweilen. Was gibt es Neues bei Ihnen?«

In diesem Moment trat ein hochgewachsener Mann neben Viktoria.

»Vik?«, hörte sie eine raue Stimme neben sich und ihr Körper war sofort mit einer Gänsehaut überzogen. Nur einer hatte sie je so genannt. Aber das war unmöglich.

»Michael?« Viktoria sah sich ungläubig um. Sie hatte mit vielem gerechnet, aber sicher nicht damit, ihn hier zu treffen. »Camille, entschuldigen Sie bitte. Darf ich Ihnen Michael Andrews vorstellen? Er ist Professor in Stanford. Bist du doch noch?«, fragte sie ihn, obwohl sie wusste, dass er nach wie vor dort lehrte.

»Ja, bin ich.« Er ergriff Camilles manikürte Hand und schüttelte sie. »Nice to meet you.« Dann gab er Viktoria ein Küsschen auf die Wange, das viel zu vertraulich für einen ehemaligen Professor war.

»Ja, äh«, räusperte sich Viktoria. Die Situation war unangenehm und die Schwingungen in der Luft waren offensichtlich auch für Camille spürbar.

»Ich habe da hinten eine Bekannte gesehen, der ich *unbedingt* Hallo sagen muss. Wenn Sie mich bitte einen Moment entschuldigen würden? Wir sehen uns bestimmt nachher noch. Hat mich gefreut, Michael, Viktoria.« Sie nickte den beiden zu und ging davon.

Viktoria war erleichtert, als sie auf Camilles Rücken sah, der sich langsam von ihnen entfernte.

»Was machst du hier?«, richtete sich Viktoria schließlich irritiert an ihren ehemaligen Professor, der so viel mehr gewesen war als nur das.

»Ich bin eingeladen worden, eine Rede zu halten. Gut siehst du aus.« Er sah sie von oben bis unten mit einem warmen Lächeln an. Früher einmal hatte er sie damit förmlich zum Schmelzen gebracht. Aber das war lange her. Beinahe ein ganzes Leben.

»Danke.« Sie sah ihn forschend an. Er selbst war in den letzten Jahren ein wenig gealtert. Die feinen Linien um seine Augen hatten sich tiefer eingegraben und in Michaels dunklem Haar waren einige silberne Fäden zu sehen. Trotzdem war er immer noch, oder vielleicht auch gerade deswegen, ein attraktiver Mann.

»Wie, äh, geht es dir?«, fragte er.

Viktoria sah zu ihm auf, denn er war ein ganzes Stück größer als sie. Ärger machte sich in ihr breit. Das fragte er *jetzt*? Kein einziges Mal hatte er sich nach ihrem Fortgang aus den Vereinigten Staaten nach ihr erkundigt.

»Mir geht es sehr gut, und selbst?«, presste sie hervor. So viel Ungesagtes lag ihr auf der Zunge, aber sie hielt sich zurück.

»Wir sind mit den Kindern hier, haben gleich eine Woche drangehängt, um ein bisschen Sightseeing zu machen. So oft kommen wir ja nicht nach England.«

»Sicher«, antwortete sie lakonisch. Der Superpapa war immer für seine Kinder da. Na ja. Nicht für alle, dachte sie und ihre Kiefer mahlten aufeinander.

»Und … wie geht es …?«, stammelte er und stellte erneut die gleiche Frage. Anscheinend war ihm die Situation unangenehm. Das sollte sie auch sein. Aber er hatte kein Recht darauf, überhaupt irgendwas über Katie zu erfahren. Schließlich hatte er sich damals keinen Deut um Viktoria und ihre Schwangerschaft geschert. Er kannte nicht mal den Namen ihrer Tochter, denn sie hatte den Kontakt radikal abgebrochen, nachdem …

»Hallo, Viktoria«, hörte sie Jakes Stimme plötzlich hinter sich und seine Hand legte sich vertraulich auf ihren Unterarm, als er sie mit einem sanften Wangenkuss begrüßte. Sein herbes Aftershave stieg ihr in die Nase und ließ ihr Herz stolpern.

»Jake«, gab sie tonlos von sich. Das unerwartete Wiedersehen mit Michael hatte sie aus der Bahn geworfen und Jakes plötzliches Auftauchen half ihr nicht gerade dabei, ihre Fassung wiederzuerlangen.

»Carter«, stellte Jake sich Michael vor. »Jake Carter. Wir arbeiten zusammen.«

Jake hatte seinen Anzug gegen einen Smoking getauscht, der saß, als hätte man ihn ihm direkt auf den Leib geschneidert. Was wahrscheinlich auch der Fall war. Er war der Inbegriff eines britischen Gentlemans. Die beiden Männer waren wie Schwarz und Weiß. Michael trug ein lässiges Hemd und eine Bundfaltenhose, von Anzug oder Krawatte keine Spur. Amerika gegen das britische Empire, schoss es Viktoria durch den Kopf. Wenn die Situation nicht so absurd gewesen wäre, hätte sie gelacht.

Michael erwiderte Jakes Händedruck. »Andrews. Ich bin Viktorias ehemaliger ... Professor. Stanford«, erklärte er sich.

»Oh. Stanford. Ja, natürlich. Ich meine, ich habe da so was gelesen.«

Jake lächelte wissend und Viktorias Magen begann zu rumoren. Sie musste Jake schleunigst aus dieser Situation herausbugsieren oder ihr Geheimnis würde nicht mehr lange eines sein.

»Jake, wo haben Sie eigentlich studiert?«, mischte sich Viktoria in das Gespräch ein. Sie hatte wirklich keine Lust, dass das Thema Stanford mit all seinen Abgründen weiter vertieft wurde. Ihr war unangenehm heiß und ihr Puls raste. Michael sollte endlich verschwinden, sie wollte ihn nicht mehr sehen. Nie mehr.

»Ich bin nicht so weit herumgekommen wie du, Viktoria. Ich war ganz langweilig in Oxford und auf der London School of Economics.«

»Ach ja«, meinte sie. »So langweilig ist das ja nun auch wieder nicht.«

»Oxford. Auch kein schlechtes Pflaster«, lachte Michael. Er ignorierte geflissentlich alle Signale, dass sie kein Interesse an einer Fortsetzung eines Gesprächs mit ihm hatte.

»Danke. Wie war Viktoria als Studentin so?«, hakte Jake nach. Dabei grinste er jungenhaft, was ihn attraktiv und lässig erscheinen ließ.

»Vik ... war eine ganz hervorragende und ehrgeizige Studentin.«

»Vik. Soso«, murmelte Jake und warf ihr einen vielsagenden Blick zu. Ihm war die Vertrautheit zwischen ihr und Michael also bereits aufgefallen. Das lief ja wie am Schnürchen, dachte sie verärgert. Viktoria konnte sich das nicht mehr länger mit ansehen, das Risiko, dass Michael etwas ausplauderte, was Jake nichts anging, war zu groß.

»Jake, sieh mal, da hinten ist einer unserer Geschäftspartner, den wollte ich dir längst mal vorstellen. Tut mir leid, Michael, aber wir sehen uns sicher noch. Grüß mir deine Frau.«

Sie hatte sich die Spitze in Richtung ihres ehemaligen Dozenten einfach nicht verkneifen können, auch wenn es ihr eigentlich hätte egal sein sollen. Aber das alles saß zu tief. Viel zu tief, als dass sie ihm jemals vergeben würde. Dafür erntete sie einen ziemlich interessierten Blick von Jake, während Michael so tat, als hätte er den letzten Satz nicht gehört. Sie ließ sich davon nicht irritieren und steuerte mit Jake ohne ein weiteres Wort die andere Ecke des Saales an.

»Oh, ich habe mich getäuscht. Das war gar nicht Mr Meyers.«

Jakes Mundwinkel zuckten. Natürlich, ihm war ganz klar, dass sie nur eine Ausrede gesucht hatte, um von Michael wegzukommen.

»Brauchst du vielleicht eine Brille, *Vik*?«, hörte sie Jakes belustigte Stimme nah an ihrem Ohr. Sie warf einen flehenden Blick gen Decke und trank einen großen Schluck von ihrem Champagner. Wenn es nach ihr ginge, bräuchte sie jetzt einen doppelten Wodka, um ihre Nerven zu beruhigen. Dabei trank sie eigentlich kaum Alkohol.

»Ich sehe sehr gut, vielen Dank. Warum bist du schon wieder zu spät?«, zischte sie ihm zu, lächelte dabei aber, um nicht die Aufmerksamkeit der umliegenden Gäste auf sich zu ziehen. Angriff war schon immer die beste Verteidigung gewesen.

»Wurde aufgehalten«, gab Jake zurück und sah sie mit hochgezogener Augenbraue an.

Ein helles Glöckchen ertönte, damit wurden sie aufgefordert, ihre Plätze einzunehmen. Gott sei Dank, schoss es ihr durch den Kopf. Wie sie Jake einschätzte, hätte er sie ansonsten weiter zum Thema Michael und Stanford gelöchert und das musste sie in jedem Fall vermeiden.

Die Tischgesellschaft bestand aus vier weiteren Anzugträgern, die sie nicht kannte. Zum Glück. So konnte man den Small Talk wirklich auf einer unverbindlichen Ebene halten. Schlimm genug, dass Jake Michael kennengelernt hatte. Hoffentlich kam er nicht auf die Idee, genauer nachzuforschen. Auf jeden Fall musste sie dafür sorgen, dass sich die beiden nachher nicht noch einmal über den Weg liefen.

Nach dem Dinner drängte sie deswegen darauf, dass sie die Party zeitig verließen. Sehr zu ihrer Überraschung protestierte Jake nicht einmal. Auch nicht, als sie vorschlug, sich ein Taxi zu teilen. Sie hatten beim Essen festgestellt, dass sie nicht weit voneinander entfernt wohnten. Viktoria hatte es natürlich schon vorher gewusst, wollte jedoch nicht zu erkennen geben, dass sie ihm nachspioniert hatte.

»Netter Abend«, kommentierte Jake neben ihr auf der Rücksitzbank des schwarzen Taxis und sah aus dem Fenster. Der Fahrer hatte die Scheibe geschlossen und beachtete seine Fahrgäste überhaupt nicht. Ihr sollte es recht sein, sie hatte schon genug damit zu tun, sich nicht zu sehr auf Jakes Nähe zu konzentrieren. Seine Fliege hing ihm locker um den Hals.

»Ja, schon. Das Dessert liegt mir wie ein Stein im Magen«, versuchte sich Viktoria mit mehr Small Talk. Aber so ganz allein mit Jake im Taxi kam es ihr albern vor.

»Tatsächlich? Das trainierst du doch sicher morgen wieder ab.« Er klang amüsiert.

Sie sah ihn verdutzt an. »Was meinst du damit?«

»Ich habe mir sagen lassen, du treibst exzessiv Sport, wenn du gerade mal nicht im Büro bist.«

Tja, da hatte er nicht ganz unrecht. Seltsamerweise fühlte sie sich ein wenig geschmeichelt, dass er ihr hinterherspioniert hatte. Das bedeutete jedenfalls, dass er sie als Konkurrenz ernst nahm. Immerhin. Das sollte er auch.

»Hast du dir das also sagen lassen?«, erwiderte sie und musterte seinen Gesichtsausdruck. Er wirkte völlig entspannt, wie er lässig zurückgelehnt neben ihr dasaß, während sie nach wie vor in Habachtstellung kauerte. Aber das war kein Wunder, nach dem unerwarteten *Ehrengast* des Abends. Lange hatte sie gedacht, dass Stanford weit genug weg war, um alles hinter sich lassen zu können, und dass ihre Geheimnisse sicher waren. Sie begann erstmals daran zu zweifeln.

»Ja, habe ich. Hey, ist doch schön, wenn man einen Ausgleich zum Job hat.« Er zuckte mit den Schultern. »Aber ansonsten scheinst du nicht viele Hobbys neben dem Job zu haben, Viktoria.«

Es war nicht das, was er sagte, sondern vielmehr das Wie. Seine Stimme war samtig, wie ein wärmender Mantel, und hüllte sie ein.

Da sie keine Ahnung hatte, was sie darauf erwidern sollte, schwieg sie und Jake schien auch kein weiteres Interesse an einer Unterhaltung zu haben. Das Schweigen war nicht unangenehm. Sie fühlte sich seltsamerweise wohl, einfach so neben ihm zu sitzen.

Sie war überrascht, als der Wagen anhielt. Jake kramte in der Innentasche seiner Smokingjacke, vermutlich um Geld zu suchen. Viktoria legte ihm eine Hand auf den Arm. »Lass mal. Ich übernehme das. Spesen.«

Er sah sie mit einem Stirnrunzeln an. »Normalerweise lasse ich keine Frau für mich bezahlen. Das kommt also gar nicht infrage, Herzchen.«

Viktoria lachte. »Gott, du bist eine Rarität. Einer der letzten Machos dieser Erde. Herrlich. Aber nein danke, ich zahle diese Fahrt.« Sie sagte es mit Nachdruck.

Ein Grinsen breitete sich auf Jakes Gesicht aus, das Eisberge zum Schmelzen bringen würde. »Okay, ich gebe mich geschlagen. Dann hast du was gut bei mir. Gute Nacht, Viktoria.« Er beugte sich zu ihr und hauchte ihr einen Kuss auf die Wange.

Ein Schauder durchfuhr sie und kroch langsam an ihrer Wirbelsäule nach oben.

»Gute Nacht«, gab sie atemlos zurück. Damit hatte sie nicht gerechnet und seine unerwartete zärtliche Geste brachte sie mehr durcheinander, als sie sich eingestehen wollte.

Jake lachte leise, als wüsste er genau, was er bei ihr anrichtete. Was er mit ihrem Körper anstellte. Dann stieg er aus und ging davon, ohne sich noch einmal umzudrehen.

Viktoria ließ sich im Sitz zurücksinken und schloss für einen Moment die Augen. Ihr Leben wurde von Tag zu Tag komplizierter.

Jake reichte dem Pizzalieferanten am nächsten Abend einen Zwanzig-Pfund-Schein und nahm die zwei Pappschachteln entgegen. Mike saß bereits im Wohnzimmer und hatte ein Bier in der Hand. Er trug ein verwaschenes Shirt mit dem Aufdruck *Led Zeppelin*, seine Jeans hatte an einigen Stellen Löcher, die möglicherweise gewollt waren. Für Jake war der Modegeschmack seines Freundes ein Mysterium.

»Hier, du hattest Salami, oder?«, fragte er seinen Kumpel und legte ihm seine Pizza auf einen Teller.

»So fein heute?«

»Willst du lieber direkt aus dem Karton essen?«, erwiderte Jake gereizt.

Mike zuckte mit den Schultern. »Mir egal. Deine Bude.«

»Okay, ich bin echt genervt, da brauche ich nicht noch blöde Sprüche von dir, Mann.«

Jake legte seine Pizza ebenfalls auf einen Teller und setzte sich zu seinem Freund.

»Was ist los? Probleme im Werbehimmel?« Mikes Mundwinkel zuckten.

»Frag nicht. Das gestaltet sich schwieriger, als ich dachte. Gestern war ich mit Viktoria auf einer Veranstaltung, sie war unglaublich handzahm. Und heute ist sie wieder eisig wie ein Gefrierschrank. Wieso weißt du nichts von alledem? Hast du aufgehört, mich zu stalken?«, blaffte Jake.

»Was meinst du?« Mike hob abwehrend die Hände und sein unschuldiges Getue machte es nicht besser.

»Na, hättest du meinen E-Mail-Account gehackt, wüsstest du, was los ist.«

Mike verzog das Gesicht. »Als ob ich nichts Besseres zu tun habe. Nein, ich habe deinen Account nicht gehackt. Jedenfalls nicht in den letzten Tagen.«

Jake verdrehte die Augen und trank von seinem Bier, bevor er antwortete. »Na gut. Die alte Langham hat uns einen Fünf-Punkte-Plan zu einem *How to be a better colleague*-Programm aufgetischt. Ich habe in den kommenden Wochen wirklich Superdinge zu tun.«

Mike sah ihn überrascht an. »Und die wären?«

»Morgen zum Beispiel«, Jake biss von seiner Pizza ab und erzählte mit vollem Mund weiter, »muss ich mit der Brünetten öffentliche Klos putzen. Putzen! Hast du das gehört?«

Mike verschluckte sich an seinem Bier und brach in schallendes Gelächter aus. »Ich dreh durch, wie geil ist das denn?«

»Halt's Maul«, drohte Jake. »Angeblich mangelt es mir und meiner Kollegin an Emotionaler Intelligenz.«

Mike hielt sich den Bauch vor Lachen und wischte sich eine Träne aus den Augenwinkeln. »Ich brech ab!«

»Jaja, herzlichen Dank für das Mitleid, Kumpel«, brummte Jake und steckte sich den Rest des Pizzastücks in den Mund.

Mike lachte noch mehr, als er ihm die restlichen vier Punkte erläuterte. Jakes Stimmung hingegen sank immer tiefer. Angepisst, dass sein Freund sich auf seine Kosten amüsierte, leerte er sein Bier mit einem kräftigen Zug, bevor er die Pizza endgültig beiseiteschob. Ihm war der Appetit vergangen. Gründlich.

Einige Bier später fand er die Vorstellung seiner künftigen Aufgaben nicht mehr ganz so schlimm. Man konnte sich also nicht nur Frauen schön trinken.

Mike hatte sich eben verabschiedet und Jake stand in der Küche, um die Pizzareste in den Müll zu kippen. Aus einem Impuls heraus zog er sein Handy aus der Gesäßtasche seiner

Jeans und schickte eine Videobotschaft an Viktoria: »Gute Nacht, vergiss die Gummihandschuhe und das Kopftuch nicht.«

Ihre Antwort folgte auf dem Fuß; nur ein Bild, kein Text. Sie zeigte ihm den Stinkefinger. Moment mal, trug sie gerade nur ein Negligé? In diesem Moment waren die zehn Sekunden abgelaufen und das Bild war weg. Jake grinste. Er würde es auf jeden Fall genießen, die sexy Brünette morgen beim Putzen zu beobachten. Von ihm konnte man nicht viel erwarten, er hatte noch nie irgendwas geputzt. Dafür hatte man in seiner Familie Angestellte.

KAPITEL 6

VIKTORIA WARTETE bereits, als er am vereinbarten Treffpunkt Westminster Station der Londoner Tube eintraf. Er verzog angewidert das Gesicht, als er das Toilettenzeichen auf dem Schild der U-Bahn sah. Die Aktion war jetzt schon megapeinlich.

Vor den Toiletten standen zwei Putzwagen, ein Fotograf und ein Kameramann. Die zwei Kerle wirkten nicht sonderlich sympathisch auf ihn. Der Kameramann hatte eine Basecap tief ins Gesicht gezogen und grinste hämisch, während er die Kamera justierte und sich auf die kommenden Stunden vorbereitete. Jake schätzte ihn auf Ende vierzig, sein Haar hing in Strähnen aus der Kappe hervor. Wahrscheinlich hatte er eine Glatze, die er mit der Baseballmütze verdecken wollte. Der Fotograf, der etwas jünger aussah als sein Kollege, unterhielt sich mit Viktoria, die ebenfalls nicht begeistert aussah. Auf seiner Nase hatte er eine riesige Brille, die ungefähr das halbe Gesicht vereinnahmte. Mode hin oder her, man musste nicht jeden Trend mitmachen, dachte Jake. Aber der Kleidungsstil der Medienleute war momentan sein kleinstes Problem. Madeleine hatte also wirklich vor, diese schwachsinnige Nummer in den sozialen Medien breitzutreten. Twitter, Facebook, Instagram ... das volle Programm.

Jake atmete tief durch, bevor er sein freundlichstes Gesicht aufsetzte, das er schon so oft bei Veranstaltungen gezeigt hatte, die er als notwendiges Übel ansah. »Hey, schönen guten Tag, alle zusammen«, grüßte er in die Runde. Er legte Viktoria die Hände auf die schmalen Schultern und gab ihr ein Wangenküsschen hier und da zur Begrüßung, als wären sie alte Bekannte. Gehörte alles zur Show. Sie begriff sehr schnell und reagierte daher gelassen und höflich auf seine beinahe intime Begrüßung.

»Jake, wie schön!«, lächelte sie überfreundlich. »Dann kann es ja losgehen!«

Nachdem Jake und die Medienkerle sich begrüßt hatten, richteten beide ihre Geräte her.

»Ein Foto!«, verlangte der Fotograf, schob seine Brille ins Haar und zeigte ihnen, wo sie sich hinstellen sollten.

Jake und Viktoria platzierten sich wie gewünscht vor den Toiletten. Es stank bestialisch nach Urin, man musste sich nicht vorstellen, wie widerwärtig der Gestank drinnen sein musste. Viktoria sah ein wenig blass um die Nase aus, fiel Jake auf, als er sie näher betrachtete. Kein Wunder, wenn selbst er, als Mann und wahrscheinlich in solchen Dingen weniger zart besaitet, höllischen Respekt davor hatte, was sie heute erwartete. Sie trug eine einfache Jeans und einen zu großen Sweater, dazu Sneakers. Ihre Haare waren zu einem einfachen Knoten aufgedreht. Durch die fehlenden High Heels war sie ein ganzes Stück kleiner als sonst und sah dadurch irgendwie weicher und viel weniger arrogant aus. Es stand ihr gut, aber Jake hatte sie zu oft in Aktion erlebt – sie spielte die Rolle des Opferlamms vollendet. Sie machte ihre Sache wirklich gut, das musste man ihr lassen. Er selbst trug eine ausgewaschene Jeans, seine ältesten Turnschuhe und ein schwarzes Shirt.

Der beißende Gestank stieg ihm erneut in die Nase. Schauderhaft. Er war jetzt schon am Ende mit den Nerven, dabei hatten sie noch nicht mal mit ihrer Arbeit begonnen.

Fürs Foto lächelten beide in die Kamera. Es kam Jake dämlich vor, sich für diesen Quatsch herzugeben, aber er hatte keine Wahl. Nun war er hier und würde es auch durchziehen.

Nachdem der Fotograf genug geknipst hatte, ging Jake zum Putzwagen und zog sich ein paar quietschgelbe Gummihandschuhe, die bis zum Ellbogen reichten, heraus und stülpte sie sich über. Er sah, dass Viktoria mit ausdrucksloser Miene an ihrem Putzwagen hantierte und sich ebenfalls bereit machte. Ihnen wurde ebenfalls eine Putzhilfe zur Seite gestellt, die ihnen Tipps geben sollte, wie sie am besten zu reinigen hätten. Die polnische Magda sprach nicht viel Englisch, aber konnte sich gut mit Händen und Füßen verständigen.

Jake warf Viktoria einen Blick zu, der Bände sprach.

»Kopftuch, wie gewünscht«, kommentierte sie, als sie sich die Haare bedeckte.

Jake musste grinsen, vor allem bei der Erinnerung an ihre gestrige Reaktion auf seinen Snap. Immerhin, sie hatte Humor. Wenigstens eine gute Eigenschaft neben all der Karrieregeilheit. Er wünschte sich ein bisschen mehr Lässigkeit für sich selbst, denn er konnte über die Situation, in der sie sich gerade befanden, absolut nicht lachen.

Die Aktion erwies sich nicht unerwartet als schreckliche Tortur. Der Kameramann begleitete zunächst Viktoria, aber nach dreißig Minuten hatte Jake ihn auf der Pelle. Und die Arschgeige trieb ihn tatsächlich dazu an, die Toiletten *wirklich* zu säubern. Jake hatte keine Ahnung, was er genau tun sollte, also nahm er sich irgendein Putzmittel, kippte es in die Schüsseln und wischte sie mit einer Klobürste aus, denn die polnische Putzfrau war gerade bei Viktoria und wies sie in die Arbeit ein. Er ekelte sich davor, die Bürste anzufassen, auch wenn er Handschuhe trug. Es war einfach absolut widerlich. Wie war es möglich, dass man sein Geschäft ... ach, egal. Er versuchte, nicht darüber nachzudenken und es stoisch hinzunehmen, dass dies der wohl ätzendste und stinkendste Tag in seinem ganzen Leben sein würde. Je länger das Elend dauerte, desto weniger gelang es ihm, gute Miene zum bösen Spiel zu machen. Zumal die schlechte Luft Übelkeit und Kopfschmerzen verursachte. Jake atmete möglichst nur noch flach durch den Mund.

Hoffentlich war es bald vorbei. Als er auf die Uhr sah, stellte er fest, dass er gerade mal seit neunzig Minuten hier war.

Zum Mittagessen brachte jemand vom Büro Hotdogs vorbei. Aber weder Viktoria noch Jake hatten Appetit. Verständlicherweise. Wer den Schaden hat, braucht für den Spott nicht zu sorgen, dachte Jake in einer kleinen Pause an der frischen Luft. Bei der Agentur Langham würde sich jeder einzelne verdammte Mitarbeiter über sie lustig machen. Es war ja kein Geheimnis, was sie heute hier trieben. Todsicher würden bereits am Abend, spätestens morgen früh, die ersten Bilder in diversen E-Mail-Verteilern oder online zu finden sein.

Viktoria war erstaunlich ruhig. Sie hatte nach der Begrüßung kaum mehr ein Wort gesagt, sich beschwert oder gemeckert hatte sie auch nicht. Nur die dunklen Schatten unter ihren Augen und ihr kreidebleiches Gesicht ließen darauf schließen, dass es ihr mit der Veranstaltung auch nicht gut ging. Wenn er es nicht besser gewusst hätte, hätte er sich Sorgen um sie gemacht. Aber er hatte sie ja live und in Action erlebt. Sicher gehörte es zu ihrer Masche, leidend auszusehen, während sie Punkt eins des Programms über sich ergehen ließ. Er brauchte keinen weiteren Gedanken an sie zu verschwenden.

Die Krönung des Tages war, als sich jemand in der Herrentoilette übergab. Leider nicht in die Kloschüssel. Jake schloss für einen Moment die Augen. Er sollte das aufwischen?

»Das mache ich nicht«, protestierte er, aber der Kameramann ließ ihm das natürlich nicht durchgehen.

»Jake, das gehörrt dazuuu«, trieb Magda, die polnische Putzfrau, die hier sonst arbeitete, ihn zusätzlich an. »Stell disch nischt an. Das kann meine Tochterr besserr, sie ist fünf!«

Er sah ein Lächeln über Viktorias Gesicht huschen, während er mit Magda diskutierte. Das kleine Luder amüsierte sich über sein Elend! Magda legte ihm weiter nahe, seinem Job nachzukommen und endlich mit dem Putzen zu beginnen. Das rote Licht an der Kamera blinkte bereits, das hieß, das Ding lief. Eine Weigerung, zu putzen, wäre einem Aufgeben gleichgekommen.

Jake warf einen Blick in Richtung Himmel, wünschte sich an einen anderen Ort, gab sich aber geschlagen und holte sich schließlich diverse Putzutensilien für den wohl härtesten Job seines Lebens. Er musste mehrmals selbst würgen, stand aber seinen Mann, als er die gallertartige Masse vom Boden aufwischte und anschließend entsorgte.

Irgendwann hatten sie es tatsächlich überstanden. Jakes Kopf dröhnte und er hatte Angst, sich doch noch übergeben zu müssen, denn der Gestank nach Urin und Kot hatte sich in seinen Schleimhäuten festgesetzt und ließ sich einfach nicht vertreiben.

Er machte drei Kreuze, als er sich um vier verabschieden konnte. Er stieg in ein Taxi und ließ sich nach Hause bringen.

Der warme Duschstrahl prasselte auf ihre verspannten Schultern und Viktoria schloss genüsslich die Augen, während sie das Shampoo aus ihren Haaren spülte. Sie musste den Geruch menschlicher Exkremente loswerden. Obwohl sie sich bereits zum dritten Mal die Haare gewaschen hatte, hatte sie immer noch das Gefühl, den beißenden Gestank in der Nase zu haben. Eigentlich war sie mit Samantha verabredet, aber sie fühlte sich nach diesem Tag kraftlos und erschöpft. Sie überlegte, abzusagen, als sie sich ein Handtuch um den Körper wickelte. Aber nein, obwohl sie total erledigt war, würde ihr etwas Bewegung guttun. Vielleicht konnte sie Samantha ja zu Yoga anstelle des geplanten Zirkeltrainings überreden.

Sie warf einen Blick auf ihr Smartphone und sah, dass sie einen Snap von Jake bekommen hatte. Ein Foto von einer zugeschnürten Plastiktüte. Geschrieben hatte er dazu: *giftiger*

Sondermüll. Sie musste lachen und dachte an ihre eigene Plastiktüte, die vor ihrer Haustür stand. Sie hatte sich gleichfalls dafür entschieden, die Kleidung und Schuhe, die sie heute getragen hatte, zu entsorgen. Auf seine Nachricht reagierte sie dennoch nicht. Er wollte sich sicher nur bei ihr einschleimen, sie in Sicherheit wiegen, um sie am Ende erst recht über den Tisch zu ziehen. Das würde sie nicht zulassen.

Viktoria hatte sich gerade eine Yogahose und ein Top übergezogen, als Samantha bei ihr klingelte. Sie begrüßte sie mit einem Küsschen.

»Du hast schon geduscht?«, fragte sie und zeigte auf ihre noch nassen Haare.

»Ja, frag nicht. Ich hatte einen ganz miesen Tag.«

»Okay. Dann also kein Sport?«

Viktoria winkte ab. »Doch, na klar, aber statt Zirkeltraining wäre ich für eine Yoga-Einheit dankbar. Ich muss Energie tanken.«

Samantha nickte verständnisvoll. »Meinetwegen, alles klar. Du siehst wirklich müde aus. Geht es dir auch gut?«

Viktoria musste schlucken. »Ja, na klar.«

»Schläfst du schlecht im Moment?«

Samantha hatte den Nagel auf den Kopf getroffen, aber sie wollte sich jetzt nicht darüber unterhalten. Der Geburtstag ihrer Tochter rückte näher und mit jedem Tag nahmen die Gedanken an Katie und ihre Albträume zu. Trotzdem war der tiefe Fall bisher ausgeblieben. Der stand ihr höchstwahrscheinlich in Hamburg bevor, aber bis dahin war zum Glück noch etwas Zeit.

»Heute werde ich sicher schlafen wie ein Baby. Sollen wir anfangen?«, wich sie aus.

»Ja, sicher. Dann lass uns loslegen.«

Samantha ging vor und Viktoria folgte ihr in den Fitnessraum. Die beiden breiteten grüne Yogamatten auf dem dunklen Boden aus und Viktoria stellte tibetische Gesänge in der

Anlage ein. Als sie mit einer leichten Aufwärmübung starteten, fühlte sie sich sofort besser.

Zwei Stunden später lag Viktoria mit ihrem Computer im Bett und arbeitete noch etwas an ihrem Konzept, bevor sie schließlich kurz nach Mitternacht das Licht löschte. Aber auch in dieser Nacht fand sie nur wenig Schlaf und träumte wirr.

Viktoria war bereits seit einer Stunde bei der Arbeit, als Jake mit einem Karamell-Macchiato in ihr Büro kam.

»Danke«, meinte sie trocken und nahm den Kaffee entgegen.

»Du fragst gar nicht, ob ich was reingemischt habe?«, scherzte er grinsend.

»Hast du?« Sie nahm den Deckel ab und warf einen Blick auf den Milchschaum. Es sah alles normal aus.

Jake ließ sich auf einen Stuhl vor ihrem Schreibtisch fallen. »Nein, natürlich nicht. Ich mache nur Witze. Das Thema hatten wir doch schon. So, womit fangen wir an?«, fragte er und streckte seine langen Beine lässig von sich.

»Wir?«, erwiderte Viktoria, ohne ihn anzusehen, und warf den Plastikdeckel in den Mülleimer.

»Schon vergessen? Wir sollen *zusammen* an dem Konzept arbeiten.«

Es war einfach pure Zeitverschwendung, sich mit dem Feind an einen Tisch zu setzen. Was hatte sich ihre Chefin nur dabei gedacht?

»Wie soll das gehen? Wie will Madeleine dann entscheiden, wer den Zuschlag bekommt?«, sprach sie direkt aus, was sie dachte.

Jake zuckte mit den Schultern. »Das lass mal Madeleines Sorge sein. Und nur zur Info: Den Zuschlag werde *ich* bekommen.«

Der Kerl war an Arroganz nicht zu übertreffen. Aber das war nichts Neues.

Viktoria tippte sich mit dem Finger an die Stirn. Wie sollte sie es nur länger als fünf Minuten mit diesem Idioten in einem

Raum aushalten, ohne an die Decke zu gehen? Selbstbeherrschung war wichtiger denn je.

»Und sonst geht's dir gut, oder wie? Ich gebe dir sicher nicht meine Ideen und du profitierst davon«, erwiderte sie kühl, obwohl sie innerlich kochte.

»Soll ich petzen gehen?« Er grinste spitzbübisch und trieb ihren Puls damit nur noch mehr in die Höhe.

Viktoria stieß zischend die Luft aus. »Lustig. Sehr lustig. Also dann teilen wir uns einfach auf. Hör mal zu!« Sie stand auf und ging an die gegenüberliegende Wand zum Whiteboard, nahm sich einen Stift und schrieb folgende Punkte darauf:

1. Definition des Werbeziels
2. Budgetplanung/Werbeetat
3. Festlegung der Werbestrategie
4. Entwicklung der Werbebotschaft
5. Ideenfindung/Kreation
6. Bestimmung der Kanäle, Medien und Werbemaßnahmen
7. Zeitplan, Realisierung und Produktion

Als sie sich wieder zu Jake umdrehte, sah sie, dass er auf ihren Hintern gestarrt hatte. Viktoria schoss das Blut in die Wangen, als sie realisierte, dass es ihm nicht mal peinlich war und er zufrieden im Stuhl hing und breit grinste. Sie hasste es, wie ein Objekt behandelt zu werden. Es irritierte sie. Er irritierte sie. Dieses Gefühl störte sie, denn es kostete sie ihre Beherrschung.

»Sehr schön«, sagte er und es war nicht klar, ob er damit ihre Kehrseite oder ihre Liste meinte.

»Du hast doch keine Ahnung von der Materie, Carter«, stieß sie abfällig aus und überging seinen Blick. Sollte er doch so viel glotzen, wie er wollte, sehr viel näher würde er ihr nämlich nicht kommen. Noch einmal bis fünf zählen und dann hatte sie ihre Fassung wiedererlangt.

»Und du hast keine Ahnung von mir«, konterte er gelassen und verärgerte sie damit erneut. Nein, es war einfach nicht auszuhalten mit ihm.

»Stell dir vor, ich habe nicht das geringste Interesse, daran etwas zu ändern. Du interessierst mich so viel wie ein Mückenschiss im Hindukusch.«

Viktorias Stimme war schneidend wie geschliffener Stahl.

»Autsch. Das hat gesessen«, spottete er und spielte den Beleidigten. Normalerweise gaben die Kerle spätestens jetzt klein bei. Aber Jake ließ sich nicht aus der Ruhe bringen und drehte den Spieß jedes Mal um.

Viktoria hatte das starke Bedürfnis, die Augen zu verdrehen und laut aufzuschreien. Aber das würde ihr nichts bringen, außer dass er mitbekam, wie sehr er sie aus der Fassung bringen konnte. Deswegen hielt sie nur den Boardmarker fest umklammert, ging zurück zum Tisch und legte ihn schließlich langsam zurück in die Schale, bis sie sich wieder im Griff hatte.

»Gott, es fällt mir schwer, dich zu ertragen! Das ist eine Zumutung! Du bist eine Zumutung.«

»Hörst du dir ab und an mal selbst zu, Viktoria?«, fragte Jake bissig. Seine gute Laune schien mit einem Schlag verflogen zu sein. »Du bist so karrieregeil, dass du gar nichts anderes mehr siehst.«

Viktoria fixierte ihn und hielt seinem Blick stand, obwohl seine graublauen Augen Funken sprühten. »Und?«, erwiderte sie, verschränkte ihre Arme vor der Brust und tippte mit einer Fußspitze auf den Boden.

Jake stand energisch auf und machte einen Schritt auf sie zu, gerade so nah, dass seine elektrisierende Aura sie erreichte. Sein Gesichtsausdruck war dabei hart und unnachgiebig. »Man kann also mit dir nicht zusammenarbeiten. Schön. Dann also jeder wieder auf eigene Faust. Und tschüss, auf Wiedersehen. Dann sehen wir uns morgen beim Burgerbraten!« Jake wartete nicht auf eine Antwort und verließ wütend ihr Büro.

Viktoria zuckte zusammen, als die Tür hinter ihm ins Schloss krachte.

»Wow, also aufbrausend kann er auch«, murmelte sie, als sie sich wieder an ihren Schreibtisch setzte und mit ihrer Arbeit fortfuhr.

Das regelmäßige »Pling« ihres Outlook-Programms zeigte ein hohes Mailaufkommen an. Nach einer halben Stunde öffnete sie die E-Mails ohne eindeutigen Betreff nicht mehr. Sie hatte aufgehört, zu zählen, wie oft man sie und Jake für das Toilettenputzen aufgezogen hatte. Viktoria loggte sich auf Facebook ein und las einige der Kommentare unter den heutigen Bildern. Zehntausend Likes nach ein paar Stunden, das grenzte an einen Rekord für Beiträge der Agentur Langham. Von lobenden über boshafte bis zu schlicht schadenfrohen Beiträgen war alles dabei. Auf Instagram sah es nicht besser aus. Die Bilder waren aber auch absolut peinlich und erniedrigend. Wie das dazu beitragen sollte, dass sie ihre angeblich mangelnde Emotionale Intelligenz aufbesserte, erschloss sich ihr auch heute noch nicht. Wobei sie immerhin sagen konnte, dass Jake in der Putzkleidung absolut lächerlich aussah. Noch peinlicher als sie. Das baute ihr angekratztes Ego zumindest ein bisschen auf.

Wenigstens kam sie gut voran. Das Budget war von Wilken noch nicht abgesegnet worden, daher entwarf sie eine Werbestrategie, die je nach Etatgröße angepasst werden konnte. Da es sich hier um eine absolute Neueinführung außerhalb von Island handelte, musste die Werbebotschaft besonders klar und eindeutig sein. Was bei einem Mineralwasser gar nicht so leicht war, da man ja an den meisten Plätzen Englands einfach Leitungswasser trinken konnte. Nicht mal die Zielgruppen waren eindeutig zu definieren. Aber sie hatte sich etliche Punkte mit guten Gründen notiert, was das Wilken-Wasser für die Kunden attraktiv machte. Das Wichtigste hierbei war natürlich der Consumer Benefit, der – wenn man ihren Ratschlägen folgte – schon im Namen der drei verschiedenen Wasser-Kategorien erkennbar sein würde.

Zufrieden schloss sie alle Fenster im Internetbrowser, das Mailprogramm und PowerPoint, bevor sie das Betriebssystem herunterfuhr. Erschrocken stellte sie fest, dass es schon nach dreiundzwanzig Uhr war, als sie die Etage als Letzte verließ. Hatte Jake womöglich aufgegeben? So hübsch dieser Gedanke war, sie bezweifelte es. Vielleicht hatte der Mann auch einfach ein Privatleben und keine Lust, sich wie sie alle Abende im Büro um die Ohren zu schlagen.

Das Burgerbraten war für Jake zum Desaster geworden. Was zunächst als lockerer Tag an der Kasse ausgesehen hatte, wobei er sich als total unfähig erwiesen hatte, hatte damit geendet, dass er in der Küche zwischen Frittierfett und Fleischpatties untergegangen war. Das Schlimmste an diesem Tag aber war gewesen, dass Viktoria in jeder Funktion der Burgerbraterei brilliert und absolut souverän über den Dingen gestanden hatte. Er mochte nicht mehr darüber nachdenken, aber seine Kollegen sorgten dafür, dass er in regelmäßigen Abständen über Social Media oder das betriebsinterne Emailsystem daran erinnert wurde.

Die restliche Woche ging er Viktoria aus dem Weg. Den Bericht für Madeleine schickten sie per E-Mail, auch wenn Jake sich sicher war, dass höchstwahrscheinlich nichts zusammenpasste. Aber solange Madeleine sich nicht wieder einmischte, würde er weiter für sich allein arbeiten. Glücklicherweise war heute Freitag und er hatte nicht vor, bis in die Puppen in der Agentur zu bleiben.

Sein Konzept war so gut wie fertig und er war sich absolut sicher, dass er mit seiner Kampagne das perfekte Timing gefunden hatte. Die Werbekanäle, die er ausgesucht hatte, entsprachen voll dem trendigen Design, das er für die Flaschen hatte entwickeln lassen. Und mit der Nutzung der neuen Medien würde es ein Klacks sein, die neue Marke des Wilken-Konzerns im Markt zu etablieren. Zufrieden speicherte er die Datei und packte zusammen.

Natürlich saß Viktoria noch an ihrem Schreibtisch, als er in ihr Büro spähte, aber sie bemerkte ihn nicht. Ein angespannter Ausdruck lag auf ihren feinen Zügen. Obwohl es abstoßend auf ihn wirken sollte, dass sie wie eine Besessene an ihrem Konzept arbeitete, fand er sie dennoch auf eine seltsame Art faszinierend. Er war wahrscheinlich ein Fall für die Couch.

»Kann ich helfen?«, schreckte ihn eine weibliche Stimme an seinem Ohr auf. Sarah stand so dicht bei ihm, dass er den blumigen Geruch ihres Parfums wahrnehmen konnte.

Jake fühlte sich ertappt und nestelte nervös am Kragen seines Hemdes, als er erwiderte: »Würden Sie mir denn helfen?« Er grinste sie an und ihre Reaktion amüsierte ihn. In Sarahs Augen blitzte etwas auf, das ihm gefiel. Nicht auf eine sexuelle Art, sie erreichte ihn auf einer menschlichen Ebene, die er bei Viktoria vermisste.

»Sofern es nicht gegen die Interessen von anderen hier verstößt.« Sie zeigte mit dem Kopf auf Viktoria, die, als ob sie spürte, dass man über sie sprach, ihren Blick hob und auf Jake und Sarah richtete.

Jake rückte ein Stück näher an Sarah heran und es war beinahe nur noch ein Flüstern: »In diese unsägliche Position würde ich Sie nie bringen, Sarah, das wissen Sie doch. Ich wünsche Ihnen ein schönes Wochenende.«

Sarah griff sich an die Kette, die um ihren schlanken Hals baumelte, und nickte zufrieden.

»Gleichfalls. Danke.«

Jake winkte Viktoria zu, die grimmig dreinschaute. Er wandte sich noch einmal an Sarah: »Hat sie eigentlich niemals gute Laune?«

»Öfter, als Sie denken. Aber man muss sich ihre freundliche Aufmerksamkeit verdienen. Die genervte gibt's gratis.«

Jake dachte noch lange über Sarahs Worte nach, allerdings war er sich ganz und gar nicht sicher, ob Viktorias Aufmerksamkeit gut für ihn war. Egal, ob freundlich oder nicht.

das sechste Kapitel ein. Fügen Sie hier den Text für das sechste Kapitel ein.

KAPITEL 7

»SCHAU NICHT so grimmig drein!« Mike stieß Jake seinen Ellbogen in die Seite.

Der Zuschauer vor ihnen drehte sich halb um und brüllte: »Arsenal!«

Um ein Haar hätte Jake sein Bier verschüttet.

»Schau dir lieber das Spiel an und geh mir nicht auf den Sack«, brummte Jake und nahm einen tiefen Zug aus dem Becher.

»Mann, was ist dir für 'ne Laus über die Leber gelaufen? Seit du den Job in der Agentur machst, bist du nur noch schlecht drauf. Das sollte doch Spaß machen!«

»Macht es auch.«

»O ja. Viel Spaß«, kommentierte Mike ironisch. Wie üblich trug sein Freund ein modisch hoffnungsloses Outfit. Hoodie, eine uralte Lederhose und durchgelatschte Doc Martens. Aber ihn ging es nichts an, dass Mikes Geschmack unterirdisch war.

In diesem Moment sprangen die Zuschauer von ihren Sitzen auf, aber der Stürmer von Arsenal vergab die hundertprozentige Chance und so stand es weiter null zu null.

»Fuck! Geh doch nach Hause! Ich schmeiß meine Dauerkarte in den Müll, ich schwöre es!«, schrie Mike über die

anderen Köpfe hinweg. Dann wandte er sich wieder an Jake.
»Und du entspann dich mal!«

Jake lachte laut auf. Mikes Fähigkeit, die Stimmung von jetzt auf gleich zu wechseln, war grandios.

»Das könnte ich, aber dazu müsstest du mir noch mal helfen.«

»Ich höre«, kommentierte Mike gelassen.

»Besorg mir Viktorias Konzept. Sie hat doch sicher alles auf ihren Computern gespeichert.«

Mike sah ihn erstaunt an und prustete los. »Das hättest du wohl gern, hm? Aber nein, warum sollte ich?«

»Weil du mein Kumpel bist?«, schlug Jake vor.

»Vergiss es. Es liegt nicht in meinem Interesse, dass du gewinnst. Ich habe dir schon zu viel geholfen.«

Jake presste seine Lippen aufeinander. »Du bist ein Arschloch.«

»Du bist nicht der Erste, der das zu mir sagt. Üblicherweise sind es allerdings Frauen, die …«

»Halt doch einfach das Maul, Mike«, motzte Jake und schüttelte den Kopf.

Sein Kumpel sagte nichts mehr, grinste aber zufrieden vor sich hin.

In der Halbzeitpause holen sie sich jeder noch ein Bier und einen Hotdog. In der zweiten Hälfte des Spiels hatte Jake die Arbeit und alles drum herum wirklich verdrängt, denn das Derby um die Tabellenführung wurde so spannend, dass es keinen mehr auf den Plätzen hielt.

Wie so oft nach einem Stadionbesuch, saßen sie an diesem Samstagabend nach dem Spiel noch in einem Pub und begossen den Sieg. Mike hatte sich bereits ein Opfer für den Abend ausgesucht, aber nach einem kurzen Gespräch mit der Dunkelhaarigen entschied er sich dagegen, den Abend schon vorzeitig mit einem One-Night-Stand zu beenden, und überredete Jake zu einem Clubbesuch. Er war bereits angetrunken und genoss die Ablenkung.

Sie gingen an der langen Warteschlange des Nachtclubs *Starlight* vorbei, da Mike eigentlich immer auf der Gästeliste stand. Er ging hier aus und ein, als wäre es sein zweites Wohnzimmer. Jake war nicht ganz so feierwütig wie sein Kumpel, aber auch er war hier ein gern gesehener Gast.

Die Bässe hörten sie bereits, als sie den Eingangsbereich betraten. Mike rief ihm zu, dass sie erst mal an die Bar gehen sollten. Dort orderten sie ihre Drinks und begaben sich dann Richtung Tanzfläche. Jake tanzte nur selten, lieber stand er im Hintergrund und beobachtete das rege Treiben der anderen. Wenn er genug getrunken hatte, sah es dagegen anders aus, dann schwang er gern selbst das Tanzbein.

Mike war bereits voll und ganz in seinem Element und bewegte sich rhythmisch zu den angesagten Beats. Jake amüsierte sich, hielt hier und da ein Schwätzchen mit entfernten Bekannten und der Alkohol floss in Strömen. Irgendwann bemerkte er, dass er ziemlich betrunken war, aber es war ein schöner Zustand und angenehm, einfach mal nichts denken zu müssen.

Jemand legte ihm eine Hand auf den Arm. Er sah sich um.

»Elena«, stellte er fest und versteifte sich augenblicklich.

»Jake, hi!«, flötete seine Ex und gab ihm ein Küsschen links und rechts auf die Wange. Dabei ließ sie ihre Hand einen Tick zu lange auf seiner Brust liegen.

Jake ließ seinen Blick an ihr auf und ab wandern. Elena trug ein sündhaft kurzes Kleid, das weniger verhüllte als freilegte. Aber sie konnte es sich absolut erlauben, sie hatte die Figur eines Models.

»Einen Tanz?«, fragte sie und sah ihn durch ihre langen Wimpern an.

Er zögerte, aber sie hatte ihn schon an der Hand genommen und zog ihn mit sich in die Mitte der Menschenmenge. Vielleicht lag es am Alkohol oder an seiner generellen Schwäche für hübsche Frauen, die wussten, was sie wollten. Jedenfalls protestierte er nicht.

»Ich hab dich vermisst«, raunte sie in sein Ohr, während sie ihn aufreizend antanzte. Jake verstand nicht so recht, was hier los war, war jedoch zu betrunken, um die Situation näher analysieren zu können ... oder zu wollen. Manchmal war es einfach zu anstrengend, zu denken und alles richtig zu machen. Wie auch immer, er ließ es zu.

Elena hatte ihre Arme um seine Hüften geschlungen und presste sich mit ihren sexy Kurven an ihn. Sein Körper reagierte auf sie in einer ganz eindeutigen Weise. Der Sex mit ihr war stets heiß und äußerst befriedigend gewesen, das hatte er nicht vergessen. Sein Schwanz offenbar auch nicht.

»Elena«, versuchte er es mit einem halbherzigen Protest, aber sie legte ihm sofort einen Finger an die Lippen.

»Scht, Jake.«

Und dann verschloss sie seinen Mund mit einem hungrigen Kuss. Inmitten all der Menschen gab sie ihm einen leidenschaftlichen Zungenkuss, der ihm das letzte bisschen seiner alkoholisierten Sinne raubte. Vielleicht hätte er ...

Im nächsten Moment zog sie ihn mit sich. Sie kannte sich gut im Club aus, schließlich waren sie hier oft zusammen gewesen. Ehe er sich versah, hatte sie ihn in eine dunkle Ecke geschoben und nestelte an seiner Hose. Elenas Zunge tanzte wieder mit seiner und sie stöhnte an seinem Mund, während sie ihn streichelte. Er ließ es mit sich geschehen. Jakes Hirn hatte sich spätestens seit dem Kuss auf der Tanzfläche abgeschaltet, wahrscheinlich schon vorher. Das Testosteron in seinem Körper hatte die Führung übernommen. Es war klar, was Elena von ihm wollte, und er hatte schon lange keine Frau mehr gehabt.

Schließlich nahm er sie im Stehen. Ihr Kleid hatte er nach oben geschoben, einen Slip trug sie nicht. Jake stieß schnell und hart in Elenas feuchte Hitze, sein Atem kam nur noch stoßweise und Elenas spitze Aufschreie zeigten ihm, wie sehr sie es genoss, von ihm hart gevögelt zu werden. Es war ein leidenschaftlicher Quickie und beiden konnte es nicht schnell genug gehen. Elenas Fingernägel pressten sich in seinen Rücken, während er sich immer schneller in ihr versenkte.

»Jake, o ja, Baby«, rief sie leise an seinem Ohr.

Er spürte, dass sie dicht davor war, und wollte seinen Orgasmus nicht mehr länger zurückhalten. Jake kam mit einem rauen Knurren und vergrub sein Gesicht in ihren Haaren, während er sich in ihr verströmte. Elenas Nägel gruben sich immer tiefer in sein Fleisch, während ihre Vagina um seinen Schwanz zuckte.

Als er sich kurz darauf aus ihr zurückzog, reichte sie ihm ein Taschentuch und säuberte sich dann selbst. Er wusste nicht, woher sie es hatte, aber er war dankbar dafür. Er torkelte leicht, als er nach seiner Hose fischte, die um seine Beine baumelte. Vielleicht war es doch ein Wodka zu viel gewesen, überlegte er dabei.

Was sollte er nun zu ihr sagen? Aber Elena war viel sortierter als er.

»Wow, Jake, das war ... gut. Sollten wir mal wiederholen. John ist nicht so ... leidenschaftlich wie du. Aber ... das muss unter uns bleiben!« Sie sah ihn eindringlich mit ihren stahlblauen Augen an und ihm wurde in diesem Moment klar, dass sie ihn benutzt hatte. Vielleicht hatten sie sich auch gegenseitig benutzt.

Mit einer ruckartigen Bewegung zog er den Reißverschluss seiner Stoffhose zu. »Sicher«, gab er kühl und ernüchtert zurück.

»Es ist schön, dass wir uns immer noch so gut verstehen, Jake.«

Er sparte sich eine Antwort und ging wortlos davon. Sein Bedarf an Unterhaltungen – und Sonstigem – war für diesen Abend gedeckt. Kurzerhand schickte er Mike eine SMS, dass er genug habe und nach Hause gehe. Er hätte sich nicht auf Sex mit seiner Ex einlassen sollen.

Ein schaler Nachgeschmack blieb, auch nachdem er sich in seiner Wohnung einen Scotch eingegossen und das Glas in einem Zug ausgetrunken hatte.

Der Morgen danach brachte wie üblich nichts als Reue und Bedauern mit sich. Er hätte Nein zu ihr sagen müssen. Zu oft hatte er sich von Elena benutzen lassen und mittlerweile empfand er außer Abscheu nichts mehr für sie – und für sich selbst wegen dieses Momentes der Schwäche. Im nüchternen Zustand wäre ihm das nie passiert. Sie in einem Club zu vögeln, war eine primitive Nummer gewesen und Elena hatte sich verhalten wie ein billiges Flittchen. Im Endeffekt war sie tatsächlich genau das, mit dem Unterschied, dass sie im Jahr Millionen verdiente.

Jake ließ sich ein Bad ein und versuchte, zu entspannen und den Restalkohol loszuwerden.

Die Sonne schien, als er nach dem ausgiebigen Bad auf seine Terrasse ging, um frische Luft zu schnappen. Er entschied sich schließlich dafür, im Hydepark an seinem Konzept zu arbeiten. Manchmal tat es gut, sich an einem öffentlichen Ort nach Inspirationen umzusehen.

Eine halbe Stunde später saß Jake auf einer Bank und prüfte seinen Zeitplan für die Kampagne noch einmal auf Herz und Nieren. Er stellte fest, dass an einigen Stellen doch noch der eine oder andere Puffer eingebaut werden sollte. Konzentriert machte er sich Notizen und ging dabei die einzelnen Kalenderwochen durch.

Als er das nächste Mal aufsah, erblickte er eine bekannte Gestalt. Erst einen Sekundenbruchteil später realisierte er, dass es Viktoria war, die nicht weit entfernt auf dem Weg entlangjoggte. Natürlich, sie wohnte in der Nähe. Sie hatte Kopfhörer in den Ohren und nahm keinerlei Notiz von ihm. Mit ihren langen Beinen legte sie ein ganz schönes Tempo vor.

Jake fiel auf, dass er immer noch nicht allzu viel über seine Kollegin und Konkurrentin wusste. Dass sie ursprünglich aus Deutschland war und wie besessen für ihren Job arbeitete, war so ungefähr das Einzige, was er über sie sagen konnte. Ach nein, er wusste auch, dass sie in Stanford studiert hatte und ein ziemlich inniges Verhältnis mit ihrem Prof gehabt haben musste. Die beiden hatten jedenfalls viel vertraulicher miteinander gewirkt, als ein Professor und eine Studentin es sein sollten.

Jake zückte sein Handy und googelte Viktoria Denkhaus noch einmal. Sie war bereits aus seinem Sichtfeld verschwunden, als Google einige Ergebnisse zu seiner Suchanfrage ausspuckte. Aber die Informationen waren dürftig. In ihrem LinkedIn-Profil fand er neben der aktuellen Beschäftigung lediglich noch einmal die Bestätigung, dass sie in Stanford studiert hatte. Eine Elite-Uni in den USA, aber das hatte er bereits gewusst. Im Hauptfach hatte sie wohl Arroganz gehabt. Er schmunzelte.

Ein Privatleben schien sie wirklich nicht zu haben, jedenfalls gab es rein gar nichts über sie zu finden. Konnte es sein, dass sie wirklich nur für die Arbeit lebte? Was war das für ein Leben?

Jake runzelte die Stirn und suchte nach ihrer Familie. Der Name Denkhaus lieferte ihm einige Ergebnisse. Die Familie stammte aus Hamburg, das hatte er bereits gewusst. Sie führten ein mittelständisches Unternehmen, das gut lief. Viktorias Bruder Elias Denkhaus sollte die Expansion ins Ausland vorantreiben.

Er fand einfach keinen Grund, warum Viktoria immer noch zu häufig wie ein Roboter auf ihn wirkte, der nur auf Erfolg programmiert war. Sogar am Sonntag joggte sie in einem Höllentempo durch den Hyde Park, nicht mal am Wochenende gönnte sie sich eine Schwäche. Es war für ihn nur schwer vorstellbar, dass die kühle Brünette gelegentlich mit einem Eis auf dem Sofa saß und das Leben einfach nur genoss. Vielleicht sollte er Mike doch um einen Zugang zu ihrer Webcam bitten, nur interessehalber, um herauszufinden, ob sie wirklich so langweilig war, wie es sich für ihn darstellte. Schnell verwarf er den Gedanken wieder. Es ging ihn gar nichts an und es sollte ihn auch nicht interessieren. Seltsam fand er es dennoch.

Er widmete sich wieder seinem Zeitplan, denn darum ging es wirklich. Er wollte gewinnen und nichts sonst.

Madeleine kniff die Augen zusammen, als sie Jake und Viktoria vor der Leinwand stammeln hörte. Heute sollten sie ihr die Fortschritte bei der Entwicklung der Kampagnen vortragen. Aber nichts, rein gar nichts, was die beiden präsentierten, passte zusammen. Sie war nicht überrascht, dass die beiden Dickköpfe eher gegen als miteinander arbeiteten. Aber das würde sie ihnen nicht auf die Nase binden. Im Gegenteil, die zwei Früchtchen hatten noch nicht begriffen, worum es ihr ging. Langsam befielen sie Zweifel, dass sie jemals begreifen würden, warum sie sich gemeinsam um die Wilken-Kampagne kümmern sollten. Momentan war Madeleine jedenfalls schwer genervt von den Kindsköpfen und ihrer unprofessionellen Art, zu arbeiten. So kannte sie Viktoria nicht und von Jake hätte sie auch etwas mehr Fingerspitzengefühl erwartet.

Sie warf zuerst Viktoria und dann Jake einen giftigen Blick zu, bevor sie den Kugelschreiber auf die Tischplatte knallte, weil sie endgültig genug von diesem Kindergeburtstag hatte. Die Agentur Langham hatte einen Ruf zu verlieren und den würden ihr nicht die beiden ruinieren.

»Ich denke, das genügt. Danke, Viktoria, danke, Jake«, sagte sie knapp. »Dies ist meine allerletzte Warnung an euch. Reißt euch endlich am Riemen. Das ist nix. Gar nichts. Ich hatte etwas von Zusammenarbeit gesagt, nicht: Jeder soll seine eigene Suppe kochen. Apropos, morgen ist die Suppenküche dran.«

Madeleine unterdrückte ein Lachen. Sie amüsierte sich prächtig, als sie sah, wie Viktoria die Lippen aufeinanderpresste und Jakes Kiefer mahlten. Die beiden konnten sich nicht einmal ansehen und hatten dieses Programm bitter nötig, um an ihrer Emotionalen Intelligenz zu arbeiten.

Jake und Viktoria waren sich ebenbürtig, sie ergänzten sich im Grunde genommen perfekt. Wenn sie nur nicht blind vor Ehrgeiz wären. Viktoria glaubte tatsächlich, dass Madeleine keine Ahnung hatte, weshalb sie so verbissen an ihrem Erfolg arbeitete. Aber sie war nicht dumm. Natürlich hatte sie Viktoria durchleuchtet, bevor sie sie eingestellt und zu ihrer Nachfolgerin aufgebaut hatte. Zudem war ihr nicht entgangen, dass Viktoria immer zu einer bestimmten Zeit im Jahr den Fokus verlor und dann für ein paar Tage verschwand. Viktoria hatte das Zeug, um in ihre Fußstapfen zu treten, aber sie war menschlich noch lange nicht da, wo sie sein musste. Das war eine Lektion, die konnte ihr nur das Leben erteilen, wie Madeleine selbst schmerzhaft hatte erkennen müssen. Sie selbst hatte die heilsame Erkenntnis erst mit über sechzig erlangt. Ein schlimmer Verlust bedeutete nicht, dass man sein Leben nicht mehr genießen konnte, und vor allem brachte es sie beruflich nicht weiter, wenn sie sich privat völlig aufgab. Auch wenn Viktoria dachte, dass ihre Chefin keine Ahnung hatte, was in ihr vorging, täuschte sie sich. Madeleine kannte ihre Mitarbeiterin nicht nur auf professioneller Ebene ziemlich gut, sie wusste, dass Viktoria niemals von allein darauf kommen würde, was so nahelag. Hoffentlich half ihre Aktion Viktoria, über ihren Schatten zu springen. Ihre letzte Prüfung, denn als mögliche zukünftige Chefin musste sie auch in der Lage sein, mit den Charakteren und daraus resultierenden Emotionen ihrer Mitarbeiter umzugehen. Sie hatte es selbst gelernt, auch wenn es für Außenstehende manchmal nicht so aussah, dessen war sich Madeleine bewusst. Und jetzt war langsam der Zeitpunkt gekommen, wo sie nicht mehr nur für die Arbeit leben wollte. Ihre Flucht war zu Ende. Sie war bereit für das Leben. Sie hoffte, es war noch nicht zu spät für sie.

»Teamarbeit entscheidet über den Erfolg, vergesst das nicht. Die Arbeitstage sind lang und intensiv und ich erwarte von euch, dass ihr aufhört, gegeneinander zu arbeiten«, schloss sie und Jake und Viktoria liefen beide gleichzeitig tiefrot an.

Madeleine biss sich auf die Lippen, um nicht zu viel preiszugeben. Sie konnte nachvollziehen, wie verärgert die beiden waren, aber es musste sein. Außerdem war Wilken ein echter Kunde, das durfte man nicht vergessen, und die Agentur Langham hatte einen Ruf, der auf dem Spiel stand, wenn die beiden sich nicht langsam zusammenrissen. Selbst wenn Wilken ein sehr umgänglicher Mensch war.

KAPITEL 8

DIE ARBEIT in der Suppenküche war ein Sonntagsspaziergang, verglichen mit der Toiletten-Nummer. Aber Viktoria bangte vor Punkt fünf auf der Liste. Er würde am schwierigsten für sie werden. Seit Katies Tod hatte sie kein Krankenhaus mehr betreten und schon gar keine Kinderstation. Schnell schüttelte sie den Gedanken daran ab und schöpfte eine Kelle Erbseneintopf auf einen Teller, den sie einem älteren Herrn reichte, der sie dankbar anlächelte. Er hatte kaum noch Zähne im Mund, was nicht verwunderlich war. Sicherlich lebte er schon länger auf der Straße. Seinem Geruch nach zu urteilen, hatte er auch schon länger kein Bad mehr genossen.

Sie sah, wie Jake mit einigen obdachlosen Damen schäkerte, die ebenfalls ziemlich verwahrlost aussahen. Berührungsängste hatte der Kerl jedenfalls nicht, überlegte sie und hätte den nächsten Teller beinahe zum Überlaufen gebracht, weil sie, ohne hinzuschauen, Suppe darauf geschöpft hatte. Gerade noch rechtzeitig erinnerte sie sich daran, was sie hier eigentlich machte. Diese ganze alberne Farce ging ihr gehörig auf die Nerven und so langsam glaubte sie auch kaum mehr daran, dass Madeleine sich überhaupt für einen von ihnen allein entscheiden würde. Womöglich plante die unberechenbare Inhaberin, ihnen die Agentur zu halben Anteilen anzubieten.

In diesem Falle würde Viktoria allerdings ihren Hut nehmen. Das hatte sie mit Madeleine nicht abgesprochen und so hatte sie sich ihre Zukunft nicht vorgestellt.

Sie sah Jake noch einmal an, der gerade schallend über etwas lachte. Er wirkte dabei natürlich und ungekünstelt, sodass sie sich fragte, warum er zu ihr oft dermaßen anders war. Irgendwie reservierter, und ja, regelrecht fies. Genau genommen war die Antwort darauf nicht so schwer: Er konnte sie einfach nicht leiden. In diesem Moment tat es ihr fast ein wenig leid, dass sie absolut nicht miteinander klarkamen. Er schien ja auch nette Seiten zu haben. Nicht viele, aber ein paar.

»Lächeln«, rief der Kameramann und sie war so überrascht, dass sie wahrscheinlich eher wie ein Esel dreinschaute – aber das passte ja zu einer Wohltäterin der Suppenküche, dachte sie sarkastisch.

Viktoria sah verstohlen auf die Uhr an der gegenüberliegenden Wand. Noch zwei Stunden, dann hatte sie endlich genug Essen verteilt. Kurz darauf erschien Jake neben ihr und bot ihr eine Tasse Kaffee an.

»Ist kein Karamell-Macchiato, aber vielleicht besser als nichts.«

»Danke.« Sie nahm die Tasse entgegen. »Ich bin koffeinabhängig.«

Er lachte. »Das ist mir noch gar nicht aufgefallen. Sag mir was, das ich noch nicht über dich weiß.«

Sie war irritiert von seinem leichten Plauderton. Üblicherweise bedachte er sie doch maximal mit bissigen Kommentaren.

»Über mich gibt es nicht viel zu sagen«, antwortete sie daher ausweichend.

Jake runzelte die Stirn. »Das war auch mein Eindruck, als ich dich gegoogelt habe.«

Sie riss die Augen auf: »Du hast mich was?«

Er lächelte schief. »Man muss seinen Feind kennen.«

Ach ja. Sie waren Feinde. Beinahe ein wenig schade; hätten sie sich unter anderen Umständen kennengelernt …

Moment mal! Sie schüttelte vehement den Kopf.

»Was ist?«, fragte er amüsiert.

»Gar nichts, Feind«, knurrte sie.

Jake lachte kehlig und warf den Kopf in den Nacken. »Du kannst auch süß sein, Viktoria. Hier, da will noch jemand Suppe«, teilte er ihr mit und ließ sie dann stehen. Für einen kurzen Moment hatte sie ernsthaft gedacht, er könnte nett sein, und dann behandelte er sie einfach wieder arrogant. Leider fand sie arrogant manchmal sexy. Zu dumm.

Männer!, dachte sie und schöpfte schwungvoll Suppe auf einen Teller, der prompt überlief.

Nachdem das Kamerateam abgezogen war, blieb Jake neben ihr vor der Suppenküche stehen. Er hatte seine Hände in den Hosentaschen vergraben.

»Das hätten wir geschafft.«

»Ja, noch ein Punkt, den wir abhaken können.« Viktoria strich sich eine Strähne aus dem Gesicht.

»Wir?«, forschte Jake nach.

»Ja, wir sitzen irgendwie im selben Boot, nicht?«, meinte sie schulterzuckend.

»Es sieht so aus. Dann müssen wir wohl zusammenarbeiten«, hörte sie Jake sagen. Er lächelte nicht, also schien er es ernst zu meinen. Er hatte leider absolut recht. So gern sie ihn loswerden wollte – wenn sie nicht zumindest zum Schein so tat, als hätten sie das Kriegsbeil begraben, wurde ihr voraussichtlich bald jegliche Entscheidung von Madeleine abgenommen.

»Das müssen wir wohl.« Sie nickte knapp und ging davon.

Wie verrückt ihr Leben mittlerweile geworden war. Madeleine hatte mit ihrem irrsinnigen Verhalten alles durcheinandergebracht, was einst so geordnet gewesen war.

Jake balancierte den obligatorischen Karamell-Macchiato für Viktoria auf einem Papptablett, als er in ihrem Büro eintraf.

»Wieso treffen wir uns eigentlich immer bei dir?«, fragte er ohne einen Morgengruß.

Sie sah auf und lehnte sich im Stuhl zurück. »Weil ich schon länger hier arbeite«, stellte sie ganz nüchtern fest und streckte die Hand nach dem Kaffee aus.

»Hast du schon darauf gewartet?«, fragte er zwinkernd.

»Vielleicht«, gab sie ebenfalls mit einem Zwinkern zurück.

Wie schnell man sich an etwas gewöhnen konnte, dachte er vergnügt. Der tägliche Kaffee war so ziemlich das Einzige, womit er sie zufriedenstellen konnte. Nach der Suppenküche hatten sie zwar versucht, miteinander zu arbeiten, aber es endete beinahe jeden Tag gleich. Sie beharrte auf ihrem Standpunkt und Jake flippte wegen ihrer Starrköpfigkeit aus. Die ganze Woche hatten sie versucht, vernünftig miteinander zu arbeiten. Jeden Tag waren sie daran gescheitert. Heute, am Freitag, hatte er sich vorgenommen, endlich einmal ruhig zu bleiben, egal was sie sagen würde. Wahrscheinlich war es einfacher, den Mount Everest ohne Sauerstoff zu besteigen, aber er wollte es zumindest versuchen.

»Ich habe die neuen Layouts bekommen«, begann er und baute sein Notebook auf ihrem Schreibtisch auf, aber sie schien nicht bei der Sache zu sein. Sie sagte fast zu allem Ja und Amen, was Jake beinahe noch mehr irritierte als ihre übliche Gegenwehr.

»Was verdammt ist eigentlich los mit dir, Viktoria?«, fragte Jake schroff, als er ihre Teilnahmslosigkeit irgendwann nicht mehr aushielt.

»Weißt du was, für mich macht das alles hier so langsam keinen Sinn mehr. Falls es jemals einen Sinn gemacht hat ... Wir wissen doch beide, dass wir geheim, abends, am Wochenende an unseren eigenen Konzepten arbeiten. Für mich ist das hier mit dir reine Zeitverschwendung.«

Das hatte gesessen. Natürlich hatte er ein zweites Konzept in der Schublade, er war ja nicht blöd. Aber es sich so von ihr aufs Brot schmieren zu lassen, war noch mal was ganz anderes.

Er setzte sich auf die Kante ihres Schreibtisches. »Und du schlägst was genau vor?«

»Gib Madeleine deine Kündigung und verschwinde aus der Agentur.«

Jake sah sie einen Augenblick sprachlos an, dann warf er den Kopf in den Nacken und lachte. »Genau, Herzchen. Damit bewirkst du nur das Gegenteil. Du hast Angst vor mir, weil du weißt, dass ich gut bin. Gib es ruhig zu.«

Viktoria schnaubte und ihre Augen funkelten wütend. Sie stand auf und packte ihn an der Krawatte. Sie stand so dicht vor ihm, dass er ihren süßen Atem spüren konnte. Sie roch verführerisch nach Karamell und Kaffee und sein Schwanz reagierte leider sofort auf ihre Nähe. Scheiße aber auch, dass er so ein triebgesteuerter Depp war.

»Was muss ich tun, damit du aufgibst?«, fragte sie leise und ihre Stimme klang rauchig und sexy. Verdammt sexy.

Jake musste schlucken. Würde sie sich ernsthaft prostituieren, nur um ihn loszuwerden? Himmel, warum waren diese Frauen einfach alle gleich?

Seine Stimmung kühlte merklich ab und er löste ihre Finger von der glatten Seide seiner Krawatte. »Ich will nichts von dir, Viktoria.« Er schob sie zur Seite und marschierte aus ihrem in sein eigenes Büro, wo er die Tür schloss und sich von innen dagegen lehnte.

Sein Körper strafte seine Worte Lügen, denn sein Penis pochte hart und drängend gegen den dünnen Stoff seiner Anzugshose. Er war einfach ein Idiot. Außerdem war er sich sicher, dass ihm ein Mal Sex mit Viktoria nicht genügen würde. Unter ihrer kühlen Schale loderte ein Feuer, das ihn erregte. Er hatte es schon ein paar Mal in ihren Augen aufblitzen sehen. Aber er war nicht bereit, sich erneut von einer wie ihr benutzen zu lassen. Das letzte Mal mit Elena im Club hatte ihn endgültig kuriert, egal was sein Körper wollte, verdammt!

Jake packte seine Sachen zusammen und verließ die Agentur bereits am frühen Nachmittag. Er würde das Wochenende nutzen, um sich Viktorias sexy Körper aus dem Kopf zu schlagen. Und um sein Konzept zu finalisieren, ergänzte er im

Stillen. Je eher klar war, dass er die Agentur übernahm, desto eher wurde er sie los.

Reiß dich am Riemen, Viktoria, ermahnte sie sich noch einmal, als sie am darauffolgenden Montag auf dem Weg zum Tierheim war. Wie ein Mantra wiederholte sie den Satz in ihrem Kopf. Es war sicher gut, dass sie sich heute nicht im Büro treffen würden, nachdem sie am letzten Freitag so merkwürdig auseinandergegangen waren. Jake ließ sie nicht kalt, aber was da fast im Büro passiert wäre, war deutlich zu weit gegangen. Zum Glück war nichts passiert, was sie hinterher bitter bereut hätte.

Sie begrüßte den Kameramann und den Fotografen mit einem Winken und zwang sich zu einem Lächeln. Sie konnte die beiden nicht leiden. Der Fotograf hatte seine dicke Brille wie so oft in sein Haar geschoben und schraubte irgendwas an seiner Kamera herum. Der Kameramann musterte sie mit einem fiesen Grinsen. Er schien es zu genießen, sie bei den Aktivitäten zu begleiten. Wie üblich trug er eine Baseballkappe, unter der seine strähnigen grauen Haare herausquollen.

Jake kam zu spät, aber als er dann da war, ließ er sich nichts anmerken, falls er wegen Freitag ein Problem mit ihr hatte. Aber ein *Problem* hatte er ja sowieso mit ihr, von dem her war es egal.

Der heutige Tag würde vielleicht sogar etwas erfreulicher werden als die ersten Termine, denn sie mochte Tiere. Als sie klein gewesen war, hatten sie zu Hause einen Hund gehabt. Boomer, wie der Mischling aus der Serie *Boomer, der Streuner*. Leider hatte sie in ihrem Leben keinen Platz für ein Tier, außerdem starben die sowieso irgendwann und dann war man wieder allein. Aber heute konnte sie ihre fürsorgliche Seite ausleben und darauf konnte sie sich gut einlassen.

Die freundliche Chefin des Tierheims, Miss Montgomery, führte sie zunächst auf die Katzenstation. Jake wirkte angespannt und verkrampft. Seine Stirn lag in Falten und sein

Mund war zu einer dünnen Linie zusammengepresst. Was war ihm denn für eine Laus über die Leber gelaufen?

»Hast du Angst vor Katzen, oder wie?«, neckte sie ihn und er warf ihr einen vernichtenden Blick zu. Nicht möglich! Sie hatte den Nagel auf den Kopf getroffen.

»Was? Der unbesiegbare Jake Carter hat Angst vor irgendwas?«, machte sie weiter und seine Miene wurde immer grimmiger.

Miss Montgomery nahm eines der Katzenbabys aus dem Körbchen und reichte es Viktoria.

»Sie müssen alle gefüttert werden, die Mama der Kleinen wurde leider überfahren. Meinen Sie, Sie bekommen das hin?«

»Aber natürlich!«, strahlte Viktoria. Jake hingegen sah weniger begeistert aus und trat unbehaglich von einem Fuß auf den anderen.

»Setzten Sie sich doch, hier sind zwei Stühle. Ich bringe Ihnen gleich die Milch für die Kleinen.«

Glücklicherweise war der Raum so winzig, dass Fotograf und Kameramann nur im Rahmen stehen konnten. Nach zwei, drei Fotos verdrückten sie sich, wahrscheinlich um eine zu rauchen. Auch gut, dachte Viktoria.

»Komm schon, Jake, nimm sie mal.« Viktoria machte Anstalten, ihm das Kätzchen auf den Arm zu legen, aber er weigerte sich.

»Nee, lass mal.«

»Du hast doch nicht ernsthaft Angst vor Katzenbabys?« Sie hatte Mühe, ein Kichern zu unterdrücken. Der coole Jake hatte Angst vor einem Katzenbaby.

»Ich würde das Vieh nur zerdrücken«, brummte er.

»So ein Quatsch!«

Miss Montgomery kehrte mit sechs Milchfläschchen zurück und stellte sie vor den beiden auf einem kleinen Tisch ab. »Jedes Kätzchen eine Flasche, danach muss noch das Körbchen sauber gemacht werden. Notieren Sie sich die Farben der

Halsbänder, damit auch jedes Kleine was abbekommt. Schaffen Sie das?«

»Natürlich, gehen Sie nur. Wir übernehmen das hier«, gab Viktoria mit einem freundlichen Nicken zu verstehen.

Jake warf Miss Montgomery einen flehenden Blick zu, aber sie schien es nicht zu registrieren oder ignorierte es geflissentlich.

»Bin mal übel zerkratzt worden«, murmelte er.

»Was?«, erwiderte Viktoria und hatte dem Kleinen schon das Fläschchen in den Mund geschoben, an dem es jetzt gierig saugte. Die anderen schienen mitzubekommen, was im Gange war, und miauten aufgeregt.

»Hab eine Katzenphobie«, presste er hervor und Viktoria sah ihn erstaunt an. Von so etwas hatte sie noch nie gehört und es sah ihm gar nicht ähnlich, eine Macke zuzugeben, auch wenn es so offensichtlich war wie das hier.

»Ich sehe mal nach Miss Montgomery, vielleicht kann ich mich woanders nützlich machen«, fügte er noch hinzu und stand auf, ohne sie anzusehen. War es möglich, dass ihm die Situation peinlich war? Natürlich, das musste es sein. Jake Carter hatte eine Schwäche.

Mit offenem Mund sah sie ihm hinterher. Die erste Flasche war leer, das nächste Kätzchen war dran. Viktoria notierte jede Fütterung wie gefordert auf einem Zettel, der auf dem Tisch bereitlag. Sie genoss es in vollen Zügen, die kleinen Fellbündel zu umsorgen.

Der Tag verflog viel zu schnell. Jake hatte sie kaum zu Gesicht bekommen, er war mit einigen Hunden – kleinen, vor denen er keine Angst hatte – Gassi gegangen. Denn auch mit bellenden Vierbeinern hatte der sonst so selbstsichere Jake es nicht so. Viktoria amüsierte die Vorstellung, wie er mit einem Minipudel seine Runde um den Block zog.

»Was gibt's zu lachen?«, hörte sie seine dunkle Stimme hinter sich und eine Gänsehaut machte sich auf ihrer Haut breit. Er war also zurück.

»Nichts«, lachte sie.

»Ist klar, du machst dich über mich lustig. Habe ich schon geahnt. Wir sind fertig für heute. Na ja, nicht ganz. Noch ein kleiner Fototermin. Madeleine, vielmehr die Agentur Langham, spendet zehntausend Pfund an das Tierheim, dafür gibt's morgen ein Riesenfoto in der Presse.«

»Na wunderbar«, kommentierte Viktoria. Madeleine ließ wirklich nichts aus. Aber für das Tierheim freute sie sich. Hier wohnten viel zu viele arme Seelen, die eigentlich ein schönes Zuhause verdient hatten. Vielleicht konnte man mit dem Geld die Behaglichkeit in den Zwingern verbessern und die Krankenstation renovieren. Ja, die Spende war definitiv eine gute Sache und zum ersten Mal seit dieser bescheuerten Aktion freute sie sich darauf, für ein Foto zu lächeln.

»Komm.« Jake schob sie nach draußen. Dabei hatte er seine warme Hand auf ihren unteren Rücken gelegt. Er schien es unbewusst getan zu haben, denn seine Miene verriet nichts. Noch lange nachdem er seine Hand fortgezogen hatte, prickelte ihre Haut unter dem Stoff.

»Hach, es war wirklich ein schöner Tag«, schwärmte Viktoria, als sie wenig später die Straße entlangliefen.

»Ja. Ähm, hast du Lust auf einen Drink?«, fragte Jake aus heiterem Himmel. Er schien ihre Überraschung zu spüren und fügte hastig hinzu: »Nur ein Drink. Ich sterbe vor Durst. Ehrlich.« Er hob dazu drei Finger seiner rechten Hand zum Schwur.

Viktoria wollte die einigermaßen entspannte Stimmung zwischen ihnen nicht gleich wieder verderben, also sagte sie Ja. Einen Drink konnte sie wirklich gebrauchen.

Sie bestellten zwei Gin Tonic in einem Pub, dazu noch zwei kleine Tüten handgeschabte Chips, die Jake sofort hungrig aufriss.

Viktoria beobachtete ihn, während sie am schwarzen Strohhalm ihres Drinks saugte. Jake hatte lange, schlanke Finger. Seine Nägel waren gepflegt und auf seinen muskulösen Unterarmen zeichneten sich einige blaue Adern ab. Er musste auch etwas Sport treiben – oder er hatte verdammt gute Gene. Wenn man ihn objektiv betrachtete, war er tatsächlich äußerst gut aussehend. Wenn da nur nicht die Tatsache wäre, dass er ihren Job haben wollte.

Im Fernsehen lief die Wiederholung eines alten Fußballspiels und Jake spähte gelegentlich hinüber. Er verhielt sich wie ein ganz normaler Kerl. Zum ersten Mal in ihrer Gegenwart, bemerkte sie, und wusste nicht, wie sie das bewerten sollte.

»Viktoria?«, hörte sie ihn fragen.

»Äh, was hast du gesagt?« Sie hatte nicht zugehört.

Jake lachte nur. »Schon gut. Ich habe gefragt, ob du noch etwas trinken willst.«

Seine graublauen Augen fixierten sie und ein nervöses Ziehen in ihrer Magengegend alarmierte sie. Das war nicht gut. Trinken sollte sie definitiv nichts mehr.

»Nein, äh, nein danke. Ich sollte gehen«, beeilte sie sich zu sagen und stand auf.

Er sah sie einen Moment mit einem unergründlichen Ausdruck an. »Gut, dann begleite ich dich noch ein Stück.« Er legte etwas Geld auf den Tisch und sie verließen gemeinsam den Pub.

Es war bereits dunkel, als sie auf die Straße traten. Sie hatte gar nicht gemerkt, wie schnell die Zeit mit Jake vergangen war. Der Drink war ihr viel zu schnell zu Kopf gestiegen. Kein Wunder, da sie außer den Chips heute kaum was gegessen hatte. Zu allem Unglück stolperte sie über eine Gehwegplatte und Jake fing sie auf. Schnell löste sie sich wieder von ihm. Er sagte nichts dazu und sie war dankbar dafür. Eine seltsame Unsicherheit befiel sie, die sie so nicht kannte und die ihr auch nicht behagte. Ganz und gar nicht.

Eine Sirene heulte nicht weit entfernt, der übliche Straßenlärm Londons umgab sie. Eigentlich musste sie nur Tschüss sagen und gehen, aber irgendwas hielt sie davon ab.

»Wir können uns ein Taxi teilen, wäre ja nicht das erste Mal«, schlug er gut gelaunt vor. Ohne darüber nachzudenken, stimmte sie zu.

Jake war einen ganzen Kopf größer als Viktoria, wenn sie keine High Heels trug, so wie heute. Erst jetzt fiel ihr auf, dass er viel zu dicht bei ihr stand und sie so auch am Ende eines langen Tages noch einen Hauch seines herben Aftershaves an ihm wahrnehmen konnte.

»Jake, ich ...«, begann sie, aber es war bereits zu spät. Er legte seine sinnlichen Lippen auf ihre und küsste sie zart, aber bestimmt. Er liebkoste sie mit seiner Zunge und erwischte sie eiskalt. Er war ein guter Küsser. Ein verdammt guter. Viktoria wurde heiß und ihr ganzer Körper reagierte ganz automatisch auf seine Liebkosungen. Herzklopfen, schnelles Atmen und totaler Realitätsverlust. Plötzlich wurde ihr klar, was sie tat, und vor allem, mit wem sie auf offener Straße herumknutschte. Sie stieß ihn heftig von sich und fuhr ihn an: »Hast du sie nicht mehr alle?«

Verwirrung spiegelte sich in Jakes Blick, als sie zu ihm aufsah. Er rieb sich die Stirn und wollte gerade etwas sagen, als sie ihm zuvorkam: »Sag nichts. Das hier ist nie passiert.« Sie drehte sich um und lief davon. Sie stieg in das nächste Taxi ein, das sie bekommen konnte – ohne Jake.

Viktoria war völlig neben der Spur, als sie ihr Haus erreichte. In ihrer Wohnung angekommen, legte sie Smartphone und Schlüssel auf die Anrichte, kickte die Turnschuhe von den Füßen und raufte sich die Haare.

Viktoria Denkhaus, das ist jetzt ein verdammt schlechter Zeitpunkt, um sich von einem Kerl küssen zu lassen, mit dem du dich offiziell im Krieg befindest!, murmelte sie, nahm sich eine Wasserflasche und einen fertigen Bulgursalat aus dem Kühlschrank. Wenn sie so weitermachte, riskierte sie durch einen dämlichen Fehler ihre Karriere. Noch einmal würde sie nicht so dumm sein.

Madeleine befand sich auf einer Geschäftsreise, somit konnten Jake und Viktoria sich aus dem Weg gehen, ohne Gefahr zu laufen, sofort eins von der Chefin auf den Deckel zu bekommen. Viktoria verhielt sich wie immer distanziert und kühl, wenn sie sich im Büro irgendwo über den Weg liefen. Jake brachte ihr nach wie vor jeden Morgen einen Karamell-Macchiato ins Büro, den sie meist mit einem gelangweilten Kopfnicken entgegennahm. Gelegentlich erhaschte er aber ein angedeutetes Lächeln, bevor sie wieder ihren verschlossenen Gesichtsausdruck auflegte.

Er wurde einfach nicht schlau aus dieser Person. Jake hatte gesehen, dass sie kein Herz aus Stein hatte. Sie war so liebevoll mit den Tieren umgegangen, dass er sich zu fragen begann, warum sie so eine Mauer um sich errichtet hatte. Er war noch niemandem begegnet, der einerseits so knallhart und andererseits dermaßen mitfühlend sein konnte. Er überraschte sich selbst mit der Überlegung, dass unter ihrer harten Schale irgendwo etwas Weiches stecken musste. Unklar blieb ihm allerdings, warum es ihn interessierte. Wenn er sich nicht immer wieder vor Augen führte, dass sie nicht viel anders war als seine Ex – karrierebesessen und berechnend, Tierliebe hin oder her –, lief er Gefahr, sie zu unterschätzen. Und das wäre ein großer Fehler. Er hatte nach wie vor den Plan, die Agentur Langham zu übernehmen und mit der Wilken-Kampagne den ganz großen Coup zu landen, der ihm den nötigen Schub in die richtige Richtung geben würde. Wie unvernünftig, dass er sich aus einem blödsinnigen Impuls heraus dazu hatte hinreißen lassen, sie zu küssen. Bis heute hatte er es nicht verdaut, auch nicht, dass sie für einen kurzen Moment seinen Kuss erwidert hatte, bis sie ihn von sich gestoßen hatte. Kein Wort hatten sie über diesen Vorfall verloren. Das war gut so, denn er hätte nicht gewusst, womit er es hätte entschuldigen können.

Jake warf einen Blick in den Kalender und stöhnte kurz auf, als er den Eintrag für den morgigen Donnerstag las: *Clown spielen im Kinderkrankenhaus.*

Gott sei Dank nur für drei Stunden, die Besuchszeiten auf der Kinderstation waren begrenzt. Immerhin etwas. Trotzdem, er war froh, wenn dieser Quatsch vorbei war und er sich endlich wieder zu hundert Prozent auf seinen Job hier konzentrieren konnte.

Das Klingeln seines Telefons riss ihn aus seinen Gedanken.

»Elena«, beantwortete er den Anruf beherrscht und ruhig und wunderte sich dabei, warum sie sich meldete. Zwischen ihnen war nach dem letzten Stelldichein im *Starlight* weiß Gott alles gesagt.

»Jake, mein Lieber, wie geht es dir?«, hörte er ihre säuselnde Stimme durch den Lautsprecher.

»Bestens, und selbst?« Er hatte weder Zeit noch Lust auf Small Talk mit seiner Ex, deshalb bügelte er sie knapp ab. »Was willst du? Zwischen uns war doch alles klar.«

»Aber Jake, nach unserer letzten Begegnung … im Club«, antwortete sie zögerlich.

Mittlerweile bereute er den Quickie mit ihr mehr als nur ein bisschen. Außer einer kurzen körperlichen Befriedigung hatte es ihm nichts gegeben. Im Gegenteil. Elena konnte nur nehmen. Daran hatte sich nichts geändert.

»Du … fehlst mir«, hörte er sie am anderen Ende sagen und war wirklich überrascht. Er konnte sich nicht erinnern, diese Worte jemals aus ihrem Mund gehört zu haben.

Jake verzog das Gesicht und schaute aufs Display, ob er auch wirklich mit seiner Ex sprach.

»Was soll das, Elena?«, erwiderte er schroff. Verarschen konnte er sich auch allein.

»Ich … ich habe gedacht, wir könnten uns mal wieder treffen? Auf einen Kaffee?«

In ihrer Stimme schwang ein seltsamer Unterton mit, den er so von ihr auch noch nicht kannte. Warum zur Hölle machte sie auf einmal einen auf gefühlvoll? Das sah ihr ganz und gar nicht ähnlich. Sie musste etwas im Schilde führen und er hatte überhaupt keine Lust, herauszufinden, was es war.

»Ich habe im Moment wirklich viel zu tun. Was würde denn dein Freund dazu sagen?«, gab er daher zu bedenken.

»Ich, äh, habe mich von ihm getrennt. Ich kann nur an dich denken, Jake«, säuselte sie erneut.

Daher wehte also der Wind. Elena war der Typ Frau, die einen Mann an ihrer Seite brauchte wie die Luft zum Atmen. Dazu musste er nur zwei Kriterien erfüllen: genügend Guthaben auf dem Konto und ausreichend Erfolg und Macht.

Jakes Magen krampfte sich zusammen. Nein, er würde sich nicht wieder von ihr benutzen lassen, bis sie sich dem nächsten, erfolgreicheren Kerl an den Hals warf.

»Tut mir leid, ich bin liiert und meine Liebste ist sehr eifersüchtig. Ruf mich nicht mehr an.«

Die Lüge überraschte ihn selbst, aber sie schien die richtige Wirkung zu haben. Elena sog scharf die Luft am anderen Ende ein. »Jake! Was? Seit wann?«

Er verdrehte genervt die Augen. »Das geht dich nichts mehr an, Elena. Ich wünsche dir alles Gute.«

Ohne auf ihre Antwort zu warten, legte er auf und knallte sein Smartphone auf die Tischplatte. Er schloss für einen Moment die Augen und zerzauste sich die Haare. Von Elena war er definitiv kuriert. Sie würde er nicht mal mehr mit der Kneifzange anfassen. Das Telefonat hatte ihm noch einmal deutlich vor Augen geführt, was er in seinem Leben *nicht* wollte. Jake seufzte leise, straffte sich und nahm sich vor, jetzt umso konzentrierter weiterzuarbeiten. Sein Telefon stellte er lautlos, um weitere Ablenkungen zu vermeiden.

»Miss Dashwood«, rief er, »bringen Sie mir bitte die neusten Entwürfe für die Slogans und Logos in mein Büro?«

Er war sich sicherer denn je, dass er hier genau das Richtige tat, und er wollte keine Zeit mehr verschwenden. Wenige Sekunden später legte ihm seine Sekretärin zwei Mappen auf den Tisch, mit denen er sich in den kommenden Stunden befassen musste, um sein Konzept endlich fertigzustellen.

Viktoria drehte sich zum hundertsten Mal von der einen auf die andere Seite. Sie knipste die Lampe auf ihrem Nachttisch an und sah auf die Uhr. Es war weit nach Mitternacht, aber sie fand einfach keinen Schlaf. Traurig schwang sie die Beine aus dem Bett und nahm die eingerahmte Fotocollage in die Hand. Auf einem Foto war Katie gerade mal eine Stunde alt. Sie lag mit zerknautschtem Gesicht und geschlossenen Augen in eine rosa Decke eingewickelt in ihren Armen. Auf einem anderen Bild hatte sie das erste Lächeln festgehalten. Sie konnte sich an den Tag erinnern, als wäre es erst gestern gewesen. Und dann hatte sie mit nur zehn Wochen angefangen, sich auf die Unterarme aufzustützen. Sie war von Anfang an sehr agil und beweglich gewesen, die kleinen Ärmchen und Beinchen immer am Zappeln. Geschrien hatte sie kaum. Manches Mal war sie von anderen Müttern gefragt worden, was sie ihr geben würde, dass sie immer so fröhlich war. Aber Katie war einfach ein Sonnenschein gewesen, der ihr jeden einzelnen Tag versüßt hatte.

Viktoria fuhr mit den Fingerspitzen über das letzte Foto, das kurz vor ihrem plötzlichen Tod aufgenommen worden war. »Warum«, flüsterte sie leise und Millionen ungeweinter Tränen brannten in ihren Augen.

Mit leichtem Fieber hatte alles angefangen. Nichts Besorgniserregendes, hatten sie und ihre Mutter, Katies Oma, zunächst gedacht. Aber dann war die Temperatur immer weiter gestiegen, bis sie nur noch apathisch in ihren Armen gelegen hatte. Natürlich war sie sofort mit ihr ins Krankenhaus gefahren, wo man sie stationär aufgenommen hatte, da das Fieber trotz senkender Mittel weit über vierzig Grad gestiegen war. An den Rest konnte sich Viktoria nur noch verschwommen erinnern. Es war alles so schnell gegangen. Es war so ungerecht. Was hatte dieses kleine Wesen verbrochen, dass es nur so kurz bei ihr bleiben durfte? Sie hatte ein ganzes langes Leben vor sich gehabt. Aber das Fieber war immer weiter gestiegen, Katie hatte auf keines der Medikamente angesprochen. Schließlich war sie in der darauffolgenden Nacht an den

Folgen einer Virusinfektion gestorben. Ihr kleines Herz hatte einfach aufgehört, zu schlagen. Keine Mutter sollte erleben, dass ihr Kind vor ihr stirbt.

Sie strich mit den Fingerspitzen über die eingerahmten Bilder und schluckte schwer.

Katie hatte jeden einzelnen Tag ihres Lebens lebenswerter für Viktoria gemacht. Nach ihrem Tod war sie in ein tiefes Loch gestürzt, hatte niemanden und nichts mehr an sich herangelassen. Bis sie sich am Scheideweg befand, ob sie weiterleben wollte oder nicht, und sich für das Leben entschieden hatte. Aus einem Leben voller Liebe war ein Leben voller Arbeit geworden. In ihrem Job bewegte sie sich auf der sicheren Seite, denn ihre Gefühle waren tief in ihr verschlossen, wo sie am besten aufgehoben waren und sie nicht mehr ständig in der Angst leben musste, am Schmerz zu zerbrechen.

Viktoria stellte die Collage zurück neben die Nachttischlampe und ging in die Küche, um sich ein Glas Wasser einzugießen. Sie hatte Angst vor dem Termin in wenigen Stunden im Kinderkrankenhaus. Aber sie würde es schaffen, wenn sie sich einfach oft genug sagte, dass es nur ein Teil ihres Jobs war. Ein bisschen verkleiden, herumhampeln und drei Stunden später würde der Drops gelutscht sein. Sie ballte ihre Hand zu einer Faust. Sie hatte es bis jetzt geschafft, also würde sie auch das durchziehen. Sie konnte es. Sie musste es schaffen.

Natürlich hatte sie den Rest der Nacht kaum ein Auge zugetan. In der Dämmerung war sie in einen unruhigen Schlaf gesunken, der sie erschöpfter zurückließ als die schlaflosen Nächte zuvor. Viktoria sah ihr Ebenbild im Spiegel. Heute würde sie auf jeden Fall eine größere Menge Concealer benötigen, um ihre Augenringe zu kaschieren. Im Radio lief BBC und die morgendlichen Nachrichten milderten ihre Nervosität ein wenig, während sie sich schminkte. Nach einem schnellen Kaffee stieg sie in ein Taxi. Das Clownkostüm hatte sie sich über Shirt und Jeans bereits angezogen, da sie sich so wenig wie möglich im Krankenhaus aufhalten wollte.

Es hatte durch den dichten Londoner Verkehr länger gedauert, als sie angenommen hatte, daher war sie eine gute Viertelstunde zu spät. Vielleicht hatte sie ihre Ankunft aber auch absichtlich verzögert oder war zumindest nicht in großer Eile gewesen, als sie sich für den Tag fertig gemacht hatte. Sie hastete durch den Eingangsbereich des Great Ormond Street Hospital im Stadtteil Bloomsbury. Viktorias Herz pochte wild in ihrer Brust und ihre Hände waren eiskalt, als sie den Knopf im Lift drückte, der sie in die dritte Etage bringen sollte. Der für Krankenhäuser typische Geruch nach Desinfektionsmittel stieg ihr in die Nase, als sie den Aufzug verließ und auf die Station zuging, wo man sie bereits erwartete. Ihr stand der kalte Schweiß auf der Stirn und sie hatte Mühe, ihre Atmung zu kontrollieren. Immer wieder sprach sie sich innerlich Mut zu, dass sie es schaffen konnte, auch wenn die Panik mit jedem Schritt wuchs. Bilder vergangener Tage erschienen vor ihrem geistigen Auge, als die Tür sich automatisch vor ihr öffnete. Auf den Scheiben klebten bunte Bilder von Comicfiguren. Das mechanische Summen klang offenbar in jedem Krankenhaus gleich und Viktoria erschauderte. Sie sah Katie vor sich, in einem Kindergitterbett, Infusionsschläuche an ihren kleinen Ärmchen, ihre Augen waren geschlossen. Sie war nicht mehr ansprechbar gewesen, als sie in ein Überwachungszimmer gebracht worden war.

Viktoria schüttelte die Erinnerungen ab und versuchte, sich zu orientieren. Es dauerte ein paar Sekunden, dann sah sie einige Menschen, die beim Aufenthaltsraum standen. Eltern, Pflegepersonal und wahrscheinlich einige Ärzte. Das Medienteam war natürlich auch da.

Und dann erblickte sie Jake, während sie Schritt für Schritt weiter auf die Station ging. Er hatte eine rote Perücke auf dem Kopf, im Gesicht klebte eine Clownsnase und er trug einen flatternden weißen Ganzkörperanzug mit tennisballgroßen schwarzen Knöpfen. Genau wie sie selbst. In diesem Moment zeigte er einem kleinen Mädchen, wie er hinter ihrem Ohr eine Blume fand. Die Kleine war vielleicht drei Jahre alt und saß in einem Rollstuhl, das linke Bein eingegipst und hochgelegt. Sie lachte herzlich und kleine weiße Zähnchen kamen zum Vorschein.

Viktoria blieb wie versteinert stehen und beobachtete die Szene. Jake bemerkte sie nicht, er war völlig in seinem Element und schien seinen Auftritt vor den Kindern sehr zu genießen. Er erreichte damit sogar ihr Herz, das immer noch viel zu schnell in ihrer Brust klopfte. Er wäre der perfekte Vater, schoss es ihr durch den Kopf. Und dann sah sie ein weiteres Kind. Die Mutter trug den Jungen im Arm, da er zu schwach und zu klein war, um selbst sitzen zu können. Er hatte keine Haare, das Gesicht sah aufgedunsen aus. Krebs, vermutete sie und der Gedanke, dass dieser kleine Junge vielleicht bald sterben würde, erschütterte sie so sehr, dass sie begann, am ganzen Körper zu zittern. Die Mutter des Kleinen blickte Viktoria an und das, was sie in ihren Augen sah, erschütterte sie zutiefst. All der Schmerz, die Sorge und das Leid, das sie allzu gut kannte, gab ihr den Rest. Sie konnte es nicht. Sie konnte es einfach nicht. Egal, was sie versucht hatte, sich in den letzten Tagen einzureden. Sie war nicht so tough und stark, dass sie das, was Madeleine von ihr verlangte, hier auf der Kinderstation durchziehen konnte. Der kleine Junge war der Tropfen, der das Fass zum Überlaufen brachte. Viktoria bekam keine Luft mehr, die Wände schienen sich auf sie zuzubewegen und alles in ihr schrie danach, sich aus der Situation zu retten. Ihre Beine würden sie nicht mehr lange tragen, dessen war sie sich sicher. Sie musste raus hier, sie brauchte Sauerstoff und Platz zum Atmen.

Benommen stolperte sie davon. Beinahe wäre sie mit einer Krankenschwester zusammengestoßen, die im letzten Moment einen Schritt zur Seite machte. Sie nahm es nur am Rande wahr. Viktoria stieß die Tür zum Treppenhaus auf, nahm zwei Stufen auf einmal und rannte, so schnell es ging, aus dem Great Ormond Street Hospital hinaus in die warme Frühlingsluft. Die Sonne schien ihr ins Gesicht und blendete sie.

Sie musste dieses Kostüm loswerden. Schnellstens. Passanten warfen ihr sonderbare Blicke zu, aber sie reagierte nicht darauf. Hastig zerrte sie am Kostüm, bis es endlich an einer Stelle zerriss. Sie musste raus, nur raus aus diesen Klamotten. Der Geruch des Krankenhauses haftete daran. Der Geruch von Leid und Krankheit. Sie konnte es keine Sekunde länger ertragen, gleich würde sie durchdrehen. Mit zitternden Händen und bebenden Lippen – wann genau hatte sie angefangen, zu weinen? – stopfte sie die Überreste des Clownoutfits in einen schwarzen Mülleimer. Der Schlitz war eng und klein, die Hälfte des Stoffes hing noch heraus, aber sie musste weg. So weit und schnell wie möglich. Egal wohin. Hauptsache fort von diesem schrecklichen Ort.

Die darauffolgenden Stunden erlebte sie wie in Trance. Sie stolperte mit starrem Blick durch die Straßen Londons, hatte keine Ahnung, wohin sie ging. Das Vibrieren ihres Handys nahm sie zwar immer wieder wahr, aber sie ignorierte es. Sie konnte mit niemandem sprechen. Sie wollte mit niemandem sprechen. Nichts war in diesem Moment wichtig. Es war lange her, seit sie das letzte Mal so viel geweint hatte, aber heute ließ sie zu, dass ihre Gefühle die Oberhand gewannen. Zu schockierend und belastend waren die Erinnerungen an die letzten Stunden ihrer Tochter im Krankenhaus, als dass sie sie ausblenden und verdrängen konnte wie sonst. Dieser Flashback war der stärkste seit Katies Tod vor sechs Jahren. Und dann war da noch Katies Geburtstag, der immer näher rückte und ihr höllische Angst machte. Das tiefe Loch war immer noch da und Viktoria fürchtete sich davor, sich erneut darin zu verlieren, denn beim nächsten Mal, war sie sich sicher, würde sie den Weg nicht wieder zurück ins Leben finden. Zu nah war sie dem Abgrund nach dem Tod ihrer Tochter gewesen, als dass sie nicht wusste, wie verlockend er scheinen konnte. Der Schmerz wäre dann endlich vorbei. Die Hoffnung auf ein Wiedersehen auf der anderen Seite hatte sie gelockt. Zu oft hatte sie sich gewünscht, mit ihr gestorben zu sein. Ein Teil von ihr war bereits mit ihr gegangen. Vielleicht gab es aber kein Leben nach dem Tod. Solche Überlegungen machten ihr Angst. Schreckliche Angst.

Die einzige Möglichkeit für Viktoria war damals die gewesen, ihre Zelte in Deutschland komplett abzubrechen und sich in einem anderen Land ein neues Leben aufzubauen. Ein Leben, in dem niemand wusste, was passiert war. Ein Leben, in dem sie vergessen konnte, dass sie eigentlich nicht mehr leben wollte. Ein Leben, dem sie einen neuen Sinn geben konnte. Sie hatte die mitleidigen Blicke zu Hause einfach nicht mehr ertragen. Sie brauchte kein Mitleid, das brachte ihr Katie auch nicht zurück. Nicht einmal Katies Vater wusste, dass seine Tochter gestorben war. Michael, ihr ehemaliger Professor, hatte kein Recht, etwas über sie zu erfahren, wo er sie doch im Stich gelassen hatte, noch bevor sie geboren worden war. Nachdem sie ihre Zelte in Hamburg abgebrochen hatte, war sie schließlich bei der Agentur Langham in London gelandet. Die Bewerbungsunterlagen, auf deren Basis sie eingestellt worden war, hatte sie vorher optimiert. Sie war verzweifelt gewesen und hatte gewusst, dass der Moment vorbei gewesen wäre, wenn sie den Sprung aus dem tiefen Tal der Trauer nicht zu diesem Zeitpunkt zurück ins Leben geschafft hätte. Sie hatte keine andere Möglichkeit gesehen, wie sie in einer der renommiertesten Agenturen anders hätte Fuß fassen können. Nur dieses Ziel hatte ihr die Kraft gegeben, weiterzumachen. Das war ihr zweites dunkles Geheimnis. Alles wäre nicht nötig gewesen, wenn ...

Es war spät, als Viktoria zu ihrem Haus in Harley Gardens, Chelsea zurückkehrte. Müde schlüpfte sie aus ihren Schuhen und sank hinter der Haustür auf dem warmen Marmor in sich zusammen. Sie wollte nur noch schlafen und alles hinter sich lassen. Ihre Lider flatterten, ihre Gliedmaßen waren schwer wie Blei, sie konnte sich nicht mehr rühren. Erschöpft blieb sie liegen.

KAPITEL 9

DIE VERKÄUFERIN im Coffeeshop brauchte keine Bestellung mehr, um zu wissen, was er beinahe jeden Morgen auf einem kleinen Papptablett davontrug. Heute brannte es Jake besonders unter den Nägeln, Viktoria zu treffen. Er war überrascht gewesen, als sie gestern nicht im Krankenhaus erschienen war. Ähnlich sah ihr dieses Verhalten jedenfalls nicht und eine plötzliche Erkrankung war die einzig logische Erklärung für ihre Abwesenheit. Trotzdem, der Gedanke schien ihm abwegig. Er hatte es daher eilig, zu erfahren, warum sie gekniffen hatte und alles riskierte, wofür sie lange gearbeitet hatte. Denn nach den Regeln war er jetzt der Gewinner.

Sarah saß bereits, auf der Computertastatur tippend, an ihrem Schreibtisch und nickte ihm lächelnd zu, als er um die Ecke bog. Er mochte die rotblonde Frau gern, auch wenn sie zum feindlichen Lager gehörte. Aber die Grenzen waren mittlerweile fließend geworden. Sarah hatte eine wunderbar unaufdringliche Art und war dennoch immer präsent. Leider konnte er das von Miss Dashwood nicht behaupten. Sie hatte zu seinem großen Ärger noch immer keinerlei Gespür für die beruflichen Anforderungen entwickelt. Über kurz oder lang würde er sich eine neue Sekretärin suchen müssen. Er vermutete, dass er bei Sarah aber auf Granit beißen würde, falls ihn

Viktoria nicht gleich mit einem Giftcocktail um die Ecke brachte, wenn er ihrer Assistentin ein Jobangebot machte. Jake konnte ein Grinsen nicht unterdrücken, während er sich vorstellte, wie wütend Viktoria dreinschauen würde, sollte er tatsächlich in Erwägung ziehen, Sarah abzuwerben. Aber momentan stand das noch nicht an, das konnte warten.

Er staunte nicht schlecht, als Viktoria tatsächlich kerngesund und augenscheinlich putzmunter in ihrem Büro saß und mit einem Rubik's Cube spielte. Diese Angewohnheit schien sie zu haben, während sie nachdachte. Er selbst hatte für diese Art von Geschicklichkeitsspielchen wenig bis gar nichts übrig. Ihm mangelte es schlicht und ergreifend an Geduld.

»Hast du einen neuen Job?«, fragte er mit einem amüsierten Unterton in der Stimme. Damit spielte er auch auf ihre gestrige Abwesenheit an.

Sie blickte ihn an, erwiderte aber nichts.

»Willst du deinen Kaffee nicht?«, nahm er einen zweiten Anlauf, das Gespräch zu eröffnen.

»Danke«, gab sie leidenschaftslos zurück und nahm den Becher entgegen.

Jake ließ sich auf den Stuhl vor ihrem Schreibtisch sinken und behielt sie dabei im Auge. »Wo warst du gestern?«, bohrte er weiter und musterte sie eingehend. Viktoria war perfekt frisiert, gekleidet und geschminkt. Wie immer. Aber der kämpferische Glanz in ihren Augen fehlte heute. Die Stimmung, die sie umgab, war merkwürdig, beinahe melancholisch.

»Hatte keine Lust«, gab sie knapp zurück und zuckte mit den Schultern. Ansonsten rührte sie sich nicht, ihre Augen waren auf den Deckel ihres Kaffees gerichtet.

Irgendwas an ihr war anders. Obwohl sie auf den ersten Blick aussah wie immer, hatte Jake das Gefühl, dass irgendetwas mit ihr nicht stimmte.

»Ich hoffe, es ist alles okay bei dir. Falls nicht, dann tut es mir leid.«

Viktoria warf ihm einen gehetzten Blick zu und drehte sich dann mit ihrem Stuhl um, sodass er nur noch die Lehne sehen konnte. Es wunderte ihn keineswegs, dass sie ihm auswich. Überraschend für ihn war, dass er es wirklich so meinte, wie er es gesagt hatte. Er hatte sich so an die kleinen Machtkämpfe mit ihr gewöhnt, dass ihm beinahe etwas fehlte, wenn sie so emotionslos auf ihn reagierte wie an diesem Morgen.

Jake griff sich seinen Kaffeebecher und verließ Viktorias Büro mit einem sonderbaren Gefühl. Sorge.

»Was ist mit deiner Chefin los?«, hakte er bei Sarah nach, die gerade dabei war, einige Papiere in einen Ordner zu heften. Vielleicht war ja die Assistentin bereit, mit ihm zu sprechen.

»Kleiner Infekt gestern«, bekam er als Antwort zu hören. Sarah sah ihn mit ihren großen grünen Augen an und ihm war klar, dass sie log. Trotzdem bewunderte er sie für ihre Loyalität. Also hatte er mit seiner Einschätzung recht. Es war etwas passiert, das Viktoria vom Erscheinen beim Termin im Krankenhaus abgehalten hatte.

Ehe er es sich anders überlegen konnte, hörte er sich sagen: »Ich hoffe, du hast Madeleine informiert, dass Viktoria gestern nicht als Clown auftreten konnte, weil sie sonst die Kinder im Krankenhaus angesteckt hätte?«

Sarah sah ihn für einen Moment mit weit aufgerissenen Augen an, dann nickte sie. »Natürlich. Ich war gerade auf dem Weg in ihr Büro. Sie ist ja selbst erst gestern von ihrer Geschäftsreise zurückgekehrt.« Sarah stand auf. »Danke, Jake«, fügte sie hinzu und stolzierte mit anmutigen Schritten davon.

Egal wie sehr er den Sieg haben wollte, er wollte ihn aus eigener Kraft und nicht, weil Viktoria … Verdammt. Ihm sollte es doch egal sein, wie und weshalb er die Agentur übernehmen würde! War es ihm aber nicht.

Jake, du bist ein Idiot!, ärgerte er sich über sich selbst. Er und hübsche Karrierefrauen, es war wahrhaftig immer das Gleiche!

Und genau deswegen setzte er sich mit Eifer an sein Konzept. Der allerletzte Feinschliff musste gemacht werden, bevor am Montag die große Präsentation in der Management-Runde auf der Tagesordnung stand. Dieses Mal würde er als Sieger hervorgehen, egal was sein Unterbewusstsein oder sein Körper ihm für Steine in den Weg legte.

Viel später an diesem Freitagabend saß Jake mit Mike in einem Taxi. Mike hatte ihn überredet, im *Starlight* zu feiern, obwohl Jake überhaupt keine Lust hatte, Elena über den Weg zu laufen. Andererseits wollte er einer Konfrontation auch nicht aus dem Weg gehen. Die Zeiten waren definitiv vorbei.

Die beiden Männer hatten bereits zum Abendessen zwei Flaschen Rotwein geleert und waren dementsprechend angeheitert, als sie den vollen Club betraten. Wie üblich gelangten sie über den VIP-Eingang hinein. Nicht wenige der wartenden Ladies hatten ihnen hinterhergerufen und eindeutige Angebote gemacht, wenn sie sie begleiten dürften. Aber Mike hatte nur gelacht und zurückgerufen, dass er sich seine Frauen immer noch selbst aussuche. Jake hatte ohnehin keinen Bedarf an One-Night-Stands, er hatte den letzten Abend im *Starlight* noch wärmstens in Erinnerung und keine Lust auf eine leicht revidierte Neuauflage.

Aus den Boxen dröhnten tiefe Bässe, Tänzerinnen – die nur spärlich bekleidet waren – heizten den Gästen auf Podesten ein, obwohl die Stimmung bereits am Überkochen war. Schweißige Hitze hing im ganzen Club, bildete gepaart mit dem schummrigen Discolicht eine Schleuse in eine andere Welt.

Jake und Mike bahnten sich ihren Weg zur Bar und bestellten sich ein Getränk. Die erste Runde ging auf Mike, der Jake wenig später einen Gin Tonic in die Hand drückte.

»Cheers, auf einen erfolgreichen Abend«, schrie Mike über den Lärm des Clubs hinweg und grinste anzüglich.

»Definiere erfolgreich«, gab Jake zurück, obwohl er genau wusste, was sein Kumpel damit meinte.

»Ich such mir was zum Ficken für heute Nacht«, lachte er prompt.

»Ich wundere mich manchmal, dass du mit deiner Ausdrucksweise überhaupt Frauen rumbekommst.«

Mike hob vielsagend eine Augenbraue. »Ich kann mich benehmen, Jake. Und ... die Ladies wissen eben, was gut ist. Solltest du im Übrigen auch mal probieren.« Er tippte mit dem Glas in der Hand an Jakes Brust.

»Danke, ich brauche keine Nachhilfe. Als wir das letzte Mal hier waren, hab ich Elena gevögelt.«

Mike verschluckte sich an seinem Drink und sah seinen Freund ungläubig an. »Du hast deine Ex gebumst?«

Jake verzog das Gesicht zu einer Grimasse. »Ja, leider.«

»War es nicht gut?«

Jake rieb sich das Kinn. »Doch, Sex mit ihr ist ... war immer gut, aber das Gesamtpaket ist ... einfach nicht das, was ich suche.«

»Hat sie nicht *dich* sitzen gelassen?«, spöttelte Mike.

»Sie will mich zurück!«, klärte Jake ihn auf und nahm einen großen Schluck.

»Ach, sag bloß!«

»Ja, deswegen hoffe ich, dass sie heute nicht hier ist.« Jake leerte sein Glas und bestellte die zweite Runde. »Du hast ja einen Zug drauf, Mann!«, kommentierte Mike und setzte seinen Drink an die Lippen.

»Und? Sei's drum. Heute will ich Spaß haben.«

Mike sah ihn schief an und erspähte in diesem Moment jemanden, der seine Aufmerksamkeit erregte. »Hey, ist das nicht Cara Delivigne oder wie die heißt? Das Model, du weißt schon?«

»Kann sein, na und? Wäre nicht der erste Promi, der hier feiert«, entgegnete Jake gelangweilt.

»Aber sie ist hot! O mein Gott, sie sieht zu uns rüber. Sie sieht mich an.«

Mike legte sein Winnerface auf und im nächsten Moment hatte er sich auch schon in Bewegung gesetzt. Jake verdrehte die Augen. So schnell konnte es gehen. Sein Kumpel war der triebgesteuertste Kerl, der ihm je untergekommen war. Wie er ihn kannte, würde er wahrscheinlich sogar bei dem Topmodel landen können. Es sah momentan jedenfalls ganz danach aus, denn sie unterhielt sich bereits angeregt mit seinem Freund.

»Unfassbar«, murmelte Jake und bestellte sich noch einen Drink, bevor er sich selbst in Richtung Tanzfläche aufmachte.

Entgegen seiner Gewohnheiten fand sich Jake wenig später inmitten schwitzender, zappelnder Körper auf dem Dancefloor wieder. Die Musik war so laut, dass er kaum etwas anderes um sich herum wahrnahm – genau was er brauchte. Er ließ sich vom Rhythmus mitreißen und schloss für einen Moment die Augen. Er war besoffen genug, ansonsten hätte er sich nie dazu hinreißen lassen, so aus sich herauszugehen. Jake spürte warme Hände auf seinen Hüften. Und dann schmiegte sich ein weicher Frauenkörper von hinten an ihn. Beinahe panisch riss er die Augen auf und sah sich um.

Er war erleichtert, dass es nicht Elena war. Jake kannte die hübsche Frau mit dem kastanienbraunen Haar nicht, die ihn so ungeniert angetanzt hatte. Jetzt stand sie dicht vor ihm und blinzelte ihn unter dunklen Wimpern an. Beide bewegten sich passend zu den Beats des DJs im synchronen Rhythmus zueinander. Jetzt legte sie ihm erneut die Hände auf die Hüften und zog ihn zu sich. Der Alkohol hatte Jake enthemmt und er scherte sich nicht um das Wie oder Was und warum all das in der Mitte des *Starlight* geschah. Er ließ sich mitreißen, genoss das Gefühl eines warmen Frauenkörpers, der sich an ihn drückte, und schob alles andere weg. Jake schloss die Augen und tanzte weiter mit der Unbekannten, deren Hände nun auf seinem Hintern lagen. Er reagierte auf sie in eindeutiger Weise. Sein Schwanz pulsierte in seiner auf einmal viel zu engen Jeans. Im nächsten Moment spürte er ihre Lippen auf seinen, ihre weiche Zunge leckte über seinen Mund und verschaffte sich Einlass. Sie spielte mit ihm – und er ließ es geschehen. Schon nach kurzer Zeit küssten sie sich mit wachsender Leidenschaft und Jake stellte sich vor, wie Viktoria seinen Namen stöhnte.

Jake riss die Augen auf. Scheiße.

Er löste sich von der Brünetten und schob sie irritiert von sich. Wie kam er denn auf einmal darauf, sich vorzustellen, er hätte Viktoria in seinen Armen? Er hatte definitiv zu viel getrunken. Oder ganz simpel einen gehörigen Dachschaden!

»Sorry«, rief er über den Lärm hinweg, dabei war er sich nicht mal sicher, ob sie es gehört hatte, aber er musste weg. Er war zu erschüttert davon, was ihn aus seinem Unterbewusstsein überwältigt hatte, als dass er hätte weitermachen können.

Auf dem Weg nach draußen kam er an Mike vorbei, der sich immer noch mit dem Topmodel unterhielt. Beide hielten einen Drink, mit der freien Hand hatte sich sein Kumpel an die Wand gelehnt, an der Cara mit dem Rücken stand. Es trennten sie nur noch wenige Zentimeter. Mike würde sie wahrscheinlich in Kürze klarmachen, daher störte er das ins Gespräch vertiefte Paar nicht und verschwand ohne Abschiedsgruß aus dem Club in die kühle Londoner Freitagnacht. Es dauerte natürlich Ewigkeiten, bis er ein Taxi gefunden hatte, aber es war ihm egal.

Zu Hause nahm er sich eine Flasche Scotch aus seiner Bar und goss sich einen doppelten ein, den er mit auf seine kleine Terrasse nahm. Es war kühl und feucht, aber genau das Richtige für ihn, um sich etwas abzukühlen.

»Verdammt, Jake«, murmelte er leise. »Du willst dich nicht schon wieder auf eine von denen einlassen!« Dann kippte er den Scotch ex hinunter.

Keine Karrierefrauen mehr. Und schon gar keine Kollegin, mit der er sich im Krieg befand.

Aber sosehr er es auch zu leugnen versuchte, für ihn war bereits viel mehr aus dem Spiel geworden.

Er stand auf und holte sich die ganze Flasche. Er würde es morgen bereuen, aber er wollte die Erkenntnis, dass er sich sexuell zu Viktoria hingezogen fühlte, im Alkohol ertränken. Wenn er mit ihr Sex hatte, war das der Anfang vom Ende.

Jake drehte die weiße Kappe ab und goss sich einen weiteren Scotch ein. Den Deckel ließ er auf dem Tisch liegen, den würde er nicht mehr brauchen.

KAPITEL 10

»ALLE RAUS hier, außer Viktoria und Jake!«, brüllte Madeleine ungehalten.

Viktoria wusste, dass die Präsentation mäßig gut gelaufen war, aber sie hatte nicht damit gerechnet, dass Madeleine derart ausrasten würde. Sie verfolgte angespannt, wie die Kollegen hastig und kommentarlos ihre Unterlagen zusammenschoben und aus dem Besprechungsraum flohen. Anders konnte man es kaum bezeichnen. Wenn die Chefin in dieser Stimmung war, reizte man sie besser nicht mit Widerworten, das wusste Viktoria selbst allzu gut.

Jake trat von einem Fuß auf den anderen. Er hatte sie an diesem Montagmorgen mit kaum einem ganzen Satz bedacht, nicht mal den üblichen Kaffee hatte er ihr mitgebracht. Anscheinend hatte er jetzt endlich begriffen, dass es ernst wurde – heute sollte sich entscheiden, wer die Leitung der Agentur übernehmen würde.

Der Personalchef hatte als Letzter den Raum verlassen und die Tür hinter sich geschlossen. Schweigen breitete sich im Besprechungsraum aus. Madeleine strich sich ihren dunkelgrauen Rock glatt und setzte sich wieder auf ihren Stuhl. Sie griff sich einen Kugelschreiber und tippte mit der Spitze auf ihren Block, bevor sie den Blick hob und von Jake zu Viktoria schaute. »Ihr habt nichts gelernt. Absolut nichts.«

Viktoria musste schlucken. Den Raum würde sie mindestens fünf Zentimeter kleiner verlassen, als sie ihn betreten hatte.

»Das Thema ist absolut verfehlt. Noch einmal: Ich bin schwer enttäuscht von euch. Ich dachte, ihr wäret Profis ...«, sie machte eine bedeutungsschwangere Pause, »aber da habe ich mich wohl getäuscht. Jetzt muss ich mir überlegen, wie wir den Karren aus dem Dreck ziehen, bevor er endgültig im Matsch versinkt.«

»Madeleine ...«, begann Jake, aber sie unterbrach ihn unwirsch.

»Sei still, ich will von keinem von euch etwas hören.« Sie wedelte aufgebracht mit ihren Händen, wie sie es so oft tat, wenn etwas ganz und gar nicht nach ihrem Gusto lief. Für eine Frau über sechzig sprang sie erstaunlich agil aus ihrem Stuhl auf. »In zwei Stunden in meinem Büro, bis dahin ... meldet euch schon mal bei einem Jobportal an. Ich weiß noch nicht, ob ich euch rausschmeiße oder euch noch eine letzte Chance gebe!« Sie setzte sich in Bewegung und stöckelte aus dem Besprechungszimmer. »So was Unprofessionelles ...«, murmelte sie dabei und knallte die Tür mit Schwung hinter sich zu.

Viktoria und Jake sahen sich betreten an. Sie fand als Erste die Sprache wieder: »Warum haust du nicht endlich ab und suchst dir einen anderen Job? Ich bin viel länger hier als du! Es ist mein Recht!«

In seinen Augen blitzte Enttäuschung auf. Sofort nahm sie eine Verteidigungshaltung ein.

Was hatte er denn gedacht?, überlegte Viktoria. *Dass sie freiwillig das Feld räumen würde? Im Leben nicht.*

»Vergiss es!«, gab Jake erstaunlich ruhig zurück. Dann drehte er sich auf dem Absatz um, aber der harte, vorwurfsvolle Unterton in seiner Stimme hallte noch lange in ihr nach.

Seufzend ließ sie sich in einen Stuhl sinken und vergrub ihr Gesicht zwischen den Händen. Wann, um Himmels willen, wurde ihr Leben endlich wieder normal? Es war so glatt gelaufen, bis dieser Idiot aufgetaucht war.

Als Viktoria in ihr Büro zurückkam, wartete Sarah bereits auf sie.

»Und?«, hörte sie ihre melodische Stimme.

»Ach …« Viktoria winkte ab und knallte ihre Präsentationsmappe auf den Schreibtisch. »Alles Mist!«

»So schlecht?«

»Schlimmer.« Viktoria ließ sich in ihren Bürostuhl fallen und griff sich ihren bunten Zauberwürfel.

»Kaffee?«

»Ich weiß nicht, ob Koffein hier noch hilft … Aber einen Versuch ist es wert.«

Ein Lächeln huschte über Viktorias Gesicht. Sarah wusste einfach immer, was sie in welchen Momenten zu tun oder zu sagen hatte. Sie war ein Goldstück. Hoffentlich war sie nicht die längste Zeit ihre Chefin gewesen. Ein Wunder, dass Madeleine mit keinem Wort erwähnt hatte, dass sie nicht im Krankenhaus aufgetaucht war. Viktoria hatte sich selbstverständlich gehütet, sie drauf hinzuweisen. Wenigstens das war ihr erspart geblieben, auch wenn ihr das momentan nicht viel nutzte.

Als Viktoria sich zwei Stunden später schweren Herzens zu Madeleine aufmachte, hörte sie Jakes dynamische Schritte hinter sich. Es wäre ihm ein Leichtes gewesen, sie einzuholen und neben ihr zu gehen, aber keiner von beiden hatte augenscheinlich Interesse an einem Austausch.

Mit einem flauen Gefühl im Magen trat sie durch die offene Tür in Madeleines Büro. Die Jalousien dunkelten den Raum ab. Obwohl draußen die Sonne schien, war es dämmrig. Viktoria fühlte sich, als würde sie eine dunkle Höhle betreten, und es war dabei nicht klar, ob dort etwas Teuflisches oder die

Erlösung auf sie wartete. Madeleines Gesichtsausdruck war nichtssagend, beinahe schon gelangweilt.

»Jake, schließ bitte die Tür«, sagte Madeleine ruhig. Ihre Hände hatte sie auf dem Tisch vor ihr wie zum Gebet gefaltet.

Jake kam der Aufforderung nach und trat danach neben Viktoria. *Wie zum Appell angetreten*, schoss es Viktoria durch den Kopf. *Einfach lächerlich und erniedrigend.*

»So, da seid ihr also …«, begann die Agenturchefin. Sie löste die Hände und schob ein Blatt Papier in Jakes und Viktorias Richtung über die Tischplatte. »Das hier …«, sie tippte mit dem Zeigefinger auf den Ausdruck, »ist euer Reiseplan.«

Viktoria runzelte die Stirn und versuchte, einen Blick auf das Papier zu erhaschen, aber dazu hätte sie dichter an den Tisch treten müssen und das wagte sie nicht.

»Reiseplan?«, fragte Jake.

»Ja, ihr habt richtig gehört. Und ich kann euch sagen, ich habe keinen Wellnessurlaub für euch gebucht.« Sie lachte kurz und humorlos auf. »Ihr fliegt nach Island. Ich habe mich dafür entschieden, euch noch eine letzte Chance zu geben, das Konzept vernünftig fertigzustellen.«

Erleichterung machte sich in Viktoria breit. Sie hatte ihren Job nicht verloren. Zumindest noch nicht.

»Ihr werdet euch die Quelle ansehen, die Wilken gekauft hat. Vielleicht wird euch dieser Ort die nötige … Inspiration geben, endlich etwas Ordentliches abzuliefern, wofür ich mich nicht schämen muss, wenn es meinem Kunden vorgestellt wird.«

Viktoria schluckte die aufwallende Wut herunter. So schlecht waren ihre Vorschläge nun wirklich nicht gewesen. Und es war auch *ihr* Kunde.

»Aber das ist noch nicht alles«, sprach sie weiter. »Anscheinend habt ihr die Botschaft aus dem *How to be a better colleague*-Programm noch nicht so ganz verinnerlicht. Ich stelle euch auf Island einen Coach an die Seite, der euch auf verschiedene *Ausflüge* begleiten wird. Ich habe es euch vor ein paar Tagen schon einmal gesagt und wiederhole das jetzt das allerletzte Mal: Teamarbeit entscheidet über den Erfolg. Lernt diese Lektion. Wenn ihr wieder hier seid, erwarte ich das finale Konzept. Ihr strengt euch besser an, mein Geduldsfaden ... nun ja, sagen wir es so: Ein seidener Faden ist im Vergleich dazu robust wie ein Stahlseil.«

Viktoria brannten viele Antworten auf der Zunge. Sie wollte sich verteidigen, Madeleine ihren Verrat an den Kopf werfen, aber kein Wort kam über ihre zusammengepressten Lippen. Sie sah, dass Jake sich durch die Haare fuhr und sie von der Seite anschaute.

»Okay«, hörte Viktoria sich zu ihrem eigenen Erstaunen sagen. »Ich bin dabei.«

Madeleines Blick ruhte nun auf Jake. »Jake?«

Er seufzte leise auf, als müsste er wirklich überlegen, ob er sich das noch antun wollte. Und sie konnte ihn verstehen. Zu Viktorias Überraschung nickte er dann doch noch. »Ja. Sicher. Ich auch.«

Madeleine klatschte in die Hände. »Sehr gut. Vielleicht seid ihr ja doch noch lernfähig. Dann wünsche ich euch eine gute Reise. Und, äh, packt robuste Kleidung ein. Island ist ein raues Pflaster.«

Madeleines diabolisches Grinsen verunsicherte Viktoria. Was hatte die alte Hexe nun wieder für sie geplant?

»Was erwartet uns?«, fragte Jake, als könnte er Viktorias Gedanken lesen.

»Meine Sekretärin schickt euch den Plan. Die Flüge sind für morgen gebucht. Und jetzt geht, ich muss Mr Wilken anrufen und ihm mitteilen, dass sich die Abgabe unseres Konzeptes leider um einige Tage verzögert. Wahrscheinlich muss ich mich dann auch noch mit ihm treffen und mir sehr viel Mühe geben, dass er das akzeptiert. Falls er mir den Kopf abreißt und uns rauskickt, habt ihr ebenfalls keinen Job mehr«, informierte sie die beiden freudlos.

Viktoria atmete tief ein und aus. Dann verließ sie das Büro zügig, als sie sah, dass Madeleine bereits die Hände auf dem Telefonhörer liegen hatte. Die Agenturchefin verschwendete definitiv keine Zeit. Wie hatte sie all das in nur zwei Stunden organisiert? Oder hatte Madeleine die ganze Zeit vorgehabt, sie nach Island zu schicken?

»Diese alte ... Argh!«, hörte sie Jake hinter sich fluchen.

Viktoria verlangsamte ihr Tempo, bis sie gleichauf mit Jake war, und dann gingen sie gemeinsam weiter. Keiner sagte ein Wort, bis sie sich auf Höhe ihrer Büros trennten.

»Da hat sie sich nicht lumpen lassen«, scherzte Jake, als er sich den Sicherheitsgurt in der Business Class, die bei Icelandair *Saga Class* hieß, anlegte.

»Ich hoffe mal, es ist kein One-Way-Ticket«, antwortete Viktoria trocken.

Sie hatte sich erstaunlich schnell mit der neuen Situation arrangiert. Objektiv betrachtet war ihr Konzept für Wilken wirklich keine Meisterleistung gewesen. Madeleine tat gut daran, sie nach Island zu schicken, wo sie zum einen die Quelle selbst begutachten und dann das Land als Inspiration nutzen konnte. Dass sie dabei leider Jake an der Backe hatte, musste sie als notwendiges Übel akzeptieren. Ein wenig Respekt hatte sie allerdings vor dem geplanten Coaching-Programm. Ihre Lust auf psychologische Spielchen hielt sich sehr in Grenzen.

»Saft oder Champagner?«, wurde sie von einer der Stewardessen gefragt, die ihnen ein Tablett vor die Nase hielt.

Jake griff nach zwei Gläsern des prickelnden Perlweins und nahm ihr damit die Entscheidung ab. »Frieden?«, sagte er und reichte ihr eines der Gläser.

Viktoria nickte und nahm es ihm ab. Sie zuckte bei der Berührung mit seiner Haut leicht zusammen. Er musste es auch gespürt haben, denn er sah sie mit einem unergründlichen Blick an und räusperte sich dann: »Also, auf fruchtbare Tage.«

»Fangen wir doch einfach mit Waffenstillstand an«, entgegnete sie und schlug ihr Glas leicht gegen seines. Schweigend nahmen sie einen Schluck, jeder in seine eigenen Gedanken vertieft.

Kurz nach einundzwanzig Uhr hob die Maschine planmäßig ab, was für London Heathrow durchaus bemerkenswert war. Viktoria hatte wegen Verspätungen durch defekte Maschinen oder Flugausfällen aufgrund von schlechtem Wetter schon unzählige Stunden in der Wartezone des Flughafens verbracht.

Während des dreistündigen Fluges saß Jake mit hochmodernen Noise-Cancelling-Kopfhörern neben ihr und arbeitete mit seinem Laptop. Sie schielte immer wieder auf seinen Bildschirm und erntete dafür seinen amüsierten Blick.

Jaja, schon gut. Spionage nicht erwünscht, dachte sie lächelnd und zog sich das Bordmagazin aus der Sitztasche vor ihr. Nicht mal während des Essens nahm der unhöfliche Kerl die Kopfhörer ab; Viktoria war allerdings mehr genervt von ihrer eigenen Reaktion. Sein Verhalten störte sie, dabei sollte sie sich freuen, dass er ihr nicht auf den Keks ging.

Das Licht wurde abgedunkelt und Viktoria versuchte, ein wenig zu schlafen. Die kommenden Tage würden sicher anstrengend werden und der Schlafmangel der letzten Wochen hatte ihr zugesetzt.

Sie erwachte, als jemand sie an der Schulter rüttelte.

»Was?«, blinzelte sie verschlafen.

»Wir sind gelandet«, klärte Jake sie mit einem Funkeln in den blaugrauen Augen auf. »Oder willst du in der Maschine bleiben?«

»Nein, natürlich nicht.« Viktoria rieb sich die Augen und streckte sich ausgiebig.

Autsch. Ihr Nacken schmerzte höllisch.

Jake hatte das Fach über ihren Köpfen bereits geöffnet und holte seinen Rucksack und ihre Tasche heraus, während sie noch ihre Knochen sortierte. Sie hatte geschlafen wie ein Stein. Unglaublich, normalerweise konnte sie das auf Flugreisen überhaupt nicht.

Auf dem Weg nach draußen verabschiedeten die Flugbegleiterinnen sie höflich nickend und wünschten ihnen einen guten Aufenthalt auf Island. Viktoria ging neben Jake durch eine durchsichtige Röhre in das Gebäude des Keflavíker Flughafens. Eine Tafel zeigte an, was sie draußen erwartete: sieben Grad Celsius und eine Windstärke von zwölf Metern pro Sekunde. Dazu Wolken und Regen. Ganz normales Sommerwetter in Island also, dachte sie fröstelnd. Wenigstens war es noch hell. Ein Vorteil, wenn man sich quasi auf dem sechsundsechzigsten Breitengrad befand.

»Was ist?«, fragte Jake, während sie an der Passkontrolle warteten, dass sie abgefertigt wurden. Das vereinigte Königreich nahm nach wie vor nicht am Schengener Abkommen teil, also musste sie sich ausweisen, obwohl sie Deutsche war, weil sie aus London anreisten.

»Nichts, ich habe nur gerade überlegt, dass sich die Engländer immer über das Londoner Wetter beschweren, und hier … na ja … Schau mal raus!«

Jake sah aus dem Fenster und nickte zustimmend. »Ja, das habe ich mir auch schon überlegt.«

Die Frau vor ihnen wurde eben durchgewunken und der Nächste war dran.

»Meinst du, sie lassen dich rein?«, ärgerte Viktoria Jake.

»Das hättest du wohl gern.« Jake setzte sich in Bewegung. Er sah fast ein wenig verwegen aus, mit seiner olivfarbenen Trekkinghose, den schwarzen Boots und der Regenjacke, bemerkte Viktoria, während sie wartete, dass er abgefertigt wurde. Sein zerzaustes Haar war nach dem Flug noch verstrubbelter als ohnehin schon. Ansonsten sah er leider genauso sexy aus wie immer.

Auch bei ihr gab es keine Probleme mit der Kontrolle und nachdem sie ihre Koffer eingesammelt hatten, begaben sie sich auf die Suche nach ihrem Abholservice. Was gar nicht so einfach war, da es auf dem viel zu kleinen Flughafen nur so von Touristen wimmelte.

»Hochsaison«, kommentierte Jake ungefragt. Er dachte anscheinend das Gleiche wie sie.

»Da.« Sie zeigte auf einen durchschnittlich großen, übergewichtigen Mann mit Bluetooth-Set im Ohr, der ein Schild mit ihren Namen trug.

Die Fahrt nach Reykjavik werde ungefähr eine Dreiviertelstunde dauern, teilte der Fahrer ihnen mit seinem harten isländischen Akzent mit.

»Ist es eure erste Reise nach Island?«, fragte er noch und sah dabei in den Rückspiegel, nachdem sie losgefahren waren.

»Ja, meine schon. Viktoria?«, antwortete Jake.

»Für mich auch«, stimmte sie nickend zu.

»Hochzeitsreise?«, erkundigte sich der Isländer und sah noch einmal in den Spiegel.

Schockiert riss Viktoria die Augen auf und stieß zischend die Luft aus. Wie kam der Kerl denn auf so eine schwachsinnige Idee?! Sie und Jake? Im Leben nicht!

»Nein, nein. Wir sind nur Kollegen. Haben hier beruflich zu tun.«

Und können uns nicht mal wirklich leiden, fügte sie im Stillen hinzu. Obwohl er sich in den letzten Stunden wirklich tadellos verhalten hatte, von den Kopfhörern beim Essen mal abgesehen. Sie warf ihm einen Blick zu. Jake sah nach der Frage des Fahrers sehr interessiert aus dem Fenster. Anscheinend hatte er dem nichts hinzuzufügen.

»Ach so, na, was nicht ist, kann ja noch werden«, lachte der Mann und begann dann, auf Isländisch zu telefonieren.

Sicher nicht, dachte Viktoria. Auch wenn es sich seltsam beruhigend anfühlte, Jake an ihrer Seite zu haben. Sie war eigentlich nicht der Typ Frau, der einen Beschützer auf Reisen benötigte. Aber seit ihrer Abreise hatte er ihr mit seiner unaufdringlichen und zuvorkommenden Art eine ganz andere Seite von sich gezeigt, als sie bisher kennengelernt hatte.

Spinn nicht rum, ärgerte sie sich über ihre dämlichen Gedanken und zückte ihr Smartphone, um nach eingegangenen E-Mails oder Nachrichten zu sehen.

»Sollen wir noch einen Absacker nehmen?«, meinte Viktoria, nachdem sie im Hilton Nordica eingecheckt hatten.

»Nein danke, ich bin ziemlich erledigt.« Jake steckte die Plastikkarte in die Gesäßtasche seiner Hose und griff nach seinem Koffer.

»Ah ja, klar«, beeilte sie sich, zu sagen, »Ich auch. Wollte nur höflich sein.«

Zum Glück hatten sie nicht die Zimmer nebeneinander, dachte sie, als sie im dritten Stock aus dem Lift ausstieg, Jake aber noch ein Stockwerk höher musste. Das fehlte noch, dass sie Tür an Tür mit ihm schlief.

»Dann gute Nacht«, rief er ihr hinterher. »Um acht beim Frühstück!«

Die Türen des Aufzugs schlossen sich leise zischend und ließen sie allein auf ihrer Etage zurück. Das Dumme an der Sache war, dass sie nach dem Nickerchen im Flugzeug putzmunter war. Vielleicht würde sie noch etwas arbeiten, dann konnte sie die Zeit wenigstens sinnvoll nutzen.

KAPITEL 11

NACH EINEM ausgedehnten Start in den Morgen hatten sie sich mit ihrem Begleiter und Coach für die kommenden Tage bekannt gemacht. Árni Bergmann war ein erfahrener Bergführer, mit besten Referenzen, bei dem der Name tatsächlich Programm zu sein schien. Passend zu seinem Beruf war er über eins achtzig, durchtrainiert und sein Gesicht sonnengebräunt. In dunkler Trekkinghose, einem bequem aussehenden Shirt und Sonnenbrille im Haar sah er aus wie der Abenteurer, als der er ihnen von Madeleines Sekretärin verkauft worden war.

»Meinst du, er heißt wirklich so, oder ist das ein Künstlername?«, lachte Viktoria leise, als sie in den Fond des riesigen Trucks mit schrecklich hohen Reifen einstiegen.

»Es ist sein richtiger Name, ich habe ihn gefragt«, grinste Jake sie an und nahm neben ihr Platz. Ihr Coach saß auf dem Beifahrersitz und der Fahrer, ein grimmig dreinblickender Hüne namens Snorri, hatte den Wagen bereits angelassen und tippte in der Zwischenzeit etwas in sein Handy.

Árni drehte sich in seinem Sitz um. »Wir fahren als Erstes zur Krýsuvík-Quelle und zur Wasserfabrik. Momentan findet dort keine Produktion statt. Nicht, dass ihr überrascht seid. Wir haben ein volles Tagesprogramm, also ich hoffe, ihr habt gut geschlafen!«

Ein volles Tagesprogramm hatte sie auch zu Hause in London, überlegte Viktoria, behielt es aber für sich. Bis jetzt war der Trip mehr Urlaub als Arbeit. Sie wurden von A nach B kutschiert und hatten neben einem Fahrer sogar noch einen eigenen Guide.

Der Wagen setzte sich ruckartig in Bewegung und es fühlte sich ein wenig so an, als säße man in einem Boot. Gar nicht gut, denn sie war leider nicht seefest. Ihr wurde schon auf einer Jolle auf der Alster übel.

»Die Reifen sind absichtlich ein wenig platt«, klärte Jake sie auf. »Sieht so aus, als ob wir heute einiges im Gelände machen.«

»Meinetwegen«, kommentierte Viktoria und blickte aus dem Fenster, um sich Reykjavik anzusehen und damit abzulenken. Das Wetter war heute nicht viel besser als bei ihrer Anreise, aber davon ließ sie sich nicht beeindrucken.

Sie waren ungefähr eine Stunde unterwegs, bis sie das Firmengelände der Wasserfabrik erreichten. *Krýsuvík Vatn hf.*, las Viktoria auf dem Schild, das am Gebäude hing. Es sah alles neu aus, nichts war dreckig oder angerostet, soweit sie es überblicken konnte.

»Nicht viel los hier«, meinte sie, als sie vor Jake aus dem Monstertruck kletterte.

Ein frischer Wind wehte ihr um die Nase, der einen Geruch nach Schwefel mit sich trug.

»Was ist das denn für ein Gestank?«, hörte sie Jake fragen.

»Wir sind hier in der geothermalen Gegend Krýsuvík. Es sind heiße Quellen in der Nähe, die Schwefel freisetzen. Das Wasser ist hier besonders nährstoffreich«, erklärte Árni ihnen.

»Ach wirklich?« Jake verzog angewidert die Nase.

»Kommt mit, der Produktionsleiter Schrägstrich Verwalter ist leider momentan im Urlaub, aber ich habe einen Schlüssel.«

Jake und Viktoria wechselten einen Blick. Das klang nicht sehr professionell.

Árni schien ihre Skepsis zu bemerken. »Er ist mein Cousin, hier auf Island sind wir alle irgendwie verwandt«, lachte er.

»Ach, und so bist du an den Job gekommen, uns zu guiden und zu coachen?«, fragte Jake amüsiert.

»Nein, es war reiner Zufall, dass das mit der Wasserfabrik gerade gepasst hat. Kommt mit.«

Árni ging voraus und führte sie durch die verlassenen Produktionshallen.

»Wow, das ist ja fast neu! Warum wird hier nichts produziert?« Viktoria sah sich schwer beeindruckt um. Förderbänder, Maschinen und Anlagen wirkten, als wären sie kaum benutzt. Der Boden glänzte und die Wände waren ebenso strahlend weiß.

»Der ehemalige Eigentümer sitzt im Gefängnis. neben seinem Hobby«, er zeigte um sich, »war er hauptberuflich Bankmanager und er wurde zu acht Jahren Haft verurteilt. Da hat er das Business hier lieber verkauft, bevor er in den Bau gewandert ist.«

Jake sah sich ungläubig um. »Alles noch wegen der Finanzkrise von 2008?«

»Ja, genau«, meinte Árni und nickte zustimmend.

»Gut, ich denke, wir haben genug gesehen. Könntest du uns noch ein paar Informationen zu Kapazitäten, Auslastung und Produktivität der einzelnen Linien geben? Was kann hier genau produziert werden? Nur Wasser oder noch etwas anderes?«

»Ich bin natürlich vorbereitet und kann euch Material aushändigen, aber habt ihr keine Infos vorab erhalten?«, hakte Árni nach und steuerte eines der Produktionsbüros an. Er kehrte nach wenigen Sekunden zurück. »Hier, da steht alles genau drin.« Er überreichte Jake und Viktoria einen Stapel Unterlagen.

»Uff. Das ist ja eine Menge. Da müssen wir uns durcharbeiten?«, stöhnte Jake.

»Nein, das ist ganz easy. Das sind die Verkaufsmappen, da ist alles aufbereitet. Total übersichtlich.«

»Hoffentlich in Englisch?«

»Na klar. Und im Grunde genommen kann man hier produzieren, was das Flüssigherz begehrt, solange kein Alkohol drin ist. Dafür braucht man eine extra Lizenz.«

»Wollen wir nicht«, kommentierte Viktoria knapp.

»Wenn ihr sonst keine Fragen habt, können wir ja weiterfahren. Bevor wir mit der ersten Lektion anfangen, zeige ich euch noch die Gegend hier. Die Quellen sind beliebt.«

»Achtung! Die heißen und dampfenden Stellen sehen zwar schön aus, aber sie sind gefährlich. Bleibt schön auf dem Weg«, ermahnte Árni sie und Jake verkniff sich ein Augenrollen. Der Isländer ging ihm langsam, aber sicher auf die Nerven.

»Wieso ist es dann nicht abgesperrt?« Viktoria sah sich stirnrunzelnd um.

»Weil wir hier nicht bei den Amis sind, Schätzchen«, klärte ihr Guide sie auf.

»Sie hat in den USA studiert«, lachte Jake sie aus und Viktoria schien es ihm nicht zu verübeln. Anscheinend fand sie seinen Kommentar selbst lustig, denn sie grinste plötzlich breit.

»Wahnsinn, die bunten Teiche um die Quellen in den kleinen Kratern sind einfach wunderschön! So was habe ich noch nie gesehen!«, schwärmte Viktoria und knipste ein Bild nach dem anderen mit ihrem Smartphone. Jake folgte ihr lässig. So euphorisch kannte er Viktoria gar nicht. Es war ungewohnt, sie von dieser Seite zu erleben. Überhaupt schien sie fast wie ausgewechselt, seit sie England verlassen hatten.

»Inspirierend?«, fragte er Viktoria, während er seine Hände in den Hosentaschen vergrub.

»Was?«, gab sie geistesabwesend zurück.

»Schon neue Ideen?«, fügte er hinzu.

Sie sah ihn konsterniert an.

»Für das Konzept«, half er nach.

»Sicher«, antwortete sie lakonisch und drehte ihm den Rücken zu.

Klasse, jetzt hatte er das bisschen gute Stimmung zwischen ihnen womöglich im Keim erstickt. Jake zog die Augenbrauen zusammen.

»Okay, Leute. Jetzt haben wir genug Weicheier-Tourismus hinter uns. Ihr seid ja hier, weil ihr etwas über Teamfähigkeit lernen sollt. Zurück zum Auto, dann fahren wir auf den Langjökull und dort gibt's dann die erste Lektion.«

Viktoria und Jake verdrehten gleichermaßen die Augen, als sie sich ansahen. Immerhin eine Gemeinsamkeit – sie hatten beide keine Lust auf diesen Coaching-Scheiß.

Die Fahrt im schaukelnden Auto machte Jake schläfrig, obwohl er sich eigentlich die raue Natur Islands ansehen wollte. Irgendwann fielen ihm die Augen zu. Er wurde wieder wach, als sie durch ein Schlagloch fuhren.

Seine attraktive Sitznachbarin hielt ihren Blick stur geradeaus gerichtet und beachtete ihn gar nicht. Seufzend richtete er sich auf. Aus dem Fenster spähend, sah er Geröll, Steine und – Schnee. Im Sommer!

Sie mussten gleich da sein. Tatsächlich erreichten sie nach ein paar Minuten eine Hütte. Jake stieg als Erster aus, Viktoria ging kreidebleich an ihm vorbei und würgte in ein paar Meter Entfernung. Fast hätte er Mitleid gehabt. Aber nur fast.

»Seekrank?«, fragte er amüsiert.

Sie richtete sich ein Stück auf und zeigte ihm ihren schlanken Mittelfinger. »Fick dich.«

Jake lachte.

»Na, na, Jake. Schadenfreude hat noch niemandem geholfen. Viktoria ist wirklich sehr blass, aber nun sind wir ja da. Dann wollen wir mal. In der Hütte gibt's einen Kaffee, ich erkläre euch alles und wir sprechen ein bisschen über den Grundgedanken eines Teams«, teilte Árni ihm mit und Jakes Lachen verstummte abrupt. Er hatte wenig Lust auf einen Vortrag.

Gelangweilt beobachtete er den Fahrer Snorri, wie er um den Monstertruck herumging und alle Reifen kontrollierte. Würde wahrscheinlich ungemütlich werden, wenn sie wegen einer Panne hier übernachten mussten.

Seine Begleiterin schien sich einigermaßen von der wackeligen Fahrt erholt zu haben.

»Sind das ... Snowscooter?«, fragte sie ungläubig und zeigte auf einige Geräte, die hinter der Hütte standen. Sie befanden sich genau an der Grenze zwischen Schneematsch und echtem Gletscher.

»Du bist ja ein Genie. Respekt«, zog Jake sie auf und erntete einen Fußtritt, bevor sie an ihm vorbei und Árni hinterher in die Hütte marschierte. Ihr ging es also wieder gut. Sie war zäh und doch kein Püppchen, das sich von der ersten Kleinigkeit umwerfen ließ. Aber das hatte er auch nicht wirklich erwartet – nach der Kloputzaktion.

»So, setzt euch, der Kaffee ist gleich so weit«, verkündete Árni freundlich und nach wie vor sehr geduldig. Jake sah, dass er drei Tassen mit Instantkaffeepulver befüllt hatte. Das Wasser wurde in einem uralten Wasserkocher erwärmt, der auf dem klebrigen Hüttenboden stand. Gott sei Dank war er keine Pussy, die sich vor Keimen fürchtete. Viktorias Blick hingegen sprach Bände, sie sagte aber nichts.

Jake setzte sich kommentarlos auf die Sitzbank und streckte seine Beine lässig von sich.

Kurz darauf saßen sie alle drei beieinander und Árni begann mit seinem Gefasel darüber, wie wichtig es sei, dass man sich in einer Gruppe angemessen verhielt. Jake rührte gelangweilt in seinem Instantkaffee und hoffte, dass es bald vorüber war, damit sie sich endlich dem spaßigen Teil des Tages widmen konnten. Er hatte noch nie auf einem Snowscooter gesessen und konnte es kaum erwarten. Jetskifahren war er gewohnt, so viel anders konnte es auf Schnee wohl auch nicht sein. Ein bisschen kälter vielleicht, aber dafür gab es ja passende Kleidung ...

»Jake, würdest du noch mal zusammenfassen?«, hörte er Árni sagen.

Er hatte keine Ahnung, worum es ging. Scheiße.

»Sind wir hier in der Schule, oder wie?«, gab er bockig zurück.

Viktoria hustete in ihre Hand. Sie amüsierte sich offensichtlich köstlich über ihn.

»Siehst du«, gab Árni ein wenig ungeduldiger, aber immer noch beherrscht zurück, »das ist einer der Gründe, warum ihr hier seid. Ihr seid beide Egoisten, die es gewohnt sind, sich ohne Rücksicht auf Verluste über andere hinwegzusetzen. Aber *hier* kommen wir damit nicht weiter. Wir machen gleich eine Spritztour über den Langjökull und wenn ihr als Individualisten euren eigenen Stiefel fahrt, könnt ihr tot in einer hundert Meter tiefen Gletscherspalte landen. Man würde euch vielleicht erst nach Jahren finden.«

Jake atmete genervt aus. Der Typ laberte nur Mist. Wenn es gefährlich wäre, würden sie hier ganz sicher nicht herumfahren. Unterschrieben hatte er auch nichts, also was wollte der Kerl?

Viktoria hingegen schien ernsthaft beeindruckt von dem zu sein, was Árni gesagt hatte, oder die Drohung mit der Gletscherspalte machte ihr wirklich Angst. Keine von beiden Ideen gefiel Jake besonders und er atmete hörbar aus.

»Ich muss euch warnen, dich vor allem, Jake! Gerade bei solchen Kerlen wie dir kann es schnell gefährlich werden.« Arni schaute Jake durchdringend an, dann fuhr er fort: »Ihr bekommt gleich Schneeanzüge von mir. Der Nebel ist eisig kalt, ihr werdet sie brauchen. Handschuhe könnt ihr euch aus der Kiste da nehmen.« Er wies auf eine große Aluminiumbox in der anderen Ecke. »Und danach will ich für heute kein Aus-der-Reihe-Tanzen mehr erleben. Ist das klar?«

Viktoria nickte. Jake ebenso, auch wenn es ihm widerstrebte, wie ein Kind behandelt zu werden.

»Ganz kurz noch zum Thema Team«, begann Árni unnötigerweise schon wieder. »Ihr seid hier, um eine angenehme, respektvolle Arbeitsatmosphäre schätzen zu lernen und sie zu kultivieren. *Keiner* von euch hält sich an den Grundsatz einer transparenten, ehrlichen Kommunikation. Im Gegenteil, ihr manipuliert und seid Eigenbrötler. Das Schlimmste aber ist, dass ihr mit einem Konflikt nicht konstruktiv umgehen könnt. Ihr tragt eine gemeinsame Verantwortung für euer Projekt und solange ihr das nicht respektiert, werdet ihr zum Scheitern verurteilt sein.«

Gott, wer war der Kerl, dass er sich diese Sprüche erlauben konnte? Er kannte sie gerade mal ein paar Stunden. Jake unterdrückte einen Seufzer.

»Heute bin ich euer Boss, hier ist Hierarchie *keine* Nebensache. Ein Nichtbefolgen kann euch teuer zu stehen kommen. Also haltet euch daran und überlegt euch, ob ihr im normalen Leben zum Beispiel mit einem Team Lead rotieren könntet. Der Begriff ist euch sicher nicht unbekannt. Dieses System empfiehlt die Stanford University. Viktoria, du hast dort studiert, habe ich gelesen.«

»Ja, das ist richtig.« Sie war bei der Erwähnung ihrer Uni zusammengezuckt. Das war Jake schon vorhin aufgefallen, als der Name Stanford zum ersten Mal gefallen war. Lag es vielleicht an ihrem ehemaligen Professor? Jakes Menschenkenntnis sagte ihm, dass die beiden mehr gewesen waren als nur Prof und Studentin. Darüber hatte er nun schon mehrmals gebrütet.

»Gut, denkt mal darüber nach. Man muss nicht immer der Sieger sein, um zu gewinnen«, riss Árni Jake aus seinen Gedanken. Er konnte dem Isländer einfach nicht folgen, seine Sprünge von Snowscooter zu Stanford steigerten sein Interesse auch nicht wirklich.

»Können wir dann jetzt?«, fragte Jake leicht gereizt.

»Bitte schön. Zieht euch die Schneeanzüge über, Helme liegen da hinten. Und dann kommt raus.« Árni warf Jake einen mahnenden Blick zu.

Er ließ sich absolut nicht aus der Ruhe bringen. Viktoria war erstaunlich fügsam und wenig gesprächig, während sie den Anweisungen des Coaches folgte. Deutsche Gehorsamkeit?, dachte Jake und seine Laune besserte sich augenblicklich, als er sich vorstellte, wie Viktoria in keusch und fügsam gewesen wäre – eine reizende und vollkommen unrealistische Idee.

»Nicht besonders kleidsam«, lachte sie, als sie den Reißverschluss ihres Thermoanzugs zuzog und sich ein Paar Handschuhe aus der Kiste aussuchte. »Ich kann mir gar nicht vorstellen, dass es wirklich so kalt werden soll!«

Jake zuckte mit den Schultern und stieg in die Hosenbeine seiner Isolierschicht. Schneeanzug oder nicht, das war ihm egal, wenn es denn nur endlich mal losgehen würde und er nicht weiteren Ausführungen Árnis lauschen musste.

Nach einer kurzen Einweisung in die Geräte setzten sich Jake und Viktoria jeweils auf einen der Scooter. Es war ein Kinderspiel, man musste einfach nur mit der rechten Hand am Gas drehen. Das Ding fuhr vollautomatisch. Er freute sich wie ein kleiner Junge.

Árnis Gequatsche vernahm er nur mit halbem Ohr. Der Kerl machte sich unnötig wichtig. Nur eine Sache störte Jake, denn vor ihnen lag tatsächlich eine dicke Nebelbank, mit der Sicht war es also leider nicht zum Besten bestellt.

Der Motor vibrierte unter Jakes Hintern, der Geruch von Abgasen hing in der frischen Gletscherluft. Aber dann hob Árni die Hand und gab damit das Zeichen, dass es losging. Der Isländer fuhr voraus, hinter ihm Viktoria und Jake reihte sich als Letzter ein. Unter dem dicken Thermoanzug konnte man Viktorias Kurven nur noch erahnen, auf ihrem Kopf saß ein großer Motorradhelm, das Visier hatte sie nach unten geklappt, bevor sie losgefahren waren. Man konnte wirklich nicht viel im dichten Nebel erkennen, trotzdem durchfloss Jake ein Gefühl der Freiheit und beinahe Schwerelosigkeit, als sie über den isländischen Gletscher rasten. Wobei Jake gern noch etwas schneller gefahren wäre. Árni schien sich tatsächlich blind auszukennen oder er hatte ein gutes GPS dabei.

Selbstsicher und bestimmt führte er sie durch den Schnee und Nebel, bis er schließlich nach einer gefühlten halben Stunde an einem Punkt stoppte und ihnen mit einem Handzeichen gebot, anzuhalten. Er klappte das Visier seines Helmes nach oben und rief über das Motorengeknatter: »Das ist der höchste Punkt des Gletschers. Spürt ihr die Kraft, die von ihm ausgeht?«

Jake spürte rein gar nichts, aber er enthielt sich eines Kommentars. Viktorias Gesicht war gerötet, ihre Augen strahlten. Anscheinend hatte sie Spaß daran, dem Isländer hinterherzufahren. Jake war etwas enttäuscht, er hatte sich die Ausfahrt auf den Langjökull irgendwie spektakulärer vorgestellt.

»Dann geht's nun wieder zurück!« Árni klappte seine Sichtblende herunter und wendete seinen Scooter. Sie machten sich auf den Rückweg.

Jake fuhr langsamer und brachte damit etwas Abstand zwischen sich, Viktoria und Árni. Dann gab er Gas und fuhr in Schlangenlinien, um zu testen, was der Snowscooter wirklich konnte. Ein Grinsen stand ihm im Gesicht. Ja, das machte wirklich Spaß! So ging es eine ganze Weile. Viktoria hatte sich einmal umgedreht, anscheinend hatte sie trotz des Lärms ihrer eigenen Maschine mitbekommen, dass er nicht mehr direkt hinter ihr war. Aber Árni hatte nach der Hinfahrt aufgehört, sich ständig nach ihnen umzusehen.

Jake hatte sich nun wieder etwas zurückfallen lassen und gab richtig Gas, er wollte es wissen. Das Ding unter seinem Hintern hatte richtig Power und lag gut auf dem Schnee. Er sah Viktoria und Árni im Nebel näher kommen, gleich hatte er wieder zu ihnen aufgeschlossen und sicher waren sie in Kürze zurück an der Hütte. In diesem Moment legte sich der Scooter ein wenig zu sehr in die Kurve, Jake hatte die Schwerkraft unterschätzt und das schwere Gerät hob mit der rechten Seite vom Boden ab. Er hing plötzlich in der Luft. Jake wusste, dass er die Kontrolle verloren hatte. Es geschah in wenigen Sekundenbruchteilen, in seinem Kopf formte sich nur ein Gedanke:

»Scheiße, das wird übel ausgehen.« Der Snowscooter kippte in voller Fahrt und Jake hoffte, dass er nicht unter der Maschine begraben werden würde. Sie wog garantiert mehr als hundert Kilo.

Er spürte, wie er im Schnee landete, aber den Aufprall bekam er kaum mit. Der Scooter kippte vollends und schlitterte weiter in einem Höllentempo auf ihn zu.

Viktoria drehte ihren Kopf, um nach Jake zu sehen. Er machte die ganze Zeit schon dämliche Sperenzien wie ein kleiner Junge. *Dieser Mann!*, dachte sie genervt. *Bloß nicht an Regeln halten. Gib denen ein Spielzeug und sie sind sofort wieder zehn Jahre alt.*

Als sie sah, was hinter ihr geschah, lockerte sich ganz automatisch ihr Griff um den Gashebel und sie verlangsamte ihre Maschine.

Großer Gott! Ihr Mund stand offen und sie bremste den Scooter, um Jake zu Hilfe zu kommen. Er war schwer gestürzt, die Maschine lag so dicht bei ihm, dass Viktoria nicht erkennen konnte, ob Teile von ihm unter dem schweren Gerät begraben waren. Es sah ziemlich übel aus, soweit sie es erkennen konnte. Schnell sprang sie von ihrem Scooter und rannte auf Jake zu. Aus den Augenwinkeln sah sie Árni mit seiner Maschine auf Jake zufahren. Glücklicherweise hatte er es auch sofort mitbekommen.

»Jake!«, rief sie. Er rührte sich nicht. Himmel. Vielleicht war er bewusstlos? Viktoria hatte schon von etlichen Motorradunfällen gehört, bei denen der Fahrer so unglücklich gestürzt war, dass er sich dabei das Genick gebrochen hatte. Man durfte auf keinen Fall einfach den Helm abnehmen. Was, wenn die Wirbelsäule verletzt war?

Viktoria kniete sich neben Jake. Er rührte sich immer noch nicht. Sein Visier war von innen beschlagen, sodass sie sein Gesicht nicht sehen konnte. Sie legte ihm eine Hand auf die Schulter und versuchte, die Lage zu überblicken. Der Snowscooter lag zum Glück nicht auf ihm, aber es trennten ihn nur wenige Zentimeter von Jakes reglosem Körper.

»Nicht den Kopf anfassen«, rief Árni und sprang von seinem Scooter. »Scheiße!«

In diesem Moment bewegte sich Jake leise stöhnend.

Gott sei Dank, er ist nicht tot!, dachte Viktoria und bemerkte, dass sie bis jetzt den Atem angehalten hatte. Ihr Herz hämmerte wild in ihrer Brust, das Adrenalin rauschte durch ihre Adern und ihre Beine fingen an zu zittern. Jake hob langsam seinen rechten Arm und schob sein Visier nach oben. Viktoria sah in seine blaugrauen Augen. Seine Mundwinkel bogen sich leicht nach oben, als er sie direkt ansah.

»Viktoria, du machst dir Sorgen um mich?«

Sie atmete zischend aus. »Bist du verletzt?«

Árni kniete sich auf die andere Seite von Jake, aber dieser hatte nur Augen für sie.

»Ziemlich krasser Abgang, nicht?«, scherzte er und bewegte nun auch seine Beine und richtete sich langsam auf.

»Das hätte böse enden können, Jake!«, meinte Árni mit Nachdruck, nachdem er sich vergewissert hatte, dass Jake nicht ernsthaft verletzt war. »Mehr Glück als Verstand hast du«, fügte er hinzu.

Viktoria setzte sich in den Schnee, ihre Beine waren einfach weggeknickt. Jake saß nun auch und sein amüsierter Blick irritierte sie zunehmend mehr.

»Dir ist nicht klar, wie das hätte enden können, nicht?«, blaffte sie ungehalten.

»Sie hat recht, Jake. Das war wirklich, wirklich dumm«, tadelte auch Árni.

»Ist der Snowscooter in Ordnung?«, meinte Jake und stand langsam auf. Ihm war die Situation nun anscheinend doch unangenehm. Viktoria ärgerte sich, dass sie so große Angst um Jake gehabt hatte. Der Kerl hätte es echt verdient, dass ihm jemand oder das Schicksal mal eine Abreibung verpasste. Am liebsten hätte sie ihn geschüttelt und ihm eine Ohrfeige für seine Dummheit verpasst. Er war ungehobelt, arrogant und unvernünftig. Doch nur ein Söhnchen aus reichem Hause, der nichts als sein Vergnügen im Kopf hatte. Genervt presste sie die Kiefer aufeinander und half Árni, der dabei war, den Scooter wieder aufzurichten. Jake fasste auch mit an und zu dritt hatten sie das schwere Ding in kurzer Zeit wieder fahrbereit gemacht. Jake hielt ausnahmsweise mal die Klappe, er tat gut daran.

»Für das letzte Stück keine Kunststücke mehr, ist das klar?«, zischte Árni. Jake hatte ihn mit der Aktion wirklich aus seiner stoischen Ruhe gebracht.

Nun, das hat nicht lange gedauert, dachte Viktoria verärgert. Vielleicht kapierte jetzt endlich mal jemand, was für eine Zumutung es war, mit diesem Idioten zusammenzuarbeiten.

»Keine Sorge, ich bin von jetzt an fügsamer als ein Klosterschüler«, meinte Jake, als er wieder aufsaß. Der Motor hatte die ganze Zeit leise vor sich hin geknöttert und sie waren bereit, weiterzufahren.

Die restlichen zehn Minuten auf dem Snowscooter verbrachte Viktoria damit, darüber nachzudenken, warum sie so heftig auf seinen Sturz reagiert hatte. Natürlich, es war ihr nur darum gegangen, ob er sich verletzt hatte. Sie hätte sich um jeden Menschen gesorgt, dem das passiert wäre. Das versuchte sie sich jedenfalls einzureden. Ein Rest Selbstzweifel blieb, weil die Erleichterung, die sie durchflutet hatte, als er sie mit seinen graublauen Augen ansah, nachdem er sein Visier nach oben geschoben hatte, nahezu überwältigend gewesen war. Dabei mochte sie den Kerl nicht mal.

»Da wären wir«, meinte Árni und stellte den Motor seines Snowscooters ab.

Als sie ihre Schneeanzüge, Helme und Handschuhe in der Hütte abgeliefert hatten, spülte ihr Coach die Tassen kurz aus und grummelte dabei leise auf Isländisch vor sich hin. Zuvor hatten sie einige Energieriegel gegessen, das musste bis zum Abend ausreichen. Jake tat derweil so, als wäre das eben alles nicht passiert. Seine Gesichtszüge waren glatt, nichts wies darauf hin, dass er darüber nachdachte, in welche Gefahr er sich mit seinem dummen Verhalten gebracht hatte. Viktoria wusste, dass es Jake nicht an Intelligenz mangelte – anscheinend fehlte es ihm woanders. Aber deswegen waren sie ja hier auf Island.

Bevor sie wenige Minuten später den riesigen Truck bestiegen, wandte sich Árni noch einmal an sie: »Mit deinem dummen Verhalten hast du nicht nur dich in Gefahr gebracht, sondern auch Viktoria und mich in eine Situation manövriert, die wir beide nicht erleben wollten. Ich hoffe, dir ist klar, dass dein unverantwortliches Gehabe absolut daneben war. Mehr will ich dazu gar nicht sagen, aber ich hatte mir so was schon gedacht. Allerdings hätte ich mir gewünscht, dass dich meine Worte vor der Tour erreichen. Du musst noch viel lernen, Jake«, schloss Árni und stieg auf den Beifahrersitz, knallte seine Tür zu und zückte sein Telefon. Viktoria sah, dass Jake die Augen zusammengekniffen hatte und die Zähne aufeinanderpresste. Sie selbst hob eine Augenbraue und fing seinen irritierten Blick auf. Sie zuckte mit den Schultern und stieg als Erste in den Monstertruck. Sie fürchtete sich vor der Rückfahrt. Von dem Geschaukel im hohen Wagen würde ihr voraussichtlich nicht weniger übel werden als auf der Hinfahrt.

Eines hatte der Unfall allerdings bewirkt – so wortkarg hatte sie Jake seit seinem Start in der Agentur nicht erlebt. Vielleicht hatte der Tag, und vor allem der Sturz, ja doch etwas bei ihm ausgelöst, das ihm klarmachte, dass er zu weit gegangen war. Was auch immer, er war angenehm ruhig. Sie fühlte sich erschöpft und müde nach all den Eindrücken von der Tour. Wie spät es wohl war? Diese langen Tage machten es einem unmöglich, einzuschätzen, wie viel Uhr es war. Ein Blick auf ihre Armbanduhr verriet ihr, dass es bereits nach sieben war. Wie lange fuhren sie jetzt noch zurück nach Reykjavik? Viktoria schloss die Augen. Sie spürte, wie ihr Magen rebellierte, als sie über die unebenen, steinigen Gebirgswege des Gletschers hinabfuhren. Sie mussten zwei Flüsse durchqueren, was auch erklärte, weshalb das Fahrzeug so hohe Reifen hatte. Mit einem normalen Geländewagen hätten sie keine Chance gehabt, diese zu passieren. Heftig schaukelte der Wagen über das Geröll und durchs Wasser.

Wahrscheinlich bewahrte ihr leerer Bauch Viktoria davor, sich erneut zu übergeben. Sie war froh, als sie die asphaltierte Straße nach Reykjavik nach einer Dreiviertelstunde erreichten. Erleichtert atmete sie auf und lehnte sich in die weichen Sitze des Fahrzeugs zurück. Árni tippte irgendwas auf seinem Mobiltelefon. Hoffentlich keinen Bericht an Madeleine, die kam sonst vielleicht auf die dumme Idee, ihr Exil auf dieser Vulkaninsel zu verlängern. Die Frau war leider unberechenbar. Viktoria rümpfte die Nase beim Gedanken daran, was sie in den kommenden Tagen noch erwartete. Für morgen stand eine weitere Lektion Árnis auf dem Programm. Er hatte sicherlich wieder wertvolle Tipps zum Thema Teamarbeit für sie. Anschließend war eine Hikingtour auf den Berg Esja geplant. Man hatte den Berg von ihrem Hotelfenster aus sehen können, auf der Spitze lag auch jetzt noch Schnee. Für den darauffolgenden Tag hatte sich Madeleine, oder wer auch immer, einfallen lassen, dass sie mit Mountainbikes durch einen Nationalpark radeln sollten. Und ganz nebenbei hatten sie noch ein Konzept zu erstellen, das Madeleine bei ihrer Rückkehr auf dem Tisch haben wollte. Natürlich hatte Madeleine den Hintergedanken gehabt, ihnen die Gelegenheit zu bieten, Island kennenzulernen und somit das reine Quellwasser professioneller vermarkten zu können. Ihre Chefin hatte sie garantiert nicht nur hierhergeschickt, um bessere Menschen zu werden. So tickte sie nicht.

Was in London wohl gerade los war? Kurzerhand schickte Viktoria Sarah eine Nachricht, ob es was Neues gäbe. Die Antwort kam postwendend: »Nein, Madeleine kümmert sich zurzeit selbst um Wilken, um ihn bei Laune zu halten.«

Na wenigstens etwas, dachte Viktoria, das konnte Madeleine nämlich. Sie würde ihn schon bei der Stange halten, das war sicher.

»Einen Penny für deine Gedanken«, hörte sie Jake neben sich.

»Hä?«, machte sie.

»Sag mir, was du denkst.«

Viktoria sah ihn mit gerunzelter Stirn an. Jakes Haar hing ihm wirr in die Stirn, seine Kleidung war zerknittert, trotzdem oder vielleicht gerade deswegen sah er noch attraktiver aus. Endlich mal nicht so britisch steif. Sonst war er immer perfekt gestylt und angezogen, aber hier schien er es nicht so genau zu nehmen.

»Das wüsstest du wohl gern«, meinte sie und erinnerte sich schnell daran, dass er nach wie vor der Feind war und nichts anderes. Schon gar kein Kerl, der für sie infrage kam. Vielleicht würde sie es endlich glauben, wenn sie es sich nur oft genug vorsagte.

»Wir sind gleich da«, wechselte er das Thema und zeigte nach vorn, wo sie ihr Hotel schon sehen konnten.

»Sehr gut, ich brauche wirklich eine Dusche.«

»Und etwas zu essen«, ergänzte Jake.

»Ich weiß nicht.« Sie rieb sich den Magen. »Ich muss erst mal festen Boden unter den Füßen haben.«

»Die so perfekte Viktoria hat also doch eine Schwäche«, witzelte Jake und erntete dafür einen giftigen Blick von ihr.

»Wie schaffst du es nur innerhalb von zwei Sätzen, das Gefühl in mir auszulösen, dich schütteln zu wollen?«

Jake beugte sich ein wenig zu ihr, sodass nur sie es hören konnte. Mit dunkler Stimme flüsterte er ihr zu: »Ich finde es schön, ein *Gefühl* bei dir auszulösen, das beinhaltet, dass du mich anfassen möchtest ...«

Viktoria sog hörbar die Luft ein. »Mein Gott, dir ist echt nicht zu helfen!«

Irritierenderweise hatte sie eine Gänsehaut bekommen. Vielleicht war ja auch sie diejenige, der nicht mehr zu helfen war. Es störte sie immens, dass sie auf Jakes Nähe körperlich so stark reagierte. Immer wieder. Immer öfter. Sie hatte sich sogar um ihn gesorgt. Mit ihr stimmte definitiv was nicht.

Der Wagen stoppte und Jake sprang als Erster aus dem Fond, ohne auf ihre Antwort einzugehen. Sein breites Grinsen dagegen sprach Bände.

Sie verabschiedeten sich kurz bei Árni, der sie morgen um zehn wieder im Hotel abholen wollte, bevor sie schweigend die Lobby betraten und zu den Aufzügen gingen.

»Essen wir zusammen?«, erkundige Jake sich gut gelaunt, als sie in den Lift stiegen.

»Ich weiß nicht, bin ziemlich erledigt. Ich denke, ich bestelle mir was beim Zimmerservice, es ist ja schon spät.« Es war definitiv besser, ihm aus dem Weg zu gehen, wenn sie emotional so angreifbar war wie anscheinend momentan.

»Ach komm, *es ist ja schon spät*«, äffte Jake sie nach.

»Nein, echt nicht. Außerdem müssen wir irgendwann mal am Konzept arbeiten.«

»Ja … wir«, sagte Jake und drückte auf die Knöpfe ihrer beiden Etagen.

»Lass uns doch einfach morgen früh treffen.«

»Du gehst mir aus dem Weg?«, bohrte er weiter.

Er hatte es erfasst. Aber das war auch egal, sie war ihm keine Erklärung schuldig.

»Nein, stell dir vor, ich bin einfach erschöpft, klebrig und … ich habe einfach keine Lust«, redete sie sich heraus. Die Türen des Lifts öffneten sich endlich und Viktoria floh aus Jakes Nähe in ihr Zimmer. Der Mann konnte einem wirklich auf die Nerven gehen.

Sie bestellte sich über das Telefon ein leichtes Abendessen. Danach ließ sie ihre Kleider auf den Boden fallen, stapfte ins Badezimmer und stellte die Dusche an. Sie genoss das warme Wasser, blieb aber nicht allzu lange unter dem heißen Strahl. In Kürze würde ihr Clubsandwich geliefert werden und sie wollte es sich auf ihrem Zimmer gemütlich machen. Ohne an Jake und seine elektrisierende Aura zu denken. Sie hatte keine Zeit, sich ablenken zu lassen.

Viktoria hatte sich in einen Bademantel gehüllt und ihr langes Haar hing ihr feucht über die Schultern, als ein Klopfen die Stille in ihrem Hotelzimmer durchbrach.

Sie ging zur Tür, um ihr Dinner in Empfang zu nehmen, öffnete und sah in ein Paar vertraute graublaue Augen.

»Jake!«, rief sie und erstarrte mitten in der Bewegung.

»Abendessen«, informierte er sie trocken und erst jetzt bemerkte sie, dass sich vor ihm ein Servierwagen mit zwei silbernen Glocken befand. Außerdem stand noch ein Weinkühler mit Eis und einer Flasche Weißwein darauf. *Fehlte nur noch die rote Rose in der Mitte*, schoss es Viktoria durch den Kopf. Sie zog den Gürtel um ihren Bademantel ein wenig enger – ihr wurde just in diesem Moment bewusst, dass sie absolut nackt darunter war.

Jake schien dasselbe zu denken, denn er scannte ihren Körper mit einem intensiven Blick. Ein Grinsen erschien beinahe zeitgleich auf seinem Gesicht. »Darf ich eintreten, Miss?«, fragte er höflich. »Ich möchte Ihnen ein exquisites Abendessen kredenzen.«

Sie zögerte kurz, überlegte, ob sie ihm die Tür einfach wieder vor der Nase zuschlagen sollte. Dann gab sie aus einem ihr völlig unerklärlichen Grund nach. »Na gut. Komm rein.« Sie trat einen Schritt zur Seite und gab Jake den Weg ins Zimmer frei.

Er schob den Servierwagen an ihr vorbei, als hätte er nie etwas anderes gemacht. Wenn es mit der Werbung mal nicht mehr klappte, dann konnte er problemlos als Butler anheuern. Oder zumindest als Roomboy. Der Gedanke erheiterte sie und sie musste gegen ihren Willen lächeln.

Er trug eine ausgewaschene Jeans und ein lässiges Shirt, das sich wie eine zweite Haut an seinen muskulösen Oberkörper schmiegte. Eine wirre Strähne hing ihm in die Stirn und er schob sie nun schon zum zweiten Mal aus dem Gesicht.

»Störrisch?«, fragte Viktoria immer noch amüsiert und verschränkte die Arme vor ihrer Brust.

»Was?« Jake sah sie verständnislos an.

Viktoria zeigte mit dem Finger auf seinen Kopf. »Deine Haare, störrisch heute?«

Sein Gesicht erhellte sich und er hob die Glocken von den Tellern. »Ja, meine Haare machen manchmal, was sie wollen«, beantwortete er ihre Frage und legte die silbernen Kuppeln auf dem Boden ab. »Tadaa!«

Beim Geruch, der von den Tellern aufstieg, lief ihr sofort das Wasser im Mund zusammen.

»Ich hoffe, du magst Fisch?«, hörte sie ihn, während er Wein in zwei Gläser einschenkte.

»O ja. Sehr gern sogar.« Nun stellte sich nur noch eine Frage: Wie sollten sie essen? In ihrem Zimmer gab es nur einen Stuhl.

Jake reichte ihr ein Weinglas und prostete ihr zu. »Danke für den Tag. Und ...« Er sah ihr eindringlich in die Augen. Es war so intensiv, dass sich ihr Magen anfühlte, als würde sie in einer Achterbahn mehrere Loopings hintereinander fahren. Der Sauerstoff im Raum schien mit einem Mal nicht mehr auszureichen und sie musste den Mund öffnen, um atmen zu können. »... danke, dass du dich heute um mich gesorgt hast. Das war sehr ... nett«, unterbrach Jake die elektrisierende Stille mit leiser, aber fester Stimme.

Viktoria musste schlucken. Schnell räusperte sie sich. »Das war gar nichts. Fast hatte ich gehofft, du hättest dir ein Bein gebrochen, damit ich dich endlich los bin!«

Sie sah ihn herausfordernd an und hoffte, mit ihrer schroffen Aussage den Bann zwischen ihnen zu brechen. Schnell trank sie einen Schluck. Jakes Blick ruhte nach wie vor auf ihr, seine Augen waren unergründlich. Aber es gab kein Zurück. Sie konnte sagen, was sie wollte, beide wussten, dass sie gelogen hatte. Natürlich hatte sie einen kurzen Moment Panik gehabt – seinetwegen.

Glücklicherweise hakte er nicht weiter nach, sondern setzte sich aufs Bett. »Hier, nimm du den Stuhl, der ist sicher bequemer zum Essen.«

Viktoria zögerte einen Moment. Vielleicht sollte sie sich erst einmal etwas Vernünftiges überziehen. Ihre Nacktheit unter dem weichen Frottee war ihr allzu bewusst. Am meisten fürchtete sie sich jedoch davor, dass er sie durchschauen könnte. Immer wieder hatte sie das Gefühl, er könnte ihre Gedanken lesen. Und ... das machte ihr Angst.

»Keine Sorge, Viktoria, ich beiße nicht. Und der ...«, er musterte sie von oben bis unten, »Bademantel verhüllt wirklich alles.« Seine Mundwinkel zuckten und sie fühlte, wie ihr die Hitze in die Wangen stieg. Seit wann verhielt sie sich eigentlich wie eine schüchterne Jungfrau?

»Na gut«, murmelte sie betreten und ärgerte sich über ihre Schwäche.

Jake setzte sich auf die Kante ihres Bettes, der Servierwagen stand als Tisch zwischen ihnen, da der kleine Beistelltisch neben dem Sessel viel zu klein für Teller und Gläser gewesen wäre. Viktoria setzte sich in den grauen Sessel, der mit einem samtartigen Stoff bezogen war. Verstohlen zupfte sie am Ausschnitt des Bademantels, bevor sie eine Serviette auf ihrem Schoß ausbreitete.

»Guten Appetit«, hörte sie Jake sagen. »Danke, dass du mich reingelassen hast.« Eine Reihe seiner weißen Zähne war zu sehen, bevor er sich ein Blättchen Petersilie in den Mund steckte.

Viktoria sah zu ihm auf und musste schmunzeln. »Dein Glück, dass du etwas zu essen mitgebracht hast. Ich hatte mir schon ein Clubsandwich bestellt, eigentlich müsste das jeden Moment geliefert werden. Aber das ist jetzt wohl überflüssig. Guten Appetit.«

Sie nahm ihre Gabel und piekte in den pochierten Kabeljau. Das weiße Fleisch ließ sich auch ohne Messer teilen, so perfekt gegart war der Fisch. Sie schob sich einen saftigen Bissen darauf und führte die Gabel zum Mund.

»Mh, das ist gut!«, meinte sie anschließend kauend und entspannte sich nach und nach ein wenig mehr.

»Freut mich, dass es dir schmeckt. Das Sandwich habe ich abbestellt, also keine Sorge, du musst nicht zwei Gerichte essen. Es sei denn, du möchtest …?«

Viktoria verschluckte sich. »Du hast mein Essen abbestellt?«

Er verzog sein Gesicht und sah sie schief an. »Ja. Ich war so frei.«

»Du bist ja ganz schön von dir überzeugt. Ach, was wundere ich mich noch über dich«, erwiderte sie und nahm noch einen Happs vom Fisch. Erst jetzt spürte sie, wie hungrig sie wirklich war. »Du bist der aufdringlichste, arroganteste und …«

»… netteste Kerl, der dir je begegnet ist?«, ergänzte er ihren Satz mit einem Funkeln in den Augen.

»Und selbstverliebteste Kerl, wollte ich sagen.« Aber sie musste lachen und nahm sich damit selbst den Wind aus den Segeln, auch wenn ein kleines Stimmchen in ihrem Kopf sie warnte, sich nicht zu sehr gehen zu lassen.

»Jetzt sag bloß, das hier schmeckt dir nicht besser als so ein langweiliges Sandwich?«

Viktoria trank einen Schluck vom Wein. »Doch, es schmeckt besser. Gibst du dann Ruhe?«

Jake nickte. »Ja. Ich mag es, Frauen glücklich zu machen.« Er begann grinsend zu essen.

Viktoria schob sich gleichzeitig einen weiteren Bissen in den Mund. »Womit wir wieder beim Thema selbstverliebt und arrogant wären«, kommentierte sie.

»Na gut. Dann eben nicht.« Er zwinkerte ihr zu. »Willst du dann über Mineralwasser mit mir reden?«

»Ich dachte, wir wären morgen früh verabredet, um uns damit zu beschäftigen?«

»Was man heute kann besorgen, das verschiebe nicht auf morgen«, zitierte Jake eine alte Binsenweisheit.

»Na gut, aber ich bin mir einfach nach wie vor nicht sicher, ob man dir vertrauen kann.«

Noch ehe sie ihren Mund geschlossen hatte, bereute sie es, das gesagt zu haben. Jake sah sie gekränkt an und senkte dann den Blick auf seinen Teller. Als sich ihre Blicke einige Sekunden später wieder trafen, war nichts mehr von Enttäuschung in seinen Augen zu erkennen. Vielleicht hatte sie sich geirrt.

»Viktoria, du und ich, wir sitzen im selben Boot. Lass es mich so formulieren.« Er nahm einen Schluck von seinem Wein. »Ich habe Stärken, die du nicht hast, dafür … hast du Kompetenzen, die unschlagbar sind. Wenn wir uns zusammentun, werden wir eine Kampagne auf die Beine stellen, die ganz England rockt! Was sage ich, ganz Europa!«

Viktoria kaute auf einem Stück Kartoffel und überlegte. Er konnte recht haben, aber was, wenn er sie nur verarschte und sie am Ende womöglich in die Röhre schaute, weil sie alle Karten ausgespielt hatte? Sie hatte mit Männern mehrfach die bittere Erfahrung machen müssen, dass sie am Ende doch sich selbst am nächsten waren, no matter what.

Sie seufzte leise auf, lehnte sich etwas im Stuhl zurück und schlug ihre Beine übereinander. Ihr entging nicht, dass Jakes Blick einen Tick zu lange auf ihren Schenkeln haften blieb. Seltsamerweise gab es ihr ein Gefühl der Freude. Üblicherweise nervte es sie, wenn sie begafft wurde, warum jetzt nicht? Schnell schüttelte sie diesen Gedanken ab, denn die Antwort lag auf der Hand.

»Okay, Jake, aber keine Spielchen mehr!«, gab sie mit fester Stimme zurück und streckte ihm ihre Hand über dem Servierwagen entgegen.

Jakes Augen leuchteten auf. »Keine Spielchen mehr.«

Er ergriff ihre Hand und ein Stromschlag durchzuckte ihren Körper, als sie seine Haut auf ihrer spürte. Sein durchdringender Blick lag auf ihr und ihr Puls begann augenblicklich zu rasen. Schnell entzog sie ihm ihre Finger und nestelte an der Serviette auf ihrem Schoß, um die seltsamen Gefühle zu unterdrücken. Es wurde immer schlimmer, vielleicht hätte sie ihn nicht reinlassen sollen. Ganz sicher hätte sie ihn nicht reinlassen sollen. Aber nun saß er hier und es wäre reichlich merkwürdig gewesen, wenn sie ihn mitten im Abendessen rauswarf, ohne dass etwas Konkretes vorgefallen wäre. Vor allem jetzt, da sie offiziell Frieden geschlossen hatten.

Verdammt, war sie schon zu einem hormongesteuerten Weibchen mutiert, das sich von einem sexy Kerl derart aus der Fassung bringen ließ, dass sie nicht mehr klar denken konnte? Viktoria trank einen Schluck vom eisgekühlten Wein. Alkohol … sie musste sich zurücknehmen. Wenn sie sich betrank, würde es nur schlimmer werden. Zu gut erinnerte sie sich an den Kuss nach dem Tierheimbesuch.

Als sie aufsah, bemerkte sie, dass Jake sie mit einem seltsamen Ausdruck betrachtete. Als sie ihn direkt anblickte, wich er ihr aus.

»Seltsam still hier, gibt's kein Radio oder so?« Er stand auf und suchte nach der Fernbedienung. Als er sie gefunden hatte, zappte er durch den Fernseher, bis er einen Musikkanal gefunden hatte, den er leise im Hintergrund laufen ließ.

Er setzte sich wieder auf die Kante des Bettes und aß den Rest seines Fischs auf.

»Viel besser«, kommentierte er und ihr war nicht klar ob er sein Dinner oder den Fernseher meinte. Aber im Prinzip war es ihr auch egal.

»Dann lass uns mal über Wasser reden«, begann er kurz darauf und schenkte beiden noch Wein nach.

»Okay, Jake. Aber lass mich noch eines klarstellen. Wir arbeiten zwar gemeinsam an diesem Projekt, aber die Leitung der Agentur übernehme ich. Allein. Nur dass hier keine Missverständnisse entstehen.« Solange sie sich auf beruflichem Terrain bewegten, fühlte sie sich einigermaßen sicher. Sie würde sich einfach daran halten. Ja, das war eine gute Idee und brachte sie wieder auf den Boden der Tatsachen zurück.

Jake lachte rau. »Keine Sorge, mein Kätzchen, mir ist ganz klar, dass du die Krallen nur für den Moment eingefahren hast. Ich bin auch nicht gut darin, zu teilen.«

Sie nickte. »Gut, dann haben wir das geklärt.« Warum nur hatte sie das Gefühl, dass er sie nicht wirklich ernst nahm?

»Sicher«, bestätigte er und erhob sein Glas. »Auf das isländische Wasser!«

Viktorias Wangen waren gerötet. Er war sich sicher, dass es nur teilweise vom Wein herrührte, denn sie brannte für ihren Job. Warum war ihm nicht früher aufgefallen, was für eine Leidenschaft in ihr steckte? Was nicht ganz stimmte, denn es war ihm aufgefallen, aber er hatte versucht, es auszublenden. Aber jetzt ... Er saß auf ihrem Hotelbett, hatte mit ihr in den letzten Wochen mehr Zeit verbracht, als ihm – und ihr – lieb war, und nun saß sie nur mit einem Bademantel bekleidet vor ihm. Den Servierwagen hatte er vor einigen Minuten aus dem Zimmer geschoben, nur der Weinkühler und die Gläser standen noch auf dem Beistelltisch. Viktoria saß neben ihm auf dem Bett, zwischen ihnen stand der Computer und sie erklärte ihm, was sie bis jetzt ausgearbeitet hatte. Sie war nicht nur beruflich brillant, sie war auch bildschön, wenn sie sich ganz ungezwungen in ihrem Element bewegte. Ihre sanften braunen Haare fielen in weichen Wellen auf ihre zarten Schultern und ihre schlanken Beine waren nur wenige Zentimeter von ihm entfernt im Schneidersitz gekreuzt. Es wäre so einfach gewesen, er hätte nur den Computer beiseite schieben müssen, um sie zu berühren. Der Gedanke an ihre weiche, seidige Haut machte ihn beinahe wahnsinnig. Jedes Mal, wenn sie sich ein Stück nach vorn beugte, stieg ihm ihr blumiger, frischer Geruch in die Nase.

»Was denkst du darüber, Jake?«, fragte Viktoria und er sog hörbar die Luft ein.

»Sicher«, murmelte er, »gute Idee.« Ihre Nähe verwirrte ihn, erregte ihn und brachte ihn damit um seinen sonst klaren Verstand.

Viktoria schob den Computer ein wenig zur Seite und sah ihn mit hochgezogener Augenbraue an. »Was ist? Du führst doch was im Schilde und bist nicht offen. Spielst du wieder ein doppeltes Spiel?«

Ach, wenn du nur wüsstest!, stöhnte er innerlich.

Er schüttelte kaum merklich seinen Kopf. »Nein, Viktoria«, gab er sanft zurück und suchte in ihrem Blick nach etwas, das ihm eine Antwort auf seine quälenden Fragen gab. Er fühlte sich körperlich mehr zu ihr hingezogen als zu irgendeiner Frau in den letzten Monaten. Ach was, in den letzten Jahren! Nicht mal Elena hatte sein Blut derart in Wallung gebracht. Aber seine Reaktion auf Viktoria war vielleicht ganz normal. Denn außer dem einen Mal mit Elena im Club hatte er im letzten halben Jahr keinen Sex gehabt. Vielleicht war das wirklich des Rätsels Lösung. Es war ein lahmer Erklärungsversuch. Nein, es lag an ihr. Viktoria zog ihn an wie ein Magnet, aber an ihr wollte er sich nicht die Finger verbrennen, denn sie bedeutete nichts als Ärger. Er musste Herr über seine Triebe werden, was nicht leicht war.

Sie saß so nah bei ihm, nur noch wenige Zentimeter trennten ihn von ihren verführerischen Kurven. Er atmete tief ein und schloss die Augen für eine Sekunde. Das Pulsieren seiner wachsenden Erektion störte ihn ernsthaft. Er bemühte sich, an etwas anderes als Viktorias wenig verhüllten Körper zu denken. Als er die Augen wieder öffnete, war Viktoria vertieft in die Datei, die auf ihrem Bildschirm geöffnet war. Nein, sie fühlte sicher nicht das gleiche Verlangen wie er und er hatte keine Lust, sich vor ihr lächerlich zu machen. Er musste gehen.

Leider erinnerte er sich genau jetzt wieder daran, wie es sich angefühlt hatte, sie in London zu küssen. Sanft und erotisierend hatte er ihre Lippen auf seinen gespürt, bis sie ihn von sich gestoßen hatte.

Jake straffte sich. »Ja, es ist spät, lass uns morgen weitermachen.«

Sie sah ihn erstaunt an. »Wirklich? Aber es lief doch gerade so gut!«

Jake zerzauste sich die Haare. »Ich bin müde, sorry. Morgen früh dann um acht?«, schlug er vor und sprang vom Bett, ohne auf ihre Antwort zu warten. Er spürte, dass sie ihm nachsah, deswegen drehte er sich an der Zimmertür noch einmal zu ihr um. »Gute Nacht, Viktoria. Schlaf gut.«

»Gute Nacht, Jake. Bis morgen früh«, hörte er sie zögerlich sagen, aber er war schon halb auf dem Flur und erwiderte nichts mehr.

Jake lief unruhig in seinem Zimmer auf und ab. Zum wiederholten Mal fuhr er sich mit der Hand über das Gesicht. Schließlich nahm er sich ein Bier aus der Minibar und ließ sich auf einen Sessel sinken. Sein Zimmer war fast gleich wie das von Viktoria eingerichtet und er fragte sich, ob sie schon schlief oder was sie jetzt wohl machte. Jake nahm sein Handy zur Hand, um sich abzulenken, und sah, dass er eine Nachricht von Mike erhalten hatte: *Wie läuft's?*

Tja. Wie lief es eigentlich? Nur so viel war klar: Etwas *lief* ganz und gar *nicht* nach Plan. Sein Ziel, die Agentur Langham für sich zu gewinnen, wurde von seiner wachsenden Geilheit torpediert. Er begehrte Viktoria Denkhaus. So sehr, dass er nachts mit einer schmerzhaften Latte aufwachte und nur noch an sie denken konnte. Aber er wusste, er würde es bereuen, wenn er mit einer Frau wie ihr ins Bett ging. Mal ganz davon abgesehen, dass er bezweifelte, dass sie daran überhaupt interessiert war. Obwohl, nach seinem Sturz auf dem Gletscher hatte er gedacht, dass er noch etwas anderes in ihrem Blick erhascht hatte. Etwas, das ihm das Gefühl gab, sie könnte vielleicht doch anders sein als Elena. Aber das war natürlich Bullshit. Aus ihm sprach das Testosteron, er redete sich etwas schön, wo es nichts schönzureden gab. Wie konnte er nur wieder Herr über seine Lust werden? Vielleicht sollte er einfach mit ihr schlafen, damit dieser Druck endlich verschwand, der ihm jeden klaren Gedanken raubte. Natürlich war ihm klar, dass einmal nicht genügen würde. Leider.

»Verdammt«, fluchte er leise und lehnte sich mit geschlossenen Augen zurück. Er wollte sie. Unter sich, über sich oder vor sich. Am besten in allen drei Positionen. Allein die Idee genügte, um seinen Körper auf Touren zu bringen. Jake schüttelte den Kopf. Wann war es ihm zuletzt passiert, dass er seine Hormone nicht mehr im Griff gehabt hatte? Er konnte sich nicht erinnern. Üblicherweise beherrschte er seinen Körper mit seinem Geist, aber diese Frau raubte ihm Verstand und Sinne. Vollends und vollständig.

Läuft super, schrieb er an Mike und warf das Telefon anschließend genervt aufs Bett.

Nur wenige Sekunden später brummte sein Handy erneut. Jake verzog das Gesicht und griff danach. Natürlich, Mike rief an. Er überlegte, ob er drangehen sollte, aber vielleicht brachte ihn das Telefonat wenigstens kurz auf andere Gedanken.

»Hey«, beantwortete Jake den Anruf.

»Hey, Jake. How do you like Iceland?«, fragte sein Kumpel und Jake musste tatsächlich grinsen. Die Frage hatte ihm bisher jeder Isländer gestellt, dem er hier begegnet war und mit dem er mehr als zwei Worte gewechselt hatte.

»Ist echt cool hier. Ziemlicher Kontrast zum Mief in London«, erklärte er seinem Freund.

»Spitze, vielleicht mache ich das ja mal mit Cara. Aber das ist nicht der Grund meines Anrufs.«

»Bist du noch mit dem Model zusammen?«, fragte Jake erstaunt.

»O ja. Dieses Mal ist es anders. *Sie* ist anders …«, schwärmte Mike.

Jake hob eine Augenbraue. Was waren das denn auf einmal für Töne von seinem besten Freund? »Was? Wirst du sesshaft?«, fragte er ungläubig.

»Ja, vielleicht. Wer weiß. Sie ist wirklich was Besonderes.«

Jake kratzte sich am Kopf. »Wow. Das, äh, überrascht mich jetzt.«

»Wir fliegen nächste Woche nach Barbados«, erklärte Mike und Jake konnte an seiner Stimme hören, dass sein Freund selig grinste. Jake war verblüfft über diese Entwicklung, gönnte sie seinem Kumpel aber von Herzen.

»Cool«, meinte er und spielte mit dem feuchten Etikett seiner Bierflasche.

»Okay, ich habe lange überlegt, ob ich es dir sagen soll, eigentlich wäre es Blödheit im Endstadium, es zu tun. Aber du hast Glück, ich habe einen guten Tag erwischt. Es gibt News für dich, die interessant sein könnten.«

Jake horchte auf. »Ja? Was meinst du? Red doch nicht so kryptisch!«

»Die Kleine«, begann Mike. »Du hast mir was von Stanford erzählt, richtig?«

»Habe ich das?« Jake erinnerte sich nicht genau daran, wollte bei dem Stichwort aber umso dringender wissen, was Mike herausgefunden hatte.

»Ja, hast du. Jedenfalls habe ich das mal gecheckt. Wollte immer schon mal in das System einer Uni schauen.«

»Du hast ... Stanford gehackt?«

»Tu nicht so, ich habe schon ganz andere Läden, ähm, durchleuchtet«, lachte sein Kumpel spöttisch.

Jake stöhnte leise auf. »Und? Was sind die heißen News? Sie hatte was mit dem Prof? Aber das findet man wohl nicht im System.«

Mike pfiff leise durch die Zähne. »Jetzt ergibt das alles einen Sinn.«

Jake setzte sich aufrecht in den Stuhl. »Was meinst du?«

»Jake, sie hat Stanford ohne ihren Master verlassen. Sie hat diesen Abschluss nicht, und das, obwohl ihre Zensuren davor immer top gewesen sind. Schwups, war sie weg. Ohne Master.«

Die Luft entwich aus Jakes Lungen. »Was?«

»Ja. Und das, obwohl in den Unterlagen bei Langham ein Eins-a-Diplom beigefügt ist. Die Personalabteilung bei Langham hat alles wunderbar online katalogisiert.«

Jake runzelte die Stirn und rieb sich dabei die Nasenwurzel. »Worauf willst du hinaus?«

»Mensch, denk doch mal nach. Sie hat ein Diplom gefälscht, ist vermutlich aus Stanford abgehauen, weil es mit ihrem Prof schiefgelaufen ist, wenn das stimmt, was du mir eben gesagt hast. Wie kommst du überhaupt darauf, dass sie was mit ihm hatte?«

»Zufall. Ich habe die beiden auf einer Veranstaltung in London gesehen. Es lag etwas … Vertrautes in der Luft. Vielleicht hat ihr der Professor dabei geholfen, das alles zu fälschen?«

»Ziemlich krass. Also es sieht so aus, als hätte die Kleine ein ziemlich dunkles Geheimnis, und sie ist vielleicht nicht so perfekt, wie sie ausschaut«, sagte Mike am anderen Ende. »Ich wollte dich warnen, Jake. Ich kenne dein Muster bei Frauen, also sei vorsichtig und lass dich nicht bescheißen.«

Jake musste diese Informationen erst mal verarbeiten. »Danke, Mann, dass du mich angerufen hast.«

»Keine Ursache, Jake. Du weißt aber schon, dass du jetzt quasi den Finger am Abzug hast? Wenn du abdrückst, fliegt sie auf. Eigentlich ziemlich dumm von mir, dir das einfach so zu sagen. Also ich riskiere jetzt meinen Maserati …«

»*Deinen* Maserati«, wiederholte Jake. Dabei war ihm das Auto momentan egal. Vollkommen egal.

Jake umklammerte die Bierflasche und strich immer wieder mit dem Daumen über die kleinen Kondenswassertröpfchen am Flaschenhals.

»Egal, ich dachte einfach, du müsstest das wissen. Aber hey, verschieß dein Pulver nicht gleich. Warte auf den richtigen Moment«, ermahnte Mike ihn. »Ich weiß, wie impulsiv du sein kannst.«

»Ist klar«, gab Jake zurück. »Danke, Mike. Hab einen schönen Urlaub mit deinem Model.« Dann legte er abrupt auf.

Er war völlig überrumpelt von dieser Information. Damit hatte er den höchsten Trumpf im Spiel um die Agentur in der Hand. Zudem hatte Viktoria keine Ahnung, dass er es wusste. Doppelter Vorteil.

Jake nahm einen tiefen Schluck aus der Flasche. Leider änderte die Information nichts daran, dass er scharf auf sie war.

»Fuck!«, stöhnte er leise. Nun wurde es richtig kompliziert.

KAPITEL 12

JAKE STIEFELTE auf einem felsigen Schotterweg hinter Viktoria und Árni her. Die beiden legten bereits auf den ersten hundert Metern ein Tempo vor, das er nicht mithalten konnte und wollte. Jedenfalls nicht bis zum Ziel. Außerdem grauste es ihn schon vor dem Aufstieg zum Gipfel. Árni, der den gestrigen Tag sowie den Snowscooter-Unfall bei ihrer morgendlichen Teambuilding-Sitzung mit keinem Wort erwähnt hatte, hatte ihnen erklärt, dass die Tour auf den Berg Esja aus zwei Etappen bestehen würde. Der einfachen Wanderung bis zum Stein *Steinn*, der das erste Ziel markierte.

»Das schafft jeder. Ich kenne viele, die joggen hier einmal oder mehrmals in der Woche nach oben«, hatte Árni gesagt und Jake hatte sich ernsthaft gefragt, wie masochistisch man veranlagt sein musste, um auf einen Berg zu *rennen*. Viktorias Augen hingegen hatten geleuchtet. Alles klar, hatte er gedacht, sie gehörte also genau in diese Kategorie. Abgesehen davon, irgendwoher musste sie ihren sehnigen und durchtrainierten Körper ja haben. Was ihn wieder zum Problem vom Vorabend zurückbrachte. Ihr Anblick genügte und sein Körper stand in Flammen. Wandertour hin oder her.

Zum zweiten Part der Tour hatte Árni erklärt, dass man sich sichern musste, da es steil nach oben ging. Jakes Herz hatte angefangen, schneller zu schlagen, und ausnahmsweise war mal nicht Viktoria der Grund dafür gewesen. Er hatte nämlich Höhenangst. Und diese Scheißbehinderung war ziemlich ausgeprägt. In manchen Häusern trat er nicht mal auf den Balkon, wenn die Balustrade ihm nicht hoch genug erschien. Schon am Fuße des Berges hatte er überlegt, welche Ausrede er benutzen könnte, um nicht am Aufstieg bis zum Gipfel teilnehmen zu müssen. Aber außer einem verknacksten Knöchel war ihm nicht wirklich etwas Sinnvolles eingefallen.

Leise fluchend folgte er den beiden Tempo-Freaks nach oben. Ihnen begegneten ziemlich viele Touristen, aber auch einige Isländer, die man meist gut von den Ausländern unterscheiden konnte. Die Isländer hatten oft Kinder dabei, ein Vater hatte zum Beispiel einen Säugling vor dem Bauch gebunden und neben ihm lief ein Junge, der vielleicht neun oder zehn Jahre alt war. Jake fragte sich, ob die Londoner Kids in dem Alter einen Aufstieg wie diesen geschafft hätten. Er vermutete – eher nicht. Aber Viktoria und Árni ließen ihm nicht viel Freiraum zum Denken, denn sie trieben ihn immer wieder zu mehr Tempo an.

»Boah, Leute. Was soll das werden? Ich hab keinen Bock auf Stress. Wenn ihr so rennt, bekommt ihr gar nichts von der Natur mit!«

»Jake, kann es sein, dass deine Kondition schon mal besser war?«, zog Viktoria ihn auf, dabei grinste sie belustigt.

Dieses kleine Luder!

»Der Weg ist das Ziel, Jake«, hörte er Árni neunmalklug sagen. »Wir Isländer schöpfen Kraft daraus, auf unsere Berge zu steigen. Nur deswegen sind wir so versessen darauf.«

»Schön«, grummelte Jake und ging dennoch keinen Schritt schneller.

Aber sosehr es ihn auch störte, dass er körperlich mit den beiden nicht mithalten konnte, so sehr genoss er tatsächlich die isländische Natur um sich herum. Ein Gebirgsflüsschen stürzte nicht weit vor ihnen herunter und kurz darauf überquerten sie es auf einer aus Holz gezimmerten Brücke. Immer wieder sah er sich um und sog den Anblick der Reykjanesbucht in sich auf, die mit jedem Meter, den sie nach oben wanderten, spektakulärer wurde. Obwohl sie keineswegs allein auf dem Berg waren, war es dennoch ruhig und angenehm. So langsam verstand Jake, warum Island so besonders war. Die raue Natur hatte die Einwohner über die Jahrhunderte zu dem gemacht, was das kleine Volk mit nur dreihundertdreißigtausend Einwohnern heute war.

»Träumst du?«, hörte er Viktoria neben sich. Sie hatte anscheinend ihr Tempo verlangsamt und sich auf seine Höhe zurückfallen lassen. »Wenn wir heute noch auf den Gipfel wollen, kannst du nicht dauernd stehen bleiben!«

»Wer sagt denn, dass ich auf den Gipfel will?«, gab Jake zurück.

»Du Scherzkeks, deswegen sind wir ja hier.«

»Sind wir das?«, meinte Jake und wandte sich wieder bergaufwärts. »Ich dachte, wir wären hier, weil wir verstehen sollen, was das Wasser aus Island zu etwas Besonderem macht, damit wir es besser an den Mann bringen können.«

Er hörte Viktorias leisen Seufzer, aber reagierte nicht weiter darauf. Jake hatte in der letzten Nacht kaum ein Auge zugetan und auch heute wusste er noch nicht, was er mit ihrem Geheimnis anfangen sollte. Die Tatsache ihres Betrugs hatte sein sexuelles Verlangen nach ihr keinesfalls geschmälert. Viktoria war anders. Tiefgründig und geheimnisvoll. Sie war nicht aalglatt wie Elena, sondern hatte Ecken und Kanten und vielleicht sogar triftige Gründe, weshalb sie Stanford verlassen hatte. Entweder das oder sie war noch skrupelloser und karrieregeiler als seine Ex. Es gehörte schon eine gehörige Portion Dreistigkeit dazu, einen Universitätsabschluss zu fälschen. Er wollte herausfinden, was sie dazu gebracht hatte, wollte sie näher kennenlernen und dann entscheiden. Das zumindest redete er sich auf dem knapp zweistündigen Aufstieg ein, bis er schnaufend und schweißtriefend nach Árni und Viktoria am Zielpunkt *Steinn* angekommen war. Ein großer Felsklotz mit einem Schild stand vor ihnen und signalisierte, dass die erste Etappe erreicht war.

Ihr Coach zog drei Wasserflaschen aus seinem Rucksack. »Hier, trinkt etwas, bevor wir uns an den weiteren Aufstieg zum Gipfel machen.«

Jake ließ sich auf den Boden sinken und lehnte sich mit dem Rücken an den Felsen *Steinn*.

»Wie originell,« kommentierte er sarkastisch, während ihr Coach irgendwas auf seinem Handy tippte.

»Mach es dir nicht zu gemütlich, Jake, sonst kühlst du aus. Hier oben ist es ganz schön windig«, meinte Viktoria und zog sich die Kapuze ihrer Regenjacke über den Kopf.

»Ja«, mischte sich Árni ein, »das Wetter kann hier recht schnell umschlagen. Es sind schon genug Ausländer überrascht worden. Klettern in Shirt und Shorts hier rauf und dann kommt der Eisnebel und sie müssen gerettet werden. Dann los. Wir wollen weiter.«

Árni warf noch einen prüfenden Blick zum Himmel und telefonierte dann kurz.

Jake atmete tief durch. Er konnte es ja zumindest versuchen. Langsam stand er auf und folgte den beiden weiter nach oben. Zehn Minuten später standen sie am Fuß des Gipfels und Jakes Herzschlag wurde schnell und unregelmäßig. Kalter Schweiß stand ihm auf der Stirn, als Árni ein Kletterseil und Karabinerhaken aus seinem Rucksack zog.

Ein Zögern ließ Jake misstrauisch werden. »Was ist los?«, fragte er den Guide.

»Es soll da oben ziemlich windig sein. Ich bin mir nicht sicher, ob wir das bei dem Wetter machen sollten.«

Jakes Knie wurden weich, als er nach oben sah und erkannte, was für ein Aufstieg auf ihn wartete.

»Meinst du nicht, das würde gehen?«, hörte er Viktoria neben sich hoffnungsvoll fragen.

Árni blickte wieder gen Himmel und dann auf sein Handy. Jake sah, dass er eine meteorologische App geöffnet hatte, die die Wetterentwicklung anzeigte. Árni strich sich über die unrasierten Wangen. Dann schüttelte er den Kopf. »Nein, ich würde es gern machen, aber ihr seid nicht erfahren genug und nachher haben wir ein ernsthaftes Problem.«

Jake wollte erleichtert aufatmen, konnte es aber gerade noch unterdrücken. Stattdessen sagte er: »Ach, wie schade. Jetzt, wo wir gerade so schön in Fahrt waren.«

»Nein! Können wir es nicht versuchen?«, bohrte Viktoria weiter wie ein gieriges kleines Mädchen.

Aber ihr Guide schüttelte vehement den Kopf. »Tut mir leid, aber Sicherheit geht vor. Damit wird die Tour heute kürzer als geplant, aber das Nordica hat ein nettes Spa«, meinte er gelassen.

Viktoria grummelte leise: »Spa, wer braucht schon ein Spa.«

Jake hingegen konnte sein Glück kaum fassen, dass ihm der Gipfel erspart blieb. Der Gedanke, sich ein paar Stunden zwischen Sauna und Whirlpool umzutreiben, bevor sie sich noch einmal an das Konzept setzten, gefiel ihm auch ganz vorzüglich.

»Ich organisiere euch ein Restaurant für heute Abend. Es gehört auch zu einer Islandreise, dass man das Reykjaviker Nachtleben mal gesehen hat.«

Viktoria verzog missmutig das Gesicht, sagte aber nichts.

»Das wäre nett«, meinte Jake gut gelaunt. Alles, bloß keine Gipfelbesteigung!

Árni telefonierte kurz auf Isländisch. Gott sei Dank würde der Kerl nicht mitkommen, noch etwas, das Jake gestohlen bleiben konnte. Viktoria kam super mit ihm klar, was Jake ein bisschen irritierte. Normalerweise war er derjenige, der mit allen zurechtkam. Anscheinend war das mit klotzigen Vulkaninselbewohnern anders.

»Sollen wir noch was trinken gehen?«, fragte Jake, als er den Kreditkartenbeleg für das Abendessen unterschrieb. Viktoria schob ihre Serviette von den Knien und legte sie vor sich auf den Tisch. Sie hatte nichts dagegen, mit Jake in eine Bar zu gehen. Der Abend war bisher sehr nett gewesen und zur Abwechslung hatte Jake sich mal nicht wie ein Arsch benommen, was vielleicht aber nur an der Umgebung des tollen Restaurants gelegen hatte. Vielleicht aber auch, weil sie ihn endlich einmal außerhalb des Büros kennengelernt und dabei festgestellt hatte, dass Jake gar nicht so übel war, wenn er nicht gerade an ihrem Stuhl sägte.

Árni hatte ihnen einen Tisch im *Kolabraut*, einem Restaurant im Veranstaltungsgebäude *Harpa* reserviert, von dem aus sie einen perfekten Panoramablick über Reykjaviks Hafen genossen hatten.

»Wieso nicht, das Essen war sehr gut. Ein bisschen Bewegung könnte nicht schaden. Kann man von hier aus zu Fuß gehen?«

Jake nickte. »Ja, man muss eigentlich nur ein Stück hinaufgehen, dann ist man auf der Shopping- und Spaßmeile Reykjaviks, dem Laugavegur.«

»Da hat aber jemand seine Hausaufgaben gemacht«, murmelte sie.

Jake trank den Rest Rotwein aus seinem Glas. »Ja, ich hatte ein paar nette Gespräche im heißen Topf.«

»Heißer Topf?« Sie schaute ihn überrascht an.

»Whirlpool ohne Blubber«, lachte er. »Im Nordica Spa.«

»Ach tatsächlich?« Sie konnte es sich lebhaft vorstellen, wie er in Badehose Small Talk mit anderen Hotelgästen betrieb. Sicher waren auch einige nette Frauen dabei gewesen. Der Gedanke gefiel ihr seltsamerweise ganz und gar nicht.

Jake legte seine Serviette auf den Tisch und stellte sich hinter Viktorias Stuhl, um ihr behilflich zu sein.

»Danke, aber nicht nötig«, erwiderte sie, stand elegant und schwungvoll auf und wandte sich zum Gehen.

»Dann halt nicht. Bis ich das nächste Mal im Gentleman-Modus bin, das kann dauern«, überging Jake ihren abweisenden Kommentar lässig. Er hatte anscheinend immer die passende Antwort parat. Irgendwie gefiel ihr seine Spontaneität.

Jake war – wie in London für gewöhnlich – perfekt gekleidet. Feiner Stoff, weißes Hemd und leicht gegelte Haare. Seine Wangen waren glatt rasiert und ihn umgab sein so typisch herb-männlicher Geruch.

Sie selbst trug ein einfaches schwarzes Cocktailkleid mit glänzenden Pumps. Sie hatte absichtlich nichts besonders Aufreizendes eingepackt, denn sie wollte keine falschen Signale aussenden. Allein die Tatsache, dass sie darüber nachdachte, hätte ihr eigentlich zu denken geben sollen. Aber nach zwei Gläsern Wein, die sie zum Essen getrunken hatte, war sie beinahe berauscht, fühlte sich beflügelt und trotzdem so, als wäre sie bei klarem Verstand. Eine absolut irre Mischung, die sie auf die herrlich frische Seeluft Islands und die wahnsinnigen Natureindrücke der letzten zwei Tage zurückführte. Dass auch Jakes Gegenwart eine kleine Rolle dabei spielen könnte, versuchte sie zu verdrängen.

»Wir können auch ein Taxi nehmen«, meinte er, als er ihr an der Garderobe in die Jacke half.

»Nein, du meintest doch, es wäre nicht weit.« Sie schüttelte den Kopf.

»Gut, wie du möchtest.« Jake ließ ihr den Vortritt. Kurz darauf spazierten sie eine kleine Straße bergauf in Richtung Nachtleben.

»Es ist so wunderbar, dass es hier nicht dunkel wird. Es ist schon kurz vor Mitternacht!«, schwärmte Viktoria und atmete tief die frische, kühle Luft ein.

»So viel Begeisterung ...«, murmelte Jake und steckte seine Hände in die Taschen seiner Anzughose.

Wenig später standen sie in einer viel zu vollen Bar, jeder hatte einen Drink in der Hand.

»Ziemlich was los hier, was? Die Isländer können feiern!«, lachte Jake dicht an ihrem Ohr. Der Wodka in ihrem Mischgetränk berauschte sie nur noch mehr, aber anstatt ihre Sinne zu betäuben, schien jeder Schluck sie nur noch empfindsamer auf seine Nähe reagieren zu lassen. Eine Gänsehaut zog sich von ihrem unteren Rücken bis hinauf über die Kopfhaut, als sie seinen warmen Atem auf ihrer Haut spürte.

»Ja, das können sie ...«, erwiderte sie und sah ihm tief in die Augen. Ein großer Fehler, wie sie viel zu spät erkannte, denn genau jetzt wusste er spätestens, dass sie sich zu ihm hingezogen fühlte.

Jakes Pupillen waren geweitet und seine sinnlichen Lippen standen ein wenig offen. Viktorias Herzschlag beschleunigte sich, als er sich keinen Millimeter rührte. Die Welt um sie herum verblasste und sie nahm nur noch den sexy Kerl vor sich wahr. Zu präsent waren die Erinnerungen an den Kuss in London. Sie wusste genau, wie es sein würde, wenn er seine Lippen auf ihre legen würde. Und sie hatte nichts dagegen. Im Gegenteil.

»Sorry!«, hörte sie eine weibliche Stimme rufen. Jake zuckte zusammen, stieß ein »Oh« aus und trat einen Schritt zur Seite.

Vorbei. Der Moment war vorbei.

Auf Jakes Ärmel machte sich ein großer feuchter Fleck breit. Neben ihm stand eine hübsche Blondine mit dunkel gefärbten Augenbrauen und blutrot geschminkten Lippen.

»Es tut mir so leid«, wiederholte sie auf Englisch mit isländischem Akzent und tupfte mit einem Tuch auf Jakes Arm herum. »Ich bin gestolpert!«

Viktoria atmete tief durch. Das war wirklich kurz vor knapp gewesen, dass sie sich noch einmal von Jake hätte küssen lassen. Was war eigentlich mit ihr los?

Verärgert nahm sie einen weiteren Schluck vom starken Cocktail. Dabei wusste sie nicht, was sie mehr irritierte: die Tatsache, dass sie enttäuscht war, dass er sie nicht geküsst hatte, oder dass sie sich tatsächlich darauf eingelassen hätte.

Der hübsche Unglücksrabe hatte Jake kurzerhand in ein Gespräch verwickelt und Viktoria nahm die Gelegenheit wahr, sich ein wenig abzuseilen, um Luft zwischen sich und ihn zu bringen. Sie spürte Jakes Blick auf sich, nickte ihm zu, dass alles okay war, und setzte sich mit ihrem beinahe leeren Glas an die Bar.

»Ganz allein?«, fragte jemand auf Englisch mit dem mittlerweile vertrauten Akzent. Also ein Isländer.

»Wie man es nimmt«, flirtete Viktoria und sah sich ihren Sitznachbarn genauer an. Er trug ein lässiges kariertes Hemd. Im Gesicht wuchs ihm ein gepflegter Vollbart und seine Haare waren akkurat frisiert. Fröhliche grüne Augen strahlten sie an.

»Noch einen Drink?«, fragte er und Viktoria nickte, ohne groß zu überlegen.

»Warum nicht?«

Normalerweise trank sie wenig bis keinen Alkohol, aber heute war es ihr egal. Sie musste nicht korrekt sein, wollte nicht korrekt sein. Und sie kannte hier niemanden. Fast niemanden, korrigierte sie sich im Stillen.

»Cheers«, hörte sie ihren Nachbarn sagen, als er ihr einen Drink über den Tresen zuschob. »Ich bin Oli.«

»Hi. Ich bin Viktoria.«

»Schöner Name!«, meinte der dunkelblonde Isländer und stieß sein Glas leicht an ihres.

Mit der Standardfrage, wie ihr Island gefallen würde, verwickelte er sie in ein Gespräch über mögliche Ausflugsziele auf der Vulkaninsel. Er selbst betrieb eine kleine Firma, die Touristen im Sommer über das Land führte, erklärte er ihr. Aber Viktoria hörte nur mit halbem Ohr hin. Sie sah sich nach Jake um und entdeckte ihn, immer noch mit der Blondine in ein Gespräch vertieft, am selben Platz stehen, wo sie zuvor mit ihm gestanden hatte. Es störte sie, dass er sich anscheinend so gut unterhielt. Die Isländerin hatte es ganz offensichtlich auf ihn abgesehen. Der Gedanke versetzte ihr einen Stich.

Schockiert über ihre Reaktion, trank sie von ihrem Cocktail und entschied, dass es das Beste für sie wäre, wenn sie sich das nicht mit ansehen würde. Viktoria entschuldigte sich bei ihrem Gesprächspartner, dass sie müde sei und morgen früh raus müsse, und ließ ihn mit einem Fragezeichen auf der

Stirn zurück. Ihr Drink war beinahe noch voll und er war mitten im Satz gewesen, als sie aufgestanden war.

Mit betonter Lässigkeit sah sie sich noch einmal in der Bar um, bevor sie verschwand. Es war zu laut, zu voll und sie war zu beschwipst, um sich mit Nettigkeiten aufzuhalten. Sie musste raus hier, fliehen vor ihren eigenen irrsinnigen Empfindungen. Viktoria konnte sich nicht daran erinnern, wann sie das letzte Mal so etwas wie Eifersucht gespürt hatte. Keine ihrer vergangenen Affären hatten ihr so viel bedeutet, dass sie sich über ein so schwachsinniges Gefühl wie dieses auch nur im Ansatz hatte Gedanken machen müssen. Der Alkohol und die viele frische Luft mussten sie komplett verwirrt haben. Morgen würde die Welt schon wieder anders aussehen.

Viktoria knöpfte sich gerade ihren Trenchcoat zu, als jemand sie an der Schulter anfasste.

»Du wolltest mich nicht gerade sitzen lassen, Viktoria, oder?«, hörte sie Jakes Stimme an ihrem Ohr und ein Lächeln huschte über ihr Gesicht, bevor sie sich zu ihm umdrehte.

»Jake? Ich dachte, du wärst beschäftigt.«

Der Schalk blitzte aus seinen Augen. »Ich dachte, *du* wärst beschäftigt!«, konterte er lässig. »Darf ich Sie zu Ihrem Hotel bringen, Miss?« Er hielt ihr seinen Arm hin und aus einem Impuls heraus ergriff sie ihn. Viktoria erinnerte sich nicht, wann sie die Grenze überschritten hatte, aber nun war es zu spät. Sie fühlte sich zu Jake körperlich hingezogen und sie wusste noch nicht, worauf es hinauslief, aber sie war zu betrunken, um sich noch mit den Konsequenzen befassen zu wollen.

»Bekommt man hier ein Taxi?«, fragte sie, um diesen Gedanken zu entkommen.

»Müsste man mal sehen. Bestimmt irgendwo. Nur wo?« Jake kratzte sich am Kopf. »Lass uns einfach mal in diese Richtung gehen, unser Hotel liegt dort.«

Langsam schlenderten sie über den Laugarvegur, der für die späte Stunde noch sehr belebt war, aber die Isländer waren ja dafür bekannt, dass sie wussten, wie man feierte. Das Gefühl, bei Tageslicht durch die Nacht zu laufen, fand sie nach wie vor seltsam, was dem Ganzen etwas Surreales gab.

»Es ist schwer zu beschreiben, aber ich finde es total komisch, dass wir hier mitten in der Nacht herumlaufen und es ist nicht dunkel«, meinte sie zu Jake, der zustimmend nickte.

Die Wärme seines Armes übertrug sich durch den dünnen Trenchcoat auf sie. Sie ließ zu, dass er sie dicht an sich heranzog – was hauptsächlich am Alkohol lag. Zumindest redete sie sich das ein.

»Ich finde es auch ... berauschend. Man könnte immerzu wach sein. Ich habe kaum geschlafen, seit wir hier sind«, meinte Jake beiläufig und sagte damit genau das, was sie selbst empfand. *Seltsam. Sehr seltsam*, dachte sie und stieg kurz darauf in ein Taxi, das sie durch Zufall erwischt hatten.

Nach nur fünf Minuten Fahrt waren sie am Hotel Nordica angekommen, Jake zahlte mit seiner Kreditkarte und sie stiegen aus.

Gleich ist er da, der peinliche Moment im Aufzug, überlegte sie und bereitete sich auf betretenes Schweigen vor. Sie wusste genau, wie es ablaufen würde. Beide würden auf ihre Füße starren und die Stille im kleinen Raum würde ohrenbetäubend sein.

In der Hotellobby standen zwei Hotelangestellte hinter dem Empfangstresen und hatten nichts zu tun. An der Hotelbar tummelten sich noch einige Gäste und unterhielten sich angeregt. Die Türen des Lifts öffneten sich und Jake ließ ihr den Vortritt. Sie sah ihn an und sein glühender Blick brachte ihr Blut in nur einer Sekunde in Wallung. In Jakes Augen erkannte sie drängendes Verlangen und Lust, die sie schneller atmen ließ, ohne dass er sie überhaupt berührt hatte. Vielleicht war ja doch nicht Stille das Thema zwischen ihnen ... Mit einem Zischen der Türen waren sie allein in dem engen Raum. Jake drückte die Knöpfe ihrer zwei Etagen. Der Lift setzte sich in Bewegung und Jake drehte sich langsam zu ihr um. Mit einer lässigen Handbewegung betätigte er den Stopp-Knopf und der Aufzug blieb mit einem Ruck zwischen zwei Stockwerken stehen.

Viktoria musste schlucken, sie konnte ihren Blick nicht von seinem abwenden.

»Viktoria«, sagte er mit belegter Stimme, legte seine Hand an ihre Wange, »ich will dich! Ich will dich so sehr, Baby.«

Seine Wärme übertrug sich auf ihren Körper und setzte sie in Brand.

»Bevor wir ...«, ihre leise Stimme brach, »... das hier tun, lass uns Grenzen abstecken.«

Ein Lächeln umspielte Jakes Mundwinkel. »Immer ganz die Geschäftsfrau. Gut, lass uns Regeln aufstellen, Viktoria.«

Sie atmete schnell. Jakes Lippen waren leicht geöffnet, es trennten sie nur noch wenige Zentimeter voneinander.

»Es geht nur um Sex. Keine Gefühle. Keine Beziehung. Keine Verpflichtungen«, hauchte sie und ihre Lider waren bereits halb geschlossen, in Erwartung seiner Lippen. Jakes andere Hand legte sich auf ihre Hüfte und zog sie an seinen Körper, sodass sie seine Erregung spüren konnte. »Oh!«, seufzte sie leise und ein süßes Ziehen breitete sich von ihrer Mitte in ihrem gesamten Unterleib aus.

»Keine Gefühle, keine Verpflichtungen«, bestätigte Jake mit dunkler, verheißungsvoller Stimme. Und dann presste er seine hungrigen Lippen endlich auf ihre und erstickte jeden weiteren Kommentar. Jakes Zunge stieß immer wieder in ihren Mund, spielte mit ihrer, neckte und forderte sie heraus. Viktorias Hände vergruben sich in seinem Haar, während Jakes Hände ihr Kleid nach oben schoben, um ihre Pobacken zu umfassen. Er stöhnte in ihren Mund, als sie über die Ausbuchtung seiner Hose strich, und fachte ihre Leidenschaft damit nur noch mehr an. Immer wilder küssten sie sich und Viktoria konnte nicht mehr denken. Alle Gedanken verschwammen im Nebel der Lust. Verlangen pulsierte durch ihren Körper, das in diesem Augenblick nur einer, nur Jake, stillen konnte. Sie atmete nur noch stoßweise, ein Bein hatte sie um seine Hüften geschlungen, um ihn noch näher an sich ziehen zu können. Plötzlich löste er sich von ihr und fuhr sich durch die Haare. Seine Brust hob und senkte sich schnell. Dann setzte er den Aufzug wieder in Bewegung und sah sie an. »Ich mache es nicht vor laufenden Kameras mit dir, Viktoria.« Er nickte mit dem Kopf zu der Ecke des Aufzugs, wo sie nun auch eine kleine Kugel entdeckte.

Ach du Schande, dachte sie und verkniff sich ein Lachen. Viktoria zog ihr Kleid züchtig nach unten. Als sich die Tür zu ihrem Stockwerk öffnete, sah sie Jake fragend an.

»Also gehen wir zu mir«, bekräftigte er mit hochgezogener Augenbraue, zog sie wieder an seinen Körper und küsste sie, bis die Türen sich auf Jakes Etage erneut öffneten. »Komm!«, forderte er sie sanft auf und führte sie an seiner Hand mit sich.

Ihr Herz schlug schneller, als er sie in sein Zimmer lotste. Das leise Krachen des Türschlosses besiegelte, dass sie endlich allein waren. Die Vorhänge des Zimmers waren nicht geschlossen und sie warf einen Blick auf die Front. Man hatte einen atemberaubenden Blick auf das Meer. Aber das war es nicht, was sie in diesem Moment interessierte. Jake stand hinter ihr und strich sanft mit seinen Fingern über ihren Nacken. Er schob ihre braunen Locken zur Seite und küsste ihren Hals, knabberte an ihrem Ohrläppchen und ihr Körper reagierte mit einem Zittern auf seine Liebkosungen. Sanft zog er den Reißverschluss am Rücken ihres Kleides nach unten und streifte es ihr langsam vom Körper, bis es mit einem leisen Geräusch auf dem Boden landete. Jakes kraftvolle Hand legte sich auf ihre Taille und drehte sie mit einem sanften Ruck zu sich herum. Sein Blick schweifte über ihren Körper, schien jeden Zentimeter zu scannen, als wollte er sich alles genau einprägen.

»Gott, Viktoria. Ich ... Du bist so schön!«, flüsterte er mit anerkennendem Blick, als er langsam mit seinen Fingern über ihr Dekolleté strich. Er hinterließ eine brennende Spur auf ihrer Haut.

Viktoria legte den Kopf ein wenig in den Nacken und schloss die Augen, um sich seiner Berührung hinzugeben. So stand sie vor ihm, in Heels und Spitzenunterwäsche, während er noch vollständig angezogen war. Aber sie hatte es nicht eilig, der Alkohol in ihrer Blutbahn ließ sie geduldiger sein als sonst. Vielleicht lag es aber auch daran, dass sie diese Nacht in vollen Zügen genießen wollte. Wer wusste schon, was morgen kam?

Jake blies durch den BH auf ihre Brustwarze, die sich sofort aufrichtete, ließ Viktoria leise aufstöhnen und forderte damit ihre gesamte Aufmerksamkeit. Alle Gedanken verschwammen in einem Nebel aus Lust.

»Ich liebe es, wie empfindsam du reagierst«, hauchte er ihr ins Ohr.

Viktoria zog ihm sein Jackett aus, ließ es achtlos zu Boden fallen und begann damit, sein weißes Hemd aufzuknöpfen, bis es offen stand und sie mit ihren Händen über seinen flachen Bauch streichen konnte. Jake sog scharf die Luft ein, als sie ihre Hände immer tiefer wandern ließ.

Sie lachte leise auf. »Gefällt es dir, Jake?«

Mit einer beinahe groben Bewegung zog er sie an seinen Körper und zwang sie mit der anderen Hand, ihn anzusehen. »Spürst du, wie sehr es mir gefällt, Viktoria?«

Sie musste schlucken, ihr Mund war trocken und ihr Puls raste voller Vorfreude auf das, was sie erwartete. Mit geübten Handgriffen löste sie seinen Gürtel, zog ihn mit einem zischenden Laut aus den Gürtelschlaufen seiner Hose und warf ihn auf den Stuhl am Fenster.

»Den brauchen wir nicht. Noch nicht«, meinte sie gelassen und Jake sah sie mit einem beinahe leidenden Blick an.

»Du weißt also, wie man mit Männern umgeht, ja?«

Seine Stimme klang belegt. Das süße Ziehen in ihrer Mitte verstärkte sich, als sie seine Hände auf ihren Brüsten durch die Spitze des BHs spürte. Langsam knöpfte sie seine Hose auf, während sie ihm einen zärtlichen Zungenkuss gab und seine Hose leise zu Boden fiel. Viktoria zog Jake einen Schritt mit sich, streifte ihm auch noch die Boxershorts ab, sodass er endlich nackt vor ihr stand. Seine imposante Männlichkeit raubte ihr beinahe den Atem, während sie die samtige Haut sanft mit ihren Händen umfasste.

»Viktoria!«, stöhnte er und warf seinen Kopf in den Nacken. Sie begann langsam auf und ab zu reiben und Jake keuchte auf. Seine Hüften bewegten sich im gleichen Rhythmus wie ihre Hände, bis er sich von ihr zurückzog. »Nicht so hastig!«, knurrte er, legte sie sanft aufs Bett und kniete sich über sie. Jakes Zunge malte heiße Spuren auf ihre Haut und brachte sie damit zum Schmelzen. Mit geschmeidigen Bewegungen befreite er nun auch noch ihre prallen Brüste aus ihrem Gefängnis. Fast ehrfürchtig umspielte er die rosa Knospen mit seiner Zunge, zuerst die eine und dann die andere, bis beide steif und feucht in die Höhe ragten. Die Hitze zwischen Viktorias Beinen loderte wie heißes Magma.

»So schön!«, flüsterte er anerkennend und entlockte ihr immer mehr leise Seufzer aus den geschwollenen Lippen. Als er mit seinen Fingern in ihr Höschen eindrang, bog sie sich ihm entgegen. Sie konnte es nicht mehr erwarten, endlich von ihm genau dort berührt zu werden.

»Jake«, rief sie leise, als er zielsicher ihren empfindlichsten Punkt fand und damit begann, sie sanft zu streicheln. Seine Finger wussten genau, was sie zu tun hatten, um sie gekonnt und viel zu schnell in andere Sphären zu tragen. Viktorias Atem kam schneller, sie hielt sich am Laken fest und stemmte ihre Fersen in die Matratze. Und dann hörte er plötzlich auf, zog ihr das Spitzenhöschen vom Körper und hielt seine Nase daran.

»Du riechst so gut, Viktoria. Weißt du das eigentlich?« Seine Stimme klang wie nachtschwarzer Samt in ihren Ohren. Und dann warf er es mit einer lässigen Handbewegung beiseite. »Ich denke, die brauchen wir jetzt nicht mehr.« Er lachte kehlig, als er sich über sie beugte. Seine Zunge berührte ihre Perle und Viktoria hauchte seinen Namen. Sie würde das nicht lange aushalten. Aber Jake schien keine Eile zu haben. Immer wieder umkreiste er das kleine Nervenbündel, bis sie glaubte, es nicht mehr ertragen zu können. In diesem Moment drang er mit zwei Fingern in sie ein. »Du bist so nass, Viktoria. So bereit für mich. Sag mir, dass es dir gefällt.«

»Ja! Ja, es gefällt mir!«, schrie sie beinahe.

Und dann begann er, seine Finger in ihr zu bewegen, und senkte seinen Mund erneut auf ihre Klitoris. Dieses Mal kannte er keine Gnade. Immer wieder leckte und saugte er daran, stieß dabei unablässig in ihre Nässe. Sein heiseres Keuchen auf ihrer Perle brachte sie vollends um den Verstand. Immer wieder schrie sie seinen Namen, während ein so heftiger Orgasmus über ihren Körper hinwegfegte, der die Welt vor ihren Augen in tausend Farben explodieren ließ. Jeder einzelne Muskel in ihrem Körper spannte sich immer wieder an, bis sie schließlich erlöst und matt auf Jakes Bett liegen blieb. Sie atmete auch nach einer kleinen Pause noch schwer.

»Wow ...«, flüsterte sie mit geschlossenen Augen. Jake lag nun neben ihr, seine Finger strichen sanft über ihr Schlüsselbein.

Jake war glücklich, Viktoria so gelöst und gleichzeitig leidenschaftlich zu erleben. Ihre Haut zu berühren, genügte, um seinen Körper in höchste Erregung zu versetzen.

Viktorias Lider flatterten und sie sah ihn mit leuchtenden Augen an. »Jake ...« Sie richtete sich langsam auf und stützte sich auf einen Unterarm, sodass sie nun seitlich zu ihm lag. »Was stelle ich nun mit dir an, hm?«, fragte sie mit verführerischer Stimme und legte sich einen Finger an die Unterlippe.

»Oh, ich wüsste da was ...«, lachte er und zog sie mit einem Ruck auf sich.

Viktoria lachte überrascht auf und küsste ihn dann leidenschaftlich. Sie löste sich viel zu früh von seinen Lippen und sah ihn mit großen Augen an. »Ich fange gerade erst an, mein heißblütiger Feind!«

Jake erschauderte beim Gedanken daran, was ihn wohl erwartete. Feind ... Sie schien immer einen kühlen Kopf zu bewahren, wenn sie sogar jetzt noch daran denken konnte ... Ihm hingegen blieb keine Zeit, lange zu überlegen, denn Viktoria erforschte seinen Körper mit Händen, Zunge und ihren weichen Lippen. Jake war bereits jetzt so erregt, dass er jederzeit kommen konnte, wenn er sich gehen lassen würde. Es war ihm klar, dass seine Selbstbeherrschung in dieser Nacht auf eine harte Probe gestellt werden würde – und er konnte sich nichts Schöneres vorstellen.

»Viktoria«, keuchte er heiser, als sie seine Eichel mit ihrer Zunge umkreiste und ihn mit ihren Händen umfasste. Er war sich sicher, dass er diese Folter nicht überleben würde. Immer wieder saugte und leckte sie an ihm, während sie mit ihren Händen gekonnt auf und ab strich, bis sein Atem nur noch stoßweise kam und er den Kopf unruhig hin und her warf. »Hör auf! Stopp!«, flehte er und sie ließ gerade noch rechtzeitig von ihm ab und warf ihre Haare in den Nacken. Ihr sündiger Anblick machte ihn verrückt. Wie sie zu ihm aufsah, mit glühendem Blick, roten, feuchten Lippen. Ihre glänzenden Haare fielen ihr in sanften Wellen über die Schultern.

»Ich kann es nicht mehr länger aushalten«, gab er zu. Seine Stimme klang, als hätte er gerade einen Halbmarathon absolviert – und er fühlte sich beinahe so, bis auf die kleine Tatsache, dass er noch lange nicht fertig mit ihr war. »Ich will dich endlich spüren, Viktoria«, klärte er sie auf, als er kurz verschwand und dann mit einem Kondom aus dem Badezimmer zurückkehrte.

»Du bist ja vorbereitet«, kommentierte Viktoria, die wartend auf dem Rücken im Bett lag, ihre Haare wie ein Fächer um sie ausgebreitet. Ihre Beine waren leicht angezogen, sodass ihm die Rundungen ihrer Hüften noch verführerischer und die Schenkel noch länger erschienen.

»Ich hoffe, das ist jetzt keine Kritik«, meinte er lachend. »Aber ich kann dich beruhigen, es war purer Zufall, dass ich die dabeihatte. Ein *glücklicher* Zufall, würde ich sagen ...«

Viktoria blinzelte ihn unter ihren langen Wimpern an und streckte die Arme nach ihm aus. »Komm endlich her!«, forderte sie ihn auf und er ließ sich nicht zweimal bitten.

Jake legte sich über sie, leckte mit seiner Zunge über ihre vollen Lippen und drang mit einer Bewegung in sie ein, die Viktoria ekstatisch aufschreien ließ.

»Das ist so gut, Baby!«, raunte er und begann sich langsam in ihr zu bewegen. Er wollte jede Sekunde in und mit ihr genießen. Zu lange hatte er davon geträumt, es sich in verschiedensten Momenten ausgemalt, wie es sein würde, sie zu nehmen. Er hatte allerdings nicht damit gerechnet, wie viel besser es in Realität sein würde. Wie viel intensiver es sich anfühlen würde, immer wieder in sie einzudringen. Viktorias Hände umklammerten seinen Rücken, ihre Nägel gruben sich in seine angespannten Muskeln, aber er spürte den Schmerz kaum, zu stark waren die Empfindungen, die sie in ihm auslöste.

»Jake, o Jake, beweg dich schneller!«, forderte sie keuchend.

Er stöhnte leise auf und war sich nicht sicher, wie lange er es noch aushalten konnte, wenn er ihrem Wunsch nachkam. Immer wieder versenkte er sich in ihrer Vagina, die ihn so eng umfangen hielt, dass er sich sicher war, dass ihn der süße Schmerz seiner Lust ganz umbringen würde. Es kostete ihn größte Anstrengung, nicht sofort seinen Orgasmus hinauszuschreien. Stattdessen schloss er die Augen und rang um Beherrschung. Immer wieder schlichen sich animalische Laute aus seinem Mund, die er so nicht von sich kannte. Viktoria löste etwas Rohes, Unbändiges in ihm aus, das ihn gleichermaßen erschreckte und verrückt machte.

»Viktoria, du bist ... so heiß!«, presste er zwischen zusammengebissenen Zähnen hervor. Die Adern auf seinen Unterarmen traten deutlich hervor und sein Körper war mit einem dünnen Schweißfilm überzogen. Viktoria schlang ihre Beine um seine Hüften und nahm ihn damit noch tiefer in sich auf. Sie schrie immer wieder leise auf und mit jedem seiner Stöße reckte sie ihm ihre Hüften ein Stückchen weiter entgegen.

Jake öffnete die Augen. »Sieh mich an, Baby!«, forderte er sie auf und sie kam seiner Bitte nach. Ihre Blicke trafen sich und die Welt um sie herum stand für einen kurzen Moment still.

»O Jake, ja! Ich komme!«, stöhnte sie heiser unter ihm und er spürte, wie sie im selben Moment erstarrte und ihn umklammerte, während ihr Körper von einem weiteren Höhepunkt geschüttelt wurde. »Jake!«, schrie sie so laut, dass er sich sicher war, die ganze Etage würde sie hören können. Aber es war ihm völlig egal. Es machte ihn glücklich. Ihr angespanntes Gesicht, ihre halb geschlossenen Lider und die vom Küssen blutroten Lippen zeigten nichts als pure Lust und Leidenschaft, während sie unter ihm bebte. Das war zu viel für ihn. Jake konnte es nicht mehr aufhalten. Seine Hoden zogen sich noch enger zusammen und alles an ihm versteifte sich.

»Fuck!«, rief er, dabei hatte er sich viel mehr Zeit lassen wollen. Aber der Höhepunkt war nicht mehr zu stoppen. Sogar seine Fußzehen verkrampften sich. Langsam wanderte der Klimax durch seinen Körper, immer weiter, immer höher, bis jeder einzelne Muskel in ihm zuckte und er sich mit rohen, dunklen Lauten in den Gummi ergoss. Seine Stirn hatte er irgendwann in das Kissen neben Viktoria gepresst, denn die überraschende Intensität seines Orgasmus setzte ihn völlig außer Gefecht. Sein Atem kam auch nach Minuten noch stoßweise.

»Grundgütiger Gott«, flüsterte er an ihrem Ohr. Ihre Schenkel waren noch immer um seine Hüften geschlungen und sie atmete ebenso schwer wie er.

»Jake …«, gab sie matt von sich.

Nach einiger Zeit zog er sich aus ihr zurück, streifte das Kondom ab und legte es beiseite. Er nahm Viktoria wieder in seine Arme, die ihren Kopf sanft in seiner Armbeuge bettete und die Augen schloss.

»Ich bin erledigt …«, gab sie müde zu und schmiegte sich noch enger an ihn.

Jake war glücklich. Er wusste, dass er selig grinste, während er über ihre glänzenden Locken strich und ihren blumigen Duft tief in sich aufnahm. In der Luft hing noch der süßliche Geruch ihres intensiven Liebesspiels.

Der Sex mit ihr war phänomenal gewesen. Jake fragte sich, ob es wirklich nur daran lag, dass er so lange enthaltsam gelebt hatte. Gedankenfetzen waberten im Nebel seiner glücklichen Erschöpfung durch sein Hirn. Er befürchtete aber, dass seine unbändige Lust einen anderen Grund hatte: Viktoria machte süchtig. Sie war wie eine Droge, die einen schon beim ersten Kontakt lebenslang abhängig machte. Er musste sicherstellen, dass ihre Beziehung auch für ihn nur auf einer körperlichen Ebene blieb, denn mehr konnte man nicht von ihr erwarten. Das hatte sie ihm unmissverständlich zu verstehen gegeben.

Schnell schüttelte er die negativen Gedanken ab, noch lag sie selig in seinen Armen und schien nicht vorzuhaben, aus seinem Bett zu verschwinden. Sie atmete tief und gleichmäßig in seiner Armbeuge. Viktoria war tatsächlich eingeschlafen. Vielleicht war das die größte Überraschung des Abends. Er hatte befürchtet, sie würde direkt nach dem Sex aufspringen und gehen.

Jake seufzte zufrieden und schloss selbst die Augen. Nur für einen kurzen Moment, denn er hatte nicht vor, die Nacht schon zu beenden. Er wollte jede Sekunde mit ihr im Bett auskosten …

KAPITEL 13

ALS JAKE die Augen aufschlug, war er allein. Er seufzte tief. Natürlich, was hatte er erwartet? Viktoria war keine Frau, die sich lange als sanftes Kätzchen an einen Kerl wie ihn schmiegte. Sie hatte bekommen, was sie wollte – leidenschaftlichen Sex. Die Erinnerung an die Nacht mit ihr ließ sein Herz schneller schlagen. Jake schloss die Augen noch einmal. Er konnte sich gut vorstellen, es zu wiederholen. Wieder und wieder. Sein Schwanz wurde nur von dem Gedanken daran bereits halb hart.

»Nein«, sagte er zu sich selbst und zog sein Handy vom Nachttisch. Er nahm einen Snap für sie auf. »Guten Morgen, Baby!« Er drückte auf Senden. Seine Nachricht war unverbindlich genug, dass sie nicht denken musste, dass er übermorgen mit einem Ring vor ihr stehen würde, aber er hatte damit hoffentlich auch ausgedrückt, dass er sich nicht mit einer Nacht zufriedengeben würde. Obwohl er vielleicht ein wenig enttäuscht war, dass sie bereits verschwunden war, war er dennoch auf eine seltsame Art glücklich. Vielleicht auch einfach nur befriedigt. Was wusste er schon. Jedenfalls würde er nicht noch mal monatelang ohne Sex leben, vor allem nicht mit einer Frau wie Viktoria in seiner Nähe. Eigentlich sollte er sie für eine Woche ans Bett fesseln, vielleicht würde die Lust auf sie dann irgendwann nachlassen. Vielleicht konnten sie das ja versuchen ...

Aber nicht heute. Für diesen Tag stand eine Biking-Tour auf dem Programm. Und irgendwann mussten sie auch noch mal am Konzept arbeiten.

Jake drehte das Wasser in der Dusche auf und stieg hinein. Was auch immer der Tag bringen würde, er hatte vor, ihn genauso zu beenden wie den gestrigen.

»Guten Morgen«, hörte er Viktoria sagen, als er sich zu ihr an den Frühstückstisch setzte. Sie sah ihn mit ihren hübschen grünen Augen an und er sah ihre Lust darin. Das Blut rauschte sofort schneller durch seine Adern.

»Guten Morgen, Viktoria«, sagte er lächelnd. »Gut ... geschlafen?«

»O ja«, erwiderte sie und errötete sogar ein bisschen. Jake gefiel es, dass sie endlich ein wenig mehr Menschlichkeit zeigte. Das machte sie noch attraktiver.

»Sehr gut, dann wollen wir uns mal für den Tag stärken. Wir haben heute sicher viel vor.« Er sagte es beiläufig, aber beide wussten, dass er nur eines im Sinn hatte ...

»Das Rührei ist ganz vorzüglich«, meinte sie und tupfte sich den Mund mit einer Serviette ab.

Jake nickte und ging zum Buffet. Wieso hatte er so lange damit gewartet, mit ihr zu schlafen? Es war egal, warum, ab jetzt zählte ohnehin nur noch, dass sie diese alberne Fahrradtour und das Coaching so schnell wie möglich hinter sich brachten, um zum angenehmen Teil des Tages übergehen zu können.

Jake schaufelte sich eine große Portion Eier und Speck auf seinen Teller, dazu nahm er sich Brot und ein Schüsselchen mit Obstsalat vom Buffet. Als er zu Viktoria zurückkehrte, saß Árni bereits an ihrem Tisch und hatte eine Tasse Kaffee vor sich stehen.

Jakes Laune sank augenblicklich mehrere Grad. Er hatte gehofft, noch ein wenig Zeit mit Viktoria allein verbringen zu können.

»Guten Morgen, Jake. Ich hoffe, du bist fit für den Tag«, begann Árni das Gespräch.

»Sicher doch. Guten Morgen«, erwiderte er den Gruß und nahm erneut Platz.

»Sehr schön. Ich habe auch gleich noch eine Info für euch. Die Tour im Norden müssen wir leider absagen. Dort ist wirklich schlechtes Wetter und eine Hiking-Tour auf den Bergen viel zu gefährlich. So macht eine Fahrradtour über das Hochland auch keinen Sinn. Ich habe die Route geändert. Wir fahren von Selfoss nach Laugar.«

Jake sandte ein Dankgebet gen Himmel. So ein Glück. Er war sich auch nicht sicher, ob er eine Tagestour in den Bergen überhaupt durchgehalten hätte, jedenfalls nicht mit den beiden Fitnessgöttern neben ihm. Er schob sich eine Gabel voll Rührei in den Mund.

»Ach Mensch. Das ist ja schade«, meinte Viktoria ehrlich enttäuscht.

»Es tut mir auch leid, aber es ist nicht zu ändern. Gut, wir sehen uns dann in zwanzig Minuten draußen. Nehmt Wechselkleidung mit. Ich versuche, eure Hotelbuchung zu ändern, damit ihr nicht auschecken müsst, sondern die zwei Nächte hierbleiben könnt, bevor es wieder Richtung London geht.«

»Klar, danke«, sagte Jake mit vollem Mund.

»Bis gleich.« Viktoria nickte Árni zu, goss sich noch etwas Kaffee nach und wandte sich an Jake. »Ich hätte wirklich gern den Norden Islands gesehen.«

»Du hast es doch gehört, wenn das Wetter scheiße ist, bleiben wir lieber hier im Süden.«

»Ja, sicher. Ist vielleicht auch besser für dich, du bist ja nicht so in Form«, neckte sie ihn.

»Das ist ja wohl die Höhe«, erwiderte Jake gespielt entrüstet. »Ich laufe die zwanzig Kilometer unter zwei Stunden.«

»Wann hast du das das letzte Mal gemacht?«, fragte Viktoria mit blitzenden Augen.

»Ach hör doch auf, ich zeige dir später gern, wie leistungsfähig mein Körper ist, Viktoria.« Er sah, dass sie schlucken musste. Ihre rosa Lippen waren leicht geöffnet. Gut. Sehr gut. Sie reagierte also ebenso stark auf ihn wie er auf sie. Das waren nicht die schlechtesten Voraussetzungen für eine heiße Affäre. Da sie geklärt hatten, dass Gefühle nicht ins Spiel kamen, würde es am Ende auch keine Missverständnisse geben.

»Macho!«, gab sie zurück und stand auf. Mit schwingenden Hüften verließ sie den Frühstückssaal und Jake grinste genüsslich in sich hinein.

»So, Leute, das wird ein langer Tag. Wir fahren jetzt erst mit dem Wagen nach Selfoss, von wo aus wir starten. Aber es ist windig, stellt euch darauf ein. Trotzdem kann ich euch sagen, es wird ganz sicher eine tolle Tour. Geplant sind circa achtzig Kilometer. Ihr seht beide sportlich aus, ich hoffe, ihr schafft das. Wenn nicht, kann ich jederzeit unseren Fahrer anrufen, er holt uns ab.«

»Wow, das klingt total spannend. Achtzig Kilometer – gar kein Problem, auf ordentlichen Rädern«, antwortete Viktoria.

Jake hatte die Augen geschlossen und machte ein Nickerchen. Sie betrachtete seine markanten Gesichtszüge. Seine Nase war einen Tick zu lang, als dass man sie als perfekt bezeichnen konnte, seine Wangen waren glatt rasiert und im Schlaf sah er vollkommen entspannt aus. Sie war selbst müde, viel Schlaf hatte sie in der letzten Nacht nicht bekommen. Außerdem war sie vielleicht ein kleines bisschen verkatert, es war doch ein Drink mehr gewesen, als gut für sie war. Aber sie bereute die Nacht nicht, im Gegenteil. Der Sex mit Jake war fantastisch gewesen. Er hatte nichts gegen ihre Regeln einzuwenden gehabt. Er wäre auch der erste Kerl gewesen, der sich gesträubt hätte, eine Affäre ohne Verpflichtungen einzugehen. Ihr war es recht so, denn mehr konnte und wollte sie nicht in ihrem Leben.

»Wie weit seid ihr mit eurem Konzept?«, meldete sich Árni von vorn.

»Oh, es läuft gut. Wir haben wirklich gute Ideen und Inspirationen aus dem Land geschöpft. Bis jetzt jedenfalls. Allerdings fehlte uns bisher die Zeit, die Einfälle zu konkretisieren. Die Tage hier sind ja ganz schön ... ausgefüllt.«

Árni nickte. »Ich verstehe. Was haltet ihr davon, wenn wir morgen anstatt einer Tour noch ein Coaching machen und ihr dann ab mittags am Konzept arbeiten könnt?«

»Das klingt perfekt, wunderbar.«

»Jake, was sagst du?«

»Er schläft«, informierte Viktoria ihn.

Árni drehte sich um. »Ah. Okay. Na gut. Ich kann mir vorstellen, es ist nicht einfach, mit ihm zu arbeiten.«

Viktoria hob eine Augenbraue. Seit wann war Árni so verständnisvoll? »Äh. Nein. Ist es nicht.«

»Ich hoffe, ihr könnt beide etwas von dieser Reise für euch mitnehmen. Etwas, das euch wirklich im Leben weiterbringt. So viel versteckten Zorn und Verdruss wie bei euch beiden habe ich selten in meinen Coachings erlebt.«

»Tatsächlich?«

»Ja. Ich will ja keine Vermutungen anstellen ... wieso. Das könnt nur ihr selbst herausfinden. Allerdings glaube ich, dass ihr viel mehr erreichen könntet, wenn ihr zusammen anstatt gegeneinander arbeitet.«

»Das tun wir bereits, bei diesem Projekt zumindest. Wir haben ja auch gar keine Wahl.«

Árni nickte resigniert. »Siehst du. Das meine ich. Man zwingt euch dazu, sonst würdet ihr euch die Köpfe einschlagen. Dabei kann man mit vereinten Kräften viel mehr erreichen als damit, sich zu bekriegen.«

Viktoria atmete tief ein. Der Mann hatte doch keine Ahnung. Vereinte Kräfte, dass sie nicht lachte. Alles, was sie bisher im Leben kapiert hatte, war, dass man sich nicht auf das verlassen sollte, was einem ein Mann versprach. Diese bittere Erfahrung hatte sie schon in Stanford machen müssen, als Michael ihr immer wieder versprochen hatte, seine Frau für sie zu verlassen. Am Ende hatte sie allein dagestanden. Und schwanger. Es war sogar so weit gegangen, dass er ihr damit gedroht hatte, sie öffentlich bloßzustellen, wenn sie das Kind nicht abtrieb. Die einzige Konsequenz daraus war gewesen, die Uni und ihn zu verlassen. Sein Kind sollte er niemals zu Gesicht bekommen. Trotz allem war Viktoria glücklich darüber gewesen, Mutter zu werden. Sie hatte das kleine Wesen von der ersten Sekunde an geliebt wie nichts anderes jemals zuvor – und nie wieder danach. Aber das Schicksal hatte andere Pläne für sie gehabt.

Sanft strich sie mit dem Finger über das Tattoo unter ihrer Uhr und sah aus dem Fenster.

»Wir sind da«, verkündete Árni, als der Wagen anhielt. »Zieht euch besser gleich mal die Regenmontur über.« Er sah zum grauen, wolkenverhangenen Himmel hinauf. »Könnte nass werden.«

Jake rieb sich müde die Augen und gähnte herzhaft.

»Guten Morgen«, spottete Viktoria, dabei beneidete sie ihn sogar ein wenig, denn auf den letzten Kilometern waren ihr selbst die Augen zugefallen, aber sie hatte nicht schlafen können. Das alte Problem der Reisekrankheit in diesem Monstertruck hatte sie wach gehalten.

»Sind wir schon da?«, meinte er verschlafen.

»Schon. Ja.« Der Sarkasmus in ihrer Stimme war unüberhörbar, während sie Regenhose und -jacke aus ihrem Rucksack holte und über die Sportsachen zog.

Wenig später hatte Árni die Mountainbikes aus dem Kofferraum geholt und drückte jedem drei Wasserflaschen, Proteinriegel und einige Bananen in die Hand.

»Teilt es euch gut ein, mehr haben wir nicht.«

Jake hob eine Augenbraue, sagte aber nichts, als er seinen Proviant verstaute. Viktoria entging es jedoch nicht.

Árni hatte Sonnenbrille und Stirnband bereits angezogen und Viktoria tat es ihm nach.

»Dann schwingt eure Ärsche mal aufs Rad«, lachte Árni. Anscheinend konnte er es kaum abwarten.

Schon nach wenigen Metern begann ihr Guide, sie über die Umgebung aufzuklären.

»Als Erstes verlassen wir Selfoss auf der mitten durch den Ort führenden Ringstraße Nummer eins in Richtung Nordwesten. Nach ungefähr zwei Kilometern biegen wir dann nach Norden auf die Straße fünfunddreißig ein. Ich erwarte heute ziemlich starken Gegenwind, sicher mit einer Stärke von vier bis sechs, wenn euch das was sagt. Also lasst euch nicht wegpusten«, meinte er grinsend. »Während der knapp zehn Kilometer langen Etappe auf der Straße fünfunddreißig bieten sich zur Rechten immer wieder schöne Ausblicke auf das teils verwilderte und teils mäandrierende Bett des Gletscherflusses Hvítá, der weit im Nordosten an der Ostseite des großen Gletschers Langjökul entspringt. Den Gletscher kennt ihr ja bereits von der Snowscootertour. Linkerhand fließt dann die Sog, ebenfalls ein Gletscherfluss, immer parallel zum Straßenverlauf. Aber lasst uns erst mal fahren. Wenn ihr eine Pause braucht, sagt Bescheid, ansonsten teile ich die Tour so auf, wie ich es für richtig halte.«

»Wir sind sicher, dass du alles im Griff hast«, kommentierte Viktoria lächelnd, Jake radelte schweigend daneben. »Alles okay, Jake?«, fragte sie ihn daher. So schweigsam war er seit dem Unfall nicht mehr gewesen.

»Sicher. Genieße nur die Natur«, brummte er, ansonsten sah er aber ziemlich relaxt aus.

Deswegen glaubte sie ihm, dass er die Landschaft wirklich genoss. Immerhin war er kein Mann, der sich ständig selbst reden hören musste. Das war mal ein angenehmer Charakterzug an ihm, neben all den anderen, die sie nervig fand. Sie hatte noch keinen Mann getroffen, der so hartnäckig war, so von sich überzeugt und dabei so verdammt zielstrebig und sich ihr damit in den Weg stellte. Wobei, auf der Reise war er bisher wirklich erträglich gewesen. Und der Sex war ... Nein, sie würde jetzt nicht daran denken.

Obwohl die Wiesen ein sattes Grün hatten und unendlich viele gelbe Blumen blühten, konnte man immer ahnen, dass ein Leben auf Island nur bei Respekt vor der Natur stattfinden konnte. Der Schnee auf den entfernten Gipfeln erinnerte einen daran, dass der Sommer hier nur sehr kurz war. Und vom vielbesprochenen Sommer merkte man heute absolut nichts. Der Wind war eisig kalt und sie überlegte daher kurz, ob sie die Handschuhe aus ihrem Rucksack holen sollte. Aber sie beschloss, bis zur ersten Pause zu warten, weil es zu umständlich war.

Die ersten zehn Kilometer radelten sie in gemäßigtem Tempo, es würde kein Problem für sie sein, die Tour durchzuhalten, selbst mit dem leichten Kater. Dafür war sie insgesamt in einer zu guten körperlichen Verfassung. Gott sei Dank, denn sie hasste es, Schwäche zu zeigen. Vor allem vor Jake.

»So, jetzt geht es auf die sechsunddreißig«, informierte Árni sie an einer Kreuzung. »Die Straße bringt uns genau in nördlicher Richtung nach Thingvellir. Wir fahren also immer schön weiter an der Sog entlang, die den südlichen Abfluss des jetzt noch ungefähr fünfzehn Kilometer entfernten Sees Thingvallavatn darstellt. Das Wasser darin ist so kalt, dass hier regelmäßig Leute ertrinken, wenn sie aus einem Boot fallen.«

»Wirklich?«, meinte Viktoria. »Das klingt ... krass.«

Árni lachte. »Ich würde euch nicht empfehlen, darin zu baden.«

»Keine Sorge«, mischte sich nun auch Jake ein. »Kein Bedarf an einer Runde im See.«

Der Wind nahm noch einmal an Stärke zu, wodurch sie nur noch mühsam vorwärtskamen. Sogar Viktoria musste sich anstrengen, was vermutlich daran lag, dass sie es absolut nicht gewohnt war, gegen einen derartigen Luftwiderstand zu biken.

»Heilige Scheiße!«, rief Jake, als kurz darauf ein riesiger Lkw im Affentempo an ihnen vorbeirauschte und die Wirkung der Sogwelle sie beinahe von der Straße gefegt hätte. Aber für den Moment war es noch einmal gut gegangen, wenn auch nur knapp.

»Ja, leider nehmen die Fahrer hier selten Rücksicht. Ich bin mir sicher, er ist mit über hundert an uns vorbeigerast!«, rief Árni ihnen zu.

»Das ist ja eine Frechheit!«, meckerte Viktoria nun auch.

»Vielleicht sollten wir beim nächsten Lastwagen anhalten, um sicherzugehen, dass wir nicht selbst fliegen. Auch wenn eigentlich der Stärkere Rücksicht nehmen sollte. Aber ... na ja. Ihr seht ja, wie das dann läuft«, meine Árni seufzend.

Die erste große Pause an diesem Tag läutete der Isländer am Südausläufer des Thingvallavatn ein. Sie stiegen steif von den Rädern. Der Wind hatte beiden etwas zugesetzt, aber niemand beklagte sich offen darüber. Viktoria lächelte in sich hinein. Jake war anscheinend genauso stolz wie sie.

»Der See hier ist mit zweiundachtzig Quadratkilometern der größte Islands. Er liegt genau in der Zone, in der das Mid Atlantic Riftvalley, der mittelatlantische Rücken, auf Island zutage tritt. Hier treffen die eurasische und nordwestamerikanische Kontinentalplatte aufeinander. Es gibt eine Nahtstelle, die pro Jahr etwa zwei Zentimeter auseinanderdriftet. Ring of Fire – sagt euch das was?«

»Äh?«, meinte Viktoria.

»Hier gibt es viele Erdbeben«, erklärte Jake und summte dann eine alte Melodie von Johnny Cash, die im Refrain mit »Ring of Fire« endete. Viktoria verkniff sich ein Schmunzeln.

»Genau«, stimmte Árni zu. »Diese Naht zieht sich durch den gesamten Atlantik. Seafloor Spreading nennen sie es auch. Es ist kompliziert zu erklären, aber wenn es euch interessiert, lest doch heute Abend ein wenig nach. Jedenfalls haben die Wassermengen des Thingvallavatn einen großen Teil der Bruch- und Senkungszone gefüllt. Damit fällt der See eindeutig in die Kategorie der tiefen tektonischen Seen, zu denen auch der sibirische Baikal- und der nordafrikanische Tanganjikasee zählen.«

»Also nicht schwimmen und schon gar nicht tauchen gehen«, äußerte Viktoria trocken.

»Besser nicht. Setzt euch, trinkt und esst etwas«, meinte Árni und ließ sich selbst am Seeufer nieder.

»Hier kann man tauchen, oder?«, fragte Jake.

Árni zuckte mit den Schultern. »Einem Anfänger würde ich das nicht empfehlen. Ist auch nicht mein Fachgebiet. Haltet ruhig mal eure Finger ins Wasser. Glaubt mir, da mag man nicht reingehen«, sagte er und biss von seinem Proteinriegel ab.

Viktoria stand auf und ging zum Ufer, um die Probe aufs Exempel zu machen. »Ach du meine Güte, nee, also das ist wirklich sooo kalt!« Sie hielt zwei Finger mit einem winzigen Abstand zueinander hoch und lachte.

Jake neigte den Kopf ein wenig und ihr wurde warm unter seinem Blick. Er sah heute fast ein wenig verwegen aus, sein Haar vom Wind zerzaust, das Gesicht von der Anstrengung gerötet, die Hosen matschbespritzt. Ein unbändiges Verlangen, ihn zu küssen, überkam sie, aber sie wandte sich ab. Hier war nicht die richtige Zeit und schon gar nicht der richtige Ort. Um sich abzulenken, nahm sie sich eine Banane aus dem Rucksack und aß diese wortlos, bis Árni sie zur Fortsetzung der Tour antrieb.

»So, Leute. Jetzt nehmen wir den Kampf mit dem Wind wieder auf und legen die restlichen zwanzig Kilometer zum Thingvellir Nationalpark zurück. Sagt euch das was?«

»Das *Althing*. Dort haben die Stammesoberhäupter Politik gemacht«, hörte sie Jake sagen.

»Oha, da hat aber jemand seine Hausaufgaben gemacht. Sehr gut, Jake«, lobte Árni.

Jake zuckte nur mit den Schultern. »Davon hat wohl jeder schon mal gehört. Island ist ja bekannt dafür, dass sich die Bevölkerung seit Jahrhunderten immer dort versammelt hat. Daraus wurde doch ein richtiges Fest, nicht?«

»Ja, genau. Das *Althing* war natürlich für die meisten mit einer wochenlangen Reise verbunden. Nicht wie heute, rein ins Auto, ins Meeting und dann wieder zurück. Das musste sich dann schon lohnen. Aber los jetzt, sonst rosten wir noch ein«, trieb der Reiseführer sie an.

Der Wind ließ glücklicherweise ein wenig nach, trotzdem hatten sie noch genug damit zu kämpfen. Nach einer guten Stunde erreichten sie den Nationalpark, der am Nordende des Sees lag. Ihr fiel gleich auf, dass er die gleichen tektonisch stark zerrütteten und daher bizarr wirkenden Landschaftsformen wie die übrige Gegend um das Thingvallavatn zeigte. Die sichtbare Wirkung der Naturgewalt beeindruckte Viktoria. Auf eigenartige Weise spendete sie Kraft. Es war etwas ganz Besonderes, die Luft hier zu schnuppern und ein Teil der einzigartigen Landschaft zu sein.

»Hier«, Árni zeigte auf das Land um sie herum, »sind wir in der Schlucht von Almannagjá und im Jahr neunhundertdreißig wurde das *Althing* gegründet. Diese isländische Gesetzesversammlung ist das älteste noch bestehende Parlament der Welt.«

Árni sagte dies mit nicht wenig Stolz in der Stimme und so langsam ging ihr auf, wie eine Nation mit nur etwas mehr als dreihunderttausend Einwohnern überhaupt so lange Bestand haben konnte. Es ging nur, wenn man sein Land bedingungslos und absolut liebte und die Kräfte der Natur akzeptierte, denen man hier ausgesetzt war. Wobei die Insellage vermutlich auch eine Rolle spielte.

»Wahnsinn«, murmelte sie vor sich hin und nahm alle Eindrücke tief in sich auf.

»Habt ihr genug gehört?«, meinte Árni und sah Jake dabei an, der eifrig Bilder mit seinem Handy knipste.

»Nein, erzähl ruhig weiter. Das ist das beste Coaching, seit wir gelandet sind«, erwiderte Jake beiläufig. Viktoria vertuschte ein Kichern hinter einem kurzen Hüsteln. Anscheinend hatte sich Jakes Abneigung gegenüber Árni noch nicht gemildert. Dabei war der raubeinige Kerl doch ganz nett, wenn man die schlauen Sprüche nicht so ernst nahm.

Árni atmete hörbar aus. »Also gut. Früher trafen sich hier die Goden, um Recht zu sprechen und Gesetze zu verabschieden. Wir fahren jetzt mit den Rädern zum höchsten Punkt, dort zeige ich euch einen grandiosen Ausblick auf die umgebende Landschaft. Ihr werdet staunen. Von da aus kann man den Vulkan Skjaldbreidur sehen. Er sieht ein bisschen aus wie eine Schildkröte. Man sagt, vor ungefähr achttausend Jahren hat er die Lavamengen verbreitet, die die Landschaft hier maßgeblich geprägt haben. Und jetzt kommt.«

Er schwang sich mit einem Satz aufs Rad und fuhr los. Man konnte spüren, dass er den Trip selbst genoss, das gefiel Viktoria. In ihrem Geschäft hatte sie es zu oft mit Leuten zu tun, die nicht halb so viel Leidenschaft für ihren Job entwickelten wie der Isländer.

»Ist es nicht wahnsinnig toll, Jake?«

»Ziemlich cool«, meinte er und streifte mit seiner Hand ihre kühle Haut an der Wange. »Ich radele sehr gern hinter dir, weißt du das?« Er grinste anzüglich und sie spürte, wie sich ihr Herzschlag beschleunigte.

»Schön, gewöhn dich daran, denn für den Rest des Tages wirst du mich nur noch von hinten sehen, du Schnecke.« Schnell stieg sie auf ihr Mountainbike und fuhr Árni hinterher.

»Ich kann mir kaum einen schöneren Anblick vorstellen«, lachte Jake hinter ihr, aber sie sah sich nicht noch einmal um. Dennoch war sie sich bewusst, dass er kurz darauf dicht hinter ihr in die Pedale trat. Trotz all der Anstrengung, des Wetters und der Eindrücke, die auf sie einprasselten, schweiften ihre Gedanken immer wieder zu Jake und dem, was er mit ihrem Körper anstellen konnte und letzte Nacht angestellt hatte. Sie schloss für eine Sekunde die Augen, atmete tief durch und nahm sich vor, sich mehr auf den Weg zu konzentrieren als auf das Ziehen in ihrer Mitte.

Bevor sie die Fahrt nach einer weiteren Pause in Richtung Laugarvatn fortsetzten, stärkten sie sich erneut mit Riegeln und Bananen. Viktoria beobachtete währenddessen mit einigem Interesse die anderen Touristen. Es ging also nicht nur ihr so, dass sie das Land als magisch empfand. Ein wichtiger Punkt für das Konzept für Wilken. Darum herum musste die Kampagne aufgebaut werden und dennoch wollte sie auch Leute erreichen, die vielleicht noch keine Ahnung von Island hatten. Sie würde das mit Jake besprechen, wenn sie allein waren.

Er knabberte an einem Proteinriegel und sah gedankenverloren über die weite Landschaft. Der Wind zerzauste sein Haar, aber ihn schien es nicht zu stören. Zu gern hätte sie ihre Hände darin vergraben und es noch unordentlicher gemacht. Überrascht von der Stärke ihres Verlangens sah sie auf ihre Füße.

»Auf geht's, Leute, wir haben noch ein gutes Stück vor uns«, drang Árnis Stimme an ihr Ohr.

Jake stöhnte leise auf. Aber auch Viktoria war müde, schließlich hatten sie in den letzten Tagen bereits ein straffes Programm gehabt und der ständige Gegenwind hatte sogar sie mittlerweile mürbegemacht.

»Ihr wollt doch nicht aufgeben?«, fragte Árni mit gerunzelter Stirn.

»Nein«, antworteten beide zeitgleich, was sie zum Lachen brachte.

Árni nickte wissend. »Alles klar. Falls es euch motiviert, wir werden jetzt auch mal ein wenig Rückenwind haben.«

Viktoria war erleichtert, sagte jedoch nichts, als sie mit dem Rad anfuhr.

Leider hatte ihr Führer nicht erwähnt, dass sie zwar Rückenwind haben würden, aber die Straße nach Laugarvatn so schlecht war, dass man trotz der Unterstützung im Rücken unverhältnismäßig länger brauchen würde, weil sie nur schleppend vorankamen. Ihr Hintern schmerzte bereits höllisch, da sie keine Radhose im Gepäck gehabt hatte. Ihr einziger Trost war, dass Jakes Gesicht mindestens genauso schmerzverzerrt war, wie sie sich fühlte.

»Kommt schon, wir haben hier noch mal eine Steigung von ungefähr fünf Prozent und bald geht es nur noch bergab!«

Sie war erschöpft und ihr Körper schmerzte. Viktoria biss die Zähne zusammen. Das war es, was sie an sportlichen Herausforderungen so liebte. Durchhalten, sich selbst überwinden. Am Ende ging man viel stärker aus Situationen wie diesen hervor.

Jake schnaufte heftig. »Ich hoffe wirklich, er lügt uns nicht an. Also bei mir reicht ein Proteinriegel bald nicht mehr, um mir noch Energie zu geben. Das ist ja die Hölle hier!«, stöhnte er gequält, während er fleißig in die Pedale trat.

»Ich sage dir nicht, dass mein Hintern wehtut«, informierte sie ihn, um ihn zu motivieren.

Jake antwortete etwas leiser, sodass Árni sie nicht hören konnte: »Viktoria, ich werde mich heute Abend ganz ausgiebig um dein Hinterteil kümmern, das verspreche ich dir.«

Sie sah ihn von der Seite an und das Funkeln in seinen Augen reichte, um sie ihre Müdigkeit für einen Moment vergessen zu lassen. »Ich freue mich darauf ...«

KAPITEL 14

VIKTORIA STAND im Aufzug, gehüllt in einen weißen Frotteebademantel, als sich die Türen mit einem Zischen öffneten. Eine Frau mit einem Kleinkind an der Hand stieg zu. Das Kind hatte blonde Locken und brabbelte unablässig auf Isländisch auf ihre Mutter ein, die lächelte und Viktoria einen entschuldigenden Blick zuwarf. Viktoria musste schlucken. Es versetzte ihr immer wieder einen Stich, wenn sie das Glück anderer Menschen so augenscheinlich mitbekam. Es machte ihr nur umso deutlicher klar, was sie verloren hatte.

Sie war froh, als sich die Türen des Lifts in der Lobby öffneten und Mutter und Kind den Aufzug verließen, ohne sie noch einmal anzusehen. Sie atmete tief durch und schüttelte die Gedanken ab, die in ihr aufzusteigen drohten. Jetzt war nicht die richtige Zeit oder Ort, um den Schmerz zuzulassen.

Sie brauchte ein paar Minuten, um sich wieder zu sammeln, bevor sie den Wellnessbereich betrat und sich dort umsah und informierte, was das Hotel bot. Ein wenig Entspannung würde ihr guttun, auch wenn es sonst nicht so ihr Ding war, sich in Saunen oder Dampfbädern zu entspannen.

Viktoria räkelte sich gerade im Hot Tub des Hotels, als Jake in ihrem Sichtfeld erschien. Er entdeckte sie und stieg zu ihr ins Wasser. Sie waren nicht allein im Spabereich, aber außer ihnen saß niemand im vierzig Grad warmen Wasser. Nicht weit entfernt stand ein zweiter heißer Topf, bei dem das Wasser sogar auf zweiundvierzig Grad erhitzt war. Viktoria hatte die Zehenspitzen hineingehalten, aber das war definitiv zu viel für sie gewesen.

Die Wände im Nordica Spa waren so gestaltet, dass man das Gefühl hatte, in einer Höhle zu sitzen. Das gedämpfte, indirekte Licht verstärkte diese Illusion noch. Sanfte Klänge tönten aus unsichtbaren Lautsprechern und unterstrichen die Wirkung. Es war herrlich, genau das Richtige nach einem aktiven Tag.

»Die Isländer mögen es heiß«, kommentierte sie Jakes verzerrtes Gesicht, als er sich langsam ins Wasser gleiten ließ.

»Holla, die Waldfee! Daran muss man sich erst mal gewöhnen«, presste er gequält hervor.

»Schau mal, der daneben hat sogar zweiundvierzig Grad, das war selbst für mich zu viel des Guten!«

Jake setzte sich neben sie und fischte nach Viktorias Hand.

»Wie geht's dem Hintern?«, fragte sie, während er jeden einzelnen ihrer Finger liebkoste, bevor er seine Hand mit ihrer verschränkte.

»Geht so. Ich werde es überleben«, lachte er. »Und deiner?«

Die Stimmung veränderte sich sofort merklich zwischen ihnen. Die Luft war spannungsgeladen. Viktoria sah ihm tief in die Augen. Jakes Pupillen waren geweitet und sie las das gleiche Verlangen in seinem Blick, das sie empfand.

»Ich könnte eine … Behandlung vertragen«, raunte sie und lehnte sich mit dem Kopf an den Beckenrand. Jake ließ ihre Hand los, fuhr mit den Fingerspitzen über ihren Hals und strich mit seinen Lippen über ihre Ohrmuschel.

»Ich werde mir die größte Mühe geben, Viktoria.«

»Ich bitte darum«, gab sie mit rauer Stimme zurück und suchte mit ihren Händen nach seinen Shorts. »So, bereit, Mr Carter?«, neckte sie ihn, als sie den harten Beweis seiner Erregung unter dem dünnen Stoff spürte.

»Sieht so aus, Miss Denkhaus«, meinte Jake und ließ ganz unerwartet von ihr ab. Viktoria war fast ein wenig enttäuscht, auch wenn ihr klar war, dass sie sich an einem öffentlichen Ort befanden. Sie öffnete die Augen und sah, dass ein untersetzter Mann auf dem Weg in den noch wärmeren Hot Tub war. Jake und Viktoria folgten ihm mit ihren Blicken.

»Tja, sieht so aus, als müssten wir uns ein wenig gedulden«, grinste Jake schief und Viktoria rekelte sich im heißen Wasser.

»Meinen Muskeln wird es nicht schaden, so bekommen wir auch keinen Muskelkater. Verschoben ist ja nicht aufgehoben, oder wie heißt das Sprichwort? Der Wind war wirklich heftig, nicht?«, versuchte sie dann, das Thema zu wechseln, auch wenn sie am liebsten sofort mit Jake verschwunden wäre.

»Trotz allem ein schöner Tag«, erwiderte er und ließ sich noch ein Stückchen tiefer ins Wasser gleiten.

»O ja. Sehr. Danke, dass du momentan nicht so ein Arsch bist wie sonst«, scherzte sie mit geschlossenen Augen.

Jake lachte heiser. »Das klang fast nach einem Kompliment, Baby.«

Viktoria sah ihn an und das schelmische Blitzen in seinen Augen machte ihn noch attraktiver, als er ohnehin war. Sie sagte aber nichts und lehnte sich erneut zurück an den Rand.

»Hast du Hunger?«, fragte Jake nach einigen Minuten des Schweigens. Der Kerl im anderen Becken schien sich im heißen Wasser sehr wohlzufühlen. Es sah nicht so aus, als hätte er vor, in naher Zukunft aufzustehen.

»Es geht«, antwortet sie wahrheitsgemäß. Sie hatten in Laugarvatn ein Restaurant besucht und Fischeintopf mit Brot zu sich genommen. Er sättigte länger, als sie vermutet hatte.

»Wir müssen auch irgendwann noch das Konzept finalisieren«, ergänzte Jake.

»Stimmt, ich hatte heute wirklich ein paar gute Ideen.« Viktoria wackelte mit ihren Fußzehen im warmen Wasser.

»Tatsächlich?« Jake hatte sich mit einem Unterarm auf den Beckenrand gestützt und sah sie nun von der Seite an.

»Ja, so langsam verstehe ich, wie wir Island mit in die Kampagne einbringen können, die drei Sorten Wasser und das alles. Es ergibt langsam alles einen Sinn.«

»Das klingt ... gut. Sollen wir dann wieder was bestellen?«

Viktorias Mundwinkel bogen sich nach oben. »Wieso nicht.«

Natürlich hatten sie beide nur das Eine im Kopf. Diese prickelnde Erotik zwischen ihnen war absolut einnehmend und elektrisierend. Obwohl sie nach den achtzig Kilometern auf dem Rad sehr müde sein sollte, war genau das Gegenteil der Fall. Ihr Körper war gespannt vor Vorfreude auf den Höhepunkt des Tages. Vielleicht auch mehrere ... überlegte sie. Ein Prickeln erfasste ihren Körper.

Jake nahm Viktorias Hand und stand auf. »Dann lass uns gehen.«

Wasser tropfte an seinen Muskeln nach unten. Sie kam nicht umhin, sich seinen nass glänzenden Körper genauer anzusehen und mit den Fingern über seinen flachen Bauch zu streichen. Dabei war es ihr herzlich egal, ob der Beckennachbar die Augen offen oder geschlossen hatte.

»Viktoria, Baby«, flüsterte Jake. Sie standen sich nun gegenüber, nur wenige Zentimeter trennten sie voneinander. Viktoria spürte die Hitze, die von ihm ausging. Sie sah, wie Jake tief durchatmete und sich dann durch die Haare fuhr. Er stieg als Erster aus dem heißen Wasser und reichte ihr seine Hand. Nachdem sie aus dem Badezuber gestiegen waren, zogen sie sich ihre Bademäntel über, schlüpften in die Frotteeschlappen und machten sich auf den Weg zu Jakes Zimmer.

Im Aufzug standen sie züchtig nebeneinander, die Hände in den Taschen vergraben.

»Ob sich die Leute hinter dem Bildschirm noch an uns erinnern?«, kicherte Viktoria.

Jake sah sie an. »Ich glaube nicht, sicher passiert das hier ständig«, meinte er gelassen.

Kurz darauf öffnete er seine Zimmertür und ließ Viktoria den Vortritt. Entgegen ihrer Fantasie fiel Jake nicht direkt über sie her. Sie unterdrückte ein Schmunzeln, so weit war es also schon mit ihr gekommen.

»Suchst du was für uns aus?«, fragte er und reichte ihr die Speisekarte des Zimmerservice.

»Vorlieben?« Dabei sah sie ihn an.

Jake hob eine Augenbraue und seine Stimme klang dunkel und verheißungsvoll, als er antwortete: »Alles, was dir gefällt.«

Sie mochte die Doppeldeutigkeit der Aussage, in der es nicht nur um das Abendessen ging. Sie war zufrieden, dass er genauso scharf auf sie war wie sie auf ihn, und überflog das Angebot. Plötzlich stand Jake hinter ihr und knabberte an ihrem Nacken. Ihre Haare hatte sie zu einem Knoten hochgebunden. Jakes Zunge malte kleine Kreise auf ihren Hals und ließ sie damit nach Luft schnappen. Diese zarte Berührung genügte, um sie in Flammen zu versetzen.

»Jake!« Sie wand sich aus seiner Umarmung. »Also dann bestelle ich zweimal das Steak für uns.«

»Sicher«, grinste er. »Und eine Flasche Rotwein.«

Viktoria nahm den Hörer und wählte die Durchwahl des Roomservice. Währenddessen zog Jake am Gürtel ihres Bademantels und streifte den weißen Frottee sanft von ihren Schultern, bis er schließlich einen See um ihre Füße bildete. Seine Hände umfassten ihre Brüste wie ein BH.

»Sie passen genau«, flüsterte er leise und dann begann er, sie sanft zu kneten. Beinahe hätte sie vergessen, was sie bestellen wollte. Ihre Stimme klang, als wäre sie gerade fünfmal den Flur auf und ab gerannt, bevor sie die Bestellung aufgab.

Endlich erledigt. Sie knallte den Hörer auf die Gabel und drehte sich zu ihm um.

»Du böser Junge«, tadelte sie ihn und zog ihm seinen Bademantel aus. Sein nackter Schwanz ragte bereits prall und mit feucht glänzender Spitze in die Höhe. Mit einer lässigen Handbewegung fegte sie alles vom kleinen Schreibtisch des Hotelzimmers.

Jake verstand sofort. Er hob sie mit einer Bewegung auf die Platte und küsste sie stürmisch. Sein heißer Atem vermischte sich mit ihrem, seine Zunge stieß drängend in ihren Mund. Sie wollte ihn. Sofort. Jake schien es ebenso zu ergehen. Woher auch immer, aber er hatte ein Kondom in der Hand, das er mit einer geübten Bewegung über seinen erigierten Schaft zog. Schon war er wieder bei ihr und sie hieß ihn willkommen. Viktoria öffnete ihre Schenkel bereitwillig für ihn, zog ihn mit ihren Händen an sich und half ihm, in ihre feuchte Hitze einzudringen.

»Viktoria«, keuchte er an ihrem Ohr und verharrte einen Moment mit geschlossenen Augen reglos in ihr. »Den ganzen Tag habe ich davon geträumt.«

Er begann, sich langsam in ihr zu bewegen. Quälend träge stieß er immer wieder in sie, bis sie ihm ihre Hüften immer fordernder entgegendrängte.

»Mehr, Jake! Gib mir mehr!«, spornte sie ihn an. Viktoria saugte an seiner Schulter, klammerte sich an ihm fest und spannte ihre Muskeln immer wieder um ihn. Jake reagierte mit einem Knurren und kam ihrer Bitte nach. Schneller und kraftvoller wurden seine Bewegungen in ihr. Seine Gesichtszüge waren angespannt, ihrer beider Körper waren von einem Schweißfilm bedeckt. Mit jedem Stoß entstand ein klatschendes Geräusch, als sich ihre feuchte Haut immer wieder aufs Neue berührte. Jake nahm Viktorias Schenkel und legte sie sich um seine schmalen Hüften.

»Ich muss dich ganz spüren, Baby. O ja! Genau so!«, brummte er.

Viktorias Herz klopfte schnell, das Blut rauschte in ihren Ohren. Sie vergaß die Welt um sich herum. Alles, was zählte, war das Hier und Jetzt. Jakes erigierte Männlichkeit in ihrer nassen Vagina. Immer höher trugen die Wellen der Leidenschaft sie, bis sie glaubte, es nicht mehr aushalten zu können.

Sie war sich endgültig sicher, dass sie es keine Sekunde länger ertragen könnte, als sie seinen Finger auf ihrem kleinen Nervenbündel spürte. Der leichte Druck genügte, um sie vollends über die Klippe zu reißen. Viktoria schrie auf und klammerte sich noch fester an Jake, während ihr Körper von den Wellen des Orgasmus geschüttelt wurde. Sie bekam gerade noch mit, wie er sich selbst aufbäumte und seinen eigenen Höhepunkt hinausschrie. Jakes Hände gruben sich fest in die weiche Haut ihrer Hüften. Es war fast schmerzhaft, aber in diesem Moment empfand sie nichts als Lust und Freude darüber.

»Holy fuck!«, seufzte Jake leise an ihrem Ohr.

Sein Brustkorb hob sich noch immer schnell, als es an der Tür klopfte. Sie schraken beide auf.

»Scheiße.« Jack zog sich aus ihr zurück, hob Viktorias Bademantel auf und warf ihn ihr zu. Dann verschwand er im Badezimmer.

Okay, das bedeutete wohl, dass sie öffnen sollte.

Viktoria sammelte sich eine Sekunde. »Moment, bin gleich da!«, rief sie und schlüpfte in den Bademantel. Die Gesichtsfarbe des Zimmermädchens war purpurrot, als sie öffnete. Möglicherweise hatte sie schon länger vor der Tür gewartet. *Egal*, dachte Viktoria, *wird nicht das letzte Mal für die Kleine gewesen sein, wenn sie hier länger arbeitet*. Als sich das Mädchen mit einem »Schönen Abend noch« verabschiedete, musste Viktoria grinsen.

»Danke, ebenso.«

Sie schob den Wagen ins Zimmer und gab der Tür mit ihrem Fuß Schwung, sodass sie ins Schloss fiel.

»Jake?«, rief sie.

»Ich bin hier!«, hörte sie ihn aus dem Bad antworten.

Sie runzelte die Stirn und stieß die Tür auf. Jake lag auf dem Boden und atmete noch immer schnell.

»Alles okay? Mein Gott!« Sie riss die Augen weit auf.

»Du bist eine Hexe, Viktoria. Los, hilf mir auf die Beine, Weib!«

Sein Grinsen sagte ihr, dass er nur erschöpft war und nicht ernsthaft Hilfe benötigte. Für einen Herzinfarkt war er auch noch ein bisschen zu jung, aber was wusste sie schon. Sie musste über ihren Gedanken lächeln, während sie ihm ihre Hand hinstreckte.

»Komm schon hoch, alter Mann!«

»Alt! Dir zeig ich alt. Pf!«, machte er. Als er vor ihr stand, zog er sie in seine Arme. »Essen oder duschen?«

»Essen!«, meinte sie bestimmt und zog ihn mit sich ins Zimmer, wo ein üppiges Dinner auf sie wartete.

Das Dinner schmeckte vorzüglich, aber Jake hätte sicherlich auch pappigen Haferbrei mit Genuss verspeist. Er war ausgehungert, dabei fragte er sich, wonach es ihn mehr verlangte. Nach Kalorien oder mehr Sex mit Viktoria.

Okay, sie konnten ja erst mal einen Happen essen und dann …

»Super!«, presste er kurz darauf mit vollem Mund hervor. »Kochen können sie, die Isländer.«

»Ja, nicht schlecht«, meinte auch Viktoria und trank von ihrem Rotwein. »Sollen wir gleich noch etwas arbeiten?«

»Wir haben doch noch morgen den ganzen Tag!« Er hatte keine Lust, sich mit dem Konzept zu befassen, vor allem nicht, wenn sie so spärlich bekleidet vor ihm saß wie jetzt.

»Wenn wir wieder in London sind, muss es sitzen. Sonst sind wir nicht nur einen Kopf kürzer, sondern auch beide unseren Job los.«

Jake leckte sich einen Finger ab. Er wusste, dass sie ohnehin keine Ruhe geben würde, also konnten sie es auch hinter sich bringen und sich danach den schönen Dingen des Lebens zuwenden.

»Meinetwegen. Du arbeitssüchtiges Weibsbild.« In seiner scherzhaft gemeinten Aussage lag natürlich ein Funke Wahrheit. Sein Gesichtsausdruck sprach Bände, aber sie kommentierte seinen Satz nicht. Außerdem hatten sie noch den ganzen morgigen Tag, bevor sie übermorgen zurückflogen. Danach waren sie wieder Konkurrenten. Ob sie dann auch noch so umgänglich sein würde wie jetzt? Der Gedanke gefiel ihm nicht. Ganz und gar nicht. Wenn er ehrlich zu sich war, dann wünschte er sich, dass sie noch eine Weile auf dieser Insel bleiben konnten, um sich besser kennenzulernen.

»Was?«, fragte Viktoria und legte ihr Besteck beiseite.

Jake nahm ihre linke Hand und strich über ihren Puls. Sein Blick blieb an einem kleinen Tattoo hängen. Sie hatte ein winzig kleines Zeichen, eine Acht und einen Buchstaben, ein K, auf ihrer zarten Haut. Es sah aus wie das Zeichen für Unendlichkeit. In diesem Moment entzog sie ihm ihre Hand.

»Was bedeutet es?« Er sah ihr tief in die Augen, aber Viktoria hielt seinem Blick nicht stand. Sie nahm ihr Besteck und säbelte an ihrem Steak herum, als hätte sie ihn nicht verstanden.

»Gar nichts.« Ihre Stimme klang gepresst. Sie wollte ganz offensichtlich nicht darüber reden. Vielleicht ein Zeichen für eine Beziehung mit jemandem.

Jake verstand. Natürlich. Er war nur eine Affäre. Ihre Geheimnisse und ihre Vergangenheit gingen ihn nichts an. Und auch nicht ihre Zukunft. Dies hier war nur ein Moment, nur Sex, erinnerte er sich selbst. Auch wenn es sich für ihn anders angefühlt hatte. Er hatte sich mehr gewünscht und wünschte es sich immer noch.

Verdammt. Nun war genau das passiert, was er hatte vermeiden wollen. Es interessierte ihn, was Viktoria bewegte, was sie dachte und ... was sie fühlte. Er wollte sie besser kennenlernen und ihre Geheimnisse ergründen. Aber sie tat so, als ob nichts wäre.

Jakes Appetit war mit einem Mal einem schalen Gefühl im Magen gewichen. Was sollte das K in der Tätowierung bedeuten? Wie hieß ihr Professor noch mal?

Jake stand auf und schlüpfte in eine Shorts. Seine Nacktheit störte ihn plötzlich. Auch Viktoria legte ihr Besteck zur Seite. Sie hatte ihr Essen gerade mal zur Hälfte verspeist. Sein Steak lag beinahe unberührt auf dem Teller.

»Kein Hunger mehr«, beantwortete er ihre lautlose Frage.

»Ich auch nicht. Sollen wir dann anfangen? Wir wollten doch arbeiten.«

Ganz die Geschäftsfrau. So schnell umzuschalten, das schaffte man nur, wenn man ziemlich abgebrüht war. Jake knirschte mit den Zähnen. Das hatte er doch von Anfang an gewusst. Warum zur Hölle kam er jetzt nicht damit klar? Er wagte nicht, sich eine Antwort auf diese Frage zu geben. Es würde ihm nichts bringen. Lieber gab er sich lässig.

»Klar!« Jake nahm seinen Laptop aus seiner dunkelbraunen Ledertasche und klappte ihn auf.

»Also, wo waren wir?«, meinte sie ungerührt und räumte die Teller auf den Servierwagen.

In den folgenden zwei Stunden diskutierten, notierten und arbeiteten sie konzentriert an der Kampagne für Mr Wilken. Überraschenderweise gelang es ihm nach einer kurzen Anlaufphase gut, sich auf die Arbeit zu konzentrieren. Er konnte nicht anders, als mit Begeisterung auf ihre Vorschläge zu reagieren. Aber irgendwann schweiften seine Gedanken erneut ab. Sie hatten genug gearbeitet, das Konzept war so gut wie in trockenen Tüchern.

Sehr zu seinem Leidwesen war er schon wieder scharf auf sie. Er konnte sich nicht vorstellen, jemals genug von ihrem Körper zu bekommen. Und solange sie hier auf Island waren, würde er es auch ausnutzen! Was dann in London geschah … daran wollte er nicht denken. Nicht jetzt.

»Viktoria«, sagte er mit einem verführerischen Unterton, schob den Laptop beiseite und rückte ein Stück näher zu ihr. »Meinst du nicht, wir haben genug gearbeitet?«

Sie sah zu ihm auf und ihre grünen Augen begannen zu leuchten. »Haben wir?«, hauchte sie.

Jake strich mit seinem Daumen über ihre Unterlippe, hielt ihren Blick gefangen und sein Puls beschleunigte sich augenblicklich. »Sollen wir jetzt vielleicht duschen …?«

Viktoria schluckte. »O ja. Ich glaube … das ist nötig.«

Jake löste bereits die Gürtelschlaufe ihres Bademantels. »Ich werde mich um dich kümmern. Ich bin ein sehr fürsorglicher Duschbegleiter …«

»Ich ... kann es kaum erwarten«, gab sie lasziv zurück und stand langsam vom Bett auf, ließ den Bademantel von ihren Schultern rutschen und stand dann völlig unbekleidet vor ihm. Es verschlug ihm immer wieder den Atem, wie schön, wie perfekt ihr Körper war. Jake sprang vom Bett, schlüpfte aus den Boxershorts und zog Viktoria mit sich ins Badezimmer. Er hatte gut daran getan, gestern neue Kondome zu besorgen. Eines davon würde er jedenfalls jetzt gleich benötigen ...

Nach einer Nacht mit wenig Schlaf waren sie nun gemeinsam in einem Besprechungsraum des Hotels. Der Boden war mit dunklem Teppich ausgelegt und sie und Jake saßen an einem runden Tisch, während Árni vor einem Flipchart stand und seit geraumer Zeit versuchte, sie zur Mitarbeit zu bewegen. Eine Klimaanlage surrte leise und hielt den Raum auf einer konstanten Temperatur, wobei man sich auf Island kaum Gedanken machen musste, vor Hitze zu zerfließen.

Jake öffnete eine Flasche Orangensaft, der Deckel gab ein Knacken von sich, als er das Vakuum mit dem Drehen des Verschlusses unterbrach. Während er sich den Saft in ein Glas goss, sah er zum Coach, der schon eine ganze Weile nichts mehr gesagt hatte. Jake fing seinen missbilligenden Blick auf, dann hörte er Árni sagen: »Also, was kann getan werden, um die Arbeit im Team zu fördern und die Effektivität zu erhöhen?«

Viktoria wippte mit ihrem Fuß, sah aber ganz interessiert aus. Sie war ein echtes Schauspieltalent, das musste man ihr lassen.

Jake wusste da was. Er hatte es die ganze letzte Nacht mit Viktoria *geübt*. Das würde er dem Isländer aber nicht auf die Nase binden. Stattdessen lehnte er sich lässig im Stuhl zurück und verschränkte die Arme vor der Brust. Viktoria zuckte mit den Schultern.

Árni sog scharf die Luft ein. »Na gut. Dann notiere ich mal ein paar Stichpunkte, vielleicht kommt ihr ja dann eher darauf!«

Jake musste ein Gähnen unterdrücken, als er sah, worauf es hinauslaufen würde. Der erste Punkt aus Árnis Feder war: allgemeine Übersicht über Interventionen. Und so ging es weiter: Grundlagen der Teamentwicklung, Phasen eines Teamentwicklungsprozesses, Teamentwicklungsmaßnahmen, Rollen und Statuskonflikte, Akteure der Teamentwicklung, Trends der Teamentwicklung.

Jakes Laune sank mit jedem Punkt. Das Einzige, was ihm dazu einfiel, war, dass der neue Trend der Teamentwicklung derzeit darin bestand, seine Teamkollegin um den Verstand zu vögeln. Oder sie ihn um seinen. Er war sich nicht so sicher, wie genau die Rollen zwischen ihnen verteilt waren. Vielleicht sollten sie das mal diskutieren.

Jake räusperte sich und sah Viktoria verstohlen von der Seite an. Ihr gelangweilt dreinblickendes Gesicht sprach ebenfalls Bände. Sie hatte ihre Maske abgelegt, aber warum eigentlich?

In diesem Moment drehte sich Árni zu ihnen um und musterte sie beide skeptisch.

»Anregungen oder Anmerkungen?«, fragte er mit hochgezogener Augenbraue.

Beide schüttelten den Kopf und Jake fragte sich, wie lange dieses letzte Coaching noch dauern sollte. Er empfand es immer noch als Degradierung, sich von einem dahergelaufenen Bergführer etwas über sich und seine Arbeitsweise sagen lassen zu müssen. Im Geiste hörte er Madeleine, wie sie sich über sie aufregte, aber es war ihm völlig egal. Sobald sie zurück in London waren, musste er sich ohnehin Gedanken machen, ob er überhaupt noch länger unter Madeleine arbeiten würde. Es kam natürlich ganz darauf an, wie sie über die Agenturleitung entschied. Aber Jake musste sich langsam eingestehen, dass ihm die Agentur nicht so wichtig war, wie er anfangs geglaubt hatte. Seine Ziele schlugen eine bedenkliche Richtung ein, die er einmal ganz in Ruhe überdenken musste, sobald er zurück in London war. Jetzt war nicht der richtige Zeitpunkt dafür.

Wider Erwarten überlebten Jake und Viktoria die letzte Sitzung mit Árni. Sie verabschiedete sich überschwänglich bei ihm, bedankte sich für die tollen Stunden in der isländischen Natur. »... bla, bla... wir bleiben in Kontakt ... wenn du in London bist, melde dich ... bla, bla.«

Jake hörte gar nicht hin. Als er schließlich an der Reihe war, schüttelten sie sich sehr männlich die Hände und jeder klopfte dem anderen auf die Schulter.

»Bis dann, Mann. Alles Gute für den Job!«, sagte Jake zu Árni.

»Ich sage nicht, dass ich hoffe, dass du was mitgenommen hast, Jake. Aber ich wünsche dir trotzdem nur das Beste.«

Jakes Mundwinkel zuckten. Immerhin, der Kerl hatte es verstanden. Vermutlich würden sie sich ohnehin nicht wiedersehen, daher sparte er sich einen Kommentar.

»Sollen wir heute noch was unternehmen?«, fragte Jake, als sie gemeinsam zum Aufzug gingen, um ihre Unterlagen nach oben zu bringen.

»Ja, wieso nicht. Wer weiß, wann wir mal wieder nach Reykjavik kommen.«

Viktoria hätte sich gut vorstellen können, mit Jake auf seinem Zimmer zu verschwinden, aber sie meinte es dennoch so, wie sie es gesagt hatte. Außerdem hatten sie erst heute Morgen Sex gehabt. Es war überhaupt erstaunlich, dass sie schon wieder Lust auf ihn hatte ...

»Dann in fünf Minuten in der Lobby?«, unterbrach er ihre Gedanken.

»Gern.« Viktoria nickte ihm lächelnd zu und stieg auf ihrer Etage aus.

Jake telefoniert gerade, als sie über den dunklen Fußboden der Hotellobby zu ihm ging. Seine Gesichtszüge wirkten hart und angespannt. Er rieb sich mit dem Finger über die Nasenwurzel. Das war ganz sicher kein nettes Telefonat.

»Tut mir leid, ich muss Schluss machen«, hörte sie ihn sagen und dann drückte er das Gespräch weg.

»Probleme?«, erkundigte sich Viktoria.

Jake schüttelte den Kopf und zerzauste sich die Haare. »Nein. Nur ... eine alte Freundin. Nichts Wichtiges. Wollen wir?« Er lächelte sie an, aber sein Lächeln erreichte seine Augen nicht. Ihr war klar, dass er nicht darüber reden wollte, und sicher ging es sie auch nichts an, vor allem nicht, wenn es sein Privatleben betraf. Eine alte Freundin, hatte er gesagt. Klar, Männer wie er hatten eine Vergangenheit und sie wusste wenig bis gar nichts über ihn. Es sollte sie auch nicht interessieren. Hatte es bisher nie. Aber jetzt ...

Sie gingen einige Minuten schweigend nebeneinanderher, bis er schließlich die Stille zwischen ihnen unterbrach. »Ich denke, wir sind schon ziemlich weit mit dem Konzept. Heute Abend noch mal etwas Fine-Tuning, dann sitzt es, oder was meinst du?«

»Ja, denke ich auch«, meinte sie gedankenverloren.

Plötzlich verschränkte Jake seine Finger mit ihren. Viktoria war überrascht, zog ihre Hand jedoch nicht zurück. Sie wollte nicht an morgen denken, sondern heute die letzten gemeinsamen Stunden mit Jake genießen.

Wenig später schlenderten sie in Richtung Laugavegur, um einen Kaffee zu trinken und sich dann noch die berühmte Kathedrale Hallgrimskirja anzusehen.

KAPITEL 15

SIE HATTEN in einer kleinen Kneipe zu Abend gegessen, dazu eine Flasche Wein getrunken und spazierten nun am Ufer Reykjaviks langsam in Richtung Hotel zurück. Jake blieb stehen und stellte sich vor sie, um sie zu küssen.

»Ich kann einfach nicht genug von deinen Lippen bekommen, Baby«, hörte sie ihn rau sagen, bevor er seine Lippen hungrig auf ihre legte und seine Zunge nach der ihren suchte. Viktoria klammerte sich an ihn wie eine Ertrinkende und erwiderte seine Zärtlichkeiten mit wachsender Leidenschaft. »Lass uns zum Hotel gehen«, sagte Jake zwischen zwei Küssen. »Ich hatte genug frische Luft für heute!«

Viktoria lächelte. »Ich auch, komm mit.«

So gingen sie Hand in Hand zurück zum Hotel. Beiden war klar, dass es ihr letzter gemeinsamer Abend war. Vielleicht nicht nur auf Island. Sie hatten nicht darüber gesprochen, wie es mit ihnen weiterging. Und heute wollte sie das Thema auch nicht ansprechen.

Sie liebten sich langsam und zärtlich, ließen sich alle Zeit der Welt. Anschließend sahen sie sich einen Film an, bevor Jake neben ihr in einen unruhigen Schlaf fiel. Dabei hielt er sie weiterhin fest in seinen Armen. Aber Viktoria hatte noch nicht gepackt, das Taxi würde sie am nächsten Morgen in aller

Früh abholen ... Vorsichtig wand sie sich aus Jakes Armen, sah noch einmal auf den schlafenden Mann neben ihr, bevor sie leise seufzend aufstand und sich anzog und sein Zimmer verließ.

Viel zu früh klingelte ihr Handywecker. Müde sprang sie unter die Dusche, zog sich an, um kurz darauf Jake mit seinem Gepäck in der Lobby zu treffen.
»Guten Morgen«, sagte sie, da er etwas auf seinem Handy tippte und sie noch nicht bemerkt hatte.
»Hey, Viktoria.« Jake sah müde aus. Dunkle Schatten lagen unter seinen Augen. Vermutlich war es bei ihr nicht anders, obwohl sie etwas Make-up aufgelegt hatte. In ein paar Stunden würden sie zurück in London sein. Zurück im Real Life. Sie unterdrückte ein Seufzen, ein wenig mehr Zerstreuung vom Alltag hätte ihr gefallen.
»Ich geh mal auschecken. Bist du schon fertig?«
Er nickte und in diesem Moment kam ein Taxifahrer durch die Drehtür.
»Ich beeile mich mal lieber.« Damit war sie auf dem Weg zur Rezeption, um die Zimmerkarte abzugeben und mittels Kreditkarte ihre Rechnung zu begleichen.
»Miss Denkhaus, es wurde schon für Sie bezahlt. Von dem Herrn da.« Die Mitarbeiterin mit der schwarzen Brille zeigte auf Jake. Viktoria presste die Lippen aufeinander. So typisch für ihn. Dabei hatte sie natürlich eine Firmenkreditkarte, aber das interessierte ihn anscheinend nicht. Jake konnte sein Gentleman-Dasein ein bisschen zu ernst nehmen.
»Na gut, vielen Dank«, gab sie zurück und schob die Zimmerkarte lächelnd über den Tresen.
»Ich wünsche Ihnen eine gute Heimreise und hoffe, Sie hatten einen angenehmen Aufenthalt.«
O ja. Den hatte sie gehabt. »Danke.«

Die Warteschlange bei der Sicherheitskontrolle am Keflavíker Flughafen war unendlich lang und zeitweise befürchtete sie sogar, dass sie es nicht rechtzeitig zum Flieger schaffen würde. Ein leises Stimmchen in ihrem Kopf meinte sogar, es wäre gar nicht so schlimm, so könnte sie noch einen Tag mit Jake ... Aber natürlich erreichten sie die Maschine gerade noch, als »Final Call« auf dem Monitor über dem Gate angezeigt wurde.

Jake half Viktoria kurz darauf, ihren Rucksack über den Sitzen im Gepäckfach zu verstauen.

»Ich kann das allein«, zischte sie.

»Das weiß ich, Viktoria.« Jakes Stimme klang amüsiert. »Aber ich *möchte* dir helfen.«

»Von mir aus«, gab sie sich geschlagen, trat einen Schritt zur Seite und überließ ihm das Feld.

»Na also. Geht doch. Dass ihr Emanzen immer so störrisch sein müsst!«

Viktoria schnappte nach Luft. »Jesus!« Dann ging sie an ihm vorbei und setzte sich ans Fenster. Beide nahmen sich einen Orangensaft vom Tablett, das ihnen von einer Stewardess gereicht wurde, bevor sie sich anschnallten.

»Dann sind wir jetzt also auf dem Rückweg«, meinte Jake und sie spürte seinen fragenden Blick auf sich ruhen.

»Ja, das sind wir wohl.«

Viktoria wusste, dass Unausgesprochenes zwischen ihnen in der Luft hing. Sie spürte, dass Jake an mehr interessiert war, und sie genoss die Zeit mit ihm auch. Aber für sie hatte sich nichts geändert. Jake war für sie nicht mehr als eine Affäre. Sie hatte weder die Zeit noch Lust auf mehr. In ihrem Leben war kein Platz für eine Beziehung.

»Jake«, begann sie, »ich hoffe, du hast die letzten Tage hier nicht missverstanden?«

Er sah sie mit gerunzelter Stirn an. »Ich denke nicht, Viktoria. Nur Sex. Oder was meinst du?«

Sie atmete leise erleichtert aus. »Gut«, nickte sie dann. Vielleicht hatte sie sich einfach getäuscht. Aber umso besser, es gab also keine Probleme.

»Können wir in London nicht weiter Sex miteinander haben?« Sein Kopf war näher an ihren gerückt und sie spürte seinen heißen Atem auf ihrer Haut. Ihr Körper reagierte sofort mit einer Gänsehaut. Die Lust auf ihn war nach den letzten Nächten mehr geweckt als gestillt. Die Fortsetzung der Affäre wäre jedoch nur so lange in Ordnung, wie keiner mehr als der andere wollte.

»Ich weiß nicht, ob das so eine gute Idee ist ...«, begann sie unschlüssig. Eigentlich hatte sie ihr Techtelmechtel auf den Islandtrip beschränken wollen, aber wenn er so nah bei ihr war wie jetzt, dann fiel ihr der Gedanke schwer, nicht mehr mit ihm ins Bett zu gehen.

Jake hob abwehrend die Hand. »Okay, okay. Kein Stress. Lass uns einfach sehen, ob ... na, du weißt schon.«

Sie sah ihn an und sein verhangener Blick sprach Bände. Viktoria überkam die Einsicht, dass sie auf jeden Fall wieder mit ihm im Bett landen würde. Es war ein gefährliches Spiel, über das sie bereits die Kontrolle verloren hatten, zumindest in Teilen. Arbeit und Lust hatte sie bisher nie miteinander vermischt und irgendwann würde es Probleme geben. Es sei denn ...

Was sie brauchten, waren Regeln. Dann könnte es funktionieren.

»Kein Sex im Büro. Ist das klar?«, zischte sie leise und sah, wie sich ein Grinsen auf Jakes Gesicht ausbreitete.

»Schade. Sehr schade. Der Besprechungstisch bei Langham ist doch sehr ... einladend.«

Sie musste schlucken. Himmel. Es war gerade mal kurz vor acht, sie hatte weder gefrühstückt noch viel geschlafen und er schaffte es, sie mit Worten so zu erregen, dass sie ihn am liebsten in die Flugzeugtoilette gezerrt hätte.

»Jake!«, ermahnte sie ihn und kippte sich einen Schluck Orangensaft in den Mund. »Dass das klar ist: Das Büro ist und bleibt tabu. Was ich mit dir ... in meiner Freizeit treibe oder nicht, geht niemanden etwas an.«

»Okay, okay. Dann also nach deinen Regeln, Viktoria.« Er sah dennoch zufrieden aus, als er eine Tageszeitung von der Flugbegleiterin entgegennahm und sie aufschlug. »News von gestern, aber besser als nichts. Ich habe keine Ahnung, was in den letzten Tagen in der Welt los war«, klärte er sie auf und tauchte dann in die Zeitung ein.

Viktoria war fast perplex, dass er so schnell zur Tagesordnung überging. Andererseits war es ihr auch ganz recht, so konnte sie selbst noch einmal reflektieren, worauf sie sich eingelassen hatte.

Ein Gong ertönte und eine weibliche Stimme verkündete durch die Lautsprecher, dass es bald losgehen würde. Das Flugzeug setzte sich kurz darauf ruckartig in Bewegung, entfernte sich vom Gate und rollte Richtung Startbahn. Viktoria blickte aus dem Fenster, Jakes Kopf erschien dicht neben ihrem und so verabschiedeten sie sich von Island. Sie sahen schweigend hinaus auf das karge Land, während die Maschine zu rollen begann. Immer schneller zog die Lavalandschaft an ihnen vorbei, bis der Moment erreicht war, dass sie den Boden verließen und abhoben. Nach wenigen Minuten flogen sie einen großen Bogen und ihr wurde flau im Magen. Sie war einfach ein Weichei, was Reisen betraf. Seekrankheit, Reisekrankheit, es gab viele Namen dafür und keiner davon machte es weniger unangenehm. Zum Glück beruhigte sich ihr Magen gleich wieder.

Das monotone Geräusch des Flugzeugs wirkte irgendwann einschläfernd auf sie. Sie schloss die Augen nur für einen Moment.

Jemand rüttelte sie sanft am Oberarm. Sie war eingeschlafen, tief und fest. Verschlafen rieb sie sich die Augen.

»Hey, Schlafmütze, es gibt Frühstück«, sagte Jake sanft zu ihr.

Sie blinzelte und nahm den Kaffeegeruch wahr. »Oh. Endlich. Koffein«, murmelte sie und streckte sich erst einmal ausgiebig. Jake zog unterdessen den Tisch aus ihrer Armlehne für sie heraus und klappte ihn vor ihr auf. »Ich kann das selbst«, meinte sie leicht irritiert.

»Ich weiß, Baby, ich weiß, das hatten wir doch schon«, hörte sie ihn neben sich. Sie wusste, dass er grinste, auch wenn sie ihn nicht direkt ansah. Sie verkniff sich einen weiteren Kommentar, nahm stattdessen das Tablett mit dem Frühstück von der Stewardess entgegen und reichte ihr die Tasse, um endlich Kaffee zu bekommen.

»Ahhh«, meinte sie. »Auch wenn das Gebräu hier nicht wirklich lecker ist.«

»Ich weiß, du bist koffeinabhängig, Sportjunkie und arbeitssüchtig, Baby.«

Viktoria riss die Augen auf. Okay, es brauchte vielleicht nicht viel, um das über sie herauszufinden, es war mehr die Art, wie er es sagte. Es lag kein Vorwurf in seiner Stimme, er klang entspannt und fast ein wenig ... liebevoll.

Scheiße. Sie musste wirklich aufpassen, dass sie nicht etwas in die Affäre hineininterpretierte, das nicht da war. Von ihrer Seite aus jedenfalls nicht. Niemals mehr würde sie sich emotional so verletzlich machen, dass ihr noch einmal jemand wehtun konnte. Das Tattoo erinnerte sie daran. Jeden Tag. Auch jetzt strich sie mit ihren Fingern über die Haut unter ihrer Uhr, die die Tätowierung für gewöhnlich verdeckte.

»Das Omelett schmeckt wie Gummi«, kommentierte Jake mit vollem Mund und riss sie aus ihren Gedanken.

»Was?«

»Das Omelett«, widerholte er und zeigte mit dem Messer auf ihr noch unberührtes Frühstück.

»Ach so, ja, ich werde es mal kosten.« Sie rollte ihr Besteck aus der weißen Stoffserviette, legte sich diese über den Schoß und stocherte im heißen Frühstück. Sie hatte zwar keinen Hunger, aber sie zwang sich dazu, etwas zu essen. »So schlecht ist es doch gar nicht«, urteilte sie schließlich.

Jake sah sie schockiert an. »Wirklich? Himmel! Ich zeige dir demnächst mal, wie ein richtig gutes Omelett schmeckt.«

Als hätte er selbst bemerkt, dass das für seine Position als Lover unangemessen war, räusperte er sich und biss in ein aufgewärmtes Brötchen.

Kurz nach fünfzehn Uhr betrat Viktoria ihr Apartment in Chelsea und stellte ihre Taschen auf dem hellen Marmor ab. »Willkommen zu Hause«, sagte sie zu sich selbst und ging in die Küche, um sich ein Glas Wasser einzuschenken. An der Pinnwand hing ihr Reiseplan nach Hamburg. Als könnte sie das jemals vergessen. Sie lehnte sich mit dem Rücken an die Arbeitsfläche und trank in kleinen Schlucken. Das Klingeln ihres Handys durchbrach die Stille im Raum.

»Hallo?«, beantwortete sie den Anruf.

»Hey, ich bin's, Sarah. Bist du gut gelandet? Wie ist es gelaufen? Kommst du heute noch rein?«

Viktoria überlegte. Lust hatte sie keine, sich jetzt gleich wieder auf ihre Arbeit im Büro zu stürzen. »Gut angekommen, gerade zur Tür rein. Ich denke, heute schaffe ich es nicht mehr, aber morgen in alter Frische, ja?«

»Natürlich ... Wie war es mit Mr Hottie?« Sarah saß vermutlich mit dem Hörer zwischen Kinn und Schulter da und feilte sich die Nägel, wie sie es so gern tat, wenn sie telefonierte.

»Ach. Es geht so.« Viktoria log ihre Assistentin eigentlich nie an. Aber das mit Jake war ihr doch zu privat. Sie hatte keine Ahnung, wie man eine Affäre am Arbeitsplatz vertuschte. An der Uni hatte es jedenfalls niemand mitbekommen, aber das waren damals auch ganz andere Verhältnisse gewesen. Viktoria hatte sich kein Büro mit ihrem Prof geteilt und auch schon immer eine eigene Wohnung gehabt. Sie war nicht im Studentenwohnheim untergebracht gewesen.

»Du sagst also, es geht so? Was ist mit der Kampagne?«

»Die steht, Madeleine wird zufrieden sein. Wie ist sie drauf?« Viktoria war froh, das Thema wechseln zu können.

»Ach, die war in den letzten Tagen viel unterwegs. Sonst alles wie üblich.«

»Mhh«, machte Viktoria und kratzte sich am Ohr. Innere Unruhe ergriff Besitz von ihr. Sie musste sich bewegen, das würde helfen. Das stundenlange Sitzen im Flugzeug trug sicher auch einen Teil dazu bei, dass sie sich zappelig fühlte. »Okay, Sarah, mach Feierabend, ich muss jetzt auch los.«

»Jetzt schon?«

»Du arbeitest genug, deine Überstunden kannst du nie abfeiern. Also bis dann, tschüss.«

»Ja dann, bis morgen.«

Viktoria legte auf und wählte Samanthas Nummer. Sie hatten zwar keine Verabredung, aber vielleicht hatte die Trainerin ja eine Lücke im Kalender.

»Hey, Sam, ich bin zurück und brauche dich!« Ihre Stimme klang bestimmt und sicher. Sam kannte sie und wusste nur zu gut, dass das hier ein Sport-Emergency-Call war.

»Hi, Viktoria. Okay, ich könnte in einer Stunde bei dir sein. Du hast Glück, eigentlich hatte ich nämlich einen Termin, aber der hat eben abgesagt. Was ist denn los?«

»Super, das freut mich. Laufkleidung? Ich muss ein bisschen Dampf ablassen, Süße.«

»Ja, das höre ich. Na, erzähl es mir, wenn ich da bin. Bis gleich.«

Die Tage in Island kamen ihr jetzt schon vor, als lägen sie ewig zurück. Der Alltag hatte sie wieder und das war gut so.

Madeleine stand vor Sarahs Schreibtisch. »Und? Wie ist es in Island gelaufen?«

Die Chefin wirkte so rührend eifrig in ihrer Ungeduld, dass Sarah lächeln musste. »Ich denke, ganz gut, jedenfalls hat sie mich in der ganzen Zeit nur zweimal angerufen. Wir standen nur per E-Mail in regelmäßigem Kontakt.«

Madeleine lächelte zufrieden und strich sich den Rock glatt. »Ich bin gespannt auf die Präsentation. Lassen wir ihnen morgen noch Zeit. Tragen Sie doch bitte in Viktorias Kalender für übermorgen ein, dass das Konzept dann präsentiert werden soll. Vorerst nur mir allein.«

»Natürlich, sehr gern.«

»Informieren Sie auch Miss Dashwood?«

»Klar. Kann ich sonst noch was für Sie tun?«

Madeleine überlegte und beugte sich ein Stück weiter zu Sarah, sodass auch wirklich niemand hören konnte, was sie sagte. »Wir wissen beide, dass Viktoria in Kürze wieder für ein paar Tage abtauchen wird. Ich weiß, warum sie so auf ihre Karriere fokussiert ist. Aber ich weiß auch, dass sie damit einen großen Fehler begeht. Ich wünsche mir für sie, dass sie wieder andere Seiten des Lebens genießt, jenseits des Jobs. Ich selbst habe viel zu lange den gleichen Fehler begangen.«

Sarah sah sie überrascht an und nickte dann zustimmend. »Ja, das sehe ich genauso ...«

»Es wird hier sicher den ganz großen Knall geben, wenn ich meine Entscheidung über die Leitung der Agentur verkünde ... und ich weiß nicht, ob sie Viktoria gefallen wird.«

Sie sah, wie Sarah schluckte. Sie schätzte die Assistentin sehr, aber weitere Details musste sie nicht wissen. Madeleine hatte ihre Entscheidung schon vor einiger Zeit gefällt, aber sie würde noch ein bisschen damit warten, bevor sie es öffentlich machte. Außerdem hatte sich in ihrem Leben selbst etwas verändert, womit sie in keiner Weise gerechnet hatte. Etwas, das ihr Leben komplett auf den Kopf stellte. Auf wunderbare Art.

Freundlich nickte sie Sarah zu und ging dann in ihr Büro, schloss die Tür hinter sich und wählte eine Nummer, die sie mittlerweile auswendig wusste.

»Du hattest Sex mit ihm?« Samanthas Stimme klang alarmiert und zugleich belustigt, als sie an der Themse entlangjoggten.

»Scht. Nicht so laut. Man weiß ja nie, wer hier noch läuft.« Viktoria sah sich hektisch um, aber es war niemand in Hörweite. »Es hat sich einfach so ergeben«, gab sie kleinlaut zu.

»Ich dachte, er ist so schrecklich.« Samanthas Stirn war gerunzelt und sie sah sie mit einem amüsierten Funkeln in den Augen an.

Viktoria gab einen zischenden Laut von sich. »Auf einmal war er wie ausgewechselt. Und hey, ich gehe mit ihm ins Bett. Nicht mehr.«

»Alles klar. Deine letzte Beziehung ist ja auch wirklich schon eine Weile her!«, meinte Samantha bestätigend. »Aber vielleicht wäre es mal ganz gut für dich. So eine stabile Partnerschaft hat ja durchaus was für sich ...«

»Beziehung? Nein! Es ist und bleibt eine Affäre. Nichts außer Sex. Richtig guter Sex.« Allein der Gedanke an die Nächte mit Jake trieb ihren Puls in die Höhe. Sie reagierte nach wie vor heftig auf alles, was mit ihm zu tun hatte. Aber sie würde die Kontrolle behalten. Sie *musste* die Kontrolle behalten, sonst würde das alles in einem Inferno enden. Und das musste sie unter allen Umständen vermeiden.

Samantha warf die Hände in die Luft. »Wie machst du das nur? *Ich* kann so was nicht. Ich verliebe mich immer Hals über Kopf in einen Kerl und sitze dann am Ende mit gebrochenem Herzen da!«

Viktoria konnte trotz einer Vielzahl an unglücklichen Liebesgeschichten, die sie schon von Samantha mitbekommen hatte, kaum glauben, dass ihre Trainerin und Freundin immer so viel Pech mit den Männern hatte. So tough sie mit ihren bunten Tattoos und dem gestählten Körper auch aussah, so viel Mädchen steckte in ihr, das erobert und geliebt werden wollte.

»Jahrelanges Training ...«, beantwortete Viktoria die Frage. »Ich kann und will keine Beziehung führen. Und Liebe ... das ist nichts für mich.«

Samantha sah sie schräg an. »Ach Süße. Das glaubst du doch selbst nicht. Du hast so ein gutes Herz.«

»Hör bloß auf. Du kennst mich nur in Sportklamotten«, antwortete Viktoria barsch.

»Jetzt hör du auf. Aber okay, du willst nicht darüber reden, Pech für mich, Pech für dich. Dann lass es doch laufen. Das, was du mir eben über ihn erzählt hast, ist doch vielversprechend.«

»Ja, genau. So lange, bis feststeht, wer die Agentur bekommt«, meinte Viktoria. Damit wäre dann sowieso alles erledigt. Sie glaubte nicht, dass Jakes Ego eine Niederlage verkraften würde – und ihres schon gar nicht. Egal wie, nach der Entscheidung war die Affäre so oder so beendet, das war irgendwie klar für sie, ohne dass sie genauer benennen könnte, wieso. Seltsamerweise wünschte sie sich, dass dieser Moment noch nicht in allzu naher Zukunft sein würde.

»Vielleicht wäre es besser für dich, wenn er …«, begann Samantha noch einmal.

»Sam!«, rief Viktoria. »Ich glaube, wir wechseln besser das Thema, ich habe nämlich wirklich keine Lust, mich jetzt mit dir zu streiten!«

Aber zu spät. Viktorias Laune war bereits im Keller. Was war, wenn Madeleine wirklich Jake die Agentur überlassen würde? Vielleicht war sein finanzielles Angebot einfach zu verlockend und lukrativ und sie hatten sie nur benutzt, um Wilken an Land zu ziehen? Sie wollte nicht darüber nachdenken. Nein, so fies konnte Madeleine nach all der Zeit, die sie für Langham arbeitete, nicht sein. Das war unmöglich.

»Willst du mich einschläfern?«, sagte sie ruppig zu Samantha. »Oder forderst du mich heute noch etwas heraus?«

»Ganz wie Miss Denkhaus wünschen. Wir können eine kleine Runde Zirkeltraining mit einbauen. Sprint bis zur dritten Laterne, und bis dahin habe ich mir was für dich ausgedacht! Auf drei!«

Viktoria freute sich darauf. Dabei würde sie einen klaren Kopf bekommen und sich nicht ständig im Kreis um dasselbe Thema drehen.

KAPITEL 16

»GUTEN MORGEN, Viktoria!« Jakes samtige Stimme löste eine Gänsehaut bei ihr aus. Viktoria blickte von ihrem Bildschirm auf und ein Lächeln huschte über ihr Gesicht.

»Jake«, antwortete sie und nahm den Karamell-Macchiato entgegen, den er ihr über den Schreibtisch reichte. Seine Fingerspitzen berührten ihre und sie zuckte leicht zusammen. Seine elektrisierende Aura hatte diese einmalige Wirkung auf sie, sie konnte es einfach nicht abstellen. Leider. Bei der Arbeit brauchte sie einen klaren Kopf, Ablenkungen konnte und wollte sie sich nicht leisten.

Er ließ sich unaufgefordert auf dem Stuhl vor ihrem Schreibtisch nieder und nahm einen Schluck von seinem Kaffee. »Gut geschlafen? Ich habe gestern nichts mehr von dir gehört«, sagte er beiläufig.

Viktoria sah ihn an und überlegte kurz. Jake hatte ihr gestern eine Nachricht geschickt, ob sie sich sehen würden, aber sie hatte sie nicht beantwortet. Zum einen, weil sie selbst nicht wusste, wie sie mit ihrem Verlangen umgehen sollte, nun, da sie aus Island wieder zurück waren; zum anderen, weil sie sich selbst beweisen wollte, dass sie es schaffte, ihm fern zu bleiben – sei es auch nur für eine Nacht. Immerhin, ein Anfang.

»Tut mir leid, ich hatte gestern noch zu tun«, gab sie knapp zurück.

Jake sah sie eindringlich an. »Ich habe dich jedenfalls in meinem Bett vermisst.«

Der Satz stand im Raum und keiner sagte etwas. Die Luft vibrierte zwischen ihnen und auf seinem Gesicht spiegelte sich das Verlangen, das sie selbst empfand.

»Ich wünsche dir einen angenehmen Tag, Viktoria.« Jake stand auf, zwinkerte ihr noch einmal zu und verließ dann ihr Büro.

Sie stieß leise die Luft aus und lehnte sich im Stuhl zurück.

Jake war zufrieden, als er sich mit Miss Dashwood zusammensetzte, um die Vorgänge der letzten Tage zu besprechen. Mit seinen Gedanken war er allerdings noch bei Viktoria. Er hatte befürchtet, dass sie womöglich doch kein Interesse an einer Fortführung ihrer Affäre hatte, da sie gestern seine Nachricht nicht beantwortet hatte. Ihre Reaktion gerade hatte ihn allerdings vom Gegenteil überzeugt. Sie musste tatsächlich andere Gründe gehabt haben, weshalb sie sich nicht gemeldet hatte. Und das war völlig okay für ihn. Er war nicht so dumm, zu glauben, dass er von nun an jede Nacht in ihrem Bett liegen würde – das wollte er auch gar nicht. Es ging nur ums Körperliche und es tat gut, dass er sich daran von Zeit zu Zeit erinnerte. Er würde niemals Händchen haltend mit ihr an der Themse oder in Covent Garden spazieren gehen, so wie er es sonst mit seiner Partnerin an einem freien Tag machen würde. Die Ebene, auf der Viktoria und er sich verstanden, war rein sexuell. Und das war perfekt so. Keine Gefühle, keine Missverständnisse. Das durfte er nicht vergessen.

Eine Sache wurmte ihn dennoch. Was sollte er mit Mikes Informationen über ihren nicht vorhandenen Stanford-Abschluss anfangen? Er wollte sie nicht gegen sie verwenden, weil er sie damit so kurz vor der Zielgeraden aus dem Rennen kicken würde. Er wollte gewinnen, weil er der Bessere war. Wobei auch dieses Vorhaben irgendwie an Wichtigkeit für ihn verloren hatte und jeden Tag mehr verlor. Wollte er wirklich die Agentur Langham leiten oder war es ihm mit der Wette mit Mike um etwas ganz anderes gegangen? Zum Beispiel darum, dass er endlich aus dem Schatten der Carter-Dynastie heraustreten wollte? Dabei verstand er sich mit seinem Bruder wunderbar, es trennte sie ja gerade mal ein Jahr. Aber die Brüder waren sich vielleicht auch zu ähnlich, als dass sie so eng miteinander arbeiten konnten – und Jake war immer die Nummer zwei. Ihre Eltern hatten das von Anfang an klargestellt. Ryder war der Ältere und damit bekam er die Verantwortung für den Konzern. Finanziell hatte Jake keine Nachteile, dafür hatten sie gesorgt, aber was das Sagen anging, steckte er immer hinter seinem Bruder zurück. Und das hatte ihn irgendwann gestört. Aber ob die Übernahme der Agentur Langham seine Erlösung sein würde, wagte er mittlerweile zu bezweifeln. Es war natürlich darum gegangen, den anderen zu zeigen, dass er es draufhatte. Aber ihm selbst war es nicht so wichtig, die Nummer eins bei Langham zu sein. Für Viktoria hingegen bedeutete es alles, endlich die angestrebte Position zu erreichen. Sollte er zurücktreten, damit sie glücklich wurde? Nein, sie war keine Frau, die das akzeptieren würde. Das würde ihr Verhältnis ebenso stören wie alles andere. Der Knall war anscheinend unvermeidlich.

Jake raufte sich die Haare. Es waren zu viele unbeantwortete Fragen, die ihn wurmten und die er in diesem Moment nicht klären konnte.

»Mr Carter?«, fragte Miss Dashwood sanft. Er hatte ihr überhaupt nicht zugehört.

»Lassen Sie es einfach hier liegen, ja? Ich schau alles gleich noch mal durch!«, erwiderte er knapp.

»Natürlich, Mr Carter«.

Seine hübsche Sekretärin stand auf und stöckelte auf viel zu hohen Absätzen aus seinem Büro. Sie hatte einfach nicht den Stil und die Eleganz von Viktoria, ganz davon abgesehen, dass Miss Dashwoods Intellekt … Egal.

»Mr Carter?« Sie hatte noch einmal ihren Kopf durch die Tür gestreckt. »Schauen Sie mal in Ihren Terminkalender, ich habe alles eingetragen. Mrs Langham hat einen Termin für die interne Präsentation der Kampagne festgelegt. Diese Woche noch.«

Jake nahm die Maus, um den Computer aus dem Schlafmodus zu holen. »Tatsächlich? Schaue ich mir an. Das Konzept steht, es muss nur noch einmal mit Viktoria abgestimmt werden.«

»Sehr gut, Sir.«

Nachdem Jake auf dem neuesten Stand war, brauchte er dringend noch einen Kaffee. Er hätte Miss Dashwood schicken können, aber er wollte sich kurz die Beine vertreten, deswegen ging er selbst in die Küche.

»Sarah, schön, Sie zu sehen. Wie geht's Ihnen?«, fragte er die attraktive Rotblonde, die gerade an der Kaffeemaschine zugange war.

»Hey, Jake. Mir geht's blendend. Und selbst? Wie war Island?« Sie goss Kaffee in eine große Henkeltasse.

»Für Viktoria?«, fragte er, auf den Becher weisend, und Sarah nickte.

»O ja. Die Koffeinsucht ist sie auf Island anscheinend nicht losgeworden«, lachte sie und fügte dann mit einem Grinsen hinzu: »Lenkt da jemand ab?«

»Island war sehr ... interessant. Genau das, was wir für die Wilken-Kampagne noch gebraucht haben. Madeleine ist *doch* brillant, sie hat es sogar noch vor uns kapiert, dass wir das Land verstehen müssen, bevor wir es hier verkaufen können.«

Sarah musterte ihn intensiv und Jake fühlte sich, als könnte sie ihn mit ihrem Blick durchleuchten. »Ja. So was in der Art hat mir Viktoria auch erzählt. Und ... sind Sie gut klargekommen?«, meinte sie neutral.

Jake nahm sich eine Tasse aus dem Schrank. »Sie wissen ja, wie sie ist, Sarah.« Mehr sagte er nicht, grinste jedoch breit.

Sarah nickte und legte sich eine Hand aufs Dekolleté, während sie zu überlegen schien. »Jaja. Dann werde ich ihr mal den Kaffee bringen, bevor er kalt wird. Wir wollen sie ja nicht verärgern, nicht?« Sie sah ihn vielsagend an und Jake zwinkerte ihr zu.

Er blieb noch kurz in der Küche stehen, bevor er zurück in sein Büro ging. Ihn beschlich das dumme Gefühl, dass Sarah genau wusste, was zwischen ihm und Viktoria abging. Seltsamerweise war es ihm weitgehend egal, irgendwie vertraute er ihr.

Es war still geworden auf der Etage, nur Viktoria saß noch in ihrem Büro, als Jake das Licht bei sich löschte. Er verabschiedete sich nicht persönlich von ihr, aber er schickte ihr eine SMS mit seiner Adresse, bevor er das Gebäude verließ. Auf dem Nachhauseweg holte er zwei Portionen Curry-Ente vom Chinesen, obwohl sie ihm noch nicht geantwortet hatte. Vielleicht würde sie wieder nicht auf seine Nachricht reagieren, dann hätte er eben ein Essen zu viel. Das würde ihn nicht umbringen. Irgendetwas sagte ihm jedoch, dass sie kommen würde.

Jake schloss die Tür zu seinem Haus auf und brachte das Essen in die Küche, legte sein Jackett ab, tauschte Anzug und Hemd gegen ein einfaches graues Shirt und eine ausgewaschene Jeans. Die Socken stopfte er in die Wäschetonne und ging barfuß ins Wohnzimmer, wo er ein paar Kerzen anzündete. Das Essen hatte er vorsorglich in die Wärmeschublade in seiner Küche gestellt. Er hatte zwar nichts gegen ein lauwarmes Dinner, aber so gut kannte er Viktoria noch nicht und er wollte, dass sie sich bei ihm wohlfühlte.

Es klingelte. Es irritierte ihn einen Moment, dass er sich dabei ertappte, wie er erleichtert aufatmete. Kopfschüttelnd eilte er zur Tür und öffnete sie. Viktoria stand davor, sie war in ihren Trenchcoat gehüllt, ihre glänzenden braunen Locken fielen ihr weich über die Schultern und ihre Lippen waren blutrot geschminkt.

»Darf ich reinkommen?«, fragte sie und sah ihn tief unter ihren dunklen Wimpern hervor an.

»Sehr gern«, erwiderte er und trat zur Seite. Jake fragte sich, ob es nur den Anschein hatte oder ob sie tatsächlich nackt unter ihrem beigen Mantel war.

Viktoria betrat sein Haus und die Absätze ihrer Heels klackerten auf den dunklen Fliesen im Eingangsbereich. Sie sah sich um und wandte sich ihm dann anerkennend zu, während ihre Hände auf der Schnalle ihres Gürtels lagen. »Schön hast du es hier. Sehr nett!«

Jake trat einen Schritt näher und blieb nur wenige Zentimeter vor ihr stehen. So dicht, dass er ihren zarten Duft einatmen konnte, der ihm sofort die Sinne benebelte. »Ich habe uns was vom Chinesen geholt. Bist du hungrig?« Jake strich mit dem Daumen über ihre Unterlippe, sein Blick hielt ihren gefangen.

»Willst du mich nicht bitten, abzulegen?«, fragte sie mit unschuldigem Augenaufschlag und Jake musste einen Seufzer unterdrücken. Herrgott, allein der Gedanke an ihren nackten Körper unter dem Mantel erregte ihn so sehr, dass er nicht mehr Herr seiner Sinne war.

»Darf ich dir behilflich sein?«, fragte Jake mit belegter Stimme. Seine Jeans spannte bereits unangenehm, als er ihre Hände unter seinen spürte und die Schlaufe des Trench langsam öffnete. Anschließend nahm er sich jeden einzelnen Knopf ihres Mantels vor, legte Stück für Stück ihrer Haut frei, dabei sah sie ihn die ganze Zeit an. Es kostete ihn einige Mühe, ihr das Kleidungsstück nicht einfach vom Körper zu reißen, aber es war Teil des Spiels, also versuchte er – so weit möglich – sich zu beherrschen.

Sie drehte sich, sodass er ihr aus dem Mantel helfen konnte. Mit bebenden Fingern strich Jake über ihre Wirbelsäule, nachdem er den Trench ordentlich an die Garderobe gehängt hatte. Sie sah einfach verführerisch aus, mit nichts bekleidet außer schwarzen, glänzenden High Heels. Er schob ihre Locken über ihre linke Schulter und hauchte einen Kuss auf ihren Nacken. »Herzlich willkommen, Baby.«

Sie lachte leise auf.

Jake wollte nicht mehr warten. Er hob sie in seine Arme und trug sie ins Wohnzimmer, das vom Kerzenschein nur spärlich beleuchtet war. Dort legte er sie sanft auf dem cremefarbenen Sofa ab. Er ging in die Küche, holte ihr Abendessen aus der Wärmeschublade und kehrte mit einem vorbereiteten Tablett zu ihr zurück. Sie hatte jede seiner Bewegungen mit Blicken verfolgt, aber noch nichts gesagt.

»Hunger?«, meinte er, nahm ein Paar Essstäbchen aus der Packung und brach sie auseinander, um sie anschließend auf den Tisch zu legen.

Viktoria lächelte zufrieden. »Sicher.«

Ihre Nacktheit schien sie nicht zu stören, im Gegenteil. Ihm gefiel es jedenfalls. Sehr sogar. Er mochte es, wenn Frauen wussten, was sie wollten. Jake zog sich sein Shirt mit einer Bewegung über den Kopf und warf es auf die Sofalehne. Er setzte sich neben sie und öffnete die Schachtel mit der Ente, dann griff er sich die Stäbchen und fischte nach einem Stück Fleisch für Viktoria. Sie ließ sich bereitwillig von ihm füttern.

Genüsslich kaute sie und gab ein zustimmendes »Mh«, von sich. Jake goss in der Zwischenzeit Weißwein in zwei Gläser. Er nahm jedoch nur eines in die Hand, drückte sie dann sanft in die Kissen, sodass sie beinahe flach auf seinem Sofa lag.

»Ich bin sehr durstig«, erklärte er ihr mit dunkler Stimme und ließ ein paar Tropfen in ihren Bauchnabel fallen. Ihre Bauchmuskeln zogen sich zusammen, als der kalte Wein ihre heiße Haut berührte. Jake beugte sich über sie und leckte den Rebensaft genüsslich und quälend langsam auf.

»Du schmeckst so gut!« Er küsste jeden Zentimeter ihrer seidigen Haut um ihren Bauchnabel herum. Langsam wanderte er höher, bis sie unter seinen Berührungen leise seufzte. Aber er hatte noch nicht genug. Er wollte noch mehr von ihr kosten. Zuerst saugte er an der einen und dann an der anderen

Brustwarze, bis sie aufgerichtet waren und Viktoria deutlich schneller atmete.

»Du magst es, wenn ich das tue, oder?«, lachte er heiser und sah sie an.

Sie nickte mit leicht geöffnetem Mund und rührte sich nicht. Stattdessen beobachtete sie weiterhin jede seiner Bewegungen. Viktoria befeuchtete ihre Lippen mit der Zunge und Jake musste schlucken, denn er wusste genau, wie sich ihre Lippen auf seiner Haut anfühlten.

»Möchtest du auch Wein?«, fragte er, obwohl er sie am liebsten sofort in die Sofakissen gedrückt hätte, um ihr zu zeigen, was er alles mit ihr tun wollte.

»Gern«, hauchte sie.

Gut, sie wollte also spielen.

Jake nahm einen Schluck, beugte sich über sie und ließ sie von seinem Mund kosten. Ein Tropfen lief seitlich aus ihrem Mund heraus, aber er fing ihn mit seiner Zunge auf, noch bevor er ihre Wangenknochen erreicht hatte.

»Ich kann einfach nicht genug von dir bekommen«, raunte er in ihr Ohr und dann küsste er sie. Jakes Zunge spielte mit ihrer, Viktoria zog ihn auf sich und vergrub ihre Hände in seinen Haaren. Sein heißer Atem vermischte sich mit ihrem. Das Abendessen war längst vergessen, ihr Hunger konnte nur auf eine Weise gestillt werden.

Jake löste sich von ihr, um ein wenig zu Atem zu kommen und sich zu sammeln. »Du schmeckst wie der Himmel, Viktoria«, flüsterte er anerkennend.

Sie wand sich unter ihm und stand vom Sofa auf.

»Wo gehst du hin?« Jake sah ihr mit gerunzelter Stirn nach. Was hatte sie vor?

»Ich suche etwas«, ließ sie ihn wissen und lachte dabei leicht.

Er verstand immer noch nicht, was sie vorhatte, aber er wartete geduldig, nahm unterdessen einen Schluck vom Weißwein und lehnte sich zurück. Viktoria kehrte kurz darauf mit einer seiner Krawatten zurück und ihm stockte der Atem.

Wollte sie wirklich ...? Gott, die Frau trieb ihn wahrhaft in den Wahnsinn!

»Hast du gefunden, was du gesucht hast?« Jake lachte heiser. Sein Puls raste.

Viktoria lächelte, nahm erst einen Schluck vom Wein und stand dann vor ihm. Nackt – bis auf ihre High Heels und seine Krawatte. Ein wahr gewordener Männertraum in seinem Haus, vor ihm ... im Begriff, ihn zu verführen.

»Jesus«, stieß er zischend hervor, als sie begann, ihm die Hose aufzuknöpfen. Sie war nicht so geduldig wie er. Eilig riss sie die Knopfleiste auf und streifte ihm die Jeans von den Beinen. Fast ehrfürchtig leckte sie über die feuchte Spitze seiner Männlichkeit, was Jake erneut aufstöhnen ließ. »Viktoria ...«

Sie hob den Kopf, kniete sich über ihn aufs Sofa und begann damit, ihm die Augen mit seiner Krawatte zu verbinden.

»Du wirst mich umbringen ...«, seufzte er, als er spürte, wie ihre Brüste seinen Oberkörper streiften, aber sie lachte nur leise und senkte ihren Mund auf seinen.

Die Empfindungen überspülten Jake mit einer unglaublichen Intensität. Nie zuvor hatte ihm jemand die Augen verbunden und ihn damit seines Hauptsinnes beraubt. Dafür spürte er ihre Liebkosungen umso intensiver. Sie leckte über seinen flachen Bauch, den er unter ihrer süßen Berührung anspannte. Sein Atem kam jetzt schon nur noch stoßweise. Als sie seinen Schaft mit ihren Händen umfasste, rief er ihren Namen und warf den Kopf hin und her. Sie begann, langsam auf und ab zu reiben, und ihre Zunge umspielte immer wieder seine Eichel, bis sie ihn schließlich ganz in sich aufnahm.

»Fuck!«, stöhnte er und presste die Kiefer aufeinander, um Selbstbeherrschung ringend. Die schmatzenden Geräusche, die sie dabei machte, heizten ihn nur noch mehr an. Jake bog ihr seine Hüfte entgegen, er war nicht mehr Herr über seinen Körper. Er war nur noch eine Marionette in ihren Händen. Sein Schwanz wurde noch härter, er war so dicht davor, zu kommen, dass es ihn äußerste Anstrengung kostete, als sie auch noch seine Hoden in die Hände nahm und sanft massierte. Aus seinen Lippen drangen nur noch animalische Laute, seine Fersen drückte er in den flauschigen Teppich, um wenigstens etwas Halt zu finden, dabei schwebte er längst im siebten Himmel – und in der Hölle zugleich. Und dann hörte sie plötzlich auf. Ließ ihn vor Erregung zitternd und hilflos zurück.

»Scheiße!« Seine Hüften hoben sich an, er suchte nach ihrer Nähe, aber sie war unerbittlich und drückte ihn sanft, aber bestimmt zurück.

»Sch, Jake. Nicht so ungeduldig«, hörte er ihre weiche Stimme, die selbst atemlos, aber auch ein wenig amüsiert klang. War es möglich, dass es sie ebenso erregte wie ihn? Herrgott, das Weib war eine Hexe!

Er hörte ein metallisches Klappern. Was hatte sie vor? Und dann spürte er es. Sie musste sich einen oder gleich mehrere Eiswürfel aus dem Weinkühler genommen haben, die sie jetzt über seinen Oberkörper gleiten ließ. Er stieß zischend die Luft aus. Eine Gänsehaut breitete sich auf seinem Oberkörper aus, aber nicht weil ihm kalt war. Die eisige Spur auf seiner empfindsamen Haut löste die merkwürdigsten Sinneswahrnehmungen in ihm aus. Schließlich ließ sie ihn daran saugen, das kühle Eis schmolz in seinem Mund. Er leckte daran, sie sollte sehen, was er mit seiner Zunge tun konnte. Gespürt hatte sie sie schon so oft. Er stellte sich vor, dass er ihre Perle damit umspielen würde, und der Gedanke daran ließ ihn leise knurren. Und dann war das Eis verschwunden und sie setzte sich auf ihn. Er spürte ihre Hitze, aber sie ließ ihn nicht in sich eindringen. Stattdessen fühlte er ihre Zunge auf seinen Lippen. Sie leckte darüber, saugte daran und biss ganz vorsichtig zu.

»Ahh, ja!«, hörte er seine eigene Stimme, die gequält klang.

»Soll ich dich ficken, Jake?«, flüsterte sie nun, nagte an seinem Ohrläppchen und biss noch einmal zu. Dieses Mal fester. Jake fand ihre vollen Brüste, knetete sie und ihr leises Seufzen machte ihn verrückterweise glücklich. Sie war so eine empfindsame und leidenschaftliche Frau. Nie würde er genug von ihr bekommen. Niemals.

»O Gott, ja! Fick mich endlich, Viktoria!«, stieß er hervor.

Er hörte, wie sie eine Kondompackung aufriss, dann spürte er, wie sie den Gummi über seinen harten Schaft abrollte. Er atmete hörbar unter ihrer Berührung aus und in diesem Moment war er erleichtert, dass er die sonst störende Schicht aus Latex über seinem Schwanz hatte, die zumindest dafür sorgte, dass er nicht sofort kam. Eigentlich hasste er Kondome, weil sie die Empfindungen beim Sex verringerten. Bei Viktoria war er nun dankbar dafür, da er sonst sicher *sofort* explodieren würde, wenn sie ihn endlich in ihrer feuchten Nässe aufnehmen würde.

Sie nahm ihn in die Hand, setzte sich auf seinen Schwanz und hielt mitten in der Bewegung inne. Viktoria nahm ihn so tief in sich auf, dass ihm schwindelig wurde. Jakes Hände ruhten auf ihren Hüften, als sie endlich begann, sich langsam auf und ab zu bewegen. Sie ließ ihr Becken kreisen und nahm seine Hände, um sie auf ihre Brüste zu legen.

»Fass mich an«, forderte sie ihn auf. »O ja, Jake!«, rief sie, als er begann, ihre Brustwarzen mit seinen Daumen zu streicheln. Immer schneller bewegte sie sich auf ihm, ritt ihn wild und hemmungslos. Jake legte den Kopf zurück, versuchte den Höhepunkt aufzuhalten, aber er kam unaufhaltsam auf ihn zu. Das Blut rauschte in seinen Ohren. Ihre Körper waren schweißbedeckt und er konnte nicht mehr warten. Seine Hände hielten sich an ihren Hüften fest, immer schneller zuckten auch seine Hüften unter ihr.

»Jake, ja!«, rief sie. Spitze Schreie, die immer öfter aus ihrem Mund an sein Ohr drangen, ließen ihn wissen, dass sie so dicht davor war wie er selbst.

»Komm für mich, Baby. Ich will hören, wie du für mich kommst!«, forderte Jake sie keuchend auf. Aber es war zu spät, er wusste es. Er konnte seinen eigenen Orgasmus nicht mehr aufhalten, egal was passierte. Sein Schwanz pochte, pulsierte, und sein Körper spannte sich an. Er hielt in seinen

Bewegungen inne, stöhnte laut und animalisch, während er in das Kondom ejakulierte. Die Welt um ihn herum explodierte in einem Meer von Farben, obwohl seine Augen immer noch von seiner eigenen Krawatte bedeckt waren. Er war unfähig, sich zu rühren, unfähig, sich zu artikulieren. Sie ritt ihn immer schneller und kam endlich selbst mit einem lauten Schrei. Viktoria klammerte sich an ihm fest, ihre Vagina zuckte um seinen Schwanz und sie biss in seine Schulter, als ihr Orgasmus sie überwältigte. Aber er spürte den Schmerz kaum. Im Gegenteil, es war eine süße Qual, während alle Muskeln in seinem Körper noch vom Nachbeben seines Höhepunktes pulsierten.

Viktoria sank matt auf ihm zusammen, löste scheinbar mit letzter Kraft die Krawatte von seinen Augen und schmiegte sich an seinen Hals. Jake strich ihr eine Strähne aus dem Gesicht und küsste sie zärtlich auf die Stirn. Er blinzelte und war froh, dass sein Wohnzimmer nur von Kerzen beleuchtet war, sodass er sich nicht geblendet fühlte, jetzt, wo er endlich wieder sehen konnte.

»Das war … unglaublich«, flüsterte er und drückte sie noch fester an sich. Sie nickte lächelnd, die Augen noch immer geschlossen, ihre Hände auf seinen Schultern.

So saßen sie einige Minuten, bis sie genug Kraft gesammelt hatte. Sanft streifte sie Jake das Kondom ab und säuberte ihn mit einer Serviette.

»Hunger?«, fragte sie beinahe schüchtern. Er wurde einfach nicht schlau aus dieser Frau. Von wild, kühl bis verletzlich und nun auch noch schüchtern war alles dabei.

»Gern, ich kann mich nur nicht bewegen«, lachte Jake leise. »Ich bin gelähmt.«

Viktoria fischte nach seinem Shirt und zog es sich über, bevor sie Jake eine Schachtel mit Essen und die Stäbchen reichte. So aßen sie gemeinsam, tranken etwas Wein aus nur einem Glas und plauderten über ihre Erlebnisse auf Island.

»Ich gebe auf«, erklärte Viktoria schließlich und stellte ihr Essen zurück auf den Tisch. »Ich kann nicht mehr!«

Jake lunzte in die Schachtel. »Die paar Bissen schaffst du noch!«, neckte er sie. »Sonst esse ich es.«

»Bitte, tu dir keinen Zwang an. Wir haben mehr als das Essen geteilt«, erinnerte sie ihn mit einem sexy Lächeln. Es war keine Stunde her, dass sie miteinander geschlafen hatten, und er wollte schon wieder ...

»Pass auf, Baby, wenn du mich weiter so ansiehst, kann ich für nichts garantieren ...«

Sie lachte und warf den Kopf in den Nacken. »Du bist anscheinend unersättlich, hm?«

»Nur mit dir, Viktoria. Nur mit dir.« Er sah sie einen Moment nachdenklich an, dann stellte er seine Packung ebenfalls ab und nahm ihre Hand in seine. Ihre kleine Tätowierung sprang ihm sofort wieder ins Auge. Warum ließ sich jemand tätowieren, um es anschließend unter einer Armbanduhr zu verstecken?

Viktoria schien zu spüren, dass ihm diese Frage auf der Zunge lag, aber sie ließ ihm keine Gelegenheit. »Willst du mir nicht mal dein Schlafzimmer zeigen, Jake?« Sie zog ihn auf die Beine und vergessen waren seine Überlegungen. Wenn sie ihn so ansah, konnte er keinen klaren Gedanken mehr fassen.

»Meinen Schrank hast du vorhin ja allein gefunden ... Komm!« Sanft, aber bestimmt dirigierte er sie durch sein Haus ins Schlafzimmer.

KAPITEL 17

VIKTORIA DREHTE das Wasser ab und zog ein Handtuch vom Halter. Sie wickelte sich ein, bevor sie aus der Dusche trat. Als sie ihr Gesicht im Spiegel sah, erschrak sie ein wenig. Unter ihren Augen lagen dunkle Schatten und sie war blass. Kein Wunder, sie hatte in der letzten Nacht wenig geschlafen und sehr viel gegrübelt, nachdem sie zuhause angekommen war..

Ob Jake schon wach war? Kaum, es war gerade mal kurz nach sechs. Sie hatte es nicht über sich gebracht, bei ihm zu übernachten. Sex war die eine Sache, aber vertrauliche Zärtlichkeiten eine andere. Sie konnte damit nicht umgehen und es wurde ihr viel zu schnell viel zu viel, auch wenn sie seine Nähe mochte. Auch wenn sie ihn mochte. Vielleicht mochte sie ihn sogar *zu* viel. Sie fühlte sich nach ihrem heimlichen Aufbruch mitten in der Nacht irgendwie schuldig, deswegen schickte sie ihm eine kurze Nachricht: *Guten Morgen, wir sehen uns nachher im Büro. Danke für die letzte Nacht. xo*

Kein Liebesgeständnis, aber auch keine Abfuhr. Danach fühlte sie sich besser und als nach dreißig Minuten noch keine Antwort da war, freute sie sich, dass wenigstens einer ausgeschlafen zum Job erscheinen würde.

Gut gelaunt stieg sie eine Stunde später in der Agentur Langham aus dem Lift. Auch der restliche Arbeitstag entwickelte sich äußerst erfreulich. Jake schien ihr kleines Geheimnis ebenso zu genießen wie sie. Zwar ignorierten sie sich nicht, aber ihr Umgang war geprägt von distanzierter Höflichkeit. Eigentlich war alles perfekt.

»Hallo, Viktoria«, hörte sie die melodische Stimme ihrer Chefin und sah von ihrem Bildschirm auf. »Wir hatten noch gar keine Gelegenheit, uns ausführlich zu unterhalten«, fuhr Madeleine fort, während sie sich auf den Stuhl vor ihrem Schreibtisch setzte und die Beine übereinanderschlug. »Erzähl mal, wie war Island?«

Viktoria nahm ihren Zauberwürfel in die Hand und spielte damit. »Gut, Island war sehr gut. Ich denke, das neue Konzept wird dich überzeugen.«

Madeleine wedelte ungeduldig mit ihren manikürten Händen. »Das weiß ich doch! Und sonst?«

Viktoria hob eine Augenbraue. Auf einmal hatte sie wieder Vertrauen in ihre Arbeit? Das ging ja ein bisschen plötzlich. Woher der Sinneswandel? Und was war in den letzten Wochen überhaupt los hier?

»Das sah vorher aber nicht so aus, wenn du mich fragst«, antwortete Viktoria ehrlich.

»Ach bitte, Viktoria. Dir Jake an die Seite zu stellen, war die beste Idee, die ich seit Langem hatte. Du hast dich zuvor in eine Richtung entwickelt, die ich bedenklich finde. Fand«, korrigierte sie sich gleich.

»Und die wäre?«, meinte Viktoria kühl. Innerlich jedoch kochte sie. Madeleine führte sich auf, als wäre sie nicht nur ihre Chefin, sondern auch ihre Mutter oder Therapeutin. Aber sie hatte kein Recht dazu. Sie hatte keine Ahnung, wer sie wirklich war, und so langsam fragte sie sich, ob sie sich nicht in Madeleine getäuscht hatte. Viktoria hatte immer geglaubt, dass sie und Madeleine auf einer Wellenläge lagen, momentan erkannte sie sie nicht wieder. Was faselte sie da überhaupt?

»Ich bitte dich. Wir wissen beide, dass es einen Grund gibt, warum du dich hinter deiner Arbeit versteckst«, meinte Madeleine gelassen.

Viktoria schluckte und ihr Magen rebellierte. Was wusste sie? Sie hatte so sehr darauf geachtet, ihr Geheimnis zu hüten.

»Meinst du?«, gab sie so lässig wie möglich zurück, dabei raste ihr Herz. Hatte sie etwa herausgefunden, dass sie Stanford ohne ihren Master verlassen und ihren Abschluss gefälscht hatte? Als sie im letzten Semester in Stanford schwanger geworden war und Michael nichts von dem Baby hatte wissen wollen und sie sogar bedroht hatte, war sie einfach nach Deutschland abgehauen. Zunächst war ihr die Karriere völlig egal gewesen, denn Katie hatte ihre ganze Aufmerksamkeit gefordert, bis … Und danach hatte sie einfach schnell eine andere Lösung gebraucht. Ihrer Familie hatte sie nichts von ihrer Schummelei erzählt. Tatsächlich aber hatte sie ihr Diplom gefälscht. Und mit ihrem gefälschten Stanford-Abschluss war es kein Problem gewesen, verschiedene Jobangebote an Land zu ziehen. Mit Madeleine hatte die Chemie von Anfang an gestimmt – das hatte Viktoria jedenfalls gedacht. Bis heute hatte sie nicht bereut, was sie getan hatte. Denn die Arbeit, die sie ablieferte, war mit oder ohne Diplom dieselbe und sie wusste, dass sie eine der Besten war. Und Madeleine wusste das auch. Mit dem Gedanken hatte sie nun jahrelang gelebt, trotzdem fühlte sie sich absolut unvorbereitet. Wenn der Moment kam, in dem man aufflog, war es einfach ein Schock. Es musste so sein. Aber die Wucht der Erkenntnis traf sie trotzdem wie eine Explosion.

»Viktoria, du bist wirklich fast wie eine Tochter für mich und es bereitet mir große Sorgen, zu sehen, dass du die gleichen Fehler machst wie ich.«

Viktoria war wie gelähmt, sie konnte sich weder rühren noch sprechen. Es ging hier nicht um Stanford. Dem ungeachtet setzte keine Erleichterung ein. Eher das Gegenteil, denn über Katie wollte sie noch weniger sprechen. Nicht mit Madeleine, mit niemandem. Niemals. Es war ihr Kind. Ihr Schmerz. Er gehörte ihr allein.

»Ich weiß, wie es ist, einen geliebten Menschen zu verlieren. Glaub mir. Aber ich weiß jetzt auch, dass man niemals im Leben eine Garantie auf ewiges Glück bekommt. Trotzdem ...« Sie blinzelte. »Ich bin mir sicher, dass tief in dir drinnen etwas ist, das man nicht nur mit Arbeit füllen kann. Denk mal drüber nach.«

Madeleine hatte einen wunden Punkt getroffen. Sie hatte sie besser erkannt als irgendjemand zuvor, das machte Viktoria Angst. Dennoch. Hier ging es um ihr Privatleben. Und ihr Privatleben ging Madeleine überhaupt nichts an. Und das gab ihr Kraft.

Viktoria legte den Kugelschreiber beiseite und legte ihre Stirn in Falten. »Und deswegen willst du mir die Agentur nicht überlassen?« Die ganze aufgestaute Wut der letzten Wochen kochte plötzlich in ihr hoch. »Ist das der Grund, verdammt noch mal?«, schrie sie jetzt und sprang auf. »Du weißt nichts über mich. Nichts. Du glaubst, du kennst mich? Irrtum, meine Liebe. Irrtum. Ich bin nicht wie du!« Viktorias Hände waren zu Fäusten geballt. »Mir geht es sehr gut. Mein Leben ist genau so, wie ich es haben will!«

Madeleine neigte den Kopf ein wenig zur Seite und schüttelte ihn beinahe unmerklich. »Dann bist du dümmer, als ich dachte!« Die adrette Dame stand auf, strich ihren Rock glatt und verließ Viktorias Büro ohne ein weiteres Wort.

Viktorias Beine zitterten, ihre Hände waren klamm und kalt. Ihre Lippen bebten unkontrolliert. Vielleicht war sie zu weit gegangen. So hatte sie noch nie mit ihrer Chefin gesprochen. Was, wenn Madeleine jetzt Jake die Agenturleitung übertrug?

»Scheiß drauf!«, murmelte sie vor sich hin, während sie weiter nach Fassung rang.

»Ist alles okay?«, hörte sie Sarahs Stimme und sah auf. Ihre Sekretärin trat zögerlich ins Büro und schloss die Tür leise hinter sich.

Viktoria ließ sich in ihren Stuhl fallen und atmete hörbar aus. »Ich habe keine Ahnung, Sarah. Die letzten Wochen waren so verrückt, dass ich manchmal glaube, ich hänge in einem Albtraum fest. Es ist so surreal, dass ich auf einmal einen Kollegen habe, der meinen Stuhl will, dass Madeleine anfängt, ihre soziale Ader zu entdecken, und ich wie eine Marionette von einem zum anderen Szenario geschubst werde!«

Und dass ich mit dem Kollegen ins Bett gehe, fügte sie im Stillen hinzu.

Sarah lehnte sich an die Kante des Schreibtischs. »Ich kapier das hier auch nicht. Madeleine ist in den letzten Tagen um mich herumscharwenzelt, als könnte ich ihr etwas über dich erzählen, was sie noch nicht weiß.«

Sarah wusste Bescheid, das war ihr klar. Aber sie war nicht bereit, mit ihr über Jake zu sprechen. Das ging nur sie und ihn etwas an.

Viktoria runzelte die Stirn. »Ich habe keine Ahnung, von welchem Teufel sie geritten wird! Aber eins sage ich dir: Es *kotzt* mich an«, lenkte sie ab.

Sarah wackelte vielsagend mit den Augenbrauen. »Ich weiß nicht, ob er ein Teufel ist, aber ein Vögelchen hat mir gezwitschert, dass Madeleine sich intensiver mit Wilken befasst hat, als es in einer Kundenbeziehung üblich ist.«

Viktorias Kinnlade klappte nach unten. »Äh, was sagst du?« Sie war so sehr mit sich selbst beschäftig gewesen, dass ihr nicht einmal ansatzweise aufgefallen war, dass auch bei Madeleine etwas im Busch war.

Sarah grinste. »Sie hat was mit Wilken!«

Viktoria schlug sich die Hand vor den Mund. »Nein! Das alles ist also nur ein Witz oder wie? Die Kampagne? Warum tut sie das?«

Sarah winkte ab. »Nein, nein. So ist es nicht. Kann ich mir nicht vorstellen. Madeleine ist nicht geistig verwirrt. Anscheinend hat sie festgestellt, dass sie Wilken mag, als sie sich öfter mit ihm traf, weil du und Jake mit dem Konzept nicht vorankamt. Und ... sieht so aus, als ob es ihm genauso geht.«

»Unmöglich!«, stieß Viktoria kopfschüttelnd hervor. »Sie vögelt einen Kunden! Er ist jünger als sie.«

»Dann hat Madeleine endlich mal was richtig gemacht. Und du?«, meinte Sarah und sah sie mit klimpernden Wimpern an.

Na klar. Sie wusste es. Warum war es eigentlich nicht möglich, vor ihrer Sekretärin ein einziges winziges Geheimnis zu haben?

Dennoch winkte sie ab. »Ach, hör doch auf!«

Sarah hob die Hände. »Okay, verstehe schon. Ich geh dann mal wieder an meine Arbeit.«

Viktoria warf ihr einen dankbaren Blick zu, sagte aber nichts mehr, sondern vergrub ihr Gesicht in den Händen. In welcher Seifenoper war sie eigentlich gelandet?

Sie hörte, dass Sarah ihr Büro wortlos verließ, die Tür hinter sich jedoch nicht schloss. Als sie die Hände vom Gesicht nahm, stand Jake im Türrahmen. Vielleicht sollte sie Nummern vergeben! Konnte man hier nicht mal fünf Minuten seine Ruhe haben? Und es war noch nicht mal neun!

»Guten Morgen«, grinste er. »Kaffee?«

Sie lächelte mechanisch, tippte mit dem Finger auf ihren Schreibtisch und signalisierte ihm damit, dass er ihn einfach abstellen sollte. »Frag nicht!«, warnte sie ihn und er schien zu verstehen. Er deutete eine Verbeugung an und trollte sich aus ihrem Büro. Kopfschüttelnd und zugleich grinsend nahm sie einen Schluck vom Karamell-Macchiato und sah ihm hinterher. Wenigstens einer hatte kapiert, wann man sie in Ruhe lassen sollte.

Obwohl sie hundemüde war, sagte sie ihr Training mit Samantha nicht ab. Sosehr sie Sport auch liebte, so oft musste sie ihren inneren Schweinehund dennoch überwinden. Und dabei half ihr Sam. Ganz davon abgesehen, dass sie immer noch die beste Personal Trainerin war, die es gab. Wenn es darum ging, einen auf ein anderes Fitnesslevel zu bringen, war sie einfach unschlagbar. Als sie angefangen hatte, mit Samantha zu trainieren, war Viktoria schwach und zerbrechlich gewesen. Beinahe nur noch Haut und Knochen nach den Monaten der Trauer um Katie. Mehr als zwanzig Minuten zügiges Gehen war zu Beginn nicht drin gewesen, Samantha hatte ihr zudem einen Ernährungsplan aufgestellt, sodass sie wieder an Gewicht zugelegt hatte. Trainingsziel einmal andersherum. Viktoria hatte sich zuvor komplett selbst aufgegeben und jegliches Körpergefühl verloren gehabt. Sie hatte Schritt für Schritt lernen müssen, wieder für sich selbst zu sorgen, sodass sie wieder leistungsfähig und stabil wurde. Allein dafür würde sie immer in Samanthas Schuld stehen – auch wenn sie die individuelle Betreuung natürlich nicht kostenlos gemacht hatte. Dennoch empfand Viktoria, dass Samanthas Bemühungen weit über eine einfache Kundenbeziehung hinausgegangen waren, und dafür war sie ihr dankbar. Ohne die toughe Trainerin hätte sie es nicht geschafft, dessen war sie sich sicher. Mittlerweile verband sie weit mehr als die Geschäftsbeziehung, auch wenn Viktoria darauf achtete, sie nicht zu dicht an sich heranzulassen. So ganz konnte sie sich einfach nicht öffnen.

»Hey«, begrüßte sie Samantha und ließ sie in ihre Wohnung. »Heute steht Yoga auf dem Plan, oder?«

Samantha nickte. »Ja, es sei denn ...?«

»Nein«, unterbrach Viktoria sie. »Yoga ist goldrichtig, um Energie zu tanken. Komm mit.«

Sie gingen in ihren Fitnessraum, Viktoria suchte passende Musik und setzte sich gegenüber von Samantha auf ihre Yogamatte.

»Was ist los?«, fragte sie, als ihr auffiel, wie blass ihre Trainerin war. »Geht's dir nicht gut?«

Samantha schüttelte den Kopf und sah auf ihre Füße. »Bin mal wieder auf einen Kerl reingefallen.«

Viktoria sog scharf die Luft ein. »Ach Mann. Wer ist das Arschloch?«

»Das tut nichts zur Sache, es ist auf jeden Fall vorbei. Hat ohnehin nicht lange gedauert.«

»Mensch, Süße, das tut mir so leid!« Viktoria strich Samantha über den Arm.

»Schon gut«, schniefte sie. »Ich bin ja selbst schuld. Er hat mir gleich gesagt, dass er nichts Festes sucht, aber ich habe gedacht, nachdem wir uns so gut verstanden haben … Ach, egal. Immer die gleiche Leier. Umwerfender Sex, ich verknalle mich … er ist nicht an mehr interessiert.«

Viktoria musterte ihr hübsches Gesicht. »Kann ich was für dich tun?«

»Nein.« Samantha schüttelte vehement den Kopf. »Ich komme drüber weg. Keine Sorge, er war sowieso ein Arsch. Hat Frau und Kinder.«

»Das sind die Schlimmsten«, pflichtete Viktoria ihr bei.

»So, und jetzt habe ich genug gejammert. Schließlich bezahlst du mich nicht fürs Rumheulen, oder?« Sie lächelte traurig, aber in ihren hübschen Augen sah Viktoria die ungeweinten Tränen. Sie zog Samantha in ihre Arme und versuchte sie zu trösten. Derartige Vertraulichkeiten waren zwischen ihnen ansonsten völlig unüblich, aber es fühlte sich gut an. Samantha ließ es zu und so saßen sie eine ganze Weile da, bevor sie doch noch mit dem Yoga begannen. Erst viel später fiel Viktoria auf, dass es das erste Mal gewesen war, dass sie und Samantha so vertraut miteinander umgegangen waren. Irgendetwas hatte sich verändert. Womöglich hatte sie selbst sich verändert.

Der Gedanke überraschte sie und machte ihr Angst. Wenn sie zu viel von ihrer weichen Seite öffnen würde, wäre die Grenze zum Abgrund nicht mehr weit. Das durfte nicht passieren.

Es war spät, als sie bei Jake klingelte. Sie hatte befürchtet, dass er vielleicht schon schlafen gegangen war, aber nach kurzer Zeit öffnete er ihr die Tür mit einem sexy Lächeln im Gesicht. »Hi Baby!«, sagte er und zog sie in seine starken

Arme. Er vergrub seine Nase in ihrem Haar und sie genoss seine Nähe. »Ich dachte schon, du kommst nicht mehr!«, tadelte er sie lachend und ging mit ihr ins Wohnzimmer, wo er sie auf seinen Schoß zog.

»Sorry, ich hatte noch zu tun«, entschuldigte sie sich.

»Jaja«, grummelte er. »Du hast immer zu tun. Die viel beschäftigte Viktoria …«

Heute war sie anstatt Trenchcoat züchtig mit Jeans und Bluse bekleidet, aber das schien ihn nicht zu stören, denn er begann sofort damit, ihren Hals mit Küssen zu bedecken.

»Wirst du mir später wieder davonlaufen?«, fragte er, während er sich Zentimeter für Zentimeter zu ihrem Dekolleté vorarbeitete.

»Ach Jake«, seufzte sie, »wir sehen uns doch den ganzen Tag im Büro …«

Er legte ihr einen Finger an die Lippen. »Sch … von Arbeit will ich jetzt garantiert nichts hören …«

Aufreizend langsam knöpfte er ihre Bluse auf, Knopf für Knopf arbeitete er sich vor, bis er die kühle Seide endlich ganz von ihrer Haut streifte. Sie wollte nicht mehr reden, wollte nur noch genießen und an nichts denken als an seine sinnlichen Lippen auf ihrer Haut …

Trotzdem brachte sie es nicht über sich, bei ihm zu übernachten. Sie brauchte ihren Freiraum. Außerdem fürchtete sie sich davor, was geschah, wenn sie den nächsten Albtraum bekam. Deswegen wartete sie wie schon am Abend zuvor, bis er eingeschlafen war, und schlich sich dann aus dem Haus. Über Wochen würde sie diesen extremen Schlafentzug nicht aushalten, aber wochenlang würde die Affäre auch nicht mehr gehen.

Der Gedanke daran rüttelte sie wach. In wenigen Stunden würden sie die Präsentation vor Madeleine halten und Viktoria war nach dem gestrigen Besuch in ihrem Büro absolut nicht mehr sicher, ob sie danach noch einen Job haben würde. Es war besser, die Grenzen mit Jake nicht zu überschreiten. Und das hätte sie definitiv getan, wenn sie über Nacht geblieben wäre. Zudem schlief sie ohnehin viel zu unruhig und sie wollte nicht, dass Jake das mitbekam. Katies Geburtstag rückte immer näher und die Gefühle kamen und gingen unberechenbar, aber die Nächte waren immer hart. Sie vermisste ihr kleines Baby so sehr, dass es sie schier in Stücke riss, nur daran zu denken, wie es wohl wäre, ihren Geburtstag mit ihr zu feiern. Wie groß sie nun wäre. Zu welcher Person sich ihr Mädchen in den Jahren entwickelt hätte.

Viktoria atmete tief durch und schloss die Tür zu ihrer Wohnung auf, lehnte sich von innen daran und wischte sich eine Träne aus dem Gesicht. Nicht mal das konnte sie mehr kontrollieren.

Seine Finger tasteten nach Viktoria, seine Augen waren noch geschlossen. Aber der Platz neben ihm war leer. Natürlich. Jake seufzte leise und drückte seinen Kopf tiefer in die Kissen. »Frauen!«, murmelte er und drehte sich noch einmal auf die andere Seite. Ihr Duft hing noch im Kissen. Jake atmete tief ein und versuchte weiterzuschlafen. Aber er war wach. Langsam drehte er sich wieder um und fischte nach seinem Mobiltelefon. Kurz nach sieben, las er vom Display ab. Außerdem entdeckte er eine SMS von Elena, dass sie mit ihm reden wolle. Gott, die Frau war hartnäckig. Genervt verdrehte er die Augen und seufzte. An Schlaf war nun nicht mehr zu denken, dann konnte er genauso gut aufstehen. Egal wie der Tag heute endete, er wollte mit Viktoria über ihren Beziehungsstatus und ihre Lügen reden. Es lastete ihm schwer auf der Seele, dass er über ihren Betrug Bescheid wusste, und er wollte zumindest wissen, wieso sie ihren Abschluss gefälscht hatte. So was hatte sie doch eigentlich nicht nötig. Eine leise Stimme in seinem Kopf warnte, dass es ihn nichts anginge, wenn er es nicht gegen sie verwenden wollte, aber er schob es von sich.

Den Karamell-Macchiato nahm sie kurz nach halb neun schweigend entgegen, zwinkerte ihm aber zu. Sie hatte offenbar überhaupt keine Probleme damit, dass sie nach dem Sex einfach wortlos verschwand. Aber ihn störte es zunehmend. Er stellte fest, dass er sich noch nicht mal sein Sexleben so vorstellte, dass seine Partnerin nach dem Akt einfach verschwand. Jedenfalls konnte er so nicht auf Dauer leben. Egal wie gut der Sex mit ihr war. Vielleicht wäre sie ja zu einem Kompromiss bereit. Aber zuerst mussten sie Madeleine von ihrem Konzept überzeugen, danach konnte man weitersehen. Zudem hatte er keine Ahnung, wie ein für ihn zufriedenstellender Kompromiss aussehen sollte, wo er sich im Grunde genommen eine Partnerin wünschte, mit der er eine Zukunft hatte.

»Viel Glück«, wünschte ihm Miss Dashwood, als er sich samt Laptop und Papieren kurz vor zehn auf den Weg zum Besprechungsraum machte. Viktoria stand bereits dort und sortierte einige einzelne Blätter in eine weinrote Mappe.

»Hey«, sagte er und sie sah auf.

»Hey«, gab sie zurück.

Jake konnte es sich nicht verkneifen, er strich mit seinen Fingerkuppen über den glatten Tisch. »Ziemlich groß, hm?« Dabei sah er sie an und ließ sie nicht aus den Augen. Viktorias Wangen färbten sich rosa und er musste grinsen. Natürlich erinnerte sie sich an das Gespräch über seine Fantasie. Vielleicht konnten sie ja doch eines Tages …

»Ah, ihr seid schon da!«, unterbrach Madeleine das Schweigen und schloss die Tür hinter sich. Sie trug ein Notizbuch und ihr Smartphone bei sich, beides legte sie ab und setzte sich dann. »Ihr könnt loslegen, wenn ihr so weit seid.«

Jake warf Viktoria einen fragenden Blick zu. Sie hatten sich gut vorbereitet, eigentlich konnte nichts schiefgehen. Aber die unausgesprochen im Raum schwebende Frage, wer am Ende als Sieger hervorgehen würde, war schwer zu ertragen. Was, wenn Madeleine Viktoria den Vorzug gab und er als der Loser dastand? Wie würde er mit Viktorias Zorn umgehen, wenn sie das Feld räumen musste? Eine Frau wie sie würde niemals unter ihm arbeiten. Nicht, solange sie sexuell liiert waren. Wahrscheinlich auch nicht nach einer Trennung. Egal, was heute herauskommen würde, sie waren an einem

Scheideweg angekommen und der Gedanke daran behagte ihm nicht. Ganz und gar nicht.

Viktoria nickte und er klappte sein Notebook auf, um es mit dem Bildschirm zu verbinden. »Bitte, du kannst loslegen«, informierte er Viktoria und setzte sich, um den Laptop zu bedienen.

»Danke, Jake.« Sie wandte sich an ihre Chefin. »Madeleine, es war gut, dass du uns nach Island geschickt hast. Die Fabrik zu sehen, das Land und seine Leute kennenzulernen, war sehr inspirierend«, begann sie und Madeleine trommelte ungeduldig mit ihren Fingern auf die Tischplatte.

Jake kratzte sich am Kinn, er hatte ein flaues Gefühl im Magen. Viktoria ging auf jede einzelne Folie ein, betonte immer wieder, dass das ganze Konzept in enger Zusammenarbeit mit Jake entstanden war und wie gut diese Kooperation gelaufen war.

»Und hier ist das, was wir Mr Wilken empfehlen wollen. Die Basis bildet eine Produktlinie mit drei Produkten.«

Madeleine sah von ihrem Notizbuch auf.

»Das, was momentan absolut gefragt ist, sind Produkte mit einem Mehrwert für den Kunden. Normales Quellwasser gibt es hundertfach. Gegen eine Marke wie Evian oder Volvic haben wir keine Chance, wenn wir einfach nur auf der Islandschiene herumreiten.«

Madeleine begann wieder, mit ihren Fingern zu trommeln, aber Viktoria ließ sich nicht aus dem Konzept bringen.

»Deshalb haben wir diese Idee ausgearbeitet. Wir brauchen eine Linie mit Wake-up-Wasser, Detox-Wasser und Pure-Wasser.«

Jake klickte auf die nächste Seite, auf der drei konische Wasserflaschen zu sehen waren. Gleichzeitig holte er die drei Muster aus einem Karton. Die Flaschen waren durchsichtig, jedoch nicht aus Glas, sondern aus einem hochwertigen Kunststoff, der die Haptik von Glas nachahmte, aber viel leichter und absolut bruchsicher war. Jake stieg damit in die Präsentation ein, denn diese Ideen waren von ihm gekommen.

Er erklärte Madeleine die Vorzüge dieser Flaschen gegenüber Glas, unterstich aber die Hochwertigkeit des Materials. Madeleine nickte kaum merklich und kritzelte etwas in ihr Buch. Sie hatte ein perfektes Pokerface aufgesetzt, er konnte absolut nicht erkennen, ob sie ihre Vorschläge für Schrott oder genial hielt.

Er redete unablässig weiter, erklärte ihr die Zusammensetzung der Wake-up- und Detox-Linie und welche gesundheitlichen Vorzüge es hatte, wenn ausschließlich absolut natürliche Stoffen wie Ingwer, Guarana und Limone oder Zitrone verwendet würden. Die Variationen ließen sich beinahe unendlich ausweiten, wenn die erste Markteinführung erfolgreich sein würde, wovon sie beide zum jetzigen Zeitpunkt ausgingen.

Jake schloss die Präsentation mit folgendem Satz: »Und so sind wir der Meinung, dass diese Kampagne nur der Anfang von etwas absolut Großem und Neuartigen sein wird. Wir sind überzeugt, dass Mr Wilken größtmöglichen Erfolg haben wird.«

Madeleine lehnte sich im Stuhl zurück, sah von einem zum anderen und sagte schließlich: »Ja. Nicht schlecht. Es ist besser, als ich euch nach eurem anfänglichen Bockmist noch zugetraut habe.«

Er hörte, wie Viktoria scharf die Luft einsog.

»Aber ich muss euch leider mitteilen ...«

In Jakes Ohren klingelte es. Was würde sie sagen? Er oder sie? Konnte sie sich nach diesem gemeinsamen Konzept überhaupt entscheiden?

»... dass Mr Wilken entschieden hat, das Projekt vorerst auf Eis zu legen. Trotzdem, gut gemacht.«

»Was?«, riefen Jake und Viktoria wie aus einem Munde.

Madeleine zuckte mit den Schultern. »Ja, es ist so. Und deswegen ... wird sich bei uns vorerst auch nichts ändern. Ich finde, ihr harmoniert prima miteinander. Ich bin bereit, euch fürs Erste – probeweise – jeweils fünfzig Prozent der Geschäftsführung zu übertragen. Ich bleibe weiterhin CEO, allerdings werde ich mich nach und nach aus dem operativen Geschäft zurückziehen. Mein Anwalt wird euch die Verträge zusenden.« Sie klappte ihr Buch zu und stand auf.

Jake und Viktoria starrten sie gleichermaßen gelähmt an. Sie waren in einer Pattsituation.

»War noch was?«, fragte Madeleine mit nichtssagender Miene.

»Das kannst du doch nicht machen, Madeleine!«, flüsterte Viktoria ungläubig und Jake konnte sich noch immer nicht rühren, weil er überlegte, was diese neue Wendung nun für seine Beziehung zu Viktoria bedeutete.

»Und ob ich kann! Ich wünsche euch noch einen angenehmen Tag.« Sie stöckelte aus dem Besprechungsraum.

Schweigen breitete sich im Raum aus. Viktoria ließ sich in einen Stuhl fallen und strich sich eine einzelne Strähne aus dem Gesicht. »Ich kann es nicht glauben!«, stieß sie hervor und starrte ins Leere. Er war sich nicht mal sicher, ob sie es zu ihm oder zu sich selbst gesagt hatte.

Jake setzte sich ihr gegenüber und rieb sich mit zwei Fingern über die Nasenwurzel. Er hatte ja mit allem gerechnet, aber darauf, dass das komplette Projekt auf Eis gelegt werden und Madeleine mit diesem Vorschlag auf sie zukommen würde, war er überhaupt nicht gefasst gewesen. Sie musste doch wissen, dass dies keine akzeptable Lösung war. Vor allem nicht für Viktoria. Verdammt! Er hatte geahnt, dass dieses Arrangement schiefgehen würde. Er hatte es nur nicht wahrhaben wollen.

»Doch, sieht so aus, als wäre es das«, sagte er schließlich leise. Viktoria rührte sich nicht. Er verstand sie. Aber dennoch – je länger er Madeleines Entscheidung auf sich wirken ließ, desto besser fand er sie nach dem anfänglichen Schock. Ja. Es konnte funktionieren, denn so gewann niemand die Oberhand. Sie hatten beim Wilken-Projekt gezeigt, dass sie zusammenarbeiten konnten. Und eigentlich wollte er die Leitung der Agentur ja gar nicht mehr für sich allein. Er pfiff auf den Maserati, Geld hatte er ohnehin genug, er konnte sich einfach selbst einen kaufen. Während bei ihm das Gefühl der Erleichterung zu überwiegen begann, schien Viktoria regelrecht am Boden zerstört zu sein.

Jake versuchte die Situation zu retten. »Sollen wir vielleicht einen Kaffee trinken gehen?«

Viktoria sah zu ihm auf und die widersprüchlichen Gefühle in ihren Augen berührten sein Herz. Sie wich seinem Blick aus. »Nein, ich glaube, ich muss kurz allein sein.«

Jake atmete tief ein und aus, aber er wollte sich nicht aufdrängen. Er verstand, dass Madeleines Planänderung sie schockierte. Immerhin hatte sie seit Jahren auf dieses Ziel hingearbeitet – im Gegensatz zu ihm. Er hatte nie etwas zu verlieren gehabt.

»Okay.« Er wandte sich zum Gehen, nachdem er seine Unterlagen zusammengesammelt hatte. »Sehen wir uns heute Abend?«, meinte er, die Hand an der Klinke. Er wollte ihr bis dahin den nötigen Freiraum geben, den sie brauchte.

Sie schien zu überlegen, drehte sich dann zu ihm. »Ich bin gegen neun bei dir.«

Er nickte zufrieden und verließ den Besprechungsraum. Immerhin, das war ein Fortschritt. Er hatte eher mit einer abweisenden Reaktion gerechnet.

»Sie hat was?«, fragte Sarah.

»Sie will die Geschäftsführung zu gleichen Teilen auf mich und Jake übertragen. Und Wilken hat das Projekt vorerst auf Eis gelegt. Das sagte sie uns, *nachdem* wir ihr das Konzept vorgestellt haben. Ich frage mich ernsthaft, was das soll. Aber ich konnte ihr ja nicht ins Gesicht sagen, dass ich weiß, dass sie was mit ihm hat. Ich bin einfach nur sauer.«

»Sieh mal, es ist Wochenende. Schlaf ein paar Nächte drüber und sprich am Montag mit ihr. Vielleicht hat sie ja eine plausible Erklärung.«

»Für das? Das ist doch absurd! Sarah, ich habe mir hier jahrelang den Arsch aufgerissen, es war abgemacht, dass ich die Leitung der Agentur übernehmen würde! Und dann taucht auf einmal Jake auf!«

Sarah hob eine Augenbraue und verschränkte die Arme vor ihrer Brust. »Jetzt sag mir nicht, dass du ihn mittlerweile nicht wenigstens ein bisschen leiden kannst. Ich bin nicht blöd, Viktoria.«

Sie schnaubte und kniff die Augen zusammen. »Darum geht es doch gar nicht! Es geht um meine Beziehung zu Madeleine! Sie hat mich hintergangen und das kann ich ihr nicht verzeihen. Nicht jetzt, nicht am Montag. Überhaupt nicht! Nie!«

»Warte doch mal ab. Wie hat Jake eigentlich reagiert?«

»Gar nicht.«

»Was?«, fragte Sarah überrascht.

»Er hat es stoisch hingenommen. Er wirkte fast ein wenig erleichtert auf mich. Kann man das glauben?« Sie stemmte die Hände in die Hüften.

»Ich verstehe hier so einiges auch nicht, aber Madeleine hat sicher ihre Gründe.«

Viktoria schlug die Hände zusammen. »Nicht du auch noch! Mein Gott!«

Ihre Sekretärin neigte den Kopf ein wenig. »Ich habe das große Puzzle noch nicht komplett zusammengefügt, aber ich komme schon noch darauf.«

»Ja, also, wenn du es hast, dann gib mir Bescheid. Vielleicht brauche ich ja wirklich etwas Abstand.« Viktoria schob ihren Laptop in die Tasche. Abstand würde sie bekommen, spätestens auf ihrer Reise nach Hamburg. Vielleicht hatte sie in den letzten Wochen wirklich den Blick fürs Wesentliche verloren. Sie hatte keine Ahnung, aber der Gedanke an den Grund ihrer Reise erinnerte sie daran, weshalb sie überhaupt hier stand.

»Ich gehe nach Hause, Sarah. Schönes Wochenende.«

»Dir auch, danke!«, erwiderte ihre Sekretärin.

Viktoria war nachdenklich, als sie das Büro verließ. Sie hatte gekämpft wie eine Löwin, aber hatte sie wirklich erwartet, dass Madeleine Jake nach so kurzer Zeit wieder abschoss? Der Gedanke erschien ihr unlogisch und sie wunderte sich, dass sie so lange gebraucht hatte, um es zu kapieren. Madeleine hatte nie vorgehabt, sich für einen von ihnen zu entscheiden. Vermutlich hatte sie von Anfang an geplant, die Geschäftsführung zu teilen – so wie sie es heute verkündet hatte. Sie hatte sie beide verarscht. Madeleine war eine Schlange.

Sie glaubte nicht, dass Jake davon gewusst hatte, sonst hätte er sich den Kleinkrieg mit ihr gespart. Genervt drückte sie mehrmals auf den Knopf am Lift.

»So ungeduldig?«, hörte sie Jakes Stimme hinter sich.

»Jake!«, rief sie leise. »Ich dachte, du wärst schon weg.«

»Tja, falsch gedacht.«

Die Türen des Aufzugs öffneten sich mit einem leisen Geräusch und er ließ ihr den Vortritt.

»Danke.« Sie atmete tief durch, ihr fehlten die passenden Worte. Sie war zu müde, zu genervt und enttäuscht.

»So schlimm? Ein Drink?«, fragte er sanft und seine Einfühlsamkeit erreichte sie tief in ihrem Innersten. Wusste dieser Mann einfach immer, was er sagen musste, um bei ihr zu punkten? Zudem hatte sie es satt, ständig korrekt zu sein und immer alles richtig zu machen. Sie beschloss, einfach mal darauf zu pfeifen, ob sie jemanden treffen könnten, der ihnen dann eine Büroaffäre andichten würde. Wobei von andichten ja keine Rede sein konnte.

»Wieso nicht. Aber ich glaube, ein Drink reicht nicht.«

»Baby«, flüsterte er, »ich mache alles, was du willst.«

Viktoria musste schmunzeln. *Das* würde sie auch noch mit ihm tun ... später.

»Ich bitte darum«, gab sie leise zurück. »Aber erst der Drink.«

»Gut, ich kenne eine nette Bar nicht weit von hier.«

Wenig später saßen sie, er bei einem Whiskey Sour und sie bei einem Dry Martini, in einer hübschen Bar, die zwar voll, aber dennoch so eingerichtet war, dass man sich ungestört unterhalten konnte. Die Tische standen in kovenähnlichen Halbkreisen, Kerzen flackerten auf den Tischen, die Deckenspots waren heruntergedimmt und aus den Lautsprechern tönte leise Lounge-Musik.

»Nett hier«, kommentierte Viktoria und nippte an ihrem Cocktail.

»Ja, ich habe gehofft, dass es dir gefällt.« Jake warf sich eine Erdnuss in den Mund und zog sein Jackett aus. Dann krempelte er die Ärmel seines makellosen weißen Hemdes auf. »Feierabend«, informierte er sie.

Viktoria war bereits nach dem ersten Martini ein wenig beschwipst, sie hatte kaum was gegessen an diesem Tag, aber es störte sie nicht. Im Gegenteil, sie fühlte sich nahezu ausgelassen und Jake war der perfekte Unterhalter. Er plauderte in lockerem Ton über seine Reisen nach Asien und Südamerika, wo er zuvor für den Carter-Konzern häufig zu tun gehabt hatte.

»Aber mein Bruder Ryder macht es ganz gut ohne mich. Ich habe es satt, die Nummer zwei zu sein«, erklärte er ihr und leerte seinen Drink. Dann winkte er dem Barkeeper zu, dass er ihnen noch einmal zwei neue bringen sollte.

»Verstehe. Und dann bin ich jetzt da.«

»Ach Viktoria, mit dir ist es was anderes.«

Sie sah ihn an und verlor sich im Graublau seiner Augen. »Ist es das?« Schnell senkte sie den Blick.

»Es scheint jedenfalls so, als bliebe ich dir noch ein wenig erhalten«, meinte er und strich mit dem Daumen über ihren Handrücken. Plötzlich erschien ihr der Gedanke gar nicht mehr so schlimm, eine Weile Hand in Hand mit ihm zu arbeiten. In Island hatte es schließlich auch ganz gut geklappt und das Konzept für Wilken war wirklich gut geworden.

Der Barkeeper tauschte leere gegen volle Gläser und verschwand wieder nach einem »Wohl bekomm's!«

»Cheers«, sagte Jake und stieß leicht mit seinem gegen ihren Drink.

»Cheers.« Viktoria schlürfte von ihrem Martini und biss dann die Olive vom Zahnstocher ab. »Verstehst du dich mit deinem Bruder gut?«, fragte sie. Ihr fiel auf, dass sie – obwohl sie jeden Zentimeter seines Körpers in- und auswendig kannte – nichts Persönliches über Jake wusste. Bisher hatten sie diese Grenzen niemals überschritten, er wusste ebenso wenig über sie wie sie über ihn.

»Ja, wir verstehen uns gut. Aber wie es so ist mit älteren Geschwistern, sie meinen, immer alles besser zu wissen.«

Viktoria lachte. Das kam ihr bekannt vor. »Ich habe da auch so ein Exemplar ... aber er ist ganz liebenswert. Wie viel älter ist Ryder?«

»Nur ein Jahr«, meinte Jake und Viktoria musste kichern. Sie hatte definitiv einen Schwips. Aber es war schön, sich so kopflos zu fühlen, also trank sie noch einen Schluck.

»Ein Jahr? Klar, dass du dir nicht viel von ihm sagen lassen willst.«

»Aber er ist ganz anders als ich. Er ist ein bisschen wie du«, meinte er lächelnd.

»Klingt nicht nach einem Kompliment!« Viktoria verzog das Gesicht.

»Ist es aber. Ich meine nur, er ist sehr ... fokussiert. Manchmal frage ich mich, ob es neben der Arbeit nichts in seinem Leben gibt.« Jake sah sie ruhig an und Viktoria musste schlucken. Sie wollte nicht über sich reden. Nicht jetzt. Zu keiner Zeit.

Langsam strich sie mit ihrer Hand über seinen Oberschenkel. Sie wusste, wie sie ihn auf andere Gedanken bringen konnte. Viktoria biss sich leicht auf die Unterlippe und sah ihn unter ihren dunklen Wimpern an. »Ich könnte mir was vorstellen ... neben der Arbeit ...«

Jakes Augen wurden groß und er rutschte unruhig auf seinem Stuhl hin und her. »Du weißt genau, was du mit mir machst, hm?« Viktoria lachte und strich über seinen Schritt. »Ich liebe es, wie du auf mich reagierst.«

Jakes Augen verdunkelten sich, als er sich über den Tisch beugte, um ihr näher zu sein. »Lass uns gehen. Ich will dir zeigen, wie *du* auf mich reagierst.«

Vergessen war der schreckliche Arbeitstag, als sie mit ihm in ein Taxi stieg, das sie zu seinem Haus am Hyde Park brachte. Jake küsste sie so leidenschaftlich, dass ihr schwindelig wurde. Vielleicht lag es zu einem Teil auch am Martini. Aber wenn sie ehrlich zu sich selbst war, würde sie zugeben, dass es nur an Jake lag. Sie war süchtig nach seinen Berührungen.

»Wir sind da«, unterbrach der Taxifahrer sie und Viktoria rutschte zur Seite. Jake bezahlte und half ihr aus dem schwarzen Wagen. Sie hatte sich total vergessen. Hätte der Fahrer sie nicht darauf hingewiesen, hätte sie alles mit sich machen lassen. Was war nur los mit ihr, sie war sonst nicht so unbeherrscht. Erschreckenderweise fand sie immer mehr Gefallen daran, sich nicht länger beherrschen zu müssen. Bei Jake konnte sie sein, wie sie sich fühlte, sie konnte alle Impulse herauslassen und es schien ihn nicht zu stören. Das war das Schöne an einer Affäre, erinnerte sie sich selbst. Man bekam vom anderen nur das Gute, nicht die ganzen negativen Seiten des Alltags. Was dachte sie überhaupt? Negative Seiten des Alltags?

Sie war einen Moment unachtsam und stolperte hinter Jake die Stufen zu seinem Stadthaus nach oben. »Ups«, kommentierte sie. Sie hatte definitiv zu viel getrunken.

Er gab den Code in die Alarmanlage ein und schloss die Tür auf. Schon auf dem Weg zum Schlafzimmer rissen sie sich gegenseitig die Kleidung vom Leib.

Dieses Mal liebten sie sich langsam und zärtlich. Sie kosteten jede Minute aus, bis sie erschöpft zwischen den Laken lagen. Jake hatte sich von hinten an Viktoria geschmiegt, die die Augen geschlossen hatte. Ihr Magen knurrte laut.

»Da hat aber jemand Hunger!«, meinte Jake mit einem Lächeln in der Stimme und legte seine Hand auf ihren Bauch. »Ich mach uns schnell was, bin gleich wieder da.«

»Jake, mach dir nicht solche Umstände«, protestierte sie halbherzig.

»Umstände? Ich bin selbstsüchtig. Ich habe auch Hunger!«, rief er und sprang aus dem Bett. Nur fünf Minuten später kehrte er mit einem Tablett zurück. Er stellte es in der Mitte vom Bett zwischen ihnen ab.

»Wow, Käse, Kräcker, Schinken, Weintrauben, Pastete ... du lässt dich nicht lumpen!«

»Zufrieden?«, fragte er.

Sie pflückte sich eine Traube und steckte sie sich in den Mund. »Sehr.«

Nachdem sie den größten Teil des Picknicks verspeist hatten, sah Jake sie durchdringend an. »Bleib heute Nacht hier, Viktoria.«

Sie sah auf ihre Finger. »Ich weiß nicht.«

»Komm schon, es ist doch kein Heiratsantrag. Ich würde sonst morgen früh ohnehin klopfend vor deiner Tür stehen.«

Sie musste lachen, als sie sich bildlich vorstellte, wie Jake in aller Herrgottsfrühe bei ihr Sturm klingelte.

»Bitte«, hörte sie ihn sagen und ihr Widerstand schmolz wie Eis in der Sonne.

»Na gut. Aber das ist nur ein Zugeständnis, es ändert nichts an unserer Abmachung.«

Jake seufzte und riss sich ein Stück der letzten Käsescheibe ab. »Was stimmt eigentlich nicht mit dir?« Sein Tonfall war kühl geworden.

»Was?«, fragte sie alarmiert.

»Du hast mich schon verstanden. Ich habe eine Frage, die mir schon lange unter den Nägeln brennt. Eigentlich schon seit Island. Und ich muss es jetzt wissen, ich kann nicht so weitermachen.«

Sie sah zu ihm auf und ihr Herz klopfte schnell. Sehr schnell.

»Warum hast du deine Unterlagen von Stanford gefälscht?«

Sie verschluckte sich. »Jake!«

Woher wusste er es? Er konnte es jederzeit gegen sie bei Madeleine verwenden.

»Viktoria, ich weiß es. Also los. Sag es mir.«

Sie zog sich das Laken über die Brust, um ihre Blöße zu bedecken. »Was ist? Rennst du damit am Montag zu Madeleine, damit du doch die hundert Prozent bekommst?«, zischte sie. »Warum hast du so lange gewartet? Du hättest mich längst auffliegen lassen können!«

»Was? Nein! Natürlich nicht. Darum geht es mir nicht. Wirklich nicht. Ich will wissen, warum jemand wie du so was macht. Du hast es doch gar nicht nötig, du bist klug und fleißig. Den Master hättest du mit links geschafft. Es muss was anderes sein. Was ist es? Hat dich dein Professor ... bedroht?«

Viktorias Herz setzte einen Schlag aus. Wie konnte es sein, dass Jake das alles wusste? *Niemand* sollte etwas davon wissen, die Fälschung war perfekt! Sie hatte ein Vermögen dafür hingeblättert! Aber kein Geld der Welt schützte anscheinend vor der Wahrheit.

»Du spinnst doch!« Viktoria stand auf und begann, ihre Kleidung vom Boden aufzusammeln. Sie spürte seinen Blick auf sich, aber er rührte sich nicht.

»Ich weiß, dass ich recht habe, ich habe dich mit ihm gesehen. Ihr wart viel vertrauter, als es in gewöhnlichen Studentinnen-Professoren-Beziehungen üblich ist!«

Das alles hatte er in der kurzen Zeit beobachtet? Was wusste er sonst noch?

»Du siehst Gespenster.« Ein halbherziger Versuch, sich zu retten, das war ihr klar.

»Warum dann, Viktoria? Du bist intelligent, smart und ... einzigartig.«

Sie hielt einen Moment inne und sah ihm in die Augen. Enttäuschung war darin abzulesen. Sie war selbst enttäuscht von sich. Aber woher hatte er die Informationen? Niemand wusste davon. Absolut niemand. Woher konnte er diese Informationen haben?

»Was willst du? Soll ich meinen Stuhl räumen ... bei Langham?« Sie schlüpfte in ihren Slip und sah ihn dann noch einmal an.

Jake schüttelte müde den Kopf und rieb sich den Nacken. »Nein, Viktoria. Wenn ich das gewollt hätte, hätte ich die Info schon längst benutzt. Denk doch mal nach.«

»Ich glaube dir kein Wort. Warum fängst du jetzt damit an?« Hatte er so lange damit gewartet, um sie dann zu vernichten? So schätzte sie ihn eigentlich nicht ein, aber wie sie in der Bar vorhin selbst erkannt hatte, wusste sie im Grunde nichts über ihn. Es war also alles möglich.

»Ich muss es einfach wissen. Ich will dich näher kennenlernen, Viktoria. Ich schwöre dir, dass ich niemandem etwas davon sage. Aber ich will wissen, *warum*.« Jakes Stimme klang beinahe flehend.

Sie schüttelte den Kopf so heftig, dass ihre braunen Locken durch die Luft flogen. »Nein! Wir hatten eine Abmachung. Sex! Nichts sonst! Das funktioniert so nicht, Jake! Ich gehe jetzt besser. Es geht dich nichts an!« Sie sah ihn noch einmal an und der harte Zug, der um seinen Mund lag, sagte mehr als tausend Worte. Hastig wich sie seinem Blick aus.

Jake hielt sie nicht auf, als sie ihre Kleidung einsammelte und sich anzog. Sollte irgendein Teil von ihr gehofft haben, dass er ihr folgen, ihr seine starken Arme um die Schultern legen würde, um sie zum Bleiben zu überreden, wurde sie enttäuscht. Sie musste sich eingestehen, dass er es ihr einfach machte, zu gehen. Und das war gut so. Auch wenn sich in ihrem Bauch ein beklemmendes Gefühl breitmachte, das sie zu unterdrücken versuchte.

Als sie die Tür leise hinter sich zuzog, tat etwas in ihr weh, wovon sie gedacht hatte, es würde nur noch mechanisch funktionieren. Es war ihr Herz. Das war jetzt ein verdammt schlechter Zeitpunkt, zu entdecken, dass sie ihre Gefühle doch nicht so im Griff hatte, wie sie es wollte.

Jake saß mit einem Glas Whiskey auf seiner Terrasse und starrte ins Leere. Sein Telefon klingelte, aber er ignorierte es. Er hatte so gehofft, dass sie ihm inzwischen zumindest etwas vertraute und ihm glauben würde, was er gesagte hatte: Er wollte die Fälschung nicht gegen sie benutzen. Aber Viktoria war und blieb verschlossen und vertraute niemandem außer sich selbst. Jake ärgerte sich beinahe mehr über sich als über sie. Er hätte einen besseren Moment abwarten müssen. Er hatte sie im falschen Augenblick damit konfrontiert, wo sie ohnehin schon einen schlechten Tag gehabt hatte.

»Fuck!« Er strich sich durch die Haare und leerte sein Glas erneut. Sosehr er auch versucht hatte, sich einzureden, dass er es könnte – die Wahrheit sah anders aus. Er goss sich erneut einen Whiskey ein. Natürlich hatte er sich in sie verliebt. Er war einfach dumm und ihm war nicht zu helfen. Immer das gleiche Muster. Er wünschte sich eine starke Partnerin an seiner Seite. Dass das leider viele negative Seiten hatte, konnte er nicht leugnen. Der gleiche Typ Frau traf ihn immer wieder mitten ins Herz. Dabei hatte er gehofft, Viktoria wäre in ihrem Inneren vielleicht doch anders. Vielleicht war sie auch anders, aber er hatte es – so wie es momentan aussah – verbockt. Er hätte einfach auf der Information sitzen bleiben sollen, bis sich ihr Beziehungsstatus gefestigt hatte. Vielleicht hätte er ihr einfach nie sagen sollen, dass er es wusste. Aber Jake hasste Lügen. »Beziehungsstatus«, murmelte er abfällig. »Du bist so dumm, Jake!« Dann füllte er sein Glas noch einmal.

KAPITEL 18

ER HATTE keine Ahnung, wie spät es war, aber ihm war mehr als bewusst, dass er hoffnungslos betrunken war, als er an ihrer Tür klingelte.

Niemand öffnete. Natürlich nicht. Vielleicht war sie nicht zu Hause. Er war nicht mal überrascht, dass es so lief. Er konnte sich auch nicht erinnern, wann er sich dazu entschlossen hatte, zu ihr zu fahren.

Gerade wollte er gehen, als er doch noch Schritte hörte. Ein Schlüssel drehte sich im Schloss und Viktoria öffnete die Tür einen Spalt.

»Du solltest nicht mitten in der Nacht die Tür aufmachen, Baby!« Er konnte nicht anders, als sie sanft dafür zu tadeln, einem Fremden die Tür zu öffnen. Es hätte ja jeder sein können, die Gegensprechanlage hatte sie vorher jedenfalls nicht benutzt.

»Jake, was willst du?«, fragte sie versöhnlicher. Immerhin, sie hatte ihn nicht angeschrien, dass er abhauen sollte. Das war gut. Sehr gut. Sie war also nicht mehr so sauer wie vorhin. Dann war vielleicht doch noch nicht alles verloren.

»Lass mich rein, ich will mit dir reden.«

»Was ist, wenn ich nicht mit dir reden will?«

Seine Mundwinkel bogen sich nach oben. Dass dieses Frauenzimmer auch wirklich *immer* diskutieren musste.

»Es ist mitten in der Nacht, ich friere, Baby.« Jakes Zunge war schwer, er lehnte sich mit der linken Schulter gegen den Türrahmen, um Halt zu finden. Ihm fehlte jedenfalls die Kraft, geistreicher zu argumentieren, als an ihr Mitleid zu appellieren. »Man würde keinen Hund bei dem Wetter vor die Tür jagen.«

Viktoria seufzte, schließlich schob sie die Kette weg und öffnete ihre Haustür weiter, sodass er eintreten konnte. »Dann komm rein. Aber, Jake, es ist eine milde Nacht und es regnet nicht mal ...«

Jake konnte ein Grinsen nicht unterdrücken. Sie war nicht so kaltherzig, sie war nicht wie seine Ex. Es war gut, dass er gekommen war.

»Wo geht's lang?«, fragte er und schwankte leicht zur Seite, sodass er sich im Flur an der Wand abstützen musste.

»Gott, du bist ja total besoffen!«, stellte sie fest.

»Deinetwegen, Baby. Alles deinetwegen.«

»Woran bin ich eigentlich nicht schuld?«

»Hör auf, zu diskutieren. Komm her, Weib!« Er zog sie in seine Arme und drückte ihren wundervollen Körper an seinen. Gott, sie fühlte sich so gut an. Er sog ihren Duft tief in sich auf.

»Du stinkst, meine Güte!« Viktoria lachte und versuchte sich aus seiner Umarmung zu befreien. Was erfolglos war, denn er war natürlich viel stärker als sie. Jake grinste triumphierend und strich ihr über das Haar. »Na gut, komm mit. Oder willst du hier festwachsen?«

»Oh. Stimmt ja.« Er hatte für einen Moment vergessen, dass sie sich noch im Flur befanden. Vielleicht hätte er doch einen Drink weniger ...

Viktoria führte ihn nach oben in die Küche und bat ihn, sich zu setzen. Jake kletterte umständlich auf einen der Barhocker, seine Koordination ließ zu wünschen übrig.

»Jesus, hast du die ganze Flasche gesoffen?«, lachte sie, während sie ihm ein Glas Wasser eingoss.

»Kann sein«, nuschelte er.

»Ach Jake«, seufzte sie und ihm wurde warm ums Herz. »Was machst du nur für Sachen.«

Er war ihr nicht egal. Die Erleichterung, die sich in ihm breitmachte, war groß. Er hatte sich nicht getäuscht, Viktoria war nicht wie Elena.

»Bring mich endlich ins Bett, Baby! Heute keine Diskussionen mehr!«, bat er sie und sie kam seiner Bitte nach.

»Ist schon gut, Jake. Ist schon gut. Mir tut es auch leid«, sagte sie, während sie ihm über das Gesicht streichelte.

Er war schneller eingeschlafen, als sie die Decke über ihm ausbreiten konnte. Viktoria war froh, dass ihr rechtzeitig eingefallen war, die Collage mit Katies Bildern in ihrem Schrank zu verstauen, bevor sie Jake in ihr Schlafzimmer gelassen hatte. Sie war einfach noch nicht bereit dazu, mit ihm über ihre Tochter zu sprechen. Sie wusste nicht einmal, ob sie ihm jemals von ihr erzählen würde. Auch wenn das, was sie teilten, langsam, aber sicher eindeutig über eine einfache Affäre hinausging.

Als Jake am nächsten Morgen aufwachte, saß sie mit ihrem Laptop auf dem Schoß neben ihm und hatte Kopfhörer auf den Ohren. Einen Moment lang fragte er sich, ob er träumte, aber nein. Er hatte höllische Kopfschmerzen und wahnsinnigen Durst. Das konnte kein Traum sein. Dunkel erinnerte er sich daran, dass er mitten in der Nacht bei ihr geklingelt hatte – und sie hatte ihn tatsächlich reingelassen. Jake schloss die Augen wieder und tastete mit seiner Hand nach ihr, legte sie auf ihren nackten Schenkel.

»Jake, guten Morgen«, hörte er ihre klare Stimme.

»Der Morgen wäre fast gut ...«, stöhnte er.

»Willst du eine Schmerztablette?«

»Würdest du mir eine holen?«

»Sicher.« Sie schob den Laptop beiseite und stand auf. Ihm fiel auf, dass sie nur mit einem cremefarbenen Seiden-Negligé bekleidet war. Grinsend schloss er die Augen.

Etwas später saßen sie in Viktorias Küche, die Aspirin wirkte langsam und Jake knabberte an einer Scheibe braunem Toast mit Butter und Viktoria drehte ein Glas mit einem grünen Smoothie in den Händen. Sie saß auf der Arbeitsfläche ihrer Küche und Jake fand, dass es ihr gut stand, einfach Shirt und Jeans zu tragen statt Kostüm und Heels. Obwohl er die hohen Absätze an ihr auch sehr gut leiden konnte …

»Jake, warum bist du hergekommen?«, fragte sie ihn nun direkt und ohne Umschweife.

»Du kommst wie üblich gleich zum Punkt, Baby. Das mag ich so an dir. Meistens jedenfalls.« Er verzog den Mund zu einem schiefen Lächeln. »Ich bin hergekommen, weil es gestern einfach blöd gelaufen ist. Ich wollte mit dir reden.«

Sie sah ihn skeptisch an. »Du warst nicht mehr in der Verfassung, große Reden zu schwingen, das musst du doch gemerkt haben, oder?« Sie versuchte, ernst zu bleiben, aber ein Blitzen in den Augen verriet, dass sie sich über ihn lustig machte.

Jake biss noch einmal von seinem Toast ab und antwortete mit vollem Mund. »Kann sein. Aber jetzt können wir reden.«

Viktoria ließ ihre Beine baumeln und sah auf ihre Füße. »Okay, dann schieß mal los. Ich bin hier eindeutig in der schlechteren Position.«

Jake seufzte theatralisch auf. »Ich hab schon versucht, dir klarzumachen, dass ich die Informationen nicht gegen dich verwenden werde.«

»Das sagst du jetzt. Was ist, wenn unsere Affäre vorbei ist? Dann siehst du das vielleicht anders, immerhin könntest du so an die Leitung der Agentur kommen.«

Jakes Magen rebellierte, nicht nur wegen des übermäßigen Alkoholkonsums der letzten Nacht. Es verletzte ihn, dass sie ihm so was zutraute, nach allem, was sie erlebt und geteilt hatten.

»Ach Viktoria. Ich habe keine Ahnung, warum du mir nicht glaubst. Habe ich dir jemals einen Grund gegeben, mir *nicht* zu vertrauen?«

Viktoria sah an die Decke, als würde sie überlegen. »Warte mal. Hm ...« Sie legte einen Finger an ihre Lippen. »Computervirus? Sabotage? Infos über mich, die du nicht haben dürftest?«

Jake stöhnte genervt auf und wischte sich mit der Hand über sein unrasiertes Gesicht. »Gott, das ist doch ewig her und die Lage hat sich geändert. Ich habe ein paar ... Erkundigungen über dich eingeholt, ganz am Anfang. Ich verstehe dich, du hast seit Jahren dafür gearbeitet, dass du den Geschäftsführerposten bekommst. Ich bin dir in die Quere gekommen. Können wir nicht einfach für den Moment zusammenarbeiten, bis ich eine andere Lösung habe?«

Viktorias Augen verzogen sich zu zwei Schlitzen. »So, die Lage hat sich also geändert. Willst du die Agenturleitung etwa nicht mehr?«

Jake atmete tief durch und schüttelte dann sanft den Kopf. »Nicht um jeden Preis.« Anscheinend sah sie das anders und auch diese Erkenntnis traf ihn. »Hör zu, Viktoria. Ich weiß nicht, was ich tun kann, dass du mir glaubst. Ich stehe zu meinem Wort, ich werde es nicht gegen dich verwenden. Aber sag mir doch einfach, warum du es überhaupt gemacht hast. Dir mangelt es sicher nicht an Intelligenz, um den Master zu bestehen!«

Sie sah ihn lange an, bevor sie etwas erwiderte. »Jake, manchmal ist man irrational. Und ich ... habe einen Fehler gemacht, das muss dir als Antwort genügen.«

Ihre Stimme klang kühl und beherrscht. Da war sie wieder, die aalglatte, eiskalt berechnende Geschäftsfrau. Jake wusste nicht, wie er jetzt noch an sie herankommen sollte. So leidenschaftlich und unbefangen sie im Bett war, so reserviert und kühl konnte sie in anderen Momenten sein. Und diese Momente behagten ihm nicht. Als er gestern Abend zu ihr gekommen war, hatte er gedacht, dass sie endlich begriff, worum es ihm ging. Aber … anscheinend war das nicht der Fall. Sein ohnehin schon angeschlagener Magen krampfte sich zusammen.

»Ich will dir mal was sagen.« Seine Stimme zitterte leicht, er war wütend. Größtenteils auf sich selbst, weil er anscheinend niemals dazulernte. »Es kotzt mich an, dass du diese Mauer um dich herum aufgebaut hast und niemand auch nur eine Leiter daran stellen darf, ohne Gefahr zu laufen, von dir mit heißem Öl übergossen zu werden. Ich will dir nichts Böses, weil ich dich nämlich zufällig *gernhabe*. Und für mich ist es nicht nur Sex. Okay? Ich kann im Moment damit leben, dass es für dich nicht mehr ist, aber ich lasse mich nicht so von dir behandeln, denn das habe ich nicht verdient! Wenn es dir was bringt, dann unterschreibe ich dir eine beschissene Verschwiegenheitserklärung mit einer Vertragsstrafe, falls ich dein kleines Geheimnis aufdecke. Und danach will ich nie wieder etwas darüber hören, weil es mich nicht interessiert. Ein Master macht nicht dich als Person aus. Ist das klar?!« Jake hatte es ihr beinahe ins Gesicht geschrien und sie sah ihn mit weit aufgerissenen Augen an. Sie lieferten sich einen stummen Schlagabtausch. Jake mit nur mühsam beherrschter Wut, aber er war es leid, sich ständig zurückzunehmen. Und diesmal hatte Viktoria die Grenze des Erträglichen wirklich überschritten. Noch einmal würde er sich nicht so behandeln lassen, das Maß des Erträglichen war voll.

»Na gut«, gab sie schließlich nach und sah zu Boden.

Jake war irritiert. Er hatte damit gerechnet, dass sie ihn nun ihrerseits anschreien würde, ihre Position wie eine Löwin verteidigend.

»Na gut?«, wiederholte er ungläubig.

»Ich habe wirklich keine Lust auf Stress. Früher oder später muss ich mich mit dem Thema auseinandersetzen. Ich habe mir, seit ich Michael auf der Veranstaltung getroffen habe, Gedanken gemacht, was ich mit meinem *Schwarzen Fleck* anstelle. Irgendwann hätte ich mich dem Thema vielleicht sowieso stellen müssen. Ich werde einfach mit Madeleine reden. Entweder schmeißt sie mich raus oder eben nicht. Ein Vertrag und eine Verschwiegenheitserklärung. Das bringt doch nichts. Ich will endlich reinen Tisch machen, ich hätte es Madeleine längst sagen sollen.«

Viktoria klang abgeklärt, aber Jake spürte, dass sie unter der kühl-distanzierten Oberfläche aufgewühlt war. Er hatte jedoch keine Ahnung, wie er sie dazu bringen konnte, sich ihm gegenüber zu öffnen. Vielleicht brauchte sie einfach mehr Zeit. Er hoffte es.

»Komm her«, forderte er sie auf und streckte ihr seine Hand über den Tresen entgegen. Sie zögerte kurz, sprang dann aber auf den Boden und ergriff sie. »Jetzt ist Samstag und es passiert bis auf Weiteres gar nichts. Du kannst es dir überlegen, aber überstürze nichts. Ich bin nicht dein Feind.« Und dann zog er sie in seine Arme und stand auf. Er strich über ihre Wirbelsäule und sie schmiegte ihre Wange an seine Brust.

»Du stinkst«, meinte sie trocken, blieb aber unbewegt genau da, wo sie war.

»Bringst du mich in die Dusche, Baby?«, fragte Jake und schob seine Hände unter ihr Shirt. »Du trägst nichts darunter?«, stellte er mit dunkler Stimme fest.

»Ich dachte, es lohnt sich nicht …«, lachte sie und wand sich aus seiner Umarmung. »Wenn du mich fängst, bekommst du eine Belohnung«, rief sie ihm über die Schulter zu und Jake ließ sich das nicht zweimal sagen.

Nach einer ausgiebigen gemeinsamen Dusche und einem Spaziergang im Hyde Park waren sie in Jakes Haus zurückgekehrt, damit er sich etwas Frisches anziehen konnte.

»Lass uns hierbleiben. Ich koche, wir sehen uns einen Film an«, meinte Jake beiläufig, als er am frühen Abend eine Flasche Weißwein aus dem Kühlschrank zog.

»Ich sollte nicht so viel Alkohol trinken«, meinte Viktoria, »Ich habe morgen mit Samantha einen langen Ausdauerlauf geplant.«

»Samantha?«, wiederholte Jake.

»Sie ist meine Personal Trainerin«, erklärte sie. »Hast du das bei deiner Spionage über mich nicht herausgefunden?«

Er sah sie resigniert an, ging aber nicht auf ihre Spitze ein. »Und du triffst sie an einem Sonntag.« Jake schob die Flasche zurück in den Kühlschrank.

»Ja.« Viktoria hob die Schultern. »Du weißt, dass ich viel arbeite, mir bleibt nicht so viel Zeit zum Trainieren. Da bietet sich das Wochenende an.«

»Dann also kein Wein.«

Sie schüttelte den Kopf. Für sie war das alles ungewohnt, üblicherweise verbrachte sie ihre Freizeit nicht mit den Männern, mit denen sie ab und zu ins Bett ging. Dass es mit Jake anders war als mit den Affären davor, war ihr aber langsam klar geworden. Trotzdem wollte sie nicht alle Grenzen auf einmal überschreiten.

»Sollen wir vielleicht ins Kino gehen?«, fragte Jake und zog sie mit sich ins Wohnzimmer aufs Sofa.

Viktoria legte ihren Kopf an seine Schulter und schloss für einen Moment die Augen. »Ich weiß nicht, ich habe eigentlich noch so viel zu tun …«

»Baby, es ist Samstag.«

»Ich weiß, aber so ist mein Leben nun mal. Ich mache mir nicht viel aus … Vergnügungen.«

Jake strich mit seinen Fingern über ihr Dekolleté und strafte ihre Worte Lügen. »Ich wüsste da vielleicht was anderes …«, raunte er an ihrem Ohr und sie erschauerte. Abrupt zog er seine Hand weg. »Aber essen müssen wir trotzdem. Also kochen, Lieferservice oder ausgehen?«

Viktoria stieß zischend die Luft aus. »Hat dir schon mal jemand gesagt, dass du eine Nervensäge bist?«

»Nie«, grinste Jake und Viktoria überkam das dringende Bedürfnis, ihn zu küssen.

Endlose Minuten später löste sie sich von ihm. »Lieferservice«, verkündete sie.

Jake sah sie verständnislos an, seine Augen waren dunkel vor Verlangen und sein Brustkorb hob und senkte sich unregelmäßig und schnell. »Was?«

»Du wolltest wissen, was ich essen will. Bestell was beim Inder.«

»Oh. Ach ja«, meinte er und strich sich durch die Haare. »Du machst mich wahnsinnig, weißt du das eigentlich, Baby?«

Viktoria wurde warm und die Wärme kroch über ihren Hals in ihr Gesicht. Sie war es nicht gewohnt, derartige Komplimente zu bekommen, und es war ihr etwas unangenehm. Umständlich stieg sie von seinem Schoß und fischte nach einem iPad auf dem Wohnzimmertisch.

»Mal sehen, was Google uns über Inder in der Nähe sagt ... Oder kennst du einen guten, der liefert?«, wechselte sie das Thema und wich seinem Blick aus, den sie auf sich spürte.

Jake zupfte an seiner Jeans und nahm ihr dann das Tablet aus der Hand. »Ja, habe ich zufällig. Wonach ist dir?«

»Was Vegetarisches, nicht zu scharf.«

Jake nickte, bestellte online und zog sie dann auf seinen Schoß zurück. »Und jetzt machen wir da weiter, wo wir eben aufgehört haben.« Er knabberte zärtlich an ihrer Unterlippe und Viktoria ließ sich nur zu gern von ihm verführen.

Viel später lagen sie nackt und erschöpft auf seinem Sofa.

»Ich hasse diese Scheißdinger«, meckerte Jake und warf das Kondom verknotet auf den Boden.

Sie hatte geahnt, dass die Diskussion irgendwann kommen würde. Sie selbst fand Gummis auch lästig, aber sie waren eben eine unumgängliche Notwendigkeit, um eine Schwangerschaft zu vermeiden.

»Tja, ohne Gummi kein Sex.«

»Kannst du dir nicht die Pille holen?«, fragte Jake und malte kleine Kreise mit seinen Fingern auf ihrer Schulter.

»Mal sehen«, wich sie einer Antwort aus. »Was ist mit ... Krankheiten?«

Jake sah sie skeptisch an. »Ich vögele nicht jedes Wochenende eine andere.«

Viktoria wollte dieses Gespräch ungern vertiefen, sie führte es nicht zum ersten Mal. Mit dem Unterschied, dass sie damals nicht hatte verhüten wollen. Irgendwann hatte sie die Pille einfach abgesetzt und war schwanger geworden, weil sie geglaubt hatte, dass Michael dann endlich seine Frau verlassen würde, so wie er es ihr über Monate hinweg versprochen hatte. Ihr Plan war nicht aufgegangen.

Sie schüttelte den Gedanken ab. Nein, das hier war nicht Michael und mit Jake war vieles völlig anders. Sie durfte davon ausgehen, dass es ihm tatsächlich nur darum ging, nicht ständig und überall Kondome dabeihaben zu müssen. Denn sie hatten einen ziemlichen Verschleiß ...

»Jake, bitte lass uns doch nicht alles auf einmal verändern.«

»Jaja. Schon gut«, brummte er und stand auf. Völlig nackt ging er aus dem Wohnzimmer.

Sie glaubte schon, dass er sauer auf sie war, aber kurz darauf kehrte er mit einem Shirt für sie zurück.

»Komm, lass uns ins Bett gehen. Ich bin müde.« Er selbst war noch unbekleidet und sie kam nicht umhin, ihn zu betrachten. Jake war gut gebaut, perfekt proportioniert und seine Haut war leicht gebräunt. Auf dem Bauch deutete sich ein Sixpack an, was sie unverschämt fand, da er anscheinend nicht mal regelmäßig Sport trieb. Und dann waren da noch die Körperteile, die ihr so viel Lust bereitet hatten.

Jake stellte sich in Pose und legte eine Hand in den Nacken. »Gefalle ich dir?«, fragte er mit zuckenden Mundwinkeln.

»Jake! Du bist blöd! Was soll ich auch machen, wenn du mir dein Ding quasi ins Gesicht hängst?«

Er lachte rau und zog sie auf die Beine in seine Arme. »Ich hänge dir mein *Ding* gern jederzeit ins Gesicht, Baby. Aber jetzt bin ich wirklich müde, komm ins Bett.«

Von Nachtruhe konnte jedoch, keine Rede sein – Jake war nämlich entgegen seiner Kommentare plötzlich wieder munter geworden, aber irgendwann waren sie doch eingeschlafen. Viktoria war bei ihm geblieben, obwohl es ihr nicht behagte. Sie schlief nie bei einem Mann, es war schon eine absolute Ausnahme gewesen, dass sie Jake bei sich hatte übernachten lassen. Er war zu dem Zeitpunkt allerdings so betrunken gewesen und die Zeit schon so fortgeschritten, dass sie ihn – das redete sie sich jedenfalls ein – aus pragmatischen Gründen in ihr Bett verfrachtet hatte. Natürlich nur, weil das Bett im Gästezimmer nicht bezogen gewesen war ... Mit diesen Gedanken schlummerte sie in seinen Armen ein.

»Nein ... nein ... das kann doch nicht sein ... Sie müssen irgendwas für sie tun können!«
Viktoria saß in einem Krankenzimmer, vor ihr lag Katie, blass und mit geschlossenen Augen. Infusionsschläuche hingen an ihrem kleinen, dünnen Ärmchen und der Arzt erklärte ihr gerade den Ernst der Lage.
Plötzlich war der Arzt weg, Maschinen piepten, Katie öffnete noch einmal ihre Augen. Ihr kleiner, zarter Mund weit aufgerissen, als ob sie ›Mama‹ schreien wollte, aber nichts, kein Laut kam aus ihrer Kehle. Und dann verließ ihre reine Seele ihren Körper.
In ihrem Traum konnte sie sie sehen, wie sie sich von der fiebrigen Hülle löste.
Viktoria schrie immer lauter: »Nein, du darfst nicht gehen ... verlass mich nicht ... bleib bei mir ... ich kann ohne dich nicht leben ...«

Schweißgebadet schreckte Viktoria hoch. Es war dunkel im Zimmer. Wo zur Hölle war sie?
»Was ist los, Baby«, hörte sie Jake müde murmeln. Er streckte seine Hand nach ihr aus, aber sie konnte seine Berührung jetzt nicht ertragen. Ihr Herz raste immer noch und ihr Atem kam viel zu schnell. Die gleichen Bilder, der gleiche

Traum. Erinnerungen und wirres, unzusammenhängendes Zeug, das sie immer wieder heimsuchte. Der Schmerz war so überwältigend wie eh und je. Den Verlust ihrer Tochter derart zu spüren, zu fühlen und zu erleben, brachte sie an den Rand des Erträglichen. Der bevorstehende Geburtstag warf auch in diesem Jahr seine Schatten voraus.

Jake hatte sich wieder auf die andere Seite gedreht und schnarchte leise. Für Viktoria war die Nacht vorbei, daher ging sie ins Badezimmer, um sich kaltes Wasser ins Gesicht zu spritzen. Sie sah ihre rot geäderten Augen im Spiegel, ihre braunen Locken hingen wirr und feucht herunter. Sie sah zum Fürchten aus, aber genau so, wie sie sich fühlte. Sie brauchte Luft zum Atmen und musste allein sein.

Viktoria schlüpfte in ihre Kleidung, schrieb eine kurze Nachricht auf die Rechnung vom Lieferservice, dass sie schon wach war und frühzeitig zum Sport wollte. Und dann rannte sie beinahe aus der Wohnung. Sie rief kein Taxi, sondern ging den Weg bis nach Chelsea zu Fuß. Es dämmerte bereits und auf den Straßen Londons war kaum jemand unterwegs. Kein Vergleich jedenfalls zu den lärmenden Tagen. Hier und da ein paar Betrunkene, ein paar Autos oder Menschen, die früh an diesem Sonntag zu ihrer Schicht mussten. Viktoria tat es gut, die kühle Morgenluft in sich aufzunehmen, aber vergessen konnte sie nicht. Konnte sie nie.

In einer Woche würde sie bereits in Hamburg sein. Die Angst vor diesen Tagen nahm ihr beinahe den Atem. Viktoria hatte alles versucht, um mit Katies Tod klarzukommen. Aber keine Therapie, kein Medikament der Welt brachten sie ihr zurück. Sich kopfüber ins Berufsleben zu stürzen, war der einzige Weg aus der Depression gewesen; sie hatte ihre Tage mit einer sinnvollen Beschäftigung gefüllt und die Konzentration auf die Arbeit hatte ihr geholfen. Zum ersten Mal fragte sie sich jetzt allerdings, wie lange sie dieses Konzept aufrechterhalten konnte, denn Jake löste etwas in ihr aus, das sie sich nicht erklären konnte. Sie fühlte sich wohl in seiner Nähe, sehr wohl. Aber es machte sie verletzlich und das konnte sie sich nicht erlauben. Gerade jetzt musste sie ihr Gerüst aufrechterhalten, zu viel Öffnung durfte sie nicht zulassen, sonst würde sie sich wieder verlieren. Aber sie hatte bereits zu viele Grenzen überschritten, ihre Gefühlswelt war durcheinandergebracht worden. Und der Grund dafür lag friedlich schlafend in seinem Bett und ahnte nichts davon. Aber für sie brachte die Nähe zu Jake mehr Emotionen und damit Instabilität zurück, die sie zum jetzigen Zeitpunkt einfach nicht gebrauchen konnte.

Viktoria war erschöpft, als sie die Tür zu ihrem Zuhause aufschloss. Müde ging sie in die Küche, um sich einen Kaffee zuzubereiten. Um sich auf andere Gedanken zu bringen, surfte sie im Netz und las einige interessante Reports zu den neuesten Entwicklungen und Trends in der Branche.

Irgendwann musste sie eingenickt sein. Sie wachte auf, weil jemand an ihrer Haustür Sturm klingelte. Verschlafen schob sie den Laptop von ihren Beinen und trottete an die Tür.

»Viktoria! Mein Gott, gerade wollte ich die Feuerwehr anrufen!«, rief Samantha und ging an ihr vorbei in die Wohnung.

»Guten Morgen, Sam«, gab Viktoria zurück und folgte ihrer Freundin und Trainerin.

In der Küche drehte sich Samantha zu ihr um und reichte ihr ein Glas Wasser.

»Das hier ist schon immer noch mein Haus, oder?«, meinte Viktoria schwach lächelnd, nahm das Getränk aber dankbar entgegen.

»Du siehst furchtbar aus. Was ist passiert?«, erkundigte sich Samantha.

»Schlechte Nacht gehabt«, kommentierte Viktoria und drehte das Glas in ihren Händen.

»Ach Süße, es tut mir so leid. Kann ich was für dich tun? Sollen wir unser Training verschieben?«

»Wie spät ist es überhaupt? Nein, natürlich nicht, ich bin gleich so weit.«

Samantha musterte sie skeptisch. »Es ist nach zehn.«

»Oh, dann habe ich eine ganze Weile geschlafen. Warte einfach, ich ziehe mir kurz meine Laufklamotten an und dann geht's los ...«

Viktoria war im Begriff, die Küche zu verlassen, als Samantha sie an der Schulter festhielt. »Du setzt dich erst mal, ich mache dir ein Frühstück und dann kürzen wir eben um fünf Kilometer. Was soll's.«

»Ich will aber nicht kürzen.«

»Whatever«, gab Samantha knapp zurück und begann, Porridge für Viktoria zu kochen. »Setz dich. Erst wird was gegessen und dann können wir langsam loslegen. Ich habe heute sonst nichts vor. Du etwa?«

Viktoria nagte an ihrer Unterlippe. »Nein. Nichts.«

Ob Jake wohl schon ihre Nachricht gefunden hatte?

KAPITEL 19

»KARAMELL-MACCHIATO«, verkündete Jake und stellte den Pappbecher auf Viktorias Schreibtisch ab. Sie hatte gedankenverloren in ihrem Stuhl gesessen und mit ihrem Rubik's Cube gespielt. Sein Eintreten schien sie gar nicht bemerkt zu haben.

»Oh. Danke dir! Guten Morgen«, beeilte sie sich, zu sagen.

Jake fand es süß, dass sie leicht errötete. Es hatte ihn den ganzen Sonntag in den Fingern gejuckt, sich bei ihr zu melden, aber er war standhaft geblieben, weil er das Gefühl gehabt hatte, dass er ihr mehr Zeit geben sollte.

»Hab einen schönen Tag«, rief er ihr im Gehen zu und verließ das Büro. Er wollte sich nicht länger bei ihr aufhalten, um ihr die Verlegenheit zu ersparen, sich ihm erklären zu müssen. Er selbst hatte den Sonntag für sich genutzt, um darüber nachzudenken, was er wirklich vom Leben wollte. So richtig aufschlussreich waren seine Überlegungen nicht gewesen. Es hatte sich für ihn nichts Grundlegendes verändert. Jake sehnte sich langfristig nach einer Familie, nach Kindern und einem liebevollen Heim. Tief in einem Winkel seines Herzens verborgen, hoffte er, dass Viktoria die entsprechende Frau sein würde, wenn sie nur etwas mehr Nähe zulassen würde. Er machte sich nichts vor, er war ihr mit Haut und Haaren verfallen. Wenn sie nicht bei ihm war, sehnte er sich mit jeder Faser seines Körpers nach ihr und es war eben nicht nur etwas rein Sexuelles. Das hatte er sich am Freitagabend eingestehen müssen. Der Gedanke hatte ihm zunächst widerstrebt, aber dass Viktoria ihn nicht weggeschickt, sondern bei sich hatte übernachten lassen, hatte ihn schließlich überzeugt, dass sich etwas entwickeln konnte, wenn er ihr die Zeit geben würde, die sie brauchte, um sich ihm gegenüber zu öffnen. Es war immerhin ein Schritt in die richtige Richtung gewesen, dass sie das Thema Stanford besprochen hatten. Wie es aussah, hatte sie doch erkannt, dass er nicht damit zu Madeleine laufen würde, um sich ihren Job zu schnappen.

Jake war guter Dinge, als er sein Notebook aufklappte und den Internetbrowser startete. Er hatte noch mit niemandem darüber gesprochen, aber das Konzept für Wilken ließ ihn einfach nicht mehr los. Jetzt war genau der richtige Moment, um diese Produkte in England auf den Markt zu bringen. Der Gesundheitstrend machte es leicht, isländisches Quellwasser mit einem mittelgroßen Budget erfolgreich einzuführen. Das Projekt für tot zu erklären, nur weil Wilken es sich anders überlegt hatte, kam nicht infrage.

Am Ende eines langen Montags schickte er Viktoria eine Nachricht.

Baby, ich gehe jetzt nach Hause und koche für dich. Sei um neun bei mir. Xo Jake

Gut gelaunt verließ er das Büro, als das Brummen seines Mobiltelefons signalisierte, dass er eine Nachricht bekommen hatte.

Bis gleich.

Typisch Viktoria. Kurz und prägnant. Aber immerhin, sie hatte nicht abgesagt.

In den folgenden Tagen entwickelten sie tatsächlich so etwas wie eine Routine. Tagsüber gingen sie ihren Jobs nach und abends genossen sie die Zweisamkeit. Die Entwürfe von Madeleines Anwalt waren am Mittwoch eingegangen und die Verträge sahen akzeptabel aus. Er hatte noch nicht mit Viktoria darüber gesprochen. Er ahnte, dass sie zu dem Thema noch einiges zu sagen hatte, aber war er schon bereit, es zu hören? Privat arbeitete er sich millimeterweise vorwärts. Sie trafen sich – immer bei ihm zu Hause –, aßen gemeinsam, redeten oder sahen auch mal einen Film, aber am Ende des Abends – oder mitten in der Nacht – verschwand Viktoria und morgens wachte er allein auf. Das wurmte ihn zunehmend und er nahm sich vor, sie darauf anzusprechen. Er wollte das kommende Wochenende komplett mit ihr verbringen. Ohne ihre Spielchen mit Weglaufen und Zurückziehen. Das musste aufhören.

Jake stand am Herd und schnippelte Paprika, während Viktoria mit dem Tablet am Tisch saß und im Internet surfte. Vermutlich recherchierte sie etwas für ihren neuen Auftrag. Ihr nächster Kunde hatte vor, eine neue Kosmetiklinie zu etablieren. Sie betreute ihn seit Jahren und Jake mischte sich nicht in ihre Ideen ein, er selbst hatte genug auf dem Tisch. In der Freizeit vermieden sie das Thema Arbeit ohnehin, soweit es möglich war, und er fand es okay, nicht mit ihr darüber zu reden. Viktoria war erstaunlich kreativ, dafür, dass sie sich so wenig Privatleben zugestand. Über sein Hobby hatte sie sich lustig gemacht – Jake ruderte für sein Leben gern.

»Kein Wunder, dass du so einen sexy Oberkörper hast«, hatte sie gelacht, »aber ich kann mir ja nichts Eintönigeres vorstellen als das!«

Er hatte ihr vor Augen gehalten, dass Joggen im Grunde das Gleiche war. Immer ein Schritt vor den anderen zu setzen, war nichts anderes, als mit dem Boot und dem Wasser eins zu sein. Darüber hatte sie kurz nachgedacht und ihm schließlich zugestimmt. Später hatte sie ihn sogar gefragt, ob er sie mal mitnehmen könnte, sie wollte es selbst einmal probieren. Also hatte er für Sonntag einen Ruderausflug geplant. Keine große Sache, aber er wollte sie überraschen. Das Wetter sollte gut werden und wenn nicht – sie hatte sicher passende Regenkleidung. Dass sie nicht aus Zucker war, hatte sie schließlich schon mehrfach bewiesen.

Viktoria überflog die Zeilen nun schon zum fünften Mal, aber es gelang ihr nicht, sich zu konzentrieren.

»Viktoria, Baby, hörst du mir gar nicht zu?« Jakes Stimme drang an ihr Ohr.

»Was? Sorry!«, meinte sie lahm.

»Was ist eigentlich los? Ist was passiert oder warum bist du so abwesend?«

Sie sah vom Tablet auf und fing Jakes irritierten Blick auf. Nein, es war nichts passiert, aber morgen würde sie London für eine Woche verlassen und sie hatte ihm noch kein Wort davon erzählt. Wenn sie es ihm sagte, würde er wissen wollen, wieso. Sie wollte ihn nicht anlügen, war jedoch auch nicht bereit, über Katie zu sprechen. Katie war ihre Tochter, ihre Vergangenheit, ihr Schmerz. Die Erinnerungen an ihr Baby zu teilen – kaum möglich.

»Nichts«, gab sie lakonisch zurück und sah an die Wand hinter ihm.

Jake schnaubte und legte das Messer energisch zur Seite. Langsam kam er auf sie zu und setzte sich an den Tisch, nahm ihre Hand und suchte ihren Blick. »Viktoria, irgendwas ist los. Ich spüre es und ich glaube, es ist an der Zeit, dass wir mal über uns reden.«

Ihr Magen zog sich nervös zusammen. Bitte nicht jetzt, sie konnte es nicht. Nicht heute.

»Jake, ich weiß nicht.« Sie schüttelte den Kopf und wich seinem Blick aus.

»Hör zu, du willst es vielleicht nicht hören, aber für mich ist es wichtig. Viktoria, sieh mich an.« Seine Stimme war sehr bestimmt, sodass sie seinem Wunsch nachkam.

»Was?«, gab sie schroff zurück.

Jake ließ sich dadurch aber nicht beirren. »Wir müssen über Gefühle reden. *Ich* muss über Gefühle reden, Viktoria.« Jakes Worte lösten in ihr ein Echo aus.

Sie presste ihre Lippen aufeinander und schloss die Augen für einen Moment. Das konnte nicht gut enden. Es würde nicht gut enden. Sie hatte keine Kraft, mit ihm darüber zu streiten, war mit ihren Gedanken schon bei den nächsten Tagen, die schwer genug für sie sein würden. Sie konnte sich jetzt nicht mit Jake über ihre Affäre oder Beziehung, oder wie auch immer man ihr Verhältnis nennen mochte, auseinandersetzen.

»Ich habe mich in dich verliebt, ich will mit dir zusammen sein. Ich habe keine Lust mehr, im Büro so zu tun, als wären wir Kollegen, die Frieden geschlossen haben. Ich will, dass du bei mir bist, nicht, dass du jeden Abend verschwindest. Ich will neben dir aufwachen, dich spüren ... dich lieben«, fuhr er fort und zog ihr damit vollends den Boden unter den Füßen weg.

Viktoria musste schlucken. Es war unmöglich. Sie konnte niemanden mehr lieben. Liebe endete immer im Schmerz. Nein. Sie mochte Jake, sie hatte ihn gern. Er hatte ihr Herz berührt, aber das reichte nicht. Und mehr würde sie niemals zulassen, weil es einfach nicht ging. Sie konnte es nicht.

»Jake, es tut mir leid.« Sie hatte Mühe, ihre Stimme zu kontrollieren. In ihr zog sich alles zusammen und ihr wurde übel. »Ich kann das nicht. Ich habe dir von Anfang an gesagt, dass es mir nur um ... Sex geht. Das hier ...« Sie sah sich in der Küche um und dann in sein Gesicht. »Das ist schon ein großes Zugeständnis von meiner Seite ...«

Traurig sah er sie an, dann entzog er ihr seine Hand und schlug auf die Tischplatte.

»Verdammt, Viktoria! Das glaubst du doch selbst nicht!« Jakes Stimme zitterte, um seinen Mund lag ein harter Zug. Dabei konnte sie seine Wut und Enttäuschung beinahe körperlich spüren. Aber sie konnte Jake nicht sagen, warum und weshalb sie nicht in der Lage war, ihm das zu geben, was er verdiente. Nicht jetzt. Nicht heute. Wahrscheinlich niemals. Er hatte etwas Besseres verdient. Eine Frau, die ebenso lieben konnte wie er. Eine Frau, mit der er eine Zukunft hatte. Das, was sie ihm anbieten konnte, war im Vergleich dazu lächerlich. Deswegen musste sie es beenden. Kurz und schmerzlos.

Langsam und mit hängenden Schultern stand sie auf. Mit einem zaghaften Kopfschütteln suchte sie seinen Blick. »Ich denke, dann ist es besser, wenn ich gehe, Jake. Es tut mir leid«, wiederholte sie noch einmal, weil sie sonst auch nicht wusste, was sie hätte sagen sollen. Mit Worten allein war es nicht zu erklären.

Jake atmete hörbar aus, zerzauste sich die Haare und wich ein paar Schritte vor ihr zurück. »Das kann doch nicht dein Ernst sein!«, murmelte er, aber sie war bereits im Begriff, zu gehen. »Viktoria!«, rief er ihr hinterher, aber sie antwortete nicht.

Es war besser so, redete sie sich selbst ein, denn das Bedürfnis, sich umzudrehen und sich in seine Arme zu werfen, war riesengroß. Einen Schritt vor den anderen zu setzen, kostete sie größte Selbstbeherrschung. Sie musste jetzt stark sein. Allein der Gedanke daran, dass es besser für Jake war, wenn sie ihn jetzt verließ, verlieh ihr die nötige Kraft, ihn wirklich zurückzulassen.

Beinahe fluchtartig stieg sie die Treppen hinunter, verließ Jake und sein Heim, ohne sich wirklich von ihm zu verabschieden. Aber das hätte sie nicht geschafft, nicht nach allem, was sie mit ihm erlebt hatte.

Viktorias Augen brannten, aber sie ließ die Tränen nicht zu. Mit zusammengepresstem Kiefer winkte sie nach einem Taxi und wenig später fuhr sie davon.

Jake atmete schwer. Die Sehnen an seinen Unterarmen traten deutlich hervor, während er sich an der Arbeitsfläche festklammerte und um Fassung rang. Immer wieder schüttelte er ungläubig den Kopf.

»Verdammte Scheiße«, fluchte er und fegte das Schneidebrett mit den Paprikastücken auf den dunklen Marmor. So stand er noch eine ganze Weile da, bis er sich schließlich anzog und einen Spaziergang machte. Er war sauer, wütend und enttäuscht. Er hatte wirklich gedacht, dass es an der Zeit war, seine Bedürfnisse und das, was ihm auf der Seele brannte, zu äußern. War es richtig gewesen? War es zu früh? Hätte er sich weiter zurücknehmen sollen?

Schritt für Schritt, Minute für Minute, immer weiter kreisten dieselben Gedanken in seinem Kopf. Er fand auch zwei Stunden später keine Antwort auf all die Fragen, die ihn wurmten. Entmutigt und wütend auf sich selbst kehrte er zu seinem Haus zurück. Stille und Leere schrien ihm entgegen. Er hasste dieses Singleleben, es gab ihm nichts. Kein Geld der Welt konnte ihm das kaufen, was er sich wünschte: ein Zuhause, das von Liebe und Lachen erfüllt war. Er hätte es von Anfang an wissen müssen, aber natürlich hatte er sich blenden lassen von dem, was er sich wünschte. Dabei hatte sie ihm von Anfang an offen und ehrlich gesagt, dass sie nicht mehr als Sex von ihm wollte. Er hatte es nur nicht wahrhaben wollen. Weil er ein Idiot war.

Wie üblich war er auch an diesem Montag mit zwei Kaffeebechern auf dem Weg in die Agentur. Er hatte lange überlegt, ob er etwas an der Routine verändern sollte, aber sich dazu entschieden, dass ein Kaffee in Ordnung war. Irgendwann würden sie sich wiederbegegnen und für ihn war das letzte Wort noch lange nicht gesprochen. Sie war ihm eine Erklärung schuldig. Oder ein Ende. Was auch immer. Für ihn war es noch nicht vorbei.

Nickend begrüßte er die Empfangssekretärin Lucy und ging mit schnellen Schritten über das dunkle Parkett direkt zu Viktorias Büro. Aber sie war nicht da. Verwirrt warf er einen Blick auf seine Armbanduhr. Es war schon fast neun.

»Sie ist nicht da«, hörte er ihre Sekretärin Sarah hinter sich.

Jake drehte sich um und blickte in das hübsche Gesicht der Rotblonden. »Guten Morgen, das sehe ich«, antwortete er möglichst unverfänglich. »Wann kommt sie?«

Zwischen Sarahs Augenbrauen erschien eine steile Falte. »Was meinst du, Jake?«

»Hat sie einen Termin oder wo steckt sie?« Er zeigte auf den Kaffeebecher. »Der wird kalt.«

Er registrierte, wie Sarah tief durchatmete, und ihn überfiel das Gefühl, dass sie ihm etwas Unerfreuliches mitteilen würde.

»Jake, hat sie dir nichts gesagt?« Sarahs sanfte Stimme schnitt in sein Herz.

»Nein, was denn, verdammt?« Er merkte selbst, dass seine Stimme alarmiert klang.

»Viktoria hat in dieser Woche Urlaub«, teilte Sarah ihm nun mit.

Er musste sich verhört haben. »Urlaub?«, wiederholte er deshalb.

Sarah blickte verlegen auf ihre rot lackierten Fingernägel, bevor sie ihm in die Augen sah. »Ja, tut mir leid. Hat sie nichts erwähnt?«

Jakes Magen verknotete sich und er fühlte sich leer und kraftlos. Er war dümmer als der dümmste Trottel. Sie hatte lange einen Urlaub geplant und nie vorgehabt, ihn in ihr Leben zu lassen. *Nur in ihr Bett*, dachte er verärgert.

»Nein. Aber warum sollte sie auch. Wir sind ja schließlich nur Kollegen«, erwiderte er tonlos und zuckte resigniert mit den Schultern. »Willst du einen Karamell-Macchiato?«

Er stellte Viktorias Kaffee vor Sarah ab und wartete ihre Antwort gar nicht ab. Ihr wissender Blick, der ihm sagte, dass es ihr leidtat, dass sie so eine gefühlskalte Chefin hatte, erschütterte ihn beinahe mehr als alles andere. Er hatte sich zum Idioten gemacht. Wieder einmal.

Im Laufe des Tages schlug die anfängliche Enttäuschung in Wut um. Warum zur Hölle musste er sich immer wieder in den gleichen Typ Frau verlieben? Jemand wie Viktoria fuhr nicht einfach so in den Urlaub! Das sah ja schon nach Flucht aus – oder es war schiere Berechnung, um ihn auf Abstand zu halten. Was auch immer, die Botschaft war klar, dachte er wutentbrannt.

»Sarah, eine Frage habe ich noch. Hatte Viktoria ihre Abwesenheit schon länger geplant?« Dass er damit vor ihrer

Sekretärin zum zweiten Mal innerhalb weniger Stunden die Hosen runterließ, war ihm gleichgültig.

»Ja – tut mir leid, Jake. Sie plant ihre Reisen immer lange im Voraus«, gab Sarah mit Bedauern in der Stimme zurück. »Ich wünschte, ich könnte dir etwas anderes sagen.«

Sie sah ihn traurig an, aber das half ihm auch nicht weiter. Für jemanden wie Viktoria zu arbeiten, war sicher nicht immer ein Zuckerschlecken.

»Schon gut, kein Problem. Schönen Tag«, erwiderte er und verließ das Büro. »Ich habe noch einen Termin.«

Was für ein Montag!, dachte Jake, als er Stunden später aus dem Taxi stieg und die Stufen zu seinem Haus hinaufging. Das Treffen mit Mr Wilken war äußerst fruchtbar gewesen und sie waren sich schnell einig geworden. Er würde nicht mehr mit seinem Schicksal und der Viktoria-Geschichte hadern, das hatte er sich selbst versprochen. Und um Tatsachen zu schaffen, hatte er bereits alles Nötige in die Wege geleitet, um seinen Gedanken Taten folgen zu lassen.

Jake schnüffelte, als er die Tür aufschloss. Er kannte das süßliche Parfum, das in der Luft hing. Wahrscheinlich bildete er sich einfach nur etwas ein. Genervt kickte er die Schuhe von seinen Füßen und zog sein Jackett auf dem Weg ins Wohnzimmer aus.

»Hallo, Jake!«

Ihn traf beinahe der Schlag, als er die bekannte weibliche Stimme hörte. Jakes Herz raste, damit war absolut nicht zu rechnen gewesen.

»Elena!«, stieß er hervor. Sein Jackett fiel ihm aus der Hand und landete mit einem leisen Geräusch auf dem Holzboden seines Wohnzimmers.

Seine Ex saß, adrett gekleidet wie immer, auf seinem Sofa und hatte ihre langen Beine übereinandergeschlagen. Jetzt stand sie auf und kam einen Schritt auf ihn zu. Das Zartrosa ihrer Seidenbluse passte perfekt zu ihrem leicht gebräunten Teint und ihren glänzenden blonden Haaren.

»Was machst du hier? Wie bist du reingekommen?«, fragte Jake, immer noch geschockt.

Sie lächelte ihn zaghaft an und hob einen Schlüssel vom Couchtisch, der ihm vorher nicht aufgefallen war. »Ich habe dir meinen nie zurückgegeben. Hast du das vergessen?« Elenas Stimme klang beinahe unsicher. Etwas, das er bei ihr noch nie erlebt hatte.

Jake fuhr sich durch die Haare. »Nein, das muss mir ... entgangen sein. Was soll dieser Überfall?«

Elena kam noch einen Schritt näher, ihre blauen Augen leuchteten erwartungsvoll. »Ich bin schwanger.«

Jakes Mund stand weit offen und er hatte das Gefühl, seine Beine würden jeden Moment unter ihm nachgeben. »Das ist ... eine große Neuigkeit. Wer ist der Glückliche?«, fragte er beherrscht. Sie hatte ihn mehrfach betrogen und hintergangen. Er wappnete sich. »Warum überbringst du mir die Nachricht auf diese Weise? Eine Karte zur Geburt hätte vollkommen genügt.«

Elenas Gesichtszüge verhärteten sich für einen Moment, doch plötzlich lächelte sie sanft.

»Jake, du bist der Vater. Ich habe mit niemandem sonst geschlafen, ohne zu verhüten.«

Er lachte verächtlich auf. »Als miteinander schlafen kann man das nun wirklich nicht bezeichnen ...« Er überlegte fieberhaft, wie er dieser Falle entkommen konnte. Es war unmöglich! Sie hatten nur einmal Sex miteinander gehabt, es hatte nur ein paar Minuten gedauert!

»Jake, du tust mir weh, wenn du so über uns sprichst ...«, flüsterte sie und eine dicke Träne kullerte über ihre geschminkte Wange.

»Spar dir die Krokodilstränen, Elena. Sag mir, was du von mir willst. Unterhalt?«

Natürlich, es musste um Geld gehen. Aber erst würde er einen Vaterschaftstest verlangen, falls es überhaupt stimmte, dass sie ein Kind erwartete. Er bezweifelte es.

Elene drehte sich abrupt um und ging zu ihrer Handtasche. Sie war schlank und schön wie immer, nichts deutete darauf hin, dass ein neues Leben in ihrem Körper entstand.

Wenig später kehrte sie mit drei Ultraschallbildern zurück. »Hier. Das ist unser Baby. Das kleine Gummibärchen.«

Jake nahm die Ausdrucke wortlos entgegen. Alle Farbe war aus seinem Gesicht gewichen. »Das ist doch nicht möglich«, murmelte er und sah sich eines nach dem anderen an.

»Doch, Jake. Das ist es«, sagte sie leise und trat einen Schritt auf ihn zu. »Wir werden Eltern.«

KAPITEL 20

»Nimm noch ein Stück, Schatz«, forderte Getrud Denkhaus Viktoria auf.

»Nein danke. Ich bin wirklich satt«, gab Viktoria zurück.

»Nun lass sie doch, Gertrud«, mischte sich ihr Vater Joachim ein. Ihr Bruder Elias hielt sich dezent zurück und tippte etwas auf seinem Smartphone.

»Na gut. Aber dann noch einen Kaffee?« Ihre Mutter ließ nicht locker.

»Na gut, aber nur einen Schluck«, ließ Viktoria sich erweichen, damit die gute Seele Ruhe hatte.

Es fühlte sich seltsam an, zurück in ihrem Elternhaus in Blankenese zu sein. Hier hatte sich nichts, rein gar nichts verändert. Die alten Ölgemälde hingen an ihren angestammten Plätzen, sogar die Kerzenleuchter auf den antiken Anrichten hatten sich scheinbar keinen Zentimeter bewegt. Es war, als ob hier die Zeit stehen geblieben wäre, und so ähnlich fühlte sie sich auch an. Gedankenverloren hob sie ihre Tasse an den Mund und trank von ihrem Kaffee.

Es war beinahe irreal, zugleich machte es ihr deutlich, dass sie nur ein Gast war. Das hier war ein anderes Leben. Ihr Leben fand woanders statt, weit weg, in London. Es war eigentlich ein ganz gutes Leben geworden. Was Jake wohl gerade machte? Ob er sehr sauer auf sie war? Wahrscheinlich, er hatte auch allen Grund dazu. Sie hatte nichts mehr von ihm gehört, seit sie seine Wohnung fluchtartig verlassen hatte. Einerseits war sie traurig darüber, andererseits hätte sie nicht gewusst, wie sie mit noch mehr Entgegenkommen seinerseits hätte umgehen sollen.

»Hey, Schwesterchen, Lust auf einen Spaziergang?«, unterbrach Elias ihre Gedanken.

Sie sah von ihrem dampfenden Kaffee auf. »Warum nicht.«

»Elias, deine Spaziergänge kenne ich. Nicht, dass ihr heute einen Marathon lauft. Um sieben gibt es Abendbrot.«

»Puh, Mama, du tust so, als ob wir zwölf wären«, stöhnte Elias und steckte sein Handy in die Gesäßtasche seiner Jeans. »Versprochen, wir laufen maximal einen Halbmarathon«, lachte er und Gertrud Denkhaus presste ihre Lippen zu zwei dünnen Strichen zusammen.

»Ich habe euch doch so selten alle beisammen«, schnaubte sie und tupfte sich den Mund mit einer Stoffserviette ab.

»Mama, ich brauche wirklich mal frische Luft. Nach dem Kuchen kann ich nicht um sieben schon wieder essen, wenn ich mich nicht etwas bewege.«

»Nun lass sie doch«, gab ihr Vater ihnen recht. »Ich habe sowieso gleich eine Telefonkonferenz, das dauert vielleicht eine halbe Stunde …«

Getrud warf ihre Serviette auf den Tisch. »Ach macht doch, was ihr wollt. Es ist kein Wunder, dass die beiden sind, wie sie sind. Bei deinem Vorbild. Nichts als Arbeit im Kopf, Joachim. Wenigstens heute könntest du mal …«, nörgelte sie, nickte aber schließlich. »Na gut. Dann räume ich mal ab. Na los, geht schon. Amüsiert euch, Kinder. Aber um sieben seid ihr wieder da.«

»Ja, Mama«, antworteten Viktoria und Elias wie aus einem Mund. Dann lachten sie laut und sprangen von ihren Stühlen auf. Manchmal war es auch schön, wenn sich gewisse Dinge nicht änderten.

»Danke, dass du mich da rausgeholt hast, Elias.« Viktoria trabte in gemächlichem Tempo neben ihrem Bruder an der Elbe entlang.

»Kein Ding. Erzähl mal, wie geht es dir? Du meldest dich ja nie.«

Viktoria lachte. »Du bist lustig. *Wer* meldet sich nie? Mir geht es ... gut.«

Natürlich ging es ihr nicht gerade blendend. Heute war Sonntag, in drei Tagen war Katies Geburtstag, aber das konnte Elias sich sicher denken.

»Schon klar, Schwesterchen.«

Sie liefen eine Weile schweigend nebeneinanderher.

»Hey, Elias, hast du eigentlich eine neue Freundin?«, versuchte sie, das Gespräch wieder anzukurbeln. Er grinste schief. »Du weißt doch, wie das bei mir ist«, antwortete er ausweichend.

Viktoria nickte. »Viel Arbeit. Wenig Zeit. Keine feste Beziehung?«

»Du hast es erfasst. Eigentlich wärst du die perfekte Frau für mich. Gibt nur einen Fehler. Deine DNA.«

Viktoria boxte ihm gegen den Oberarm. »Mit einem Kerl wie dir könnte ich niemals zusammen sein. Du kannst ja nicht mal deinem Verein treu sein.«

»Na hör mal! Ich lasse nichts auf den HSV kommen.«

»Haha, habe ich da nicht letztens auf Facebook ein Bayerntrikot gesehen?«

»Schwesterherz, das war zum Champions-League-Halbfinale. In einem internationalen Wettbewerb darf man patriotisch für sein Land sein.«

»Ich brech ab, Elias, wirklich.«

»Viktoria?«

»Was?«

»Es tut gut, dich zu sehen. Ich weiß, wie schwer es für dich ist, herzukommen ... gerade jetzt.«

Viktoria blickte stur geradeaus. »Ach Elias. Ich wünschte, es würde irgendwann aufhören, wehzutun, aber gleichzeitig habe ich Angst, dass ich sie dann vergesse. Und das will ich auf keinen Fall.«

Elias verlangsamte sein Tempo und Viktoria blieb ebenfalls stehen. »Komm her, Süße.« Ihr großer Bruder schloss sie zärtlich in seine starken Arme. »Wir vermissen sie alle.«

Viktoria biss sich auf die Lippe. Tränen trübten ihre Sicht, also schloss sie die Augen. Sie spürte, wie die salzigen Tropfen über ihre Wangen liefen. »Danke«, flüsterte sie, »dass du gekommen bist.«

Elias strich ihr über den Rücken. »Ich wünschte, ich könnte mehr für dich tun.«

»Schon gut«, schniefte sie. »Es ist so, wie es ist. Vielleicht tut es irgendwann nicht mehr so weh.«

Viktoria verstand, dass alle sie wie ein rohes Ei behandelten, um sie zu beschützen. Aber es ging ihr bereits am Dienstag dermaßen auf die Nerven, dass sie kurz davor war, zu platzen. Elias aß jeden Tag mit ihnen zu Abend, auch wenn er sich sonst – wenn sie ihrer Mutter glauben konnte – nur alle paar Wochen mal in Blankenese blicken ließ. Natürlich führte er sein eigenes Leben und genoss, soweit Viktoria wusste, sein Singledasein in vollen Zügen. Sie gönnte es ihm. Manchmal fragte sie sich, warum er mit Anfang dreißig immer noch keine Frau gefunden hatte, mit der er mehr als nur ein paar flüchtige Wochen verbringen wollte. Aber es war seine Sache, so wie ihr Leben ihre Sache war. Sie redete ihm da nicht rein und war froh, dass er es seinerseits ebenfalls dabei beließ. Er war immer für sie da, wenn sie ihn brauchte. Das war das Wichtigste.

Viktoria hinterließ ihrer Mutter, die beim Friseur war, einen Zettel in der Küche, dass sie gegen sechs wieder zurück sein würde. Sie hatte vor, auf den Friedhof zu gehen, und wollte allein sein. Seit ihrer Ankunft am Samstag war sie jeden Tag dort gewesen und hatte Zeit am Grab verbracht.

Auf dem Weg besorgte sie neue Blumen, die sie einpflanzen wollte. Es war zwar alles ordentlich und gepflegt, aber es fehlte an Farbe. Katie hatte Farben geliebt, besonders bei Pink und anderen grellen Farben hatte sie immer in die kleinen Hände geklatscht und sich gefreut.

Es kostete sie Überwindung, zu Katies Grab zu gehen, sich der Realität zu stellen. Auf der anderen Seite fühlte sie sich danach immer besser. Dort, an ihrem Grab, fühlte sie sich ihr besonders nah und verbunden. Sie durfte nur nicht daran denken, dass ihr kleines Baby begraben in der Dunkelheit einige Meter unter der Erde lag. Jetzt wollte sie sich darum kümmern, dass ihr Grab hübsch aussah.

Sie machte sich daran, einige Pflanzen herauszureißen, um Platz für die neuen zu schaffen. Es entspannte sie und gab ihr ein gutes Gefühl, als sie schließlich mit einer Gießkanne die neu gepflanzten Blumen wässerte. Sie hatte Begonien, Glockenblumen und Vergissmeinnicht gepflanzt. Ein Meer aus bunten Blüten strahlte nun auf dem Grab ihrer Tochter.

Dreck hing unter ihren Fingernägeln, als sie das Rad auf dem Gehsteig anschob, aber sie war zufrieden, wenn auch traurig. Die Hauptsache war, dass ihr Mäuschen jetzt ein paar bunte und frische Blumen bei sich hatte. Jedes Mal, wenn sie den Friedhof verließ, ließ sie ein Stück von sich dort zurück und sie fühlte sich gerade jetzt einsamer denn je.

»Bin wieder da«, rief sie in die Küche, wo ihre Mutter mit der Zeitung und einem Tee saß. »Gehe kurz duschen.«

Viktoria nahm zwei Stufen auf einmal, schloss die Tür zu ihrem Zimmer und zog die Kiste mit Katies Sachen unter dem Bett hervor. Ihre Finger zitterten, als sie den Deckel öffnete. Aber sie musste es fühlen, sie spüren, um ganz nah bei ihr zu sein. Ungefähr zu dieser Stunde vor sieben Jahren hatten die Wehen bei ihr eingesetzt. Damals war sie die glücklichste Frau der Welt gewesen. Die Geburt war zwar schmerzhaft gewesen, dennoch war es eine schöne Erinnerung. Ein Leben zu schenken, war etwas ganz Besonderes und sie erinnerte sich gern daran.

Viktoria nahm das Taufkleidchen in ihre Hände und roch daran. Sie schloss die Augen und sah Katie, wie sie, ohne zu weinen, das Benetzen mit kaltem Wasser in der Kirche über sich hatte ergehen lassen. Ihr zarter Duft hing auch heute noch, Jahre später, in der cremefarbenen Spitze. Mit gebrochenem Herzen und unendlicher Sehnsucht legte sich Viktoria in ihr Bett, presste das Taufkleidchen an ihre Brust und weinte hemmungslos, bis die Tränen irgendwann, Stunden später, versiegt waren.

Ein Klopfen an ihrer Tür ließ sie aufschrecken. »Viktoria, darf ich reinkommen?« Die fragende Stimme ihrer Mutter riss sie aus ihrer Lethargie.

Mit dem Ärmel ihres Shirts wischte sie sich über das Gesicht. Sie wusste, dass sie schrecklich aussah, aber es war ihr egal. Heute war ihr alles egal. »Komm rein«, gab sie tonlos zurück.

Ihre Mutter erschrak, als sie sie erblickte. »Ach Viktoria …« Sie setzte sich zur ihr auf die Bettkante und öffnete ihre Arme für sie. Viktoria schmiegte sich an die schmale Schulter ihrer Mutter, atmete ihren frischen Veilchenduft ein und schloss die Augen. Die zarten Hände strichen über ihren Rücken und spendeten ihr wortlos Trost in der schweren Zeit.

Sie hatten sicher eine Ewigkeit schweigend in enger Umarmung dagesessen, als ihre Mutter sie ein Stück von sich schob. »Meine Liebe, ich weiß, wie schwer es ist, aber bitte nimm ein Bad zur Entspannung, zieh dich um und komm dann zu uns, ja? Wir sind unten. Papa ist schon da. Keine Eile, nur lass uns für dich da sein. Lass nicht zu, dass die Trauer dich umbringt, das würde ich nicht ertragen, Schatz.«

Viktoria schniefte und nickte dann. Sie fühlte sich kraftlos und wünschte sich nichts mehr, als zu schlafen. Aber sie wusste, wenn sie einmal nachgab, würde es sehr schwer werden, wieder aus dem tiefen Loch herauszukommen.

»Bin in einer halben Stunde unten, okay?«

Ihre Mutter sah sie einen Moment zweifelnd an, nickte aber schließlich und stand auf. »Ist gut, Schatz. Bis gleich. Ich liebe dich, das weißt du ja hoffentlich. Es ist schön, dass du hier bist.«

Viktoria fand nur wenig Schlaf in dieser Nacht, den meisten Teil verbrachte sie im großen Ohrensessel im Wohnzimmer und starrte in die Dunkelheit. Sie erinnerte sich an jedes Detail, konnte es fast noch einmal fühlen. Der erste Moment, der erste Kuss, den sie ihrer Tochter auf das rosige Haupt gedrückt hatte. Um vier Uhr fünfunddreißig hatte sie in Hamburg-Altona das Licht der Welt erblickt. Sie war ein echter Wonneproppen mit dreitausendneunhundert Gramm und vierundfünfzig Zentimetern gewesen. Ihr kleines Gesicht war ganz zerknautscht gewesen, aber sie war für sie das schönste Baby der ganzen Welt. Ihr Baby.

Schon wieder liefen Viktoria die Tränen über das Gesicht. Sie machte sich nicht einmal mehr die Mühe, sie abzuwischen. In regelmäßigen Abständen tropften sie auf ihren alten Morgenmantel, der an einigen Stellen schon durchnässt war. Sie vermisste Katie so sehr, dass sie glaubte, es nicht mehr aushalten zu können. Ihr half das mühsam erworbene Wissen, dass das Gefühl vorbeigehen würde. Wenn sie sich genug vom Schmerz ablenkte, war so etwas wie ein normales Leben möglich. Sie hatte es zumindest teilweise geschafft und war in London einigermaßen glücklich geworden.

London. Ihr Leben dort schien Lichtjahre entfernt zu sein. Plötzlich schlich sich Jake in ihre Gedanken. Vielleicht hätte sie ihm sagen sollen, dass sie eine Woche verreisen würde. Sie war einfach nicht dazu in der Lage gewesen. Die Angst vor ihren eigenen Gefühlen lähmte sie nach wie vor.

Müde stand sie aus dem Sessel auf, nahm sich ein Streichholz und zündete eine Kerze an. »Happy birthday, Katie«, flüsterte sie und schloss die Augen für einen Moment. *Und wieder ein Jahr ohne dich*, dachte sie und stand noch eine ganze Weile mit hängenden Schultern da, bis sie den Wecker ihrer Eltern klingeln hörte. Sie löschte die Kerze und schlich sich nach oben in ihr Zimmer. Ihre Mutter sollte nicht mitbekommen, dass sie keinen Schlaf gefunden hatte. Sie machte sich ohnehin schon genug Sorgen.

»Komm nicht erst an Weihnachten wieder, ja?«, bat ihre Mutter und drückte sie fest an sich.

»Nein, bestimmt besuche ich euch früher. Vielleicht zu Papas Geburtstag.«

Joachim Denkhaus nahm seine Tochter in die Arme. »Das würde mich sehr freuen, Schatz. Gute Reise.« Er gab ihr einen Kuss auf den Scheitel und ließ sie dann los.

»Ja, dann werde ich mal, die Maschine wartet nicht auf mich. Gib Elias einen Kuss von mir, okay?«

»Natürlich, der Stoffel hätte aber auch wirklich herkommen können«, meckerte Gertrud Denkhaus.

»Mama, bitte, wir sind doch alle erwachsen. Gestern hat er noch gesagt, dass er demnächst wegen eines Projekts in London zu tun hat. Ich sehe ihn also bald.«

Das schien ihre Mutter zufriedenzustellen. Sie nickte versöhnlich und küsste Viktoria noch einmal auf die Wange. »So, nun aber husch«, forderte sie ihre Tochter auf und wischte sich verstohlen eine Träne aus dem Augenwinkel.

Viktoria durchschritt die Bordkartenkontrolle und winkte ihren Eltern noch einmal zu, bevor sie zum Sicherheitscheck ging. Nach und nach fiel eine Last von ihr ab. Das war jedes Mal so, wenn sie Hamburg verließ. Es lag nicht an ihren Eltern, sie taten alles, um sie aufzufangen. Aber die Erinnerungen waren einfach zu stark. Viktoria begann sogar, sich ein wenig auf London zu freuen. Wenn sie ganz ehrlich zu sich war, dann musste sie sich eingestehen, dass sie Jake vermisste. Seine Zärtlichkeiten, und auch ihn als Menschen. Diese Erkenntnis machte sie nachdenklich.

KAPITEL 21

Viktoria war an diesem Montagmorgen früh dran. George, der Sicherheitsmann saß noch am Empfang.

»Guten Morgen, George. Wie geht's?«, grüßte sie höflich und ging weiter auf dem Flur entlang. Sie hatte gestern dreimal ihr Handy in der Hand gehabt, es aber wieder sinken lassen. Was hätte sie zu Jake sagen sollen? *Bin wieder da*, kam ihr ziemlich dämlich vor. Also hatte sie sich nicht bei ihm gemeldet. Er würde sicher bald hier sein, dann konnte sie mit ihm reden und sich für ihr Verhalten entschuldigen. Auf der Rückreise war sie in sich gegangen und zu der Erkenntnis gekommen, dass nicht nur er etwas für sie empfand, sondern dass es gegenseitig war. Viktoria fürchtete sich ein wenig vor dieser Einsicht und den Gefühlen, das war unbekanntes Terrain. Zu lange hatte sie sich verboten, überhaupt etwas zu empfinden. Aber es war an der Zeit, etwas zu ändern, und vielleicht war Jake der Richtige dafür, ihr dabei zu helfen.

Sein Büro war aufgeräumt, kein Papier lag auf seinem Schreibtisch und sein Computer war nicht da. Das war nicht ungewöhnlich, sie selbst nahm ihren Laptop ständig mit nach Hause. Trotzdem. Etwas irritierte sie.

Sarah kam kurz vor neun in ihr Büro und bot ihr einen Kaffee an.

»Hey, Viktoria. Schön, dich zu sehen«, sagte ihre Assistentin und stellte die Tasse sachte vor ihr ab.

»Guten Morgen, Sarah. Danke dir. Es ist gut, wieder da zu sein.« Viktoria zog die Tasse ein Stück zu sich. »Ist Jake unterwegs?« Als sie Sarahs Gesichtsausdruck sah, setzte ihr Herz einen Schlag aus. »Was ist?«, fragte Viktoria.

»Er ... er hat nicht mit dir geredet?«, meinte Sarah mit gerunzelter Stirn.

Viktoria schüttelte ungeduldig mit dem Kopf. »Nein. Was ist los?«

»Warte einen Moment.« Sarah lief kurz zu ihrem Schreibtisch und kehrte mit einem weißen Umschlag zurück. »Hier, das hat er mir für dich gegeben ... bevor er gegangen ist.«

Ihr wurde schwindelig.

»Gegeben? Bevor er gegangen ist?«, wiederholte sie tonlos.

»Vielleicht erklärt es das ja?«, meinte Sarah, als sie Viktoria den Umschlag reichte. Sie verließ das Büro und schloss die Türe leise hinter sich.

Viktoria starrte wie gebannt auf das weiße Papier. Das aufgeräumte Büro, seine Abwesenheit, der Umschlag ... das konnte nur eines bedeuten.

Mit zittrigen Fingern riss sie seine Nachricht auf.

Liebe Viktoria, las sie,

Du hast gewonnen. Du bist eindeutig die Bessere von uns beiden. Ich kann dieses Spiel nicht mehr mitspielen, aber ich wünsche Dir viel Glück – bei allem.

Alles Gute

Jake

Ein verzweifelter Laut schlich sich aus ihrem Mund. Immer wieder flüsterte sie leise: »Nein, nein, nein«. Nicht jetzt. Nicht so!

Viktoria las sich seine kurze Nachricht immer wieder durch. Er hatte die Agentur verlassen. Er hatte sie verlassen, noch bevor es richtig angefangen hatte, und an allem war sie selbst schuld. Sie ganz allein.

So saß sie eine ganze Weile da, bis ihre Finger steif waren, so fest hatte sie das Blatt umklammert. Schließlich ließ sie seine Zeilen sinken, knüllte den Zettel zusammen und warf ihn energisch in den Papierkorb.

Es war besser so. Sie sollte Jake dankbar sein, dass er ihr diese Entscheidung abgenommen hatte.

Damit war sie am Ziel ihrer Träume. Nun würde Madeleine nichts mehr übrig bleiben, als ihr die Geschäftsleitung allein zu übertragen.

Aber warum, verdammt, fühlte sie sich dann so, als hätte sie alles verloren? Ein Gewinner müsste sich anders fühlen.

Viktoria stand energisch auf, drehte sich um, sodass sie auf Londons City sehen konnte. Der Himmel war wolkenverhangen, es nieselte leicht. Jake hatte sich entschieden und sie konnte ihm seine Wahl nicht verübeln. Sie hatte ihm weiß Gott das Leben schwer gemacht und alle Versuche seinerseits, ihr näherzukommen, eiskalt abgebügelt. Nun musste sie damit leben, dass er einen anderen Weg gewählt hatte. Es war gut so, er war so ein toller Mann. Er hatte eine Frau verdient, die ihm das geben konnte, was er verdiente. Liebe, eine Familie, ein Leben. All das konnte sie ihm nicht bieten. Aus Respekt vor ihm würde sie ihn nicht mehr kontaktieren und nicht versuchen, zu erklären, warum sie so war, wie sie war. Sie würde sich niemals ändern können, der Schmerz in ihr würde niemals vergehen.

Sie saß eine ganze Weile schweigend in ihrem Sessel und sah aus dem Fenster. Dann nickte sie.

Nur eines blieb jetzt noch zu tun. Sie musste mit Madeleine reden. Es war an der Zeit, ihr reinen Wein einzuschenken, und es lag nun in ihrer Hand, ob sie sie doch noch feuern würde oder ob sie Viktorias Leistungen für die Agentur Langham zu schätzen wusste. Sie musste es tun. Denn früher oder später würde ihre Vergangenheit sie einholen, das hatte sie mittlerweile begriffen.

Sarah riss die Augen erschrocken auf, als Viktoria an ihr vorbeigerauscht kam.

»Alles okay?«, fragte sie und Viktoria nickte.

»Ich muss kurz mit Madeleine sprechen.«

»Bist du sicher?«, wagte sich Sarah vorsichtig ein Stück vor. »Wenn es wegen Jake ist ...«

»Nein«, unterbrach Viktoria sie. »Jake ist ... Geschichte. Er hat seinen Weg gewählt. Es ist was anderes, Persönliches.«

Sarah sah sie verständnislos an. Viktoria fand nicht die Geduld, eine andere Erklärung zu geben. Stattdessen ging sie schnurstracks zu Madeleines Büro. Sie bat ihre Sekretärin nicht erst um einen Termin, sondern betrat direkt das Zimmer.

»Viktoria«, rief Madeleine überrascht und sah von den Papieren auf, die vor ihr auf dem Schreibtisch lagen. »Du bist also wieder da!«

»Ja«, bestätigte Viktoria. »Das bin ich. Ich muss kurz mit dir reden.«

Madeleine hob eine Augenbraue, nickte dann und zeigte auf die Sitzgruppe in der Ecke des Büros. »Bitte.« Die Chefin der Agentur Langham stand auf und ging voraus, nahm Platz.

»Es ist privat, ich schließe lieber die Tür«, teilte Viktoria ihr mit und zog die Tür leise ins Schloss. Sie fing Madeleines fragenden Blick auf und ihr Herz pochte schnell. Dieses Gespräch würde über ihre berufliche Zukunft entscheiden. Aber es musste sein, egal wie Madeleine reagieren würde. Sie konnte nicht mehr länger mit der Lüge leben.

Mit wachsweichen Knien trat sie auf die Sitzgruppe zu und setzte sich, überschlug ihre Beine und sah in Madeleines Gesicht.

»Was kann ich für dich tun, Viktoria?«, eröffnete die Agenturchefin das Gespräch. Nach einem prüfenden Blick fuhr sie fort: »Wie du ja weißt, hat Jake uns verlassen. Er verließ die Agentur auf eigenen Wunsch, um sich um ein ... anderes Projekt zu kümmern.«

Viktoria atmete tief durch. »Davon habe ich gehört, ja. Aber deswegen bin ich nicht hier.«

»Nicht? Geht es nicht um die Geschäftsführung? Es steht nichts mehr im Wege, dass ich dich zu meiner Nachfolgerin ernenne. Am ursprünglichen Plan hat sich nichts geändert«, teilte Madeleine ihr mit.

»Nein, es geht nicht darum. Nun ja, indirekt doch. Vielleicht.« Viktoria hatte Schwierigkeiten, die richtigen Worte zu finden. »Es ist etwas anderes, sehr Persönliches.«

Sie schaute ihrer Chefin direkt in die Augen und sah Besorgnis darin aufblitzen.

»Geht es um Katie?«, fragte Madeleine und Viktoria vergaß zu atmen. Den Namen ihrer Tochter aus dem Mund ihrer Chefin zu hören, durchzuckte sie wie ein Stromschlag.

»Du ... weißt von ihr?«

Madeleines Gesichtszüge wurden sanft. »Meine liebe Viktoria, es mag vielleicht nicht immer den Anschein haben, aber ich habe ein Herz. Und ... du bist mir nicht nur als Mitarbeiterin wichtig.«

Viktoria musste schlucken. »Es geht nicht um meine Tochter. Nicht direkt jedenfalls.«

Sie konnte nicht aussprechen, was ungesagt war. Dass ihr Kind gestorben war, dass sie es nie richtig verarbeitet, noch nicht verkraftet hatte. Niemals verkraften würde. Es war einfach ... nicht richtig, es unter diesen Umständen zu erzählen, auch wenn Madeleine es offenbar wusste.

»Ich mache es kurz, Madeleine.« Sie straffte sich. »Um uns eine lange Geschichte zu ersparen: Ich wurde in meinem letzten Jahr in Stanford schwanger ... mit Katie.« Viktoria sprach den Namen sanft und leise aus, räusperte sich dann. »Aber es war nicht die richtige Zeit, der Mann war verheiratet und wollte uns nicht, also bin ich gegangen.« Viktoria atmete erneut tief durch, knetete ihre Hände im Schoß, blickte Madeleine dann direkt an. »Ich habe Stanford ohne meinen Master verlassen und doch sitze ich hier und die Kopie meines Diploms liegt in der Personalabteilung.«

Viktoria spürte das Blut in ihren Ohren rauschen. Sie hatte es noch niemals zuvor laut ausgesprochen. Sie war eine Betrügerin, ihre Karriere war auf einer Lüge aufgebaut. Madeleine hatte alles Recht der Welt, sie ohne weitere Begründung hochkant rauszuwerfen. Sie konnte sie sogar verklagen, wenn sie wollte.

Madeleine neigte ihren Kopf ein wenig, sah sie mit einem wissenden Blick an. Aber Viktoria konnte keine Wut oder Enttäuschung erkennen. Nicht einmal Überraschung.

Madeleine rückte ein Stück näher an die Kante des Sessels, ihre Stimme klang fest und bestimmt. »Viktoria, ich bin mir sicher, mit deinem Diplom ist alles in Ordnung. Und ... den Rest ... vergessen wir. Es interessiert mich nicht. Deine Leistungen der letzten Jahre sind die Basis dafür, dass ich dich zu meiner Nachfolgerin machen werde.«

Viktoria bemerkte erst jetzt, dass sie die Luft angehalten hatte. Mit einem tiefen Atemzug füllte sie ihre Lungen, als Madeleine fortfuhr.

»Dennoch habe ich gehofft, dass die Zusammenarbeit mit Jake dir helfen würde ... mehr du selbst zu sein. Aber anscheinend habe ich mich in Carter getäuscht. Nun ja«, sie legte Viktoria ihre Hand mit den rot lackierten Fingernägeln aufs Knie, »ich kann nicht immer recht haben. Jetzt bist jedenfalls du bald am Steuer. Ich habe aber auch noch eine Neuigkeit für dich.«

Viktorias Puls raste immer noch, sie konnte kaum fassen, dass es für Madeleine damit erledigt sein sollte. »Aber Madeleine ...«, stotterte sie.

Madeleine wedelte ungeduldig mit den Händen. »Denkst du, ich habe meine Hausaufgaben nicht gemacht, als ich dich eingestellt habe, Viktoria? Und jetzt hör endlich auf damit!«

Viktoria schloss den Mund und schwieg.

»Ich wollte dir noch sagen, dass ich, ähm, jetzt mit Frederic Wilken zusammen bin. Wir werden nächsten Monat für eine Weile verreisen ...« Madeleines helle Haut war von einer zarten Röte überzogen und Viktoria riss erstaunt die Augen auf. Ihrer Chefin fiel es schwer, sie über ihr Privatleben zu informieren. Plötzlich lächelte die alte Dame. Ein äußerst seltener Anblick, es stand ihr gut. »Deswegen habe ich Eile, den Papierkram zu erledigen. Ich habe meinen Anwalt schon informiert, Ende der Woche kann alles unterschrieben werden. Dann hast du die Zügel in der Hand. Ich bleibe dir weiterhin als CEO erhalten, aber ich ziehe mich aus der operativen Geschäftsleitung zurück. Ich hoffe, das ist in deinem Sinne, Viktoria? Lass uns das in den nächsten Tagen noch einmal bei einem Abendessen besprechen, meine Liebe.«

Viktoria sah sie immer noch ungläubig an. »Ja, äh, sicher«, stammelte sie. Ihre Gedanken überschlugen sich. Mit so einem Ausgang des Gesprächs hatte sie nun wirklich nicht gerechnet.

»Gut«, gab Madeleine knapp zurück. »Dann haben wir ja alles geklärt. Und ich halte es für sinnvoll, dass du in die Sache mit Stanford nicht mehr Leute involvierst. Wir wollen ja keine schlafenden Hunde wecken, nicht?«

»Natürlich«, nickte Viktoria und presste die Lippen fest aufeinander. »Danke, Madeleine.«

Madeleine nahm ihre Hand, was für sie völlig unerwartet kam. »Viktoria, es tut mir leid, was mit deiner Tochter passiert ist. Aber du bist jung, vergiss nicht, wie kostbar *dein* Leben ist.«

Viktoria musste schlucken. Tränen schossen ihr in die Augen, aber sie wollte nicht weinen. Sie blinzelte sie weg. »Danke ... aber ich bin mit meinem Leben zufrieden.«

Madeleine seufzte. »Du bist mir ähnlicher, als gut für dich ist. Dabei sind wir nicht mal verwandt ...« Ihre Chefin ließ ihre Hand los und stand auf. »Dann haben wir alles geklärt«, verkündete sie. »Ich informiere das Management morgen in der großen Runde über die bevorstehenden Änderungen.«

Viktoria stand ebenfalls auf, aber ihre Beine fühlten sich wackelig und unsicher an. Sie nickte und verließ dann das Büro ihrer Chefin.

Mit zitternden Händen ließ sie sich wenige Minuten später in ihren eigenen Stuhl sinken und schloss die Augen für eine Sekunde.

»Alles in Ordnung?«, hörte sie Sarahs Stimme.

»Du wirst nicht glauben, was eben passiert ist ...«

KAPITEL 22

ES KLINGELTE an Jakes Haustür.

»Elena«, begrüßte er seine Ex-Verlobte mit einem flauen Gefühl im Magen.

»Jake«, erwiderte sie und trat einen Schritt auf ihn zu.

»Komm doch rein«, forderte er sie auf.

Sie folgte ihm in die Küche, wo er ihr ein Glas Wasser anbot.

»Du bist früh dran«, eröffnete er das Gespräch. »Wie geht es dir? Morgendliche Übelkeit und so?«

Elena wich seinem Blick aus und setzte sich. Sie überschlug ihre schlanken Beine, die in einem dunkelblauen Etuikleid steckten. »Es geht«, meinte sie ausweichend.

Jake verschränkte die Arme vor seiner Brust und sah auf die Uhr an der Wand. »Wir haben noch etwas Zeit, bevor wir zu Doktor Balinsky fahren, also schlage ich vor, du erzählst mir, wie du dir das mit uns in Zukunft vorstellst.«

Elena nahm einen Schluck von ihrem Wasser und sah ihn mit ihren blauen Augen an. Es lag eine Unsicherheit in ihrem Blick, die ihn berührte. Vielleicht war sie wirklich ein wenig blass um die Nase.

»Jake, ich ...«, begann sie leise. »Ich will dich zurück. Ich will ein Leben mit dir, eine Familie ... eine Zukunft.«

Er sah sie lange an. Vor nicht allzu langer Zeit wäre es genau das gewesen, was er von ihr hatte hören wollen. Aber jetzt … Er hatte keine Gefühle mehr für Elena, weil sein Herz für Viktoria schlug. Wenn er die Augen schloss, sah er Viktorias herzförmiges Gesicht vor seinem inneren Auge. Er vermisste sie. Wahrscheinlich war es einseitig, dennoch gab es kein Zurück mehr. Er konnte und wollte keine Beziehung mit Elena führen. Er liebte sie nicht. Auch wenn sie vielleicht sein Kind unter dem Herzen trug, was er nach wie vor bezweifelte. Aber in Kürze würden sie es wissen, denn er hatte einen Termin bei einem Gynäkologen vereinbart, um ihre Schwangerschaft bestätigen zu lassen. Er wollte aber auf jeden Fall ein schlagendes Herz sehen, bevor sie weitersprachen. Und dann war immer noch nicht klar, ob er der Vater war. All das änderte jedoch so oder so nichts daran, dass er an Viktoria dachte, wenn es um Gefühle ging. Leider.

»Elena, ich kann dir nicht viel anbieten. Wir hatten die Diskussion bereits. Ich liebe dich nicht mehr. Sollte es mein Kind sein, werde ich mich um das Baby kümmern. Aber mein Herz gehört einer anderen Frau.«

Elena sog zischend die Luft ein. »Was sagst du da? Das meinst du doch nicht so, Jake. Ich verstehe, du bist verletzt, gekränkt. Aber … das mit uns ist doch etwas ganz Besonderes!« Ihre Stimme klang mit einem Mal schrill und unbeherrscht.

Jake schüttelte den Kopf. »Das ist lange her. Es tut mir leid.«

Elena stand auf und kam auf ihren hohen Absätzen erstaunlich schnell und geschmeidig auf ihn zu. »Jake«, sie sah ihm tief in die Augen, »ich brauche dich. Gib mir noch eine Chance.«

Jake wünschte sich, er würde noch etwas für sie empfinden, aber es war zu spät.

»Es tut mir leid«, widerholte er. »Lass uns zum Arzt fahren.«

Elena sah auf ihre Füße. »Das wird nicht nötig sein.«

Jake hob eine Augenbraue. »Bitte?«

Sie sah ihn nicht an. »Der Arzt wird keine Schwangerschaft feststellen.«

Er atmete hörbar aus. »Du hast mich angelogen. Woher hattest du die Bilder?«

Elena lachte verzweifelt. »Im Internet kann man doch heute alles finden. Aber Jake, es ändert nichts daran ... Ich habe es aus Liebe getan.«

Wut kroch an seiner Wirbelsäule langsam bis zu seinem Hals hinauf. »Du bist so berechnend. Was hast du geglaubt? Wolltest du mir erzählen, du hättest unser Kind verloren, oder wie?«

Sie zuckte mit den Schultern und blickte zu ihm auf. »Ich hatte vielleicht gehofft, schnell wirklich schwanger zu werden, denn ich meine es ernst. Jake, bitte.« Sie wollte nach seiner Hand greifen, aber er entzog sich ihr. »Bitte gib mir eine Chance, dir zu beweisen, wie sehr ich dich liebe, wie sehr ich eine Familie mit dir will.«

Er wandte ihr den Rücken zu und sah aus dem Fenster. »Es ist zu spät, Elena. Es gibt jemanden in meinem Leben. Oder gab. Wie auch immer. Bitte geh jetzt ... und lass meine Schlüssel hier.« Er spürte, wie sie ihre Hand auf seinen Rücken legte, aber er schüttelte sie ab. »Lass das!« Jake wandte sich Elena noch einmal zu. »Ich wünsche dir wirklich alles Gute und dass du jemanden findest, der besser zu dir passt als ich.«

»Aber Jake ...« Eine Träne kullerte über ihre Wange und dann noch eine und noch eine. »Du bist alles, was ich will. Das weiß ich jetzt.«

»Das hast du leider zu spät bemerkt!«, erwiderte er kühl.

Sie nickte leicht. »Ich sehe es. Ich sehe es. Ich hoffe, die Frau weiß, was sie an dir hat, Jake.«

Elena drehte sich um und rief ihm über ihre Schulter zu: »Ich finde allein nach draußen. Mach's gut. Ich hoffe, du wirst glücklich.«

Jake seufzte leise und strich sich mit der Hand über das Gesicht, als er hörte, wie die Haustür geöffnet und leise wieder geschlossen wurde. Das Kapitel Elena war damit endgültig beendet.

Überschattet wurde seine Erleichterung von seiner Sehnsucht nach Viktoria. Hoffentlich würde er sie schon bald wiedersehen. Gleichzeitig fürchtete er sich davor, ihrem kalten, geschäftsmäßigen Blick zu begegnen, denn inzwischen war er sich sicher, dass es für sie tatsächlich nur eine Affäre gewesen war. Mit keinem Zeichen hatte sie sich bei ihm gemeldet, seit sie am Freitag vor zwei Wochen abgehauen war. Sobald er Gefühle ins Spiel gebracht hatte, hatte er das große »P« in ihren Augen gesehen. So panisch reagierte niemand, der Interesse an einer Beziehung hatte.

Jake griff sich das Telefon, um den Termin beim Gynäkologen abzusagen.

Am darauffolgenden Wochenende war Jake mit seinem Kumpel Mike im Wembley-Stadion zum Spiel Manchester City – Arsenal verabredet. Jeder hatte ein Bier in der Hand und es war nicht ihr erstes.

Mike schubste ihn leicht an. »Was stimmt nicht mit dir, Mann?«

»Nichts, alles super«, gab Jake lakonisch zurück.

»Scheißweiber«, fluchte Mike und trank von seinem Bier.

Der Lärm um sie herum war ohrenbetäubend, aber das Spiel ihrer Mannschaft Arsenal wollte einfach nicht so recht in die Gänge kommen.

Jake wandte sich Mike zu. »Verdammte Kacke, Mike. Sie fehlt mir. Und doch weiß ich, dass es niemals gut gehen würde. Ich bin so ein Idiot.«

»Dann sind wir schon zwei. Cara hat mich auch nur benutzt. Und da sag mal jemand, dass Frauen das schwache Geschlecht sind. Pah!«, erwiderte Mike abfällig. »Es ist aber auch ein Hammer, was sich Elena jetzt geleistet hat, Mann.«

Jake runzelte die Stirn. »Ich meine nicht Elena. Das ist es ja.« Seufzend leerte er sein Bier.

Mike sah ihn an und dann winkte er ab. »Ach herrje. Vom Regen in die Traufe. Du meinst, du hast dich in die karrieregeile Brünette verguckt?«

Jake ließ seinen leeren Becher resigniert sinken. »Sieht so aus, ja.«

Mike schnaubte leise auf. »Weißt du was, Kumpel? Heute Abend gehen wir noch fein aus und dann suchen wir uns was zum Flachlegen.«

Jake zerzauste sich die Haare. »Nein, lass mal. Kein Bedarf.«

Sein Freund lachte herzhaft. »Ich sag's dir. Das ist die beste Medizin.«

»Na du Experte musst es ja wissen.«

Arsenals Stürmer hatte sich den Ball von einem Abwehrspieler von Manchester City geschnappt und war jetzt auf dem Weg zum Tor. Die Viererabwehrkette hatte es verpennt und es sah ganz so aus, als würde sich zumindest auf dem Spielfeld das Blatt wenden. Die zwei Freunde sprangen mit dreißigtausend anderen Arsenal-Fans auf und jubelten, schrien und begannen zu hüpfen, als der Ball schließlich im Tor landete.

»Scheiß auf die Weiber! Lang lebe der Fußball!«, schrie Mike und klatschte Jake mit der Hand ab.

In den restlichen dreißig Minuten der zweiten Halbzeit schaffe Jake es tatsächlich, sich ganz aufs Spiel zu konzentrieren, und es tat gut, einmal an nichts anderes zu denken. Vor allem nicht an Frauen. Sie begossen den Sieg mit ein paar Bieren und Mike zog noch weiter ins *Starlight*, aber Jake hatte genug. Er war betrunken und hatte keine Lust, möglicherweise Elena über den Weg zu laufen, deswegen nahm er sich ein Taxi nach Hause.

Viktoria saß mit ihrem Rubik's Cube in den Händen in ihrem Büro und fragte sich zum wiederholten Mal, warum sie es nicht schaffte, da weiterzumachen, wo sie aufgehört hatte, als

Jake in ihr Leben geschneit war. Sie war am Ziel ihrer Träume, seit Freitag war sie offiziell die Geschäftsführerin der Agentur Langham. Es war Montag, vor ihr lagen diverse Zeitungsartikel, die ihren kometenhaften Aufstieg in der Werbebranche dokumentierten. Viktoria sah sich selbst auf den Bildern an. Sie war hübsch gekleidet, perfekt frisiert und sah absolut professionell aus, wie sie in die Kamera lächelte. Warum zur Hölle war sie dann mit ihren Gedanken nicht bei der Sache?

»Viktoria?«, rief Sarah leise. »Du sollst bitte in den Besprechungsraum kommen, Madeleine erwartet dich.«

Was war nun schon wieder los? Sie sah in ihren Terminkalender, darin stand abgesehen von einer Besprechung um fünfzehn Uhr nichts von irgendeinem Meeting.

»Gut, bin gleich da«, meinte sie stirnrunzelnd und legte den Zauberwürfel zur Seite.

Sarah sah ihrer Chefin hinterher, als sie mit Timer und Handy bewaffnet auf dem Weg in den Besprechungsraum war. Sie konnte sich ein Grinsen nicht verkneifen, weil sie wusste, was beziehungsweise wer sie dort gleich erwarten würde. Sie nahm sich die Nagelfeile aus der Schublade und glättete eine raue Stelle an ihrem linken Ringfinger, während sie sich an das Gespräch mit Madeleine vom letzten Donnerstag erinnerte.

»Erzählen Sie mir, was Sie über Jake und Viktoria wissen«, hatte Madeleine sie aufgefordert, nachdem sie sie in ihr Büro geordert hatte.

Sarah hatte geschluckt und überlegt, was sie sagen durfte, ohne Viktoria zu hintergehen.

»Kommen Sie, wir sind hier auf derselben Seite, Sarah«, hatte Madeleine hinzugefügt. »Außerdem habe ich Augen im Kopf.«

Daraufhin hatte Sarah entschieden, dass es vielleicht eine gute Idee wäre, offen mit Madeleine über die beiden zu sprechen.

»Also … ich weiß leider nicht viel. Viktoria ist äußerst … schweigsam, wenn es um ihr Privatleben geht.«

»Aber bitte, Sarah, wir wissen beide, dass Sie mehr mitbekommen als jeder andere hier.«

Sarah hatte sich geschmeichelt gefühlt und ihre Mundwinkel hatten sich ein wenig nach oben gebogen.

»Okay, also ich vermute, dass Viktoria Jake mag.«

»Mag?«, hatte Madeleine wiederholt und eine Augenbraue gehoben.

»Na ja, die beiden wirkten teilweise schon recht vertraut auf mich, auch wenn im Büro nie etwas vorgefallen ist … soweit ich das beurteilen kann.« Sarah war warm geworden, es war ihr peinlich gewesen, über Viktorias Liebesleben zu sprechen, ob nun vorhanden oder nicht.

Madeleine hatte ihr aufmunternd zugenickt. »Ich gehe nicht davon aus, dass Viktoria und Jake es hier wild treiben würden.«

Sarah hatte die Augen aufgerissen. Himmel, die Frau nahm wirklich kein Blatt vor den Mund! »Ähm. Ja. Nach Island war auf jeden Fall etwas anders.«

Madeleine hatte die Nase krausgezogen. »Das habe ich mir gedacht. Wissen Sie, der Coach hat mir natürlich Bericht erstattet und mir von den Terminen mit Jake und Viktoria erzählt.«

Sarah hatte genickt. »Natürlich.«

»Aber sicher war ich mir nicht, dass die beiden …«

»… eine Affäre hatten?«, hatte Sarah Madeleines Satz beendet.

»Genau. Was meinen Sie?«

Sarah war einen Schritt näher an Madeleines Schreibtisch herangetreten. »Ich bin mir ziemlich sicher. Allerdings«, sie hatte eine kleine Pause gemacht und nachgedacht, »es muss was vorgefallen sein. Warum sonst hätte Jake während Viktorias … Urlaub sein Büro räumen sollen?«

Die alte Dame hatte einen Finger an ihre Stirn gelegt. »Sehr merkwürdig, sehr merkwürdig. Aber ich habe eine

Vermutung«, hatte sie gedankenverloren gemeint. »Nun ja, wir werden sehen, wie es sich weiterentwickelt. Sie halten mich auf dem Laufenden, während ich mit Frederic unterwegs bin.«

Sarah hatte sie verständnislos angesehen. »Wie bitte?«

Madeleine hatte mit ihren Händen gewedelt. »Ich gehe auf eine längere Reise mit Mr Wilken. Sie kennen meine E-Mail-Adresse und Telefonnummer. Ich erwarte Updates von Ihnen, wie es im … Wasserprojekt läuft.« Madeleine hatte sie eindringlich angesehen und Sarah endlich kapiert.

»Sie meinen, Jake hat das Projekt von Wilken übernommen?«

»Nicht übernommen«, hatte Madeleine sie korrigiert. »Er hat Frederic die Quelle abgekauft.«

Sarahs Mund hatte offen gestanden. »Er hat sie … gekauft?«

»Sehen Sie mich nicht an wie ein Auto. Die Carters haben genug Geld und Jake hat das Potenzial richtig erkannt. Nun ja, Frederic hat momentan einfach nicht die Zeit, sich damit zu befassen.«

Sarah hatte beobachtet, wie Madeleine verstohlen lächelte. Die Inhaberin der Agentur Langham erlebte ganz offensichtlich gerade ihren zweiten Frühling. Unfassbar. Aber Sarah gönnte es ihr, sie mochte die Dame, denn sie hatte ihr Herz am rechten Fleck. Zumindest solange man sich ihr nicht in den Weg stellte, wenn sie mal einen schlechten Tag hatte oder sauer auf jemanden war.

»Natürlich«, hatte Sarah kommentiert, immer noch erstaunt über die Neuigkeiten. »Das wird sicher interessant, wenn Viktoria und Jake als Auftraggeber und Agenturleitung zusammenarbeiten sollen.«

Madeleines Lächeln war breiter geworden. »Ich kann Ihren ersten Bericht kaum abwarten!«

Tja, und nun war Viktoria auf dem Weg in den Besprechungsraum, wo das Wasserprojekt wieder zum Leben erweckt werden sollte, nachdem Jake es dem alten Wilken abgekauft hatte. Sarah hatte so eine Ahnung, dass Viktoria ziemlich überrascht sein würde, wenn sie die Neuigkeiten erfuhr. Sie hatte aber gleichzeitig das Gefühl, dass sie ihn nicht nur fröhlich begrüßen würde. Was war da nur passiert? Sie hatte keinen blassen Schimmer und Viktoria hatte kein Wort mehr über Jake verloren, seit sie ihr seine Nachricht übergeben hatte. Wer zur Hölle schrieb heute noch Briefe? Fast ein wenig romantisch, seufzte Sarah und legte die Nagelfeile zurück in die Schublade.

»Madeleine«, begrüßte Viktoria ihre Chefin, als sie in den Besprechungsraum trat.

Madeleine Langham saß bereits in einem der Stühle und tippte etwas auf ihrem Handy.

»Oh. Hallo, Viktoria. Schön, dass du kommen konntest. Setz dich doch.«

Viktoria verstand beim besten Willen nicht, warum sie herbeordert worden war, kam aber Madeleines Aufforderung nach und zog sich einen Stuhl heran. In diesem Moment ging die Tür auf und ein Mann betrat den Raum.

»Jake!«, entfuhr es ihr.

Es war gut, dass sie bereits saß, denn sie war sich sicher, dass ihre Beine sonst nachgegeben hätten. Er sah gut aus, in seinem maßgeschneiderten Anzug und dem blütenweißen Hemd.

Er sah zuerst sie, dann Madeleine an und begrüßte schließlich ihre Chefin mit einem Küsschen hier und Küsschen da als Erste. Was war hier los?

»Jake! Wie schön, dass du da bist. Ich muss euch ja nicht bekannt machen«, lachte Madeleine und wies Jake einen Stuhl zu. »Bitte mach es dir bequem. Dann wollen wir mal Viktoria aufklären, was hier los ist, nicht?«

Ein beklemmendes Gefühl beschlich Viktoria. Nicht schon wieder!

Jake nickte ihr höflich zu, reichte ihr aber weder die Hand, noch begrüßte er sie so vertraulich wie Madeleine. *Gott sei*

Dank, dachte sie, sie war auch so schon verwirrt genug. Ihr Puls raste. Sie hatte ihren Mund leicht geöffnet, um besser Luft zu bekommen, trotzdem kam es ihr so vor, als wäre nicht genug Sauerstoff im Raum, um klar denken zu können.

»Entschuldige, dass ich dir noch nichts erzählt habe, Viktoria, aber ich hatte in den letzten Tagen so viel zu tun«, begann Madeleine mit butterweicher Stimme.

»Sicher«, murmelte Viktoria abwesend und sah Jake an, der sie seinerseits unverhohlen musterte. Sein Gesicht blieb dabei ausdruckslos und seine blaugrauen Augen verrieten in keinster Weise, was in ihm vorging. Sie fühlte sich unbehaglich unter der Intensität seines Blickes.

»Wie du ja weißt, hat sich Frederic aus dem Wasserprojekt zurückgezogen«, begann Madeleine.

Viktoria verstand nicht, worauf sie hinauswollte, und wartete auf weitere Informationen.

Jake trommelte lässig mit den Fingern seiner rechten Hand auf den Besprechungstisch.

»Jake«, richtete sie sich an ihn. »Vielleicht fährst du fort, schließlich kennst du deine Beweggründe am besten.«

Er nickte und nahm seine Hand vom Tisch. »Wie Madeleine schon gesagt hat – ich habe auf der Islandreise das volle Potenzial dieses Projektes erkannt und nachdem Frederic Wilken sich zurückgezogen hat, kam ich darauf, dass es mir Spaß machen könnte, in diese Branche zu investieren.«

Viktoria sog scharf die Luft ein. Jake war der neue Investor?

»Ich habe die Quelle und alle Rechte an diesem Projekt vor einer guten Woche von Frederic Wilken abgekauft. Die Verträge sind unterzeichnet«, schloss Jake und sah Viktoria direkt in die Augen. Ihr war heiß und kalt zugleich und sie war sich sicher, dass man ihren Herzschlag bis nach Paddington hören konnte.

»Ja, und nun begrüßen wir Jake nicht als Mitarbeiter, sondern als Kunden, denn er bleibt unserer Agentur treu. Das Konzept steht ja bereits und die Rechte dafür liegen natürlich nach wie vor bei Langham«, ergänzte Madeleine zufrieden lächelnd.

Viktoria beäugte ihre Chefin skeptisch. Madeleine strich immer wieder mit dem Daumen über den Rücken ihres Smartphones. Sie schien die Situation zu genießen.

»Ist das nicht toll, Viktoria?«, hörte sie Madeleine jetzt wie aus weiter Ferne sagen.

»Ja, wunderbar«, antwortete Viktoria abwesend und überlegte, was das alles für sie bedeutete.

Jakes Miene drückte nichts aus, er war anscheinend abgebrühter, als sie es jemals von ihm vermutet hätte. Er konnte also sehr wohl zwischen Privatleben und Geschäftsleben trennen. Nichts verriet, dass sie beide mehr als nur ein Projekt verbunden hatte. Viktoria verstand, dass für ihn die Affäre mit ihrem Verschwinden aus seinem Haus beendet gewesen war und er mit seinem Erscheinen lässig zur Tagesordnung überging.

»Wunderbar«, wiederholte Viktoria noch einmal, um sich selbst davon zu überzeugen. »Jake, es wird sicher eine grandiose Kampagne!«

Er verzog seinen Mund zu einem Lächeln. »Ich bin mir durchaus bewusst, dass ich bei dir in den besten Händen bin.«

Sie schluckte ob der Zweideutigkeit seiner Worte. Aber ihm war es anscheinend nicht mal aufgefallen, denn er vermittelte nichts als Geschäftsmäßigkeit. Sie musste sich dringend am Riemen reißen. Niemand sollte wissen, wie überrumpelt sie von der Nachricht war, künftig für Jake anstatt mit Jake zu arbeiten.

Madeleines Telefon unterbrach das Schweigen im Raum mit einem schrillen Klingeln.

»Ah, entschuldigt mich, das Gespräch muss ich annehmen. Aber ihr beiden habt sicher einiges zu besprechen, wobei ich euch nicht viel nütze. Wir sehen uns dann heute Abend, meine Sekretärin hat einen Tisch für uns vier gebucht.« Madeleine wartete nicht auf eine Reaktion, sondern hob das Telefon ans

Ohr und verließ den Besprechungsraum mit einem Kopfnicken.

Mit dem Schließen der Tür breitete sich Stille aus. Jake hatte die Beine lässig von sich gestreckt und lehnte sich entspannt im Stuhl zurück. Er ließ sie nicht aus den Augen, sagte aber nichts. Viktoria wurde noch wärmer unter seinem Blick, sie fühlte sich unsicher und auch ein wenig nervös. Sie bewegte sich hier auf absolutem Neuland, normalerweise pflegte sie weder mit Kollegen noch mit Kunden so *persönliche* Beziehungen – oder hatte gar mit ihnen geschlafen.

»Jake ...«, begann sie, »ich ... ich weiß gar nicht, was ich sagen soll ...«

Er richtete sich im Stuhl auf und verschränkte die Hände auf dem Besprechungstisch. »Viktoria, bitte. Lass uns das klären, wir können das hier professionell angehen. Du hast ja mehrmals betont, dass ...«, er zögerte, wich ihrem Blick aber nicht aus, »... es zwischen uns um etwas rein Körperliches ging. Wir müssen kein Wort mehr darüber verlieren, niemand hat sich zu rechtfertigen. Ich bin mir sicher, es wird keine Probleme zwischen uns geben, da wir beide Profis sind. Mit dem Wasserprojekt wollte ich bei der Agentur Langham bleiben, weil ich an das Konzept glaube und wir ja bereits viel Zeit und Herzblut investiert haben. Es soll jetzt alles rasch vorangehen. Deshalb bestehe ich auch darauf, dass du das Projekt weiterhin betreust. Wenn sich jemand anderes einarbeiten muss, verzögert sich alles. Und das möchte ich vermeiden.«

Viktoria hörte sprachlos zu. Sie räusperte sich, bevor sie antwortete: »Natürlich, Jake. Ich bin froh, dass du es so siehst.« Sie beging den Fehler, ihm in die Augen zu sehen. Es versetzte ihr einen Stich, wie kalt und emotionslos er sie behandelte.

Plötzlich stand er auf. »Dann sehen wir uns heute Abend. Wie vorhin erwähnt, hat Madeleine ein Dinner arrangiert. Frederic wird natürlich auch dabei sein. Ich denke, es ist gut so, damit haben wir einen sauberen Schnitt und er kann sich

… Madeleine widmen. Die beiden haben eine längere Reise geplant, wie ich gehört habe.«

Viktoria nickte und stand ebenfalls auf. Sie strich ihren Rock glatt und ließ ihre Handflächen auf dem kühlen Stoff liegen.

»Ach …« Er trat einen Schritt auf sie zu. »Herzlichen Glückwunsch zur Beförderung. Du hast es verdient. Bis heute Abend.«

Jake sah sie noch einmal an und verließ dann den Besprechungsraum.

Viktoria stand eine ganze Weile regungslos vor dem Fenster, bevor sie kurz auf die Damentoilette verschwand, um sich kühles Wasser ins Gesicht zu spritzen. Sie hatte mit vielem gerechnet, aber nicht damit. Immerhin wusste sie jetzt, dass sie nicht mehr vergeblich darauf hoffen sollte, dass Jake sich bei ihr melden würde. Aber hatte sie es nicht so gewollt?

Seufzend drehte sie den Wasserhahn zu und zog ein Papier aus dem Spender, um ihre Hände abzutrocknen. Sie musste sich ablenken und erfahrungsgemäß half ihr dabei nichts so gut wie Arbeit.

Viktoria hatte länger über die Tage in Island und die gesamte Maßnahme zur Teambildung nachgedacht und war zu dem Schluss gekommen, dass es an der Zeit war, in der Agentur einiges in Sachen Teamarbeit zu verbessern. Sie hatte schon angefangen, ein Konzept auszuarbeiten, das sie Ende der Woche mit der Personalabteilung durchsprechen wollte. Alle sollten von ihren Erfahrungen durch Madeleines *How to be a better colleague*-Programm profitieren.

KAPITEL 23

JAKE WAR erleichtert, als er das Gebäude der Agentur Langham verließ. Er steuerte den vertrauten Coffee-Shop um die Ecke an, um sich noch einen Kaffee zu holen, bevor er sich auf den Weg in sein neues Büro machte.

»Hey! Lange nicht gesehen? Waren Sie im Urlaub?«, fragte ihn der Barista, als er an der Reihe war.

»So ähnlich, ja.« Jake lächelte. Wie schnell man sich an etwas gewöhnen konnte. Ihm fehlte etwas, seit er nicht mehr täglich die zwei Kaffees zum Mitnehmen holte.

»Das Gleiche wie immer?«, fragte die hübsche Rothaarige.

Jake verzog den Mund. »Nein, heute nur einen doppelten Espresso.«

Sie sah ihn an und ihre Lippen formten ein stummes »Oh!«. Schließlich schien sie sich zu erinnern, dass es sie nichts anging, und sie tippte etwas in die Kasse.

Manchmal sagte ein Blick mehr als tausend Worte. Jake wunderte sich, dass manche Menschen Situationen so viel schneller erfassten als die Beteiligten selbst. Er ärgerte sich immer noch, dass er sich Hoffnungen gemacht hatte.

Ach, egal. Viktoria war überrascht gewesen, ihn zu sehen, aber sie war sehr schnell zur Tagesordnung übergegangen. *Professionell und geschäftsmäßig*, wiederholte er im Stillen.

Er reichte dem Barista einen Fünf-Pfund-Schein, sie schob ihm das Wechselgeld über den Tresen. Jake steckte die Münzen in die Tasse fürs Trinkgeld.

»Danke sehr!«, rief die Rothaarige. »Ich wünsche Ihnen noch einen schönen Tag, Jake!«

Natürlich, sie kannte seinen Namen. Er hatte ihn ihr für die Beschriftung der Kaffeebecher oft genug genannt.

Fünf Minuten später stand er vor dem Gebäude, in dem sich die Agentur Langham befand, und nippte an seinem Espresso.

»Jake?«, hörte er eine weibliche Stimme hinter sich.

»Sarah!« Er sah in das hübsche Gesicht der Sekretärin. Sie trug ein Tray mit zwei Kaffeebechern und Sandwiches.

»Jetzt muss ich wieder für Viktoria laufen«, meinte sie augenzwinkernd und sah ihn mit leicht geneigtem Kopf an.

»Sieht so aus. Wie geht's?«, fragte er höflich. Er hatte ihre herrlich erfrischende Art in der kurzen Zeit bereits zu schätzen gelernt und vermisste sie sogar ein bisschen.

»Ach Jake, das Leben geht weiter, nicht? Aber ... wie ich höre, bleibst du uns ja zumindest als Kunde erhalten?«

»Neuigkeiten reisen schnell bei euch, hm?«, lachte er und drehte den Kaffeebecher in seinen Händen.

»Du weißt doch, mir entgeht nichts«, kokettierte die Sekretärin und ihre Mundwinkel bogen sich nach oben.

»Natürlich nicht ...«

»Ja, ich sollte dann auch mal wieder. Alles Gute, Jake«, fügte sie noch hinzu und machte sich daran, zu gehen.

»Auf Wiedersehen, Sarah«, gab er zurück.

»Da bin ich mir sicher«, flötete sie und stolzierte lachend davon.

Jake schüttelte leicht den Kopf, bevor er sich auf die Suche nach einem Taxi machte.

Jake richtete die Fliege seines Smokings und kontrollierte ein letztes Mal ihren Sitz vorm Spiegel, bevor aufbrach. Er hatte wenig bis gar keine Lust auf dieses Abendessen, aber er hatte zugesagt und es würde sicher nicht lange dauern. Obwohl – Madeleine hatte eines der besten Lokale in London ausgewählt, erfahrungsgemäß zogen sich solche mehrgängigen Menüs über Stunden hin. Aber wozu war er geübt darin, sinnlosen Small Talk zu halten? Wenn es sein musste, konnte er so was ein ganzes Wochenende durchziehen. Ein Vorteil, wenn man in einer reichen Familie aufwuchs und ständig zu irgendwelchen langweiligen Veranstaltungen geschleift wurde.

Jake betrat das Restaurant und wurde von der Empfangsdame zum Tisch geführt.

Er sah Viktoria zuerst. Sie saß zwar bereits, aber er konnte auch so sehen, dass sie in ihrem cremefarbenen Cocktailkleid, das ihre leicht gebräunte Haut exzellent betonte, umwerfend aussah. Ihre braunen Locken waren zu einer kunstvollen Frisur aufgesteckt und legten ihren schlanken Hals frei. Er erinnerte sich zu gut, wie es sich anfühlte, sie dort zu küssen, sie zu riechen und zu schmecken …

Nein, das war so ziemlich das Einzige, woran er heute nicht denken durfte und auch nicht denken wollte. Auch wenn sein Körper hemmungslos eindeutig auf ihren Anblick reagierte. Verdammt.

Als hätte sie seinen Blick gespürt, drehte sie sich langsam in seine Richtung. Als sie ihn erblickte, erschien ein feines Lächeln auf ihrem Gesicht. Es war so natürlich und spontan, dass er glaubte, er hätte sich getäuscht, denn jetzt wirkte ihr Blick kühl und distanziert, als sie sich zusammen mit Frederic Wilken und Madeleine Langham erhob, um ihn zu begrüßen.

»Guten Abend allerseits, ich entschuldige mich, dass ich etwas zu spät bin, aber Sie kennen das ja, der Londoner Verkehr …«

Jake begrüßte Madeleine mit Wangenküsschen, schüttelte Frederic ausgiebig die Hand und ging dann um den runden Tisch, um Viktoria ebenfalls mit einem Wangenküsschen zu begrüßen. Er bemühte sich, nicht zu viel von ihrem verführerischen Duft einzuatmen, aber es war zu spät. Er wusste, dass er den ganzen Abend ihr blumiges Parfum, vermischt mit ihrer eigenen ganz persönlichen Note, in der Nase haben würde.

Jake Carter, du bist einfach ein Idiot, schoss es ihm durch den Kopf, während er sich von Viktoria entfernte und alle wieder ihre Plätze einnahmen.

Der runde Tisch war mit einem weißen Tuch bedeckt, in der Mitte stand ein silberner Kerzenleuchter mit vier roten Kerzen. Darum waren weiße Rosen arrangiert, die das edle Ambiente in diesem Luxusrestaurant noch unterstrichen. Die Deckenspots waren heruntergedimmt, sodass eine heimelige Atmosphäre herrschte, aber es war dennoch hell genug, um nicht zwielichtig oder billig zu wirken.

»Darf ich Ihnen einen Aperitif servieren?«, hörte Jake den Kellner fragen und er begann mit seiner Bestellung. Für sich selbst orderte er einen Whiskey Sour. Er konnte eine spritzige Abkühlung vertragen und das war dafür genau der richtige Drink.

Viktoria orderte einen Kir Royal, der seiner Meinung nach absolut passend für sie war. Teurer Champagner und edler Cassis, genau diesen Aperitif hätte er für sie ausgewählt, aber es war nicht an ihm, für sie etwas auszusuchen. Das hier war ein Business-Dinner und er würde den Teufel tun und nicht mehr als belanglose Höflichkeiten mit ihr austauschen.

Madeleine und Frederic hielten die ganze Zeit Händchen, was ihn einerseits belustigte, anderseits störte es ihn, dass die beiden Geschäftliches und Privates so offensichtlich vermischten. Vielleicht, weil er sich bei dem Versuch, die Fassade aufrechtzuerhalten, umso lächerlicher vorkam. Sein Körper schrie förmlich danach, Viktoria in seine Arme zu reißen, aber sein Verstand und seine gute Erziehung hielten ihn selbstverständlich davon ab, auch nur einen Millimeter von seiner britischen Reserviertheit, die ihm schon viele attestiert hatten, aufzugeben.

»Wie schön, dass es geklappt hat, Jake«, meinte Madeleine, als der Kellner sie mit den Speisekarten allein gelassen hatte.

»Aber sehr gern doch. Wer würde eine Einladung Ihrerseits ausschlagen, meine Liebe?«, gab er galant zurück.

Frederic nickte zustimmend und himmelte Madeleine offen an, bevor sich alle dem Menüvorschlag widmeten.

Jake war froh, als die Getränke serviert wurden. Er brauchte dringend Alkohol, um seine Nerven zu beruhigen. Viktorias Nähe elektrisierte ihn und zugleich nervte es ihn, dass er sich so offensichtlich nicht im Griff hatte. So war es auch schon zuvor in der Agentur gewesen. Er hoffte, dass sie nichts davon mitbekommen hatte. Natürlich war es albern, ihr vorzuspielen, dass die Affäre für ihn erledigt war, dass er jenseits des Geschäftlichen kein Interesse an ihr hatte,. Andererseits war sein Ego nach der Beziehung mit Elena angekratzt und er wollte nicht noch einmal so tief verletzt werden wie. Mit Frauen wie Viktoria musste man vorsichtig sein, sonst verbrannte man sich die Finger. Wie oft er sich diesen Schwachsinn schon geistig vorgebetet hatte, wusste er nicht mehr, aber anscheinend halfen permanente Wiederholungen nur wenig, wenn sie so dicht in seiner Nähe war wie jetzt. Ihre Oberschenkel waren nur wenige Zentimeter von seinen entfernt, er hätte nur seine Hand ein wenig ausstrecken und ...

Jake seufzte leise.

»Ist alles in Ordnung?«, fragte Viktoria und erhob ihr Glas, um den anderen zuzuprosten.

Verdammt, das würde ein langer Abend werden.

»Natürlich, ich bin einfach nur überfordert vom Menü. Ein Gang liest sich schmackhafter als der andere«, kommentierte er beiläufig und hob sein Glas ebenfalls.

Frederic lachte. »Ja, Jake, Sie sagen was. Aber ich folge der Empfehlung des Chefs, da kann man sicher nichts falsch machen. Ich danke Ihnen, dass Sie gekommen sind und das Projekt übernommen haben. Die Idee war und ist brillant, aber ich habe jetzt andere Prioritäten.« Er sah Madeleine verliebt über den Rand seiner Brille an und Jake unterdrückte einen weiteren Seufzer. Auch das noch ... verliebte Mittsechziger.

»Cheers«, ergänzte nun Madeleine und es wurde fleißig in die Runde genickt, bevor jeder einen Schluck vom Aperitif nahm.

Frederic wählte Weißwein zur Vorspeise und einen kräftigen Roten zum Hauptgang. Der Sommelier beriet ihn dabei, aber Jake hörte nur mit halbem Ohr zu. Er fand, dass Viktoria verschlossen und distanziert war. Sie beteiligte sich nur spärlich an der Konversation, aber Madeleine und Frederic hatten ohnehin nur Augen für sich.

Sie waren gerade bei der Vorspeise, als Viktoria sich an Frederic wandte. »Frederic, sagen Sie doch, welche Reiseziele haben Sie geplant? Wenn Sie Madeleine schon entführen, dann wollen wir doch wissen, wohin«, warf sie spielerisch in die Runde und schob sich dann eine Gabel mit Lachstatar in den Mund.

»Oh! Wir haben viel vor uns. Wir starten die Reise auf Hawaii, dort habe ich ein kleines Ferienhäuschen …«

»Frederic«, mischte sich Madeleine ein, »ich würde einen Vierhundert-Quadratmeter-Bungalow nicht als Häuschen bezeichnen. Ich habe schließlich Bilder gesehen.«

Frederic lachte. »Ja, so oder so. Von dort starten wir und lassen uns treiben … Ich habe auf jeden Fall eine Reise auf meiner Jacht geplant, die habe ich im letzten Jahr erstanden. Abramovic war sie nicht mehr groß genug, aber«, er lachte, »ich finde, eine Länge von hundertzehn Metern und eine Besatzung von mehr als fünfzig Mann reicht für mich. Ähm, uns«, korrigierte er sich und sah seine Angebetete an.

»Abramovic?«, meinte Jake. »Der Oligarch?«

»Ja, genau der«, stimmte Frederic zu. »Aber er ist ganz nett, wir hatten geschäftlich schon ein paarmal miteinander zu tun.«

»Eine Jacht, wie toll«, kommentierte Viktoria. »Madeleine, ich habe so eine Ahnung, dass aus den paar Wochen vielleicht doch Monate werden könnten …«

Madeleine legte ihr Besteck zur Seite. »Wer weiß, die Agentur ist ja bei dir in guten Händen.«

Jake spürte die Vertrautheit zwischen den beiden zum ersten Mal so deutlich, dass er sich fragte, warum Madeleine ihn überhaupt mit in die Agentur gebracht hatte. Damit musste er sich auch eingestehen, dass Viktorias Unmut ihm gegenüber anfangs durchaus berechtigt gewesen war. Er wäre an ihrer Stelle ausgeflippt und hätte bei Weitem nicht so beherrscht reagiert wie sie. Aber kühl und kontrolliert war ja auch irgendwo das Problem, warum es zwischen ihnen niemals hätte funktionieren können. Er suchte eine Frau, die ihm Liebe und Geborgenheit geben konnte. Und nach allem, was er von Viktoria wusste, bezweifelte er, dass sie dazu in der Lage war. Wenn da nicht diese verfluchte körperliche Anziehung zwischen ihnen gewesen wäre …

»Jake?«, fragte Madeleine.

»Entschuldigung?« Er trank einen Schluck von seinem Wein.

»Ich habe Sie gefragt, ob Sie demnächst eine Reise geplant haben.«

»Nein. Vielleicht besuche ich meine Eltern für ein Wochenende in Südfrankreich, aber ansonsten werde ich mich voll und ganz meinem neuen Lieblingsprojekt widmen«, erklärte er in die Runde.

Viktoria tupfte sich den Mund mit ihrer Serviette ab und trank einen Schluck Wasser. Ihr Weinglas stand unangetastet vor ihr. Kühl und beherrscht. Immer schön die Kontrolle behalten.

Wut schnürte ihm die Kehle zusammen. Am liebsten hätte er sie geschüttelt, wollte die Emotionen, die doch irgendwo in ihr sein mussten, rausholen und freisetzen. Stattdessen legte er die Hände flach neben seinen Teller und lauschte Madeleine.

»Stimmt ja, Ihre Eltern leben gar nicht mehr in London.«

»Nein, seit Ryder die Geschäfte übernommen hat, sind sie ausgewandert. Meine Mutter leidet schlimm unter Rheuma. Englands nasskaltes Klima ist Gift, sagen die Ärzte.«

Zwei Kellner kamen mit der Hauptspeise, der Sommelier goss den Bordeaux in die großen, bauchigen Gläser, der besonders gut mit dem zarten Kobe-Rindfleisch harmonieren sollte, das alle außer Madeleine bestellt hatten. Sie hatte sich für das Neuseelandlamm entschieden, aber auch hierzu war der Bordeaux eine gute Wahl, so hatte jedenfalls der schlaksige Weinexperte des Restaurants versichert.

»Guten Appetit«, warf Frederic in die Runde. Besteck klapperte und die ersten Bissen des japanischen Rindes verschwanden in den Mündern.

»Wahnsinnig gut«, kommentierte Frederic und strahlte.

Jake hatte keinen Appetit, er schob seinen Hauptgang mehr oder weniger auf seinem Teller hin und her. Er ärgerte sich, am meisten über sich selbst, dass es ihm etwas ausmachte, dass Viktoria so selbstsicher und distanziert war, während es ihn höchste Mühe kostete, seine Emotionen unter Kontrolle zu halten. Dennoch war er sich sicher, dass man ihm nichts anmerken würde. Dafür kannten sie ihn zu wenig.

Madeleine und Frederic warfen sich immer wieder verliebte Blicke zu, aber sie übertrieben es nicht, sodass er sich nicht mal darüber hätte beschweren können, wenn man ihn gefragt hätte. Das Gespräch plätscherte dahin, der übliche Small Talk über die aktuellen Geschehnisse in der Upper Class Londons, dem er wenig hinzuzufügen hatte. Vielleicht auch gar nicht wollte. Diese Art des Klatsches hatte ihn noch nie interessiert, das war eher Elenas Terrain gewesen.

Nach dem Dessert, einer Variation der gängigsten Klassiker wie Panna cotta, Crème brulée und hausgemachtem Eis, entschuldigte sich Jake und verabschiedete sich mit der Begründung, dass er am Morgen einen frühen Termin habe.

»Gute Nacht, Jake.« Frederic schüttelte ihm überschwänglich die Hand, als wären sie alte Freunde, und klopfte ihm väterlich auf die Schulter. »Grüßen Sie Ihre Eltern herzlich von mir.«

»Das mache ich gern, Frederic«, gab er zurück und wandte sich Madeleine zu. »Ich wünsche Ihnen alles Gute. Kommen Sie gesund und munter wieder und vergessen Sie nicht, mir eine Postkarte zu schreiben«, flirtete er mit seiner ehemaligen Chefin.

Sie blinzelte ihn an und ein verschmitztes Grinsen erschien auf ihrem sonst meist ernsten Gesicht. »Natürlich, Jake. Das werde ich ganz sicher. Gute Nacht und danke für den wundervollen Abend.«

»Die Freude war ganz meinerseits, Madeleine.«

Nun war Viktoria an der Reihe, die unbeteiligt zu ihm aufblickte.

»Gute Nacht, Viktoria«, meinte er kühl und hauchte einen Kuss auf ihre Wange, um sich sofort wieder von ihr zurückzuziehen.

»Gute Nacht, Jake«, gab sie lakonisch und mit nichtssagender Miene zurück. Ihre Art machte ihn wahnsinnig.

»Auf Wiedersehen«, presste er noch hervor und verließ dann als Erster das Restaurant. Kühle Nachtluft schlug ihm entgegen, als er auf die Straße trat. Jake rieb sich die Nasenwurzel, dann ging er davon. Er musste sich die Beine vertreten, bevor er sich um ein Taxi bemühen würde.

»Hallo?«, beantwortete Viktoria das Klingeln ihres Telefons, nachdem sie die Haustür hinter sich geschlossen hatte.

»Vik«, sagte eine immer noch vertraute Stimme am anderen Ende. »Es ist spät bei dir in London, störe ich dich?«

Ihr Herz setzte einen Schlag aus. »Woher hast du meine Nummer?« Sie legte ihren Schlüssel auf die Anrichte in der Diele und stieg aus ihren Pumps.

»Ich habe lange mit mir gehadert, ob ich dich anrufen soll. Aber Vik, seit unserem Treffen in London gehst du mir nicht mehr aus dem Kopf.«

Ihr Herz klopfte schnell. Es hatte eine Zeit gegeben, da hatte sie sich nichts sehnlicher gewünscht, als diese Worte zu vernehmen, aber seitdem war viel passiert.

»Was sagt deine Frau dazu, Michael?« Sie wollte nicht, dass er merkte, wie sehr sie sein Anruf aus dem Konzept brachte, auch nach all den Jahren noch. Ihre Stimme zitterte leicht und sie ärgerte sich unendlich über sich selbst, dass sie so schwach war.

»Ich muss es wissen, Vik: Haben wir einen Sohn oder eine Tochter? Du glaubst nicht, wie oft ich in den letzten Jahren an dich ... an euch gedacht habe.«

Ihre Kehle wurde eng. »Du hast kein Recht, etwas über sie zu erfahren!«, herrschte sie ihn an.

»Es ist also ein Mädchen, ja?« Michaels Stimme war samtig geworden.

»Lass mich in Ruhe, Michael. Zwischen uns ist alles gesagt.«

»Nein, ich denke nicht, Vik. Ich will meine Tochter kennenlernen, ich habe auch Rechte als Vater.«

Sie lachte bitter auf. »Ich bitte dich! Du hast jegliches Recht verwirkt!«

»Viktoria, glaub mir, ich habe mich geändert.«

»Wie kommst du jetzt darauf? Viel Wasser ist die Themse hinuntergeflossen, es ist zu spät, Michael. Du bist kein Teil mehr in meinem Leben und wirst niemals einer sein.«

»Dann gib mir die Möglichkeit, mein Kind kennenzulernen.«

»Woher der plötzliche Sinneswandel? Sie hat dich nie interessiert, im Gegenteil, ich erinnere mich noch lebhaft daran, wie du mir gedroht hast ...«

»Ich war verzweifelt«, verteidigte er sich.

»Verzweifelt! Dass ich nicht lache! Ich war die Studentin, die im letzten Semester schwanger wurde. Du warst der hochdekorierte Professor!«

»Ich hatte zu viel zu verlieren, Vik!«

»Und jetzt nicht mehr? Hat dich deine Frau endlich verlassen, weil sie gemerkt hat, was für ein Arschloch du bist?«

Am anderen Ende herrschte Stille.

»Aha, daher weht also der Wind. Von der einen zur Nächsten.«

»Hör auf, Vik. So ist es nicht. Du musst mir glauben.«

»Ich muss gar nichts!« Sie war mittlerweile ins Wohnzimmer gegangen und schlug mit der Hand auf das Polster ein.

»Dann sag mir wenigstens, wie sie heißt. Wie geht es ihr? Ist sie schon in der Schule?«

Viktoria musste schlucken.

»Rede mit mir, Vik!«

»Lass mich ein für alle Mal in Ruhe!«

»Weißt du, ich wollte es nicht, aber ich habe gehört, dass du hier in London erzählst, dass du einen ausgezeichneten Schnitt hattest, nur die besten Noten und einen Eins-a-Masterabschluss ...«

Er würde doch nicht ... Nicht schon wieder!

»Du willst mich erpressen? Informationen gegen dein Schweigen? Du kannst doch nicht derart niederträchtig sein! Damit erreichst du nur das Gegenteil!«

»Das werden wir ja sehen!« Seine Stimme klang nun bitter.

»Fick dich, Michael. Fick dich einfach!« Viktoria legte auf. Ihre Finger zitterten und sie musste sich setzen.

Ihr Handy klingelte erneut, aber sie stellte es lautlos. Sollte er doch machen, was er wollte, es war ihr egal. Dieses Arschloch hatte keine Macht mehr über sie. Und Katie war ihre Tochter, sie hatte an ihrem Bett geweint und gelacht. Die Erinnerungen gehörten ihr. Allein ihr!

KAPITEL 24

»ER BEDROHT DICH?«, wiederholte Sarah mit weit aufgerissenen Augen.

Viktoria drehte den Zauberwürfel in ihren Händen. »Die Drohungen sind haltlos. Was hätte er denn davon, mich bloßzustellen? Die negative Publicity, die damit für ihn einhergehen würde, ist doch Grund genug für ihn, zu schweigen. Ich meine, hallo? Der saubere Professor und die Studentin? Ich bin mir sicher, ich war in all den Jahren nicht die Einzige, mit der er … «

Der Gedanke schmerzte nicht einmal mehr, sie hatte für ihren ehemaligen Geliebten nicht mehr als Verachtung übrig. Ihre einstige Liebe war schon vor langer Zeit in Gleichgültigkeit umgeschlagen.

»Du solltest das nicht auf die leichte Schulter nehmen. Such dir anwaltlichen Rat oder so was!«

Viktoria schüttelte den Kopf. »Dafür habe ich keine Zeit. Ich habe wirklich genug zu tun.«

Sarah hob eine Augenbraue und verschränkte die Arme vor der Brust. »Oookay, wie du meinst. Aber wenn du mich fragst …«

»Ich frage dich aber nicht«, herrschte Viktoria ihre Assistentin an.

Sarahs grüne Augen ruhten weiterhin mit mildem Ausdruck auf ihr.

»Sorry. Ich wollte dich nicht anschreien«, entschuldigte sich Viktoria sofort. »Ich habe einfach schlecht geschlafen und dann wäre da auch noch Jake. Ich fasse es nicht, dass er so ... abgebrüht ist.«

»Abgebrüht?«

»Sarah, tu doch nicht so. Du hast sicher gemerkt, dass ich nicht nur Däumchen mit ihm auf Island gedreht habe!«

Sarah verzog den Mund, als ob sie ein Grinsen unterdrücken musste. »Ach das meinst du.« Sie machte eine beiläufige Handbewegung. »Ja, ist mir nicht entgangen. Ich dachte schon, jetzt hätte es dich mal erwischt.«

Viktoria sah Sarah überrascht an. »War es so offensichtlich? Ach du liebe Zeit!«

»Hey, nein. Nur für mich. Aber ... was ist passiert?«

»Nichts ist passiert. Es ist, wie es ist, und es ist das Beste so. Ich habe in meinem Leben keinen Platz für eine Beziehung.«

Sarah schüttelte den Kopf. »Irgendwann musst du aufhören, vor deinen Gefühlen davonzulaufen.«

»Das sagt ja wohl die Richtige.«

Sarah sah verletzt aus. Sie wich Viktorias Blick aus. »Ja. Wenn du das sagst. Ich habe dann auch noch zu tun.« Sie drehte sich um, und wollte Viktorias Büro verlassen.

»Sarah?«

Ihre Assistentin drehte sich noch einmal um. »Ja?«

»Entschuldige. Ich weiß ja, dass du es nur gut meinst, aber ich ... Ach ‚das ist alles zu viel für mich. Mein Leben war so geordnet und im Moment habe ich das Gefühl, alles entgleitet mir ... Und Jake ... er ist so ... Ach egal. Ich weiß einfach nicht, wie ich mit ihm zusammenarbeiten soll, nach ... Na ja, du weißt schon.«

Sarah nickte und ging dann an ihren Schreibtisch, Viktoria allein in ihrem Büro zurücklassend.

Ihr Handy vibrierte. Zuerst hatte sie befürchtet, es wäre Michael, zum Glück lag sie mit ihrer Vermutung falsch.

»Elias!«, rief sie fröhlich ins Telefon.

Bis zum Ende der Woche hörte sie nichts mehr von ihrem ehemaligen Professor und ihre Nerven hatten Zeit, sich einigermaßen zu beruhigen. In diesem Moment allerdings schlug ihr Herz höher, denn Jake wartete bereits auf sie im Besprechungsraum, um die nächsten Schritte der Markteinführungskampagne zu besprechen.

»Jake!«, grüßte sie ihn und trat zu ihm. Er stand am Fenster, sein Blick schweifte über die Dächer von Londons City.

Hatte sie gehofft, dass er ihr mit mehr als aufgesetzter Freundlichkeit begegnen würde, so wurde sie nun bitter enttäuscht. Jake drehte sich zu ihr um und reichte ihr seine Hand. »Viktoria«, meinte er und ein harter Zug lag um seinen sinnlichen Mund. »Ich habe nicht viel Zeit, also lass uns gleich zur Sache kommen.«

»Natürlich«, meinte sie. »Bitte setz dich doch.«

»Ich denke, das wird nicht nötig sein.«

Ein mulmiges Gefühl breitete sich in ihr aus.

»Ich habe lange nachgedacht und bin leider zu dem Schluss gekommen ...«, begann er und ihr Herz rutschte endgültig in die Hose. Es waren auf jeden Fall keine guten Neuigkeiten, die er ihr überbringen würde.

»... dass es besser ist, wenn wir nicht zusammenarbeiten. Ich habe das Gefühl ... dass wir befangen sind, und das ist nicht gut für die Kampagne. Ich habe Madeleine versprochen, dass ich der Agentur Langham treu bleibe, auch weil Frederic mir wirklich entgegengekommen ist ... Aber ich möchte, dass jemand anderes das Projekt betreut.«

Viktoria musste schlucken. Ihre Beine fühlten sich an, als würden sie jeden Moment unter ihr nachgeben. »Du kickst mich also raus?«, fragte sie mit bebender Stimme.

Er sah ihr direkt in die Augen. Für einen Moment glaubte sie, Bedauern darin zu erkennen, aber schon eine Sekunde später lag wieder dieser nichtssagende Ausdruck auf seinem Gesicht.

»Es ist, wie es ist«, fuhr er fort und zuckte mit den Schultern. »Das Geschäft geht vor, ich hoffe, du verstehst das.«

Viktoria straffte sich. »Natürlich. Ich kümmere mich darum, dass jemand in der Agentur so schnell wie möglich in das Thema einsteigt.«

Jake nickte und drehte sich wieder zum Fenster. »Gut. Ich danke dir.«

Damit war sie entlassen. Unglaublich. Wut und Enttäuschung gaben ihr die Kraft, sich zu beherrschen. Schließlich war der Kunde König und er bekam, was er wollte.

»Dann ... hörst du in den kommenden Tagen von einem ... Kollegen.«

Er nickte, sagte aber nichts.

»Auf Wiedersehen, Jake«, presste sie mühsam hervor und verließ dann den Besprechungsraum.

Sarah war nicht an ihrem Platz, als sie in ihr Büro zurückkehrte, sie wollte auch niemanden sehen. Viktoria knallte die Tür hinter sich zu und blieb mit geballten Fäusten dahinter stehen, bis sie sich wieder einigermaßen im Griff hatte.

Jake war so ein Arschloch. Sie hatte es gleich gewusst. Warum hatte sie sich nur blenden lassen und war mit ihm ins Bett gegangen?

Eine Erinnerung poppte auf ihrem Bildschirm mit einem Ping auf. Sie ging zum Schreibtisch und sah nach, was es war. Ach herrje, Elias! Den hätte sie beinahe vergessen. Sie musste los. Er würde sie sicher auf andere Gedanken bringen.

»Hey«, rief Viktoria und stolperte leicht. »Du solltest mir helfen, Mann!«

»Kann es sein, dass du beschwipst bist?«, kicherte ihr Bruder und stützte sie auf dem Weg in den Club.

»Wenn ich nach der Menge Alkohol nicht betrunken wäre, hätte ich ein ernsthaftes Problem«, lachte sie. »Komm schon, du wolltest doch das Londoner Nachtleben kennenlernen und ich will tanzen!«

Sie war glücklich, dass ihr Bruder an ihrer Seite war, und fühlte sich ausgelassen und beschwingt, als sie ihn endlich auf die Tanzfläche zog.

»So stürmisch heute, Schwesterchen«, kommentierte er, kam aber bereitwillig mit.

Die Bässe dröhnten in ihren Ohren, schwitzende Körper bewegten sich im Rhythmus der Musik überall um sie herum. Elias hatte die Ärmel seines Hemdes nach oben gekrempelt und sie konnte seine sehnigen Unterarme sehen. Es entging – den Blicken nach zu urteilen – auch den Frauen um sie herum nicht, dass er ein guter Fang war.

»Komm, wir zeigen den Frauen hier mal, was für ein toller Hecht du bist. Vielleicht findest du hier ja die Liebe deines Lebens«, kicherte Viktoria und begann, ihren Bruder anzutanzen.

»Du willst eine Show abziehen, ja?« Elias' Augen blitzten amüsiert und er nickte.

Es war lange her, dass sie sich so wohlgefühlt hatte, und sie genoss jede Sekunde mit ihm. Viktoria hatte sich immer schon gut mit ihrem älteren Bruder verstanden und sie mussten nicht viele Worte wechseln, um zu wissen, was der andere dachte. Im Moment war aber nicht mehr viel mit denken, denn sie tanzte um ihn herum und tat so, als würde sie wirklich etwas von ihm wollen. Dabei genoss sie es belustigt, die neiderfüllten Blicke der anderen Frauen um sie herum zu spüren.

»Es funktioniert«, gluckste sie in sein Ohr und ließ es so aussehen, als würde sie ihn heftig anmachen.

»Welche, meinst du, wäre was für mich?«, fragte er und warf seinen Kopf in den Nacken.

In diesem Moment legte ihr jemand eine Hand auf die Schulter. »Auf ein Wort, Viktoria!«, sagte eine ihr wohlbekannte dunkle Stimme und sie zuckte erschrocken zusammen.

»Jake!«, rief sie überrascht.

Seine Hand lag noch immer auf ihrer nackten Haut, da sie nur ein Neckholdertop zu ihrer dunklen Hose trug, und sandte kleine Schauer über ihren Rücken.

»Gibt es Probleme?«, mischte sich Elias nun ein, aber sie hatte nur Augen für Jake. Seine Gesichtszüge waren verzerrt und er hatte eindeutig Probleme, sich zu kontrollieren. Ganz nüchtern wirkte er auch nicht mehr auf sie.

»Nein, Elias, ist schon okay. Entschuldige mich einen Moment«, rief sie ihrem Bruder über den Lärm der Musik hinweg zu. »Jake, was willst du?«, richtete sie sich nun an ihn und schüttelte seine Hand ab.

»Das hat ja wohl nicht lange gedauert«, erwiderte er sarkastisch, legte seine Hände auf ihre Hüften und begann, sich im Takt mit ihr zu bewegen. Viktoria ließ es geschehen, vielleicht genoss sie es auch ein wenig. Der Alkohol tat das Übrige und sie fragte sich kurz, ob das hier gerade wirklich stattfand.

»Ich wüsste nicht, was dich das angeht«, protestierte sie dennoch. Dies hatte zur Folge, dass Jake sie noch dichter an sich zog. So konnte sie deutlich spüren, dass er erregt war.

»Spürst du es, Viktoria?«, sagte er dicht an ihrem Ohr und ihr wurde noch heißer, als es ihr inmitten all der Menschen ohnehin schon war. Es machte sie an, so dicht bei ihm zu sein, verbotene Gedanken schlichen sich in ihre vom Alkohol benebelten Gedanken. »Ich will dich. Ich will dich immer noch, verdammt noch mal!«

Und dann presste er seine Lippen auf ihren Mund und küsste sie hart und fordernd. Besitzergreifend hielt er sie an sich gedrückt und sie wehrte sich nicht. Im Gegenteil, sie genoss jede einzelne Sekunde, bis er sie von sich stieß.

»Geh! Geh zu deinem Lover!«

Sie sah, dass Jake schwer atmete. Er schwitzte und schwankte leicht.

»Du bist betrunken!«, meinte sie.

»Du etwa nicht?«, zischte er mit funkelnden Augen. Die Leidenschaft in seinem glühenden Blick schickte kleine Wellen der Erregung durch ihren Körper.

»Jake ...«, begann sie.

»Ach hör doch auf! Du bist nicht besser als all die anderen karrieregeilen Tussen! Geh und fick den Kerl. Wie lange geht es schon? Ach, sieh mal, er tanzt schon mit der Nächsten.«

Viktorias Reaktion war schneller als ihr Hirn. Sie schlug ihm mit der flachen Hand ins Gesicht. »Du Arschloch! Und... darf ich vorstellen? Das ist mein Bruder, Elias.« Sie bebte vor Wut.

Als hätte Elias nur darauf gewartet, sah er in diesem Moment zu ihnen hinüber. Er grinste breit und winkte mit seiner rechten Hand. Elias schien sich zu amüsieren, er hatte ganz sicher keine Ahnung davon, was hier gerade vor sich ging. Viktoria blickte wieder zu Jake, der die Stirn gerunzelt hatte und sich mit der Hand über das Gesicht fuhr. Als hätte ihn die Ohrfeige ernüchtert, stand er wie ein begossener Pudel da. Seine Lippen formten ein lautloses »Scheiße«. Aber Viktoria hatte keine Lust mehr, sich mit Jake abzugeben. Sie war sauer, enttäuscht und wütend.

Kurzerhand ließ sie ihn stehen und bahnte sich den Weg zu ihrem Bruder. Als sie sich noch einmal umsah, war Jake verschwunden. Unglaublich, der Mann. Machte ihr erst eine völlig unberechtigte Szene und verschwand dann ohne eine Entschuldigung von der Bildfläche.

»Lass uns gehen, Elias!«, rief sie ihrem Bruder über die laute Musik zu.

»Gerade wo es spannend wird! Wer war der Kerl?«
»Long Story!«, wehrte sie ab und zog ihn von der Tanzfläche.

Jake atmete tief durch, als er sein Haus verließ, um sich auf den Weg ins Büro zu machen. Er hatte das ganze Wochenende damit verbracht, zu analysieren, was in ihn gefahren war. Er hatte Viktoria im *Starlight* wie ein eifersüchtiger Irrer behandelt, ganz so, als wäre sie sein Eigentum. Es war einfach zu absurd, dass ihm eine Sicherung durchgebrannt war. Er hatte keine Ahnung, wie er ihr gegenübertreten sollte, wenn er sie das nächste Mal sah. Wenigstens musste er nicht mehr mit ihr arbeiten. Es war die richtige Entscheidung gewesen, sich nicht mehr ständig mit ihr als Leiterin der Kampagne zu konfrontieren. Das hatte ihm das Abendessen Anfang letzter Woche verdeutlicht und die Szene im *Starlight* bestärkte ihn in diesem Entschluss. Er würde einfach nicht mit ihr arbeiten können, ohne dass er sich gleichzeitig nach ihr sehnte. Je weniger er mit ihr zu tun hatte, desto besser.

Eigentlich hätte er sich besser fühlen müssen, stattdessen war genau das Gegenteil der Fall. Vielleicht war er deswegen so durchgedreht, als er sie mit dem Kerl, der sich als ihr Bruder herausgestellt hatte, eng tanzen gesehen hatte.

Wie ferngesteuert schloss er die Tür hinter sich ab. In diesem Moment tippte ihm jemand auf die Schulter.

»Jake, guten Morgen!«, flötete Sarah.

Was war hier los? Warum saß sie vor seinem Haus und wartete auf ihn? Hatte Viktoria sie geschickt? Nein, sicher nicht. Viktoria würde ihn selbst kontaktieren, wenn sie ihm etwas zu sagen hätte.

»Setz dich doch einen Moment zu mir.« Sarah zeigte auf die Stufe, auf der sie saß.

Jake atmete hörbar aus. »Sarah! Gern doch.« Er hatte keine Ahnung, was sie wusste, aber sein schlechtes Gewissen hielt ihn davon ab, einfach davonzulaufen. Also setzte er sich und machte sich auf eine Standpauke gefasst. Er hatte geahnt, dass Viktoria und ihre Sekretärin eng miteinander waren, aber er hatte nicht gedacht, dass sie so enge Vertraute waren, dass sie über seine Verfehlungen Bescheid wusste.

»Und?«, fragte Sarah mit ihren hübschen grünen Augen und schlug ihre langen Beine übereinander.

»Gut, und selbst?«, meinte Jake schief lächelnd. »Was ist los, Sarah? Kann ich was für dich tun? Schickt Viktoria dich?«

Sie legte einen Finger an ihre Lippen. »Sie mich? Jesus, nein! Aber ich will mit dir *über* Viktoria reden«, begann sie, aber er winkte gleich ab. Zu diesem Thema war längst alles Notwendige gesagt und er würde sich ganz sicher nicht mit ihrer Sekretärin über sein Verhältnis zu Viktoria unterhalten. Das ging dann doch ein Stück zu weit.

»Da gibt es nicht viel zu sagen, Sarah.«

»Da bin ich aber anderer Meinung«, widersprach sie energisch.

»Tatsächlich? Was willst du von *mir*? *Sie* hat es beendet.« Jakes Stimme war leise und beherrscht, aber sein Herz pochte schnell. Er hoffte, dass sie ihn nicht auf seine Aktion im *Starlight* ansprechen würde.

»Ich glaube, du weißt nicht alles über sie ...«, begann Sarah.

Jake schnaubte genervt. »Bitte, wie soll man etwas über Miss Eisberg erfahren? In Alcatraz einzubrechen, ist ein Klacks dagegen, diese Frau zu verstehen!«

Sarah lachte leise. »Ja, dem widerspreche ich auch nicht, Jake. Aber ... sie hat ihre Gründe.«

Sie hatte ihre Gründe? Wut stieg in ihm auf.

»Und die darfst du mir nicht verraten, oder wie? Was soll der Quatsch? Warum kommst du zu mir nach Hause?«

»Sch. Jake. Lass mich ausreden. Sie weiß nicht, dass ich hier bin, um mit dir zu sprechen, und wenn sie es wüsste, würde sie mich wahrscheinlich feuern. Oder schlimmer noch ...«

Sie rollte mit den Augen. »Aber sie liegt mir am Herzen und sie hat es verdient, dass man sie gut behandelt.«

Jake presste seine Lippen zu einem schmalen Strich zusammen, bevor er sprach: »Aber sie kann alle nach ihrem Gusto behandeln oder einfach abblitzen lassen? Viktoria kann Menschen wie ein Stück Dreck behandeln und das ist okay, oder wie?«

»Natürlich kann sie das nicht. Aber Jake, bist du wirklich so blind oder tust du nur so?« Sarah strich sich genervt eine Strähne ihres rotblonden Haares aus dem Gesicht, dann stöhnte sie auf und klatschte sich mit der flachen Hand an die Stirn.

»Ach, ich vergaß ja. Du bist ein Mann! Ihr rafft ja nie was!« Ihre Stimme troff vor Sarkasmus.

Jake hätte gelacht, wenn er nicht zu wütend gewesen wäre. »War es das dann? Kann ich in Ruhe zur Arbeit gehen oder hast du noch nicht genug Unsinn verzapft?« Allmählich hatte er keine Geduld mehr, diese alberne Diskussion weiterzuführen.

»Okay, Jake. Hör zu, ich mache das hier, weil ich euch beide mag. Aber wenn Viktoria rausfindet, dass ich über ihr Privatleben plaudere, dann ist was los ...«

Jake horchte auf. »Was ist es denn, was so schlimm ist, dass du es mir nicht sagen darfst? Ist es ihre übliche Vorgehensweise, dass sie einfach eine Woche ins Nirwana verschwindet, wenn sie von einem Typen genug hat?« Er verschränkte die Hände ineinander und wartete, immer noch höchst irritiert, aber zu neugierig, um zu gehen. Natürlich ärgerte er sich auch über sich selbst, dass Viktoria ihm immer noch so viel bedeutete, nach allem, was sie sich geleistet hatte.

»Es ist jedes Jahr zur gleichen Zeit, dass sie für ein paar Tage – wie du sagst – verschwindet. Und zwar, weil ihre Tochter Geburtstag hätte. Du hast damit rein gar nichts zu tun.«

Jake sah Sarah verständnislos an. »Tochter? Geburtstag? Sie hat ein Kind?«, stammelte er und rieb sich mit der rechten Hand über das Gesicht. Das hatte er nicht gewusst und die Nachricht schockierte ihn. Er konnte sich Viktoria einfach nicht mit einem Kind vorstellen.

»Hatte ...«, ergänzte Sarah leise und er spürte ihren eindringlichen Blick auf sich ruhen.

Aber Jake verstand nur Bahnhof. »Geht es etwas genauer?«, forderte er sie ungeduldig auf.

»Okay, also Viktoria wurde während des Studiums schwanger. Der Vater wollte das Kind nicht, also ist sie nach Deutschland zurückgegangen und hat das Baby allein bekommen. Sie hat ihre Tochter abgöttisch geliebt, aber sie ist mit etwas über einem Jahr sehr plötzlich an einem Virus verstorben. Das ist jetzt sechs Jahre her. Sie ist nie darüber hinweggekommen, Jake. Viktoria hat eine Schutzmauer um sich errichtet und sich Hals über Kopf in die Arbeit gestürzt. Sie hat kaum ein Privatleben, weil sie die Leere nicht erträgt. Aber ich hatte bei dir das Gefühl, dass sie bereit wäre, dich hinter ihre beherrschte Fassade blicken zu lassen ...«

Jakes Mund war trocken. Langsam konnte er Puzzlestück für Puzzlestück zusammensetzen.

»... aber anscheinend habe ich mich getäuscht. Vielleicht bist du es nicht wert, dass sie es zulässt, sich wieder verletzlich zu machen. Ich fürchte, dafür ist es sowieso zu spät. Sie kämpft gegen ihre eigenen Dämonen und sie hat Angst davor, noch einmal jemanden zu verlieren, den sie liebt. Sie würde daran zerbrechen, Jake. Und sie weiß das. Sie kann das alles nicht noch einmal durchmachen. Viktoria leidet.«

Er musste schlucken. Die Informationen waren noch nicht so weit gesackt, dass er alles klar sehen konnte. »Ich ...«, stammelte er.

»Denk darüber nach, Jake. Und wenn du *etwas* für sie übrighast, dann wirst du verstehen, warum sie nicht aus ihrer Haut kann. Viktoria braucht jemanden, der ihr hilft, ihre Gefühle zuzulassen. Jemand, der ihr zeigt, dass es in Ordnung ist, zu lieben und geliebt zu werden. Wenn du dazu nicht bereit bist ... dann lass sie in Ruhe!«

Das Blut rauschte in seinen Ohren. Seine Gedanken drehten sich im Kreis, aber er konnte nicht in Worte fassen, was in ihm vorging.

Sarah stand auf und straffte sich. »Also, Jake, ich hoffe, du bist der Mann, für den ich dich zunächst gehalten habe. Auch ... wenn es momentan nicht danach aussieht.«

So langsam wurde einiges klarer und er schämte sich noch mehr für sein Verhalten am Freitag.

»Und Jake ...« Sarah, die schon einen Meter entfernt war, drehte sich noch einmal um. »Falls du Zeitung liest, sieh mal in die Klatschspalten. Gerade heute könnte Viktoria einen

Vertrauten gebrauchen. Sie wird nicht im Büro sein, nur für den Fall, dass du sie suchst ...«

Was meinte sie? Er wollte Sarah noch etwas hinterherrufen, aber sie war bereits zu weit entfernt. Jake ließ sich noch einmal auf die Stufen zu seinem Haus sinken und surfte im Netz. Als er entdeckte, was Sarah meinte, wurde ihm übel.

KAPITEL 25

SEINE FINGER zitterten leicht, als er die Klingel betätigte. Ihm ging so vieles durch den Kopf, was er sagen wollte, aber nichts davon schien ihm passend oder ausreichend, um ihr seine Liebe zu gestehen. Abgesehen davon hatte sie momentan ganz andere Sorgen. Er wollte sie in seine Arme schließen, ihr über den Rücken streichen, ihr zärtliche Worte ins Ohr flüstern und sie trösten. Er wollte ihr sagen, dass sie denjenigen, der ihr Geheimnis verraten hatte, finden und ihn fertigmachen würden. Aber was, wenn sie gar nicht mit ihm sprechen wollte? Der Gedanke war so real, dass ihm speiübel war. Durch Sarahs Information ergab alles einen Sinn. Viktoria war nicht kalt und oberflächlich, ganz im Gegenteil. Sie war eine leidenschaftliche Frau, die so viel Liebe in sich trug, dass sie daran beinahe zerbrochen wäre. Er hätte es sehen können, wenn er die Augen nur richtig aufgemacht hätte und nicht in seinen eigenen Problemen gefangen gewesen wäre. Während ihres *How to be a better colleague*-Programms hatte sie ihn schon mehrmals hinter ihre Fassade blicken lassen, aber er hatte nicht die richtigen Schlüsse gezogen.

Die Tür wurde endlich geöffnet, Jakes Herzschlag raste. Und dann sah er in ein männliches Gesicht.

»Hallo?«, sagte der Mann mit dunkler Stimme. »Hey, kenne ich Sie nicht? Sind Sie nicht der Kerl aus dem Club?«

Jake atmete kurz durch. »Hallo. Ähm. Ja. Sieht so aus. Ist Viktoria da?«

Sie waren in etwa gleich groß, sein Gegenüber hatte die gleichen ausdrucksstarken Augen wie seine Schwester.

»Ich bin mir ... nicht sicher. Wer will das wissen?«, fragte Viktorias Bruder und verschränkte seine sehnigen Arme vor der breiten Brust.

»Ich bin Jake. Jake Carter. Hören Sie, ich muss mit ihr reden!«

»Mann, Sie haben keinen guten Zeitpunkt erwischt. Außerdem sah mir das im Club nicht so aus, als ob Viktoria Ihnen noch viel zu sagen hätte.«

Jake wurde wütend. Was mischte sich der Kerl überhaupt ein?

»Was soll das? Sie kann wohl selbst entscheiden, ob sie mit mir reden will! Oder sind Sie ihr ... Aufpasser?«

Sein Gegenüber grinste plötzlich breit. Jake konnte eine Reihe gerader weißer Zähne erkennen. Dann trat er einen Schritt zur Seite. »Okay, aber ... wenn Sie ihr wehtun, breche ich Ihnen alle Knochen.« Er sah ihn finster an, das Grinsen war aus seinem Gesicht verschwunden. Und Jake glaubte ihm.

»Keine Sorge, ich will nur das Beste für sie. Ganz sicher will ich ihr nicht wehtun. Im Gegenteil.«

»Dann kommen Sie rein, Mann, ich kann hier jede Unterstützung gebrauchen. Sie ist verdammt wütend. Ich bin übrigens Elias Denkhaus. Viktorias großer Bruder.« Elias streckte Jake seine Hand hin und er ergriff sie und nickte wissend.

»Großer Bruder also, ja? Habe ich schon mitbekommen. Das war direkt vor der Ohrfeige.« Jake lächelte schwach. Er hatte so ein Gefühl, dass er und Elias sich gut verstehen würden, falls Viktoria ihn nicht wieder hochkant aus ihrem Leben katapultierte.

»Sie ist auf der Terrasse«, sagte Elias und schlüpfte in ein Paar ausgetretene Sportschuhe. »Ich gehe mal eine Runde spazieren, Sie haben sicher ... eine Menge zu besprechen.«

»Danke.« Jake nickte ihm zu und ging dann ins Wohnzimmer und von dort zu ihr nach draußen auf die Dachterrasse. Er sah sie schon, als er durch die Tür trat. Viktoria trug eine schwarze Jogginghose und ein weißes T-Shirt. Ihre braunen Locken hatte sie zu einem Undone-Knoten zusammengebunden, zwei Strähnen umrahmten ihr Gesicht. Sie saß auf einer Bank, hielt mit beiden Händen eine Kaffeetasse umklammert und starrte regungslos auf die Flammen eines Gaskamins. Er war zunächst erstaunt, dass sie sich diesen Luxus auch auf ihrer Dachterrasse gönnte, aber es gefiel ihm und es passte zu ihr.

Jake verlangsamte seinen Schritt und Wärme durchflutete seinen Körper. Er wollte sie an sich drücken und seine Nase in ihrem Haar vergraben. Aber er gab dem Drängen nicht nach. Er wollte ihr die Entscheidung überlassen, wie nah sie ihn heute an sich heranließ.

Jake blieb am Rahmen der Terrassentür stehen und lehnte sich dagegen. »Hi«, sagte er sanft.

Sie sah ihn nicht an, antwortete aber leise. »Hi.«

»Darf ich mich zu dir setzen?«

Viktoria drehte langsam ihr Gesicht in seine Richtung und der Schmerz, den er in ihren Augen sah, zerriss ihm beinahe das Herz. »Was willst du hier, Jake?«

Er musste schlucken. »Mich entschuldigen?«

Sie ließ laut Luft durch die Nase und drehte die Tasse in ihren Händen. »Mhh. Heute ist kein guter Tag für mich, Jake. Ich weiß auch nicht, ob es viel zu sagen gibt ...«

Er trat einen Schritt auf sie zu. »Hör mich doch erst mal an!«, bat er und kam noch näher.

Sie schüttelte den Kopf, sagte dann aber: »Setz dich.«

Hoffnung flammte in ihm auf, sein Herz stolperte und alles, was er eben noch sagen wollte, war aus seinem Gehirn verschwunden. Wie sollte er es angehen, ohne dass sie schreiend davonlief?

»Das mit dem Zeitungsartikel tut mir leid«, begann er zögernd und nahm neben ihr Platz.

Sie kniff ihre Augen zusammen. »Ich nehme an, die Infos kamen nicht von dir?«

Jake stieß pfeifend Luft aus. »Himmel, nein! Ich hoffe, du hast nicht gedacht, dass ich …?«

Sie zuckte mit den Schultern. »Keine Ahnung, was ich denken soll. Aber ich habe einen Verdächtigen. Er hat mir sogar am Samstag eine Warnung zukommen lassen, aber die habe ich ignoriert. Tja. Mein Fehler.«

Jakes Magen zog sich krampfartig zusammen. »Wer?«, presste er mit zusammengebissenen Zähnen hervor.

Sie winkte ab. »Es ist doch egal. Die Frage ist jetzt, was passiert als Nächstes? Ich habe Madeleine noch nicht erreicht. Sie ist ja in einer anderen Zeitzone. Aber … meine Karriere steht auf dem Spiel. Die Agentur ist unter Beschuss und … es ist einfach eine Scheißsituation.«

»Wer hat dir das eingebrockt?«

Viktoria lachte bitter. »Ich. Ich habe mir das eingebrockt. Lügen haben eben doch kurze Beine. Aber … wenn ich heute vor derselben Situation stehen würde, würde ich es noch einmal tun. Damals erschien es mir richtig. Ich habe es gebraucht.« Sie sah auf ihre Hände und Jake wusste, dass sie an ihre Tochter dachte, derentwegen sie den Master nicht abgeschlossen hatte. Und Jake verstand sie. Zum ersten Mal verstand er, warum sie die ganze Zeit so gehandelt hatte.

»Es war mein Professor. Du hast ihn kennengelernt. Es ist … kompliziert.«

»Ich werde mich darum kümmern.« Wut schnürte ihm den Hals zu. Dieses Arschloch!

»Warum kommt er jetzt damit?«

»Er hat versucht, mich zu erpressen.«

»Wollte er Geld?«

Sie schüttelte den Kopf. »Nein. Er wollte etwas von mir, das ihn nichts angeht.«

Er sah, dass sie schlucken musste. Das Bedürfnis, sie in seine Arme zu ziehen, wurde immer stärker, aber er musste sich zusammenreißen, es war noch zu früh. Er wollte sie nicht überrumpeln und damit gleich wieder von sich stoßen.

»Ich verstehe. Ich verspreche dir, dass wir die Sache aus der Welt schaffen. Aber Viktoria ...«, sagte er leise, »das ist nicht der einzige Grund, warum ich hier bin.« Sie drehte ihm ihr Gesicht zu und er fuhr fort. »Es gibt so vieles, was ich dir sagen will, aber ich weiß gar nicht, wo ich anfangen soll.« Jake griff nach ihrer Hand und sie wehrte sich zu seiner Überraschung nicht dagegen. »Vielleicht fange ich damit an, dass ich dir sage, dass ich ein Idiot bin?«, meinte er und verzog seinen Mund zu einem schiefen Grinsen.

»Das ist keine wirkliche Neuigkeit für mich, Jake«, scherzte sie müde.

»Gut, aber da hätten wir dann doch schon mal eine Basis für unser ... Gespräch«, meinte er mit einem halben Lachen und strich mit dem Daumen über ihre zarte Haut. In diesem Moment zog sie ihre Hand zurück und sah sich um.

»Meinen Bruder hast du ja schon kennengelernt ... den muss ich dir also nicht mehr vorstellen. Wo ist er überhaupt?«, wechselte sie das Thema.

»Er wollte einen Spaziergang machen«, sagte Jake. »Aber er hat mir schon deutlich gemacht, was mit mir passiert, wenn ich nicht nett zu dir bin. So wie er mich angesehen hat, ende ich in kleinen Stücken in der Themse, von ihm eigenhändig versenkt.«

Viktoria lachte laut. »Ja, so sind große Brüder.«

»Und das ist gut so. Aber ich will dir nicht wehtun. Im Gegenteil ... ich will für dich da sein.«

Viktoria sog zischend Luft ein. »Jake ... das hatten wir doch schon.« Sie sah ihn mit einem gequälten Gesichtsausdruck an.

»Ich weiß, aber …« Er nahm ihre Hand wieder in seine und schob ihre Armbanduhr zur Seite. »Ich lasse mich nicht mehr so einfach wegschicken. Ich weiß es, Viktoria, und ich kann verstehen, dass du Angst hast, jemanden zu lieben. Mir geht es vielleicht genauso, auch wenn ich deinen Schmerz nicht mal im Ansatz kenne. Aber ich will für dich da sein, wenn du mich nur lässt.«

Viktoria sah ihn an, wich dann aber seinem Blick aus. »Woher weißt du es?«

»Sarah. Ich habe mit ihr gesprochen.«

Viktoria nickte traurig. »Ich weiß einfach nicht, ob ich das kann, Jake. Vielleicht kann ich dir nicht mehr bieten als das, was du bereits von mir kennst. Ein Teil von mir ist mit … Katie gestorben.« Ihre Augen glänzten feucht, als sie zu ihm aufsah.

»Katie ist ein sehr schöner Name«, flüsterte Jake, weil ihm keine passenden Worte einfielen, die das ausdrücken konnten, was er ihr sagen wollte. Aber für den Moment fühlte es sich in Ordnung an, zu schweigen.

»Sie war alles für mich, Jake. Alles. Ich kann einfach nicht weitermachen, als hätte es sie nie gegeben.«

»Das sollst du auch gar nicht. Alles, was ich will, ist eine kleine Chance von dir, dir zu zeigen, dass es mehr gibt im Leben als nur Arbeit.«

Sie neigte ihren Kopf zur Seite und stellte ihre Kaffeetasse ab. »Heute ist kein guter Tag für mich. Ich kann das alles nicht. Es ist nicht, dass ich es nicht will, Jake, aber ich weiß nicht, ob in meinem Leben Platz für jemanden wie dich ist. Du hast jemanden verdient, der dir Liebe geben kann, und ich weiß nicht, ob ich das jemals so kann, wie du geliebt werden solltest.«

Jake nickte. Er verstand, dass es schwer für sie war, trotzdem hatte er sich mehr erhofft.

»Okay, aber Viktoria – ich will, dass du weißt, dass ich immer für dich da bin.« Jake stand auf und kniete sich vor sie, sodass ihre Gesichter auf gleicher Höhe waren. »Ich liebe dich, Viktoria, und egal was du sagst, es wird nichts daran ändern.«

Und dann legte er seine Lippen auf ihre. Ganz sanft, eine zarte Berührung, die kaum spürbar war, aber doch so viel sagte. Viel mehr als tausend Worte. Er löste sich nach einigen Sekunden von ihr und verlor sich im Grün ihrer Augen. »Ich werde jetzt gehen, das heißt aber nicht, dass ich aufgebe, Viktoria.«

Sie sagte nichts, nickte jedoch. Er hoffte, dass dies ein gutes Zeichen war.

Viktoria sah Jake hinterher. Etwas in ihr schrie, dass sie ihm nachlaufen sollte, dass sie ihm sagen sollte, dass sie auch etwas für ihn empfand. Aber ein anderer Teil von ihr hielt sie zurück. Die Angst, endgültig zu zerbrechen, war zu groß. Sie schloss die Augen und lehnte sich in die Kissen ihrer Loungemöbel zurück. Obwohl Tränen in ihren Augen brannten, gestattete sie sich nicht, zu weinen. Mit einem Mal war sie müde. So müde.

»Schwesterchen?« Elias' Stimme weckte sie auf.

Viktoria blinzelte und schirmte ihre Augen mit den Händen ab, um nicht geblendet zu werden. »Elias?«, sagte sie und richtete sich müde auf.

»Alles okay?«, meinte ihr großer Bruder und setzte sich neben sie.

»Ich habe keine Ahnung. Nein. Eigentlich ist nichts in Ordnung.« Viktoria schüttelte den Kopf und strich sich eine Strähne aus dem Gesicht.

»Hör zu, ich habe keine Ahnung, was zwischen dir und diesem Jake vorgefallen ist, aber es sieht mir ganz danach aus, dass er ziemlich verknallt in dich ist.«

Allein der Gedanke daran erwärmte ihr Herz.

»Darum geht es doch gar nicht.«

»Worum dann?«

»Elias, siehst du denn nicht, was hier gerade los ist? Ich habe ungefähr hundert Anrufe von der Klatschpresse, vielleicht habe ich bald keinen Job mehr. Mein Leben zerbröselt gerade in meinen Händen.«

»Hör doch auf. Wir wissen beide, dass wir das Schwein von Professor drankriegen werden. Immerhin warst du seine Studentin. Und das mit dem Master, das wird bald Schnee von gestern sein. Wen interessiert's? Also mich nicht.«

»Das ist ja nett von dir, Bruderherz, aber es scheint so, als *interessierten* sich eine Menge Leute dafür.«

Elias schnaubte abfällig. »Pah. Die News von gestern sind morgen absolut uninteressant. Keep cool und ignorier es einfach.«

»Meinst du?«

»Klar.« Er zuckte mit den Schultern. »So sind wir schon immer mit negativer Presse umgegangen.«

»Die Familie Denkhaus, jaja«, grinste Viktoria nun schwach. »Als ob es da so viel Negatives gegeben hätte.«

»Hey, Viktoria, du verstehst, was ich meine. Wenn man mal an der Spitze ist, dann gibt es immer Neider, immer wieder Leute, die einem das Schwarze unter dem Nagel nicht gönnen. Hak es ab. Und ... wir machen das Arschloch fertig.«

Sie knabberte auf der Innenseite ihrer Wange. »Ach, weißt du, Michael ist mir ja eigentlich egal. Was bringt mir Rache?«

Elias drückte aufmunternd ihre Hand. »Okay, gut. Das überlegen wir uns dann noch. Aber was ist nun mit deinem Freund?«

Viktoria runzelte die Stirn. »Jake ist nicht mein Freund.«

»Die Frage ist doch, wieso nicht?«

»Ich habe keine Zeit für einen Mann.«

Elias warf den Kopf in den Nacken und lachte laut. »Du bist gut. Natürlich hast du Zeit.«

»Das sagst *du* mir!« Sie bohrte ihm ihren Zeigefinger in die Brust. »Willst du mir Beziehungsratschläge geben? Du, der Beziehungsphobiker?«

Er hob eine Augenbraue und sah sie eindringlich an. »Du liebst den Kerl doch?«, fragte er und ließ sie nicht aus den

Augen. Viktoria wand sich unter seinem intensiven Blick. Natürlich, Elias kannte sie. Viel zu gut.

Viktoria warf die Hände in die Luft. »Ich habe keine Ahnung. Was ist Liebe?«

»Du hast Angst, das ist doch klar. Aber hey, vielleicht ist er es wert? Ich mag ihn.«

»Du magst ihn?«, fragte sie und sah ihn erstaunt an. »Bisher hast du doch immer alle Typen gehasst, die ich mit nach Hause gebracht habe.«

»Boah, Viktoria, das waren irgendwelche Penner, die noch grün hinter den Ohren waren. Jake ist ... okay, glaube ich.«

»Du hast ihm ganz schön Angst gemacht«, lachte sie und Elias' Augen blitzten amüsiert.

»Ja«, er plusterte sich auf, »ich kann ganz schön Furcht einflößend sein, wenn ich will.«

»Danke«, meinte sie.

»Klar. Ich habe es auch wirklich so gemeint, wie ich es gesagt habe. Wenn er dir wehtut, breche ich ihm alle Knochen.«

Viktoria schlug sich die Hand vor den Mund. »Das hast du nicht gesagt!«

Elias grinste. »Doch. Hab ich. Also, erzähl mir mehr über ihn. Seit wann ... läuft das schon?«

Viktoria seufzte. »Elias, was ist, wenn er auch stirbt?«

Er nahm ihre Hand. »Wir alle müssen eines Tages sterben, Liebes.«

»Du weißt, was ich meine.« Sie zog ihre Hand zurück.

»Das wird er nicht, Viktoria. Ich will nicht, dass du den Rest deines Lebens allein verbringst, weil dich die Angst beherrscht. Lass es nicht zu.«

Sie musste schlucken. »Was soll ich nur tun?«, flüsterte sie.

»Geh«, forderte er sie auf, »geh zu ihm.«

Viktorias Magen fühlte sich an, als wäre sie zum dritten Mal ohne Unterbrechung Achterbahn gefahren. Sie war sich längst nicht sicher, ob sie das Richtige tat. Aber vielleicht war es an der Zeit, dass sich etwas in ihrem Leben änderte.

Sie drehte sich noch einmal zu ihrem Bruder um und er nickte ihr aufmunternd zu. »Ich bin hier, wenn du mich brauchst.«

»Danke, Elias. Aber ich muss einfach noch ein bisschen nachdenken.«

Anstatt zu Jake zu fahren, verabredete sie sich mit Sarah. Sie wollte wissen, was sie Jake erzählt hatte. Eigentlich müsste sie sauer auf ihre Sekretärin sein, aber das war sie nicht. Im Gegenteil, dass Sarah sich um sie sorgte, zeigte nur, wie loyal sie tatsächlich war.

»Sarah, hallo«, begrüßte sie sie, als sie das Café betrat. Zu ihrem Schutz trug sie eine Sonnenbrille, auch wenn sie nicht damit rechnete, von jemandem erkannt zu werden. So berühmt war sie auch nach diesem miesen Zeitungsbericht nicht geworden.

»Hey, Viktoria. Wie geht es dir?«

»Es ging mir schon mal besser«, gab sie offen zu.

Nachdem sie einige Sätze über Belangloses gewechselt und ihre Bestellung aufgegeben hatten, kam sie direkt zum Punkt.

»Hat Jake dich kontaktiert oder du ihn?«

Sarah sah sie schuldbewusst an. »Ich. Ich bin zu ihm gegangen, weil ich glaubte, dass du ein bisschen Beistand gebrauchen könntest.«

»Und? Was hat er gesagt?«

»Erst war er total sauer, weil er dachte, du hättest mich vielleicht geschickt, aber den Zahn habe ich ihm natürlich sofort gezogen. Ja, und dann … Er ist ein guter Kerl, Viktoria.«

Sie atmete tief ein. Das wusste sie ja, vielleicht war Jake zu gut für sie.

»Und von Katie hast du ihm auch erzählt?«

»Er war total betroffen, ehrlich. Wenn du es ihm früher gesagt hättest …«

»Hör auf«, unterbrach Viktoria sie. »Du weißt genau, dass ich nicht gern darüber rede.«

»Aber ihm liegt wirklich was an dir. Ich denke, der Kerl ist bis über beide Ohren in dich verliebt.«

Viktoria nickte versonnen. »Kaum zu glauben, oder?«

Sarah nahm ihre Hand und drückte sie aufmunternd. »Gib ihm doch eine Chance, er leidet genauso wie du.«

Dieser Satz beschäftigte Viktoria den restlichen Tag und die ganze Nacht. Einerseits wollte sie sofort zu Jake rennen, andererseits hatte sie Angst. Angst vor der Zukunft und ihren eigenen Gefühlen. Zu lange hatte sie sich eingeredet, ohne Liebe leben zu können, als dass sie von null auf hundert über ihren Schatten springen konnte.

KAPITEL 26

»LÄSST DU MICH REIN?«, fragte Viktoria zwei Tage später mit zitternder Stimme, als Jake die Haustür für sie öffnete. Er sah gut aus, trug Jeans und Shirt statt des obligatorischen Anzugs. Aus seinem Hosenbund hing ein rot-weiß kariertes Geschirrhandtuch, vermutlich war er gerade dabei, zu kochen.

Sein Gesichtsausdruck hellte sich auf, als er sie sah, und er nahm ihr damit ein klein wenig von ihrer Nervosität. Viktorias Herzschlag beschleunigte sich dennoch, als sie sich eine Sekunde im Graublau seiner Augen verlor.

Jake reichte ihr seine Hand. »Viktoria. Du ahnst nicht, wie sehr ich mich freue, dich zu sehen.«

»Lässt du mich rein?«, fragte sie noch einmal schüchtern.

»Ich bitte darum. Komm, Baby. Komm rein.« Er zog sie an seinen Körper und hielt sie einen Moment einfach nur fest. Und da wusste sie, dass sie das Richtige tat. Jakes Nähe zu spüren, war wie, nach einer langen Reise endlich nach Hause zu kommen. Sie hatte ihn schrecklich vermisst, aber die Zeit gebraucht, um sich selbst über einiges klar zu werden.

»Ich koche gerade, habe zufällig genug für uns beide da«, teilte er ihr mit und führte sie in seine Küche.

Sie hatte Angst gehabt, dass sich zwischen ihnen etwas verändert haben könnte, aber Jake war höflich und witzig und sie war unglaublich erleichtert, dass er sie nach allem nicht wie ein rohes Ei behandelte, denn das hätte sie nicht ertragen. Nicht von ihm.

»Sehr gern, ich … freue mich.«

Es duftete nach Oregano, Olivenöl und Tomaten. Himmlisch.

»Riecht lecker«, sagte sie verlegen.

»Kann ich dir etwas zu trinken anbieten?«

Jake nahm zwei Gläser aus dem Schrank und goss Weißwein ein. Sie war froh, dass er sie nicht dazu drängte, zu reden. Aber natürlich musste sie ihm einiges erklären, auch wenn es ihr schwerfiel, anzufangen.

»Bitte schön. Ich freue mich, dass du da bist, Viktoria.« Jake reichte ihr ein Glas und sah sie mit funkelnden Augen an.

Ihr Herz hämmerte immer noch in ungleichmäßigem Takt in ihrer Brust, weil sie ihm gleich sagen wollte, weshalb sie gekommen war.

Jake zog sie sanft zu sich und hob ihr Gesicht mit dem Zeigefinger an. »Viktoria Denkhaus, du glaubst nicht, wie erleichtert ich eben war, als ich die Tür für dich aufgemacht habe. So ganz sicher war ich mir nämlich nicht, dass du tatsächlich kommen würdest. Aber … ich habe es gehofft. Sehr sogar. Es ist mir so schwergefallen, dich in den letzten Tagen nicht ständig anzurufen, aber ich wusste, du würdest Zeit brauchen.«

Und dann küsste er sie und sie vergaß für einen Moment die Welt um sich herum. Seine Zunge strich über ihre Lippen, verschaffte sich Einlass und spielte mit ihrer, bis sie keinen klaren Gedanken mehr fassen konnte. Sie hatte Raum und Zeit um sich herum vergessen, als Jake sich schwer atmend von ihr löste. Sein Brustkorb hob und senkte sich schnell.

Mit rauer Stimme sagte er zu ihr: »Himmel! Ich muss kochen … sonst vergesse ich mich.«

Viktoria sah ihn etwas ungläubig und mit wachsendem Glück an und trank einen Schluck vom Weißwein, während Jake sich einen Kochlöffel nahm und in einem Topf rührte. Sie rechnete es Jake hoch an, dass er sie zu nichts drängte, keine Erklärungen von ihr verlangte oder ihr Vorwürfe wegen ihres Verhaltens machte. Dennoch musste sie sich ihm erklären, sie brauchte es auch für sich selbst. Sie musste für ihn, für ihre Liebe, über ihren Schatten springen und es laut aussprechen, was sie für ihn empfand. Er verdiente es, dass sie ihn nicht wie eine ihrer Affären behandelte, denn er war so viel mehr. Er war ihr ein und alles. Aber gedacht waren diese Worte einfach, es laut auszusprechen, war eine ganz andere Sache.

Sie nahm all ihren Mut zusammen, stellte ihr Glas ab, ging zu Jake an den Herd und nahm ihm den Löffel aus der Hand. »Jake ...«

Er drehte sich zu ihr, nur wenige Zentimeter trennten sie voneinander. Sie hatte den Mund leicht geöffnet und ihr war schwindelig. Dass es nicht leicht sein würde, das hatte sie gewusst, aber dass es ihr so schwerfallen würde, über ihre Gefühle zu sprechen, hatte sie nicht gedacht.

»Hm?«, meinte er und sah sie fragend an.

»Ich wollte dir noch was sagen.«

Viktoria war nervös, ihre Knie schienen aus Wackelpudding zu bestehen, aber sie musste es ihm sagen.

»Ich ... ich glaube, ich liebe dich.«

Da, sie hatte es gesagt. Am Ende war es gar nicht so schlimm gewesen und sie war stolz auf sich, dass sie zum ersten Mal seit Katies Tod jemandem ihre wahren Gefühle gestanden hatte, der nicht direkt mit ihr verwandt war.

Jakes Augen funkelten und er strahlte über das ganze Gesicht. »O Viktoria!« Er hob sie hoch und wirbelte sie durch seine Küche. »Ich habe mir so sehr gewünscht, das einmal aus deinem Mund zu hören. Ich wollte dich zu nichts zwingen, aber glaub mir, damit machst du mich zu einem sehr glücklichen Mann!«

»Hey, hey«, rief sie lachend, »ich bekomme ja noch einen Drehwurm!«

Er drehte sich immer weiter. »Weißt du, wie egal es mir ist? Du liebst mich!«, lachte er und blieb doch stehen. »Ich liebe dich, Viktoria. Und ich lasse dich nie mehr los.« Und dann küsste er sie.

In diesem Kuss lag all ihre Liebe, all das Sehnen, das sie sich in den letzten Monaten und Wochen verboten hatte. Jake erwiderte ihre Liebkosungen und drückte sie eng an seinen athletischen Körper. Nach einer Ewigkeit lösten sie sich voneinander, das Essen war beinahe vergessen.

»Solltest du nicht mal umrühren?«, fragte sie atemlos.

Jake fuhr sich durch die Haare und atmete schwer. »Himmel, das Essen könnte mir nach den letzten Minuten kaum mehr egal sein. Aber … wir haben alle Zeit der Welt.« Er nahm den Kochlöffel wieder zur Hand. »Lass es uns langsam angehen. Essen wir erst einmal und du erzählst mir noch ein bisschen.«

»Gern.« Sie stellte sich auf die Zehenspitzen und drückte ihm einen Kuss auf die Wange. Dann gab sie ihm einen Klaps auf den Hintern. »Ich finde es supersexy, wenn du für mich kochst, Jake. Wusstest du das eigentlich?«

Er sah sie mit funkelnden Augen an. »Tatsächlich? Du findest mich sexy am Kochtopf?«

Viktoria befeuchtete sich die Lippen und nickte, dabei ließ sie ihn nicht aus den Augen. »Auf jeden Fall.«

Jake schluckte und stieß geräuschvoll die Luft aus. »Du bist eine echte Herausforderung, Viktoria. Das weißt du, nicht?«

Ihr war klar, dass er damit nicht nur seine Selbstbeherrschung meinte, weil er mit ihr schlafen wollte.

»Jake, das weiß ich. Ich bin dir sehr dankbar, dass du … mir eine Chance gibst. Dass du uns eine Chance gibst. Es tut mir leid, dass ich so lange gebraucht habe, aber … ich konnte einfach nicht. Ich konnte nicht.«

»Sch. Das weiß ich jetzt, Baby. Es ist okay.« Er strich ihr eine Strähne aus dem Gesicht und ließ seine Hand auf ihrer Wange liegen. »Ich kann mir nicht im Ansatz vorstellen, wie es dir gehen muss, aber … ich hoffe, dass der Schmerz vielleicht mit der Zeit erträglicher wird.«

Viktoria blinzelte. »Ja, es wird erträglicher. Einerseits. Andererseits vermisse ich sie immer noch jeden einzelnen verdammten Tag.«

»Komm her, Baby.« Jake zog sie in seine Arme und sie legte ihre Wange auf seine Brust. Sie lauschte seinem regelmäßigen Herzschlag und genoss seine Nähe.

»Danke, Jake.«

»Weißt du, Viktoria, ich habe vor einigen Tagen einen Kommentar von John Travolta gelesen. Danach habe ich eine andere Sicht auf dieses Thema bekommen. Möchtest du, dass ich es dir vorlese?«

Sie nickte und sah zu ihm auf.

»Okay, warte kurz.« Er ging zum Küchentisch und schlug ein Magazin auf. »Es hat mich sehr bewegt, Viktoria. Ich hoffe, es ist nicht unangebracht, wenn ich es dir vorlese?«

»Nein. Mach nur.«

Er räusperte sich, dann begann er zu lesen. »*They say the hardest thing in the world is losing a parent. I can now say that isn't true. The hardest thing in the world is losing a child. Someone you raised ... and watched grow every day. Someone you taught how to walk and talk. Someone you showed how to love. It's the worst thing to ever happen to anyone. My son passed away. He brought me so much joy. He was my everything. Those 16 years of being his father taught me how to love unconditionally. We have to stop and be thankful for our children and children should stop and be thankful for their parents. Because, life is very short. Spend time with your parents and parents spend time with your children. Treat them well. Because, one day, when you look up from your phone, they won't be there anymore. What I truly learned most of all is, love everyday like it's your last. Because, one day, it will be. Take chances and go live life. Tell the ones you love, that you love them everyday. Don't take any moment for granted. Life is worth living.*«

Viktorias Augen füllten sich mit Tränen. »Das war sehr bewegend und treffend gesagt. Ich mag den Kerl eigentlich nicht, aber ... ja, es ist so.«

Jake nahm ihre Hand in seine. »Ich bin für dich da, Viktoria. Lass es uns nach diesem Beispiel leben. Lass uns jeden Tag zum schönsten in unserem Leben machen. Wir werden jeden einzelnen genießen und keinen Moment für selbstverständlich annehmen, denn das ist es nicht. Ich liebe dich.«

Sie trat einen Schritt näher auf ihn zu und blickte zu ihm auf, nahm ihm das Magazin aus der Hand und legte es zur Seite. »Das werden wir. Und das Zitat ist wunderschön. Auch wenn mich der Verlust immer noch schmerzt, so möchte ich doch keine Sekunde vergessen, die ich mit meinem Baby hatte. Sie war mein ein und alles und hat mir so viel wundervolle Momente geschenkt." Sie schluckte. „Danke, dass du mich verstehst, Jake. Ich liebe dich auch, sehr sogar.« Viktoria küsste ihn zärtlich auf den Mund. »Danke«, flüsterte sie erneut an seinen sinnlichen Lippen.

»Ich danke dir, Baby. Und jetzt werden wir essen. Und *danach* zeige ich dir, wie sehr ich dich wirklich vermisst habe.«

»Ich kann es kaum erwarten«, meinte sie und ein Lächeln schlich sich in ihr Gesicht.

Ihr war klar, dass das Leben nicht immer einfach sein würde, aber das Schlimmste hatten sie hinter sich gelassen. Zum ersten Mal seit Jahren freute sie sich auf die Zukunft. Zum ersten Mal seit Jahren *hatte* sie eine Zukunft.

EPILOG

»JAKE, VERDAMMT! Wieso hast du mich nicht geweckt?«, fluchte Viktoria und sprang aus dem Bett, dabei verhedderte sie sich im Laken und knallte in voller Länge auf den Boden. Dort blieb sie kurz liegen, sah an die Decke und raffte sich dann auf. Sie hörte Jakes kehliges Lachen aus dem Badezimmer, wo er sich gerade die nassen Haare mit einem Handtuch trocken rubbelte.

»Es wird dich nicht umbringen, wenn du einmal erst um halb neun im Büro bist, Baby«, kommentierte er, als sie an ihm vorbeirauschte und das Wasser in der Dusche anstellte. Sie drehte sich die Haare zu einem Knoten, um nicht noch mehr Zeit zu verlieren.

Fünfzehn Minuten später fand sie Jake in der Küche, wo er für sie beide Frühstück zubereitet hatte.

»Jake, ich habe keine Zeit …«, begann sie, aber er winkte ab und zeigte auf den Stuhl ihm gegenüber.

»Setz dich. So viel Zeit muss sein.« Er war ruhig und gelassen, schob sich eine Gabel mit Rührei in den Mund.

»Na gut«, seufzte sie resigniert und setzte sich. »Ich werde fett, wenn du mich jeden Tag so fütterst.«

»Du Scherzkeks, bei dem ganzen Sport wirst du niemals *fett*, Baby.«

Viktoria kicherte und warf ihm einen koketten Blick zu, bevor sie das Thema wechselte.

»Ich muss nachher noch mal in mein Haus, ein paar Sachen holen, jetzt, wo sich Elias bald für ein paar Wochen häuslich hier niederlassen wird.«

»Ich glaube, ich muss ihm danken, dass er dich so dazu gebracht hat, quasi bei mir einzuziehen.«

»Nur vorübergehend«, kommentierte sie und biss von einer Scheibe Vollkorntoast ab.

»Natürlich«, grinste Jake.

Sie wussten beide, dass Viktoria mehr oder weniger seit dem ersten Tag ihrer Wiedervereinigung jede freie Minute bei ihm verbrachte und sich sehr wohl bei ihm fühlte. Katies Bilder standen nun auf einem Nachttisch in Jakes Schlafzimmer und sie hatten viel über sie gesprochen. Viktoria hatte zuerst nicht glauben können, dass es ihr tatsächlich besser gehen würde, wenn sie ihre Gefühle mit ihm teilte, aber es war so. Jake war so verständnisvoll und geduldig mit ihr, dass ihr Herz vor Liebe zu platzen drohte. Sie liebte diesen Mann von ganzem Herzen und würde alles dafür tun, ihn so glücklich zu machen wie er sie.

»Was?«, fragte er und hielt mitten in der Kaubewegung inne.

Viktoria nahm seine Hand in ihre. »Ich liebe dich, Jake Carter, weißt du das?«

Sein Blick wurde weich. »Und ich liebe dich, Viktoria Denkhaus.«

»Danke, dass du für mich da bist.«

»Immer, Baby«, erwiderte er und schob seinen Teller beiseite.

»Hey, ich muss dir noch was sagen.«

Jake hob eine Augenbraue. »Was? Stimmt etwas nicht?«

»Doch. Doch, es ist alles okay. Ich habe von meinem Anwalt gehört, dass Michael endlich seine Professur niedergelegt hat, nachdem sich noch vier andere Frauen über ihn beschwert haben. Ich war nicht die Einzige, die er ... benutzt hat. Auch wenn meine Geschichte etwas komplizierter war als nur das...«

Sie musste schlucken und Jake nahm ihre Hand. »Es ist okay, Baby.«

»Weißt du, Jake, obwohl ich ihn hassen müsste, tue ich das nicht, denn er hat mir das Wertvollste im Leben geschenkt, was ich je hatte.« Viktorias Augen füllten sich mit Tränen, aber sie blinzelte sie weg.

»Ich verstehe.« Jake nickte und strich mit dem Daumen über ihr Tattoo. »Vielleicht ... haben wir ja auch einmal Kinder.«

Viktorias Herz setzte einen Schlag aus, wie immer, wenn er dieses Thema ansprach.

»Keine Angst, Viktoria. Ich bleibe geduldig«, beteuerte er. »Obwohl ich es mir sehr wünsche ... für die Zukunft. Noch nicht jetzt. Noch will ich dich für mich allein haben. Und jetzt komm her, Baby.« Jake zog sie zu sich auf seinen Schoß. »Erst mal genießen wir unsere Freiheit, hm?«, meinte er und strich mit seinem Daumen über ihre Lippen.

Ihr Körper reagierte sofort mit einer Gänsehaut auf ihn. »Jake ... ich werde zu spät kommen ...«

Er begann, langsam ihren Hals zu küssen. »Weißt du, wie scheißegal mir das ist, Baby? Du wirst gleich kommen, das ist mein Versprechen an dich ...«

Viktoria legte ihren Kopf in den Nacken und seufzte leise. Dieser Mann konnte absolut überzeugend sein und ihre Arbeit lief ihr garantiert nicht davon ...

ENDE

DANKSAGUNG

Vielen Dank, dass Du Dich für mein Buch entschieden hast. Ich freue mich, wenn ich Dir damit ein paar unterhaltsame Stunden bescheren konnte.

Mir ist Viktorias Geschichte an einigen Stellen nicht leichtgefallen, es steckt viel Herzblut in diesem Roman.

Wenn Dir mein Buch gefallen hat, dann freue ich mich, wenn Du eine Rezension dazu verfasst und meiner Facebook-Seite ein Like gibst.

Wenn Du ganz sicher bist, dass Du keine Neuerscheinung verpassen willst, trag Dich einfach in meinen Newsletter ein.

Ich freue mich über Feedback, Du kannst mir gern auch persönlich an karinlindbergschreibt@gmail.com eine E-Mail schicken.

Alles Liebe,
Karin Lindberg

WEITERE BÜCHER DER AUTORIN

Shanghai Love Affairs
Vertraglich Verliebt (1)
High Heels im Schnee (2)
Act of Law – Liebe verpflichtet (3)

Romantische Komödien
Ein Abenteuer in den Highlands
Liebe süßsauer
Lilja und die Liebe
Ein Schokoholic will Meer (Sieben Sommersünden Teil 6)
Wollsockenwinterknistern (K)ein Weihnachtsroman
Ein Vorurteil kommt selten allein
Kokosmakronenküsse
Lügen, Liebe, lange Beine

Prescott Sisters
Der Maskenball
Die Entführung
Der Meisterdieb
Der Amerikaner
Der Bodyguard